太事庫

大唐封诊录

2

狩案司

先封视场，后诊死因，此为：封诊道

九滴水 作品

湖南文艺出版社
HUNAN LITERATURE AND ART PUBLISHING HOUSE

博集天卷
CS-BOOKY

CNS
PUBLISHING & MEDIA

大 唐 封 诊 录 2

目录

大 唐 封 诊 录 2

第一回

东都雨急　树现悬尸

东都洛阳，夏夜。

一场偌大的雷雨，正悄无声息地朝洛水上的这座庞然巨城偷偷袭来。

大唐是极浪漫的时代，不论是天空中星宿的运行、日月的交替，还是雷电阴雨的到来，都能令一些人莫名地生出奇妙的联想。

不可捉摸但力量强大的天雷尤其令人瞩目，在这个夜晚，电闪雷鸣开始发作时，一道赤红的火光撕开夜空，朝洛阳城西的树林直刺而去。

天色已晚，加上雷雨倾盆，在这种恶劣天气中，连洛阳城中那些耀武扬威的金吾卫①街使，也只能躲在街道转角的武侯铺②中避雨，祈祷雷霆不要击向城中那高高的宫室楼阁，引发不祥火灾。

然而，总有一些人例外。

比如说，那位正匆忙赶往雷电落地之处的明道和尚。

早在下午时，他就发现天空中的浓云开始聚集，所以赶在城门关闭之前，

---

① 官署名。唐置，分左右，掌宫禁宿卫、京城巡警等。
② 唐代京都建有名为武侯铺的治安消防组织，分布在各个城市和坊里。通常情况下，消防兵的设置是大城门百人，大坊三十人；小城门二十人，小坊五人。武侯铺由左右金吾下属的左右翊府领导，在全城形成一个治安消防网络系统。

他便急急溜出了城。

此时这名苦行僧身穿蓑衣，心情愉快地在雷雨之中奔跑，就算雨水浸透衣物，紧紧贴在身上，十分湿热难受，他也浑然不觉。因为他把这一切都当成了难得的修行。

大唐皇族一直认为，李氏的祖先是道教至尊老子李耳，所以道教一直以来都是国教，在这块土地上，它就是尊贵无比的信仰。

虽说太宗时期高僧玄奘前往天竺取经归来后，信奉佛教的百姓和贵人都大大地增加了，但要弘传佛法，难免还得跟那些"牛鼻子"针锋相对。

道家术士向来擅长驱除邪祟，这种本事没什么了不起，佛门也不会输给他们，况且最近乐意找僧侣驱邪的人越来越多，这位明道和尚早就有心弄一块上等的雷击木，用来给自己制作木鱼。他相信，这玄妙的雷击木，能让他在诵经驱邪时，产生令鬼魅闻之心颤的效果。

天雷仍然在他耳边炸响，明道和尚抬头看看天空，发现并没有第二道闪电落地。他心中有些惋惜，但之前那道落地的煌煌赤电，又让他对今晚搞到雷击木燃起了极大的信心。

洛阳城西有大片古老密林，树木郁郁葱葱，一人无法环抱的粗壮树干比比皆是。明道和尚觉得，那道闪电恰好落于此处，最少也能劈中一棵大树，只要此树木料不被烧光，做个木鱼应该还是绰绰有余的。

作为苦行僧，明道和尚对奔走于大雨中不以为意，他早习惯了在恶劣天气中奔跑，他觉得那些日常养尊处优，穿着鹤氅讲究仪表的"牛鼻子"术士，不可能跑得比他更快，也不可能比他更早发现雷击木。

闪电落下不到半个时辰，明道和尚已进入了那片古木森林，他摘下头上遮雨的锥形斗笠，迎着林中的雨水擦了把脸，仰起头来四处张望，试图寻找可能还在燃烧的雷击木。

苍天不负有心人，虽说大雨倾盆，但雷电造成的高热仍让那根被劈开的树干燃着零星的火，那火随时都有可能被雨水熄灭，但那闪闪光点在漆黑无人的树林中，还是显得格外清晰。

明道和尚朝那边奔去，他背上的斧头随着自己的脚步，把脊骨敲得咣咣响。他一点都不介意这痛楚，反正只要砍下这根雷击木，便能打造一把称心如意的法器。

然而，他用余光发现了一件不同寻常的东西。

明道和尚的脚步停了下来，他转过头，朝那个不同寻常的东西看去。

那是一棵硕大的樟树，树干足足接近两人合抱，在樟树靠近地面的地方，一具血淋淋的赤裸尸首被挂在树上。

这具尸首的双手双脚都被拇指粗细的铁钉死死地钉在了樟树的树干上，死者的胯下也血肉模糊，好像被挖去了一大块。

明道和尚目瞪口呆地看着那具尸首。雨越下越大，终于还是浇灭了雷击木上跃动的火焰，发出"哧"的一声轻响……

东都官道旁，男装丽人谢阮皱眉注视着手中的一沓硬黄纸①。明珪和李凌云站在她身旁，侧身瞅着上面的记录。

李凌云口中喃喃道："这个明道和尚恐怕被吓得不轻，连雷击木也不要了，当夜就赶回东都城，敲开城门后报的官。"

"应该是被吓傻了，哪怕是修行之人，对这凶残的杀人现场也是不曾目睹。"明珪皱眉说着，看向悠闲地吃着葡萄的凤九。

"来得早不如来得巧，来得巧不如来得一举数得。"凤九放下葡萄，叹气道，"你们怎么这般无礼，只会说案子，不感谢我救你们于水火中吗？"

凤九话音未落，就见李凌云对他拱手致谢。"多谢九郎解困，不过案子的事还得烦你说明一二。"

"哎，好吧！说来就是你们让查的事，我的人已经清查过了，民间流传的

---

① 纸的一种。名称由来与制法说法不一。此纸从唐代开始生产。

和明崇俨案相似的案子有好几桩，你们不在，我让人去案发之所找人探问过案情了，"凤九指着谢阮手中那些昂贵的黄色纸张，"这其中只有两桩是真事，其余均是传闻。至于记录的内容，有一些粗疏，只因都是百姓之言，难免有些语焉不详，你们勉强看看有无用处吧！"

说罢凤九也不欲久留，让肩舆①掉了个头，这就打算要走。谢阮在他身后自言自语："大理寺不太平，似乎应该动一动这里了。"

凤九背对谢阮，脸上有些怒意，却又在一瞬间被抹去。他恢复了那种懒洋洋的模样，声调平静地道："这些事也不必说给我听，我又管不着。"

"你凤九郎什么身份？你不能什么也不做的。"谢阮说完，却又很恭敬地对他行了个礼道："此番多谢，实在有劳你了。"

凤九随意摆摆手，肩舆便朝前走去，他又说道："对了，据我所查，这两桩案子由于归档为大理寺的疑难案件，所以都曾请封诊道对案发地做过封诊。"

李凌云闻言大喜。"既是如此，那就算被大理寺收了案卷，我封诊道内应该也还保留了一些记载。"说完他还想追问细节，却发现凤九搭乘的肩舆早已去得远了。

"他肯提点一句就不错了，不要强求，免得惹他厌烦。"明珪见李凌云好像觉得可惜，便随口安慰了一句。

伸手接过谢阮手中的硬黄纸，他又看向李凌云。"李大郎，现在总算有了案子的消息，你打算怎么办？"

"凤九说有封诊道的人插手，那现在自然是回去找杜公。"李凌云解释道，"我一直是跟着阿耶②查案的，而这两桩案子，应该是由封诊道的其他人办理的，我未必就与他们熟悉，还要依靠杜公帮忙询问。"

---

① 俗称"轿子"。用人力扛抬以代步。盛行于晋、六朝，其形制为二长竿，上无覆盖，中间设一椅子坐人。初为在山上行走的工具，又在平地也用它代步，乘坐舒适。唐宋规定大臣乘马，老病者可乘肩舆，以示敬爱。此时的肩舆已经改进，上面有顶，四周设有遮蔽物，有的还有缨穗彩绘等装饰。到了清代，肩舆更为华丽，官轿有绿呢大轿、蓝呢大轿等，四个人抬的称四抬大轿，八个人抬的称八抬大轿，根据官员的品级而定。民间通常只有两个人抬的小轿。

② 古北方方言，意思是父亲。

明珪温和地点点头。"也好！今日大家都累了，不如我们各自回去，你先去找找杜公，等他那边的消息到你手中，你再告诉我们下一步该怎么办。"

明珪的建议明显颇得谢阮心意，后者连连点头，道："我也要回宫一趟，凤九虽然压下了唐千尺，但难说徐天归京之后又会怎么样。我进了宫，自然就会把这些事告诉天后，那位徐少卿[1]得知我的举动，也多了一重顾虑，应该不会有人继续找大郎的碴。"

李凌云闻言道："既然如此，等我整理好了案子，便叫六娘去请你们。"

谢阮一听连忙摆手。"你知会明子璋便是，我在宫中，六娘身份过于低微，她是一定见不到我的，只怕传话都难。"

三人就此约定，一同徐徐入了东都，随后又各自分散。李凌云主仆三人紧赶慢赶，总算在坊门关闭之前驾车回到了家中。

归家之后，李凌云不顾疲惫，拿出凤九给的硬黄纸仔细阅读。他发现虽说凤九已派人前往案发处找知情人进行了询问，可这些文字读起来，更近似百姓口耳相传后扭曲变形过的传闻。李凌云根本无法分辨这些与案件硬扯上关系的传言是否真实。

姨母胡氏见李凌云神色焦灼，便上前询问。他向来不太隐瞒胡氏，便把案件进展略略说了说。

见李凌云恨不得马上去找杜衡，胡氏在一旁劝道："杜公虽说就住在隔壁坊里，但眼下天色晚了，东都城中已经宵禁，你要出去，难免要找坊正[2]做手续，倒不如好生歇息一下，明日一早去杜公家里求教也不迟。"

---

① 大理寺少卿，官名。北魏始置廷尉少卿，北齐称大理寺少卿，为大理寺的副长官，历代沿置。

② 管理街坊的小吏。《旧唐书》说："百户为里，五里为乡。两京及州县之部内，分为坊，郊外为村。里及坊村皆有正，以司督察。"坊正掌坊门管钥，督察奸非，自身课役可被免除，地位在里正之下。

李凌云也明白心急吃不到滚汤饼，便采纳了胡氏的建议。用完晚膳，李凌云突然想起屡屡纠缠他的血泊梦境，便问胡氏："姨母，我小时候可曾失去过什么记忆吗？"

胡氏闻言手一哆嗦，险些将碗打翻在地，惊讶道："大郎为何这样问？"

李凌云把梦境大略描述了一下。胡氏连连摇头，道："大郎记性一贯很好，自小到大的事情，你不是都记得吗？你梦里的情形是没发生过的，兴许是你封诊时见了太多血迹斑斑的场景，才会做这样的怪梦。"

李凌云也觉得有理，但仔细一想，又问道："这事会不会是在我年纪极小的时候发生的？孩童在某个年岁之前，会记忆不全，突然某一天才开始记事。我阿娘去得早，连她的脸我都不记得了……"

李凌云原本只是随口一说，谁知胡氏竟勃然大怒，拍桌道："李大郎！你是我从小看到大的，我说没有就是没有。"

说罢胡氏拭泪道："你母亲早死，现在你阿耶也不在了，家中就剩下我一个女人，凌雨身体羸弱，还要靠你这个长兄照料，真不知道你成天在胡思乱想什么？"

李凌云不擅长揣摩情感，顿时茫然失措，不明白自己怎么就惹恼了姨母。他只好连连致歉，所幸胡氏性格很柔顺温婉，抹了一会儿眼泪，似乎也就渐渐消了气。

只听胡氏缓缓道："昨日宫中送来一笔银钱，这其中有你阿耶的俸禄，还有天后每月单给他的恩赏，可叹你阿耶如今不在人世了，天后依旧很念旧情，而且多方照料你，你就不要成天胡思乱想了。你阿耶说过，天后不是寻常女子，她的性格独断专行，你如果不为她所用也就算了，既然听命于她，那么她让你做什么你就用心做，不必多虑。"

李凌云睁大眼睛。"这是阿耶让姨母跟我说的吗？"

"是的。"胡氏有些凄苦地道，"你阿耶总觉得自己会遭遇不测，平时便有一些话嘱咐下来，你可不能当耳边风，要牢记。"李凌云不敢再招惹姨母发怒，应了一句，赶紧遁回自己屋中。

他走了之后，胡氏面带愁容地坐在桌旁，不声不响地发了好久的呆，然后解下自己手腕上的念珠，闭目缓缓地念起佛经来。

☁

由于心头挂念着硬黄纸上记载的两桩案子，李凌云第二天起个大早，在洛阳城开坊门的街鼓①声中赶往杜衡府上。

看过硬黄纸上的记载，杜衡一拍膝盖。"巧了，这其中一桩案子，正好是我们杜氏弟子经手的，因为案件疑难，长时间无法破案，这个弟子专门找老夫探讨过案情，所以老夫有一些印象。案卷相关的封诊录虽说封存在大理寺，但只要不涉及皇家的案子，我们一向会留一些手记。此案的手记正好在我书房内，你等我一下，我片刻便可取来。"

李凌云闻言大喜，又问起另外一案。杜衡有些好奇这些消息是打谁那里听来的，李凌云没有隐瞒，将前因后果坦诚地告诉了他。

听完原委，杜衡笑道："那位凤九郎，老夫其实也与他有数面之缘，给你阿耶做副手时见过他，真是好一个美男子，最奇怪的是什么消息他都有，而且非常准确，只是不知他到底是何等身份，竟有如此精准的门路。"

杜衡说着又安慰他："大郎放心，既然凤九郎说这案子是我们封诊道的人办的，我这就抄写一下案发时日及地点，并简单描述一番，传信到其他八家，一定很快就有所得。"

说完，杜衡提笔将案卷摘抄了个简略内容，一式八份交给下仆，要求其去封诊道天干另外八家寻觅手记。吩咐完毕，他又把李凌云邀请到家中花园比较僻静的一处茶亭。

杜氏也是封诊道大族，与李氏一样，在外虽不显眼，可于东西两京里也是颇有根基的。杜氏宅邸不大，小巧玲珑，却有南方园林的风格，布置得相当幽深雅致。

---

① 设置在街道的警夜鼓。宵禁开始和终止时击鼓通报。始于唐代，宋以后改名为"更鼓"。

只是此等美景，李凌云并无心欣赏，他的心思全在追查明崇俨一案上面。等杜衡从书房取来手记，他便忙不迭地比对着硬黄纸上的记录，迅速抄写起来。

说起封诊手记，其实就是在填写封诊录之前预先打的一份草稿。当然，类似李绍、杜衡或李凌云这样精于封诊录书写的人，一般是不必打草稿的，他们的手记，大多用来记录一些办案中的奇思妙想，或是鲜有耳闻的药、毒，以及封诊时的关键思路，所以封诊道天干十支家族历代首领的手记，都是极珍贵的东西，必须妥善保管和继承。

凡事皆有两面性，虽说普通弟子的手记只是誊抄封诊录之前的记录册，但由于普通弟子能接触的多是寻常案子，很少涉及皇家及政事，所以并没人关心手记上到底写了什么，也正是因此，这些弟子经手的案子，在封诊道内都能得到比较完好的保存。

反倒是封诊道首领，例如李绍经手的案子，牵扯了更多的皇家事件，所以不论是打草稿用的封诊手记，还是正式誊抄的封诊录，大部分都会被三法司[①]或是宫中彻底封存，甚至直接销毁。

不过类似硬黄纸所记的这种案子，经手的封诊道人有时也会将案情模糊处理，留下相关封诊技艺，然后作为传授弟子的教学案例，换一种方式给记录下来。

此时，杜衡在一旁煮茶。李凌云整理线索，渐渐地，在他的脑海中已大致形成了这桩案子的始末。

许久之后，李凌云放下手中的紫毫笔，轻声道："手记颇为杂乱，有一些遗漏，看来还是得到大理寺走一趟才成。"李凌云抖着手记册子，语气不满。"去年夏日的案子，尸首应该在大理寺的第三处殓房里，此案死者被钉在树上，

---

① 我国旧制三个司法机关的合称。《商君书·定分》："天子置三法官，殿中置一法官，御史置一法官及吏，丞相置一法官。"后世"三法司"之称或来源于此。唐代指刑部、御史台、大理寺。《新唐书·百官志一》："凡鞫大狱，以尚书侍郎与御史中丞、大理卿为三司使。"重大案件由三法司会审。

不检看尸首，一定会忽略许多信息。"

"而且……"杜衡闻言，面露迟疑地补充道，"此案虽说是请我封诊道的弟子协助查案的，但京畿①地方这么广阔，疑难不破的案子向来不少，前去查此案的这名弟子当时只不过是刚刚出师，经验有限。按我看，他这手记上的东西，只怕未必都是对的。要是像大郎你推测的那样，这两桩案子和明崇俨案是同一个凶手犯下的，那的确要弄到大理寺的案卷，争取亲自封诊才行。"

李凌云抬眼，有些奇怪地凝视杜衡。"杜公本来不太赞成我的揣测，为何现在却有这样的想法？"

"你阿耶在世时就说过，我的个性或许太过于小心谨慎，也太在意他人的想法……"杜衡微露苦笑，"那天和大郎你发生口角，回来后我想了想自己为人处世的方式，发现你阿耶说得很有道理。"

杜衡拿起水瓢，向快烧干的铜壶中注入一瓢凉水，伴着刺啦啦的声响，小亭中腾起一阵水雾，让杜衡脸上的神情看起来忽明忽暗。

"天后还是武昭仪时，生下的第一个孩子，便是已经去世的太子李弘，他死后被天皇追封为天子。太子李弘品性中正柔和，深得帝后喜爱，可惜身子不好，从小就患有肺痨②之症，前些年突然薨于东都合璧宫中，让天后、天皇白发人送黑发人。之后的太子，便是曾经的沛王李贤，也就是天后的第二个儿子。"

杜衡声音平静地说着。李凌云不出声，安静地聆听。

"然而这位太子李贤与太子李弘不同，李贤一直才华出众，同时也锋芒毕露。还没有做太子时，他就对天后参政极为不满……宫中也有一些传闻，认为他或许不是天后的骨血，而是天后的姐姐韩国夫人③与陛下偷情所生……

"不过，这些说法并没有实际证据，只是谣传而已。可天后和太子之间冲突不断却是真的。明崇俨案的来龙去脉大郎你最清楚不过，天后之所以会严查此案，未必没有借此对太子施压的意思。"

---

① 国都及其附近的地方。
② 肺结核。
③ 武则天的姐姐，曾嫁贺兰越石。

"何以见得？"李凌云不解。

"退一万步说，那明崇俨哪怕真的说过'太子不堪承继大位'这类找死的话，可这话一来是皇家秘辛，二来非议国本①，没人推波助澜的话，也不至于会传得整个东都沸沸扬扬，难道不是吗？"杜衡见壶中水即将沸腾，又加了一点凉水，壶里声响顿时消失。

"民情如煮水，太子对明崇俨再怎么不满，也不至于把自己跟明崇俨的仇怨弄得天下皆知，毕竟'不堪承继大位'又不是什么好字眼，太子是不会自己张扬的。"杜衡说道，"那么这话到底是谁在传，又为什么传？你想过吗？"

李凌云终于皱起了眉头。

"明崇俨一死，京中更是广泛传闻他的死状凄惨，由于太子与明崇俨之前存在这种嫌隙，谁听了不觉得这事是太子所为？只怕所有人此时都会认为，是太子杀了正谏大夫②吧……"

杜衡轻叹，把沸水再度压下。"不过传闻归传闻，真相归真相，不管是谁把太子跟明崇俨之间的事故意传出来的，现在看都不重要了。既然天后与太子不和，又清楚太子厌恶明崇俨，她吩咐让你阿耶和我查案，摆明就是想借此案找太子的晦气。"

说到这里，杜衡又苦笑起来。"若不是考虑到这一层，我也不会坚持说杀明崇俨是东宫所为，毕竟这桩案子看起来更像是有人在故意引导，让大家将矛头指向太子。"

"虽说也心存疑虑……"杜衡抬眼，目中精光微闪，"但后来你阿耶在办案过程中为人所杀。在我看来，这就是太子党杀明崇俨的铁证，或许正是因此，它影响了我查案时的看法，我至今仍然认为，这桩案子多半是太子所为，所以此前我才会发怒与你口角。毕竟……就算天后是想借明崇俨案坑害太子，她也

---

① 立国的根本，特指皇位继承者。
② 官名。秦置。专掌议论。西汉置谏大夫，东汉改称谏议大夫，秩六百石，掌侍从顾问，参与谋议。名义上隶光禄勋。隋、唐隶门下省，掌侍从规谏。龙朔二年（662年）改称正谏大夫，神龙元年（705年）复旧称。

绝不会赔上你阿耶的性命。你阿耶是我封诊道的天干首领，天后有许多秘事，都要交由他去办理才能放心。而且天后与你阿耶有多年感情……你或许不懂，但我作为副手却很清楚，你那个阿耶与天后，绝对不是普通的君臣关系。"

骤然听到这个说法，迟钝的李凌云却想不通，作为封诊道首领的父亲李绍与天后武媚娘之间到底存在怎样的私交，于是他疑惑道："这是什么意思？杜公可否明示？"

"那已经是太宗朝的事了，武媚娘入宫后不久便已跟你阿耶认识，那时她还只是个小小才人[①]。"

"大郎对人情比较懵懂，那么老夫今日便多说两句。"杜衡抚着花白胡须道，"哪怕是对天家至尊，高贵无比的人而言，识于微末之时的情分，那也是有所不同的。自古以来，太子即位后，对待潜邸[②]旧臣，都有许多优待和宽恕。虽然我破不了明崇俨的案子，天后大发雷霆，原本打算要取我性命，可经李大郎你的请求，天后就暂且对我不再追究，那是因为天后还要用你李大郎查案，要我辅佐你。但把我换成你阿耶的话……你信不信，就算他破不了明崇俨案，天后也不会这样严厉地处置你阿耶，而会轻轻放过。"

"我阿耶与天后之间……到底是什么交情？"李凌云喃喃问道。

"我也不清楚，只知道他们关系非同寻常。"杜衡摇头，"他们二人应该有某种不为外人所知的私情，当然，这并不是男女之情……或许是一些你我都不知道的秘事！毕竟数十年往来，二人有君臣之谊，谁也不清楚他们彼此间到底发生过什么。可老夫明白一点，你阿耶为查明崇俨的案子被人杀害，这件事触了天后的逆鳞，她对我的雷霆之怒，多半也有你阿耶被害的缘故……破不了明崇俨案，自然揪不出杀你阿耶的凶手，这让她感到异常愤怒。"

"如此看来，我必然要破此案！"李凌云直视杜衡，目光明亮，俊美得有

[①] 妃嫔称号。唐置九人，正五品。玄宗时改正四品，置七人。

[②] 又叫潜龙邸，以非太子身份继位的皇帝登基之前的住所。皇帝如果继位前为太子，登基前自然居于东宫，便没有潜邸；如果继位前是有封藩府邸的庶子、旁支等，其原来的住所就叫作潜邸。皇帝继位后，潜邸通常情况下不能再被用作任何人的居所，而会被改建为宗教寺庙或祭祀场所。唐高宗李治虽说后来被封为太子，但成为太子之前的身份是藩王。

些女相的脸上透出坚毅的神情，"破了此案，我就会接手阿耶的案子，按杜公说的，天后一定也想知道是谁杀了阿耶，我一定会找到杀我阿耶的凶手。"

"大郎很有信心……"杜衡微笑着点点头，"虽然你对明崇俨案猜测的方向与我不同，但老夫仍会为你尽心竭力，当然，这也是为我封诊道千百年的传承着想。"

二人正在交谈，下仆匆忙过来，送来了另一桩案子的相关手记。李凌云同样把凤九给的那份拿来，按时间和封诊顺序对应整理了一遍。

李凌云一面整理一面道："此案所发地点，名字倒是很古怪……叫什么'封门村'？此村为何叫这个名字？既然是有人居住的房舍，为什么要封门？这说不通啊！"

杜衡放下茶碗，伸手拿起凤九那份抄在硬黄纸上的资料，轻声念了起来。

"去年春季，某月某日……一贫穷张姓书生进京求学，夜晚行至河南道①阳武县时，由于县城尚远，身上又无多余的钱财可以住店，就想在村中寄居。

"张生因家中贫苦，向来对破庙、桥洞无所顾忌，他虽然觉得村中住户稀稀拉拉，房屋破旧，却也觉得至少算得上不错的休憩之地。

"询问村中人时，他发现村里人只肯说该村名叫'封门村'，之后便不再给他回应。张生见村人机警，便放弃了住于百姓人家的打算。他绕着村子步行一圈，准备找一个无人居住的房子，勉强留宿一宿，第二天天亮，早起继续出发。

"然而他四处查看时才发现，大半个村子丝毫没有人起居的迹象，也看不到半个人影。他连推几扇门，发现均上了锁。几次尝试后，这张生便来到了一个落魄的庭院前……

"这次张生推门，门应声而开。据张生所言，这是一户三进的四合院，木门双开，较此前的房舍气派一些。除此之外，就是门槛太高，近乎到了成年男子的膝头处。门头上还挂着残破的白色灯笼，好像这家曾经举办过丧事。张生向来胆大，并不计较，入内准备歇息，却忽然嗅到一股奇怪的气味。

①"道"是政区、监察区及军事区域名。唐贞观初因民少官多，于是省并州县，因山河形势分全国为十道，作为监察区，经常派遣特使巡行地方。

"踩过门槛，书生沿着走廊，循着味道发现了一间稍大的屋子，仿佛是这家的祠堂。张生见屋内的窗户上都挂满了蜘蛛网，令人作呕的气味也越发浓烈。他随即推门而入，竟发现屋子正中的祖先祭台上有一具四肢被捆绑，吊在木柱上的腐尸……"

念到这里，杜衡打住话头，摸着胡须道："这案子被发现时的境况也太可怕了，不过读来颇有趣味……倒像是坊间流传的什么传奇故事。"

"虽说传奇了些，不过这名弟子的封诊手记记录得倒是大差不差，和传闻是相合的。"李凌云拿起手记道，"这上面写，那张生连滚带爬逃出村子后，根本不敢在村中停留，他拔腿跑向阳武县衙门，报告了案情。当地的公人赶到村中，果然发现有具腐尸，因为废宅藏尸颇为古怪，便托人请了这名弟子过去。这名弟子只是按照封诊顺序把那祠堂勘验了一番，结果并未查出什么所以然。因那尸首面部被毁，也无法确认死者是何人。后来此案被当地官府定为疑难案，上报给了大理寺。大理寺那时不知为何连人都没派，县上没有办法，便把尸首置于薄棺中，扔进义庄存放。"

杜衡闻言问道："既然尸首不在大理寺，大郎要不要先去那封门村探查此案？"

"之前因私查死水湖案，在东都门口被大理寺司直①唐千尺拦截，显然已得罪了大理寺。如果这次我们继续私查封门村案，就等于明知故犯，跟大理寺完全站在了对立面。为了查案，总不能每次都指望凤九郎出来调停吧。"

杜衡已听说了他们在亭中的遭遇，微笑道："当年你阿耶查案，也没少麻烦这位凤九郎，如今你子承父业，一样可以麻烦他。"

李凌云不好跟杜衡明说，凤九曾在月陂给他下过药。经过这一次，他也觉得明珪说得在理，凤九这人绝非善类，必须敬而远之，能不打交道就尽量别去招惹。思及此，李凌云随意找了个理由敷衍道："天后总不至于一直让我们不

---

① 官名。相传商汤时已有此官。汉武帝元狩五年（公元前118年）置丞相司直，省称司直。秩比二千石，掌佐丞相举不法，职任甚重。东汉改属司徒，协助督录诸州郡上奏。后魏至唐沿置，属廷尉或大理寺，掌出使推按。唐代亦于太子官属中置司直，相当于朝廷的侍御史。北宋元丰改制后于大理寺设之。

明身份地查案子，谢三娘既然回到宫里，肯定要对天后说起我们的遭遇，倒不妨等一等，看看天后那边会怎么说也不迟。"

杜衡闻言亦表赞同，毕竟天后武媚娘的喜怒很难揣测，一动不如一静。李凌云把那两本手记誊抄整理完毕，回到家中，便一头钻进了弟弟李凌雨的房间。

李凌雨今日没有练字，而是在提笔绘画。等说完案件进展，李凌雨已打好草稿，李凌云打眼一瞧，发现弟弟画的是青年时的李绍与幼年时的自己，画面上二人站在祠堂前，李绍低着头，手中拿着一根弩箭，好像在跟自己细说着什么。

李凌雨的笔力并不老到，但显得很有灵气，寥寥几笔就把李绍皱眉温和的模样勾得活灵活现。李凌云看后，却露出些许古怪的表情。"凌雨好像不曾去过地上，怎么会看到阿耶教我识别弩箭？"

"阿兄忘了，我不能晒太阳，但夜里却可以承受月光，自然是晚上去看的祠堂。至于阿耶如何教阿兄，是阿兄自己跟我说过的，我凭借想象绘出此图轻而易举。"李凌雨微笑着搁下笔，坐在兄长对面。

"画得很像，就像凌雨真的站在一旁看着我们一样……"李凌云转换话题，"对了，我虽然跟杜公说要等天后决断后才可继续查案，但也不能一直就这么干等着，可现在，我也不知做什么才好，你是否能给些建言？"

"阿兄不妨这样，"李凌雨提议道，"既然手中已整理了一些案子，不如把这些案子原样抄写一份，送到宫中交给谢三娘，让她转呈天后便是。如此一来，天后看了心中有数，觉得阿兄在认真办案，又不会觉得阿兄是在故意催她下旨。"

"这倒是个极好的办法。"总算有了做事方向，李凌云欣然应允下来。

东都上阳宫①中，香烟袅袅，琴曲叮咚。身穿绮罗的教坊舞姬在眼前翩然

---

① 唐朝东都洛阳城中重要的宫殿建筑。上元二年（675年），唐高宗采纳司农卿兼知东都营田韦弘机的建议，在东都苑东部、皇城西南隅修建上阳宫。上阳宫南临洛水，西拒谷水，是唐代洛阳宫殿建筑中最具规模的建筑。唐高宗后期，常来上阳宫听政。

起舞，天后武媚娘却好像无意欣赏的样子。

她神色微凝地看着放在面前金色几案上的案卷记录，上面一笔小楷精准清秀，明显习的是王羲之的楷书，但笔法中却别有一番整肃的气息。

"李绍生得好儿子啊……"她靠在一个羽毛充实的缎面圆枕上，微微闭上眼，"三娘看过了吧！婉儿呢？没看过就看看。"

谢阮自然看过，就算是明珪送来的东西，不清楚内容，她也不敢直接递给天后。此时尚未过目的上官婉儿拿起案卷默读片刻，笑了起来。"咦，我看他其中写的都是'天后'，而非'皇后殿下'……李公这儿子，不是不太擅长人情世故吗？我怎么看，明明是上奏三桩案子的细节情况，字里行间却透露着叫苦连天的意思，就差没站在这殿里大喊，要天后下旨，好奉命去捅大理寺的娄子了。啧啧，这手段倒像是个人精。"

自打武媚娘撺掇高宗李治下旨，让天下百姓将两人称呼为"天皇""天后"以来，她就格外不喜欢有人再叫自己"皇后殿下"。在她看来，天后是一个与历朝历代后宫女子决然不同的位置，这表示她不只是后宫的第一人，对整个大唐天下来说，她也是丈夫李治这个皇帝之下的第一人。

至于其他人，无论男女都必须匍匐在她的面前。称她为"天后"是认可她的权威，而称她为"皇后殿下"则不是，所以她身边的人都称她为"天后"，而不是"皇后殿下"。

"这个小家伙或许得了谁的指点，比如说明珪……"武媚娘气定神闲地说道，"其实我不想逼他太甚……这世上有的人，只有你以死相逼，他才会竭尽全力，比如那个杜衡。可这个小家伙却很特别，他脑子里面似乎自有一套章法。所以我才让明子璋去跟他缓和缓和，反正就算案子破不了，看在他阿耶的分儿上，难道我还会真杀他吗？"

"天后心地仁厚，"上官婉儿柔柔地笑道，"李公与天后情分不同，如今明子璋、三娘、李大郎已成了朋友，明子璋的话，李大郎是能听进去的。只是我不明白，他既然自知没有性命之忧，为何还要这么着急，催促天后下旨？"

"他能不着急吗？"武媚娘眯起眼睛，狡黠地笑了笑，脸上有了数十年前刚入宫时那个并州①少女的影子，"他找不出明崇俨的死因，我就不许他查他自家阿耶的案子。这孩子跟当年的李绍一样，是一个爱较真的人，自己的阿耶死因未明，他是绝不可能安心的。"

明崇俨死了一年有余，他的名字在武媚娘嘴里叫起来，都感到有些陌生了。

武媚娘的目光变得遥远，她仿佛看到自己回到了长安城，在太宗皇帝的寝宫内，身穿红白杂色的间裙②，为病重的太宗侍奉着汤药。

那时的李绍，就已是封诊道在宫中的"顶梁柱"了。她还记得，为了给太宗皇帝更好地熬制汤药，她总是跟这位年轻又面善的医官讨教，而他，似乎也被她的博闻强识所惊艳……

那时，后来成为她丈夫的稚奴③也在太宗膝下伺候，稚奴就是在那里对她一见钟情的。但是稚奴对她的惊艳，与李绍是不同的。她还记得李绍看她的目光，既欣赏，又有些难以置信，那是对女子聪敏的一种发自内心的认可。

在权势之道上一路走来，她打败了王皇后④，打败了国舅长孙无忌与他的党羽褚遂良，甚至，她还打败了她屡弱的长子李弘……她身边一直都有李绍相伴。

想到这儿，武媚娘胸中忽然有了一些怒意，这短暂的回忆让她再度意识到，现在的她想要打败什么人的时候，李绍已不在她身边了。

"只是，李大郎终归不是李公。"上官婉儿在一旁轻声道，"天后的想法还是李公更明白一些，明崇俨案要是李公接手的话，只怕早就往东边查去了……"

"话虽如此，但有时李绍也未必就那么愿意'明白'。再说了，你也不要小看李凌云这个小家伙，他未必就真的什么都不懂。"武媚娘无端打断了上官婉儿的后话，不等她做出反应，武媚娘又问："你们怎么看？要不要下旨，让

---

① 武则天是并州文水（今山西文水东）人。

② 间裙为古代裙的一种，又称间色裙，是将两种或两种以上不同颜色的面料相拼接制成的色彩相间的裙子。"破"则是指间裙上每种颜色的面料形成的狭条，一条裙子若用六种颜色的面料拼制而成，则称为六破，若以七种颜色的面料拼制而成，则称为七破。

③ 唐高宗李治的乳名。

④ 唐高宗王皇后，因武则天被立为皇后而被废为庶人。最后，武则天把她和萧淑妃各打了一百大板，把二人打得皮开肉绽，之后又砍掉二人的手脚，并把二人放到酒缸中。不久后，二人去世。

这小家伙放心大胆地去查？"

谢阮总算找到机会开口："我相信李大郎是真的想破案子。他只是并不太在乎凶手的身份，对他来说，找出真相才是关键。"

"你倒是信他。"上官婉儿横了谢阮一眼。武媚娘身边的两位女官，谢阮是凶名赫赫，而上官婉儿却有清丽柔美的名声在外，此时她横目看向谢阮，别有一番任性的美丽，以及一种奇妙的微酸，好像被别人抢去了玩伴注意力的孩子。

"李大郎心里要是有那么多花花肠子，当初我去牢里提他出来时，他也不会一点面子也不给。"谢阮挑眉解释，"他们封诊道，好像有什么求真的信念需要秉持，也就是要找到案子的真相。一般人多少会为情所惑，心头留些计较，可这位，偏偏一说到人情世故就变得傻乎乎，或许正是因为这样，他反倒对真相格外执着。"

"我怎么觉得你在骂人啊！"上官婉儿听完，掩着朱红小嘴笑个不停。

谢阮无奈道："是你心眼太多，我分明是在夸他。李大郎虽然迟钝，却不像一般男子，不会因我的女子身份而对我心存轻视。所以我才替他说两句真话。"

上官婉儿止住笑意，微皱淡扫的黛眉。"男子大多对女子很轻视，并非个例，照你这么说，李大郎倒真的是个异类。"

谢阮想着李凌云对她说过的"尺有所短，寸有所长"之语，点头感慨道："确实是个异类。"

武媚娘在一旁叫停道："两只小狐狸，不过是问你们要不要下旨，竟然扯出这么多闲话来。"

上官婉儿心思敏捷，连忙扯着谢阮盈盈一拜，娇声道："天后圣心独断，哪里用得着我们姐妹，我们不过从旁说些情状罢了。"

武媚娘脸上故意做出不快模样，口中却发笑。"罢了罢了，我也不做什么决策。三娘，你叫他明日进宫一趟，我听听他会怎么说。"

谢阮知道天后意思松动，自然大为高兴。武媚娘起身道："突觉有些燥热，我去沐浴，婉儿去把今日的奏章读了，待我出浴后讲与我听。"

说完，武媚娘便带着两个老宫人离开了此处。上官婉儿见谢阮摩拳擦掌，一副要出宫传旨的模样，不由得道："三娘凡心动了。"

谢阮闻言，好半天才反应过来，不由得气笑了。"有本事你过来，看我不撕了你的嘴——我成日为天后在外办事，你却在这儿编派我。"

说完她便伸手去挠上官婉儿的肋下，一时间两个少女嘻嘻哈哈闹成了一团。

武媚娘站在宫楼下，听着少女发出的嘻嘻笑声，回头问："李大郎比其阿耶李绍如何？"

她身边不知何时出现了一个紫衣男子，他此时轻声答道："心思缜密，不畏困苦，这些方面他和李公是相似的。只是他不如李公人情练达，有一些懵懵懂懂。"

遍布锤纹的银假面覆在男子脸上，他的双手袖在紫色鹤氅里，头发松松地在头上绾了个发髻，簪一支无雕刻的白玉发簪，也不见特意做什么富贵装扮，气质却飘然欲仙。他正是操控东都暗面风雨，大理寺见之也得退避三舍的凤九郎。

"这也算不上什么妨碍，"武媚娘道，"你给他的东西，写得十分清晰吗？"

"不过是街头巷尾，坊中怪谈那样的东西罢了，"凤九施施然答道，"倒是在口头上提点了一下，这两桩案子都是经封诊道之手的。"

"封诊道虚名似乎太大了……这两桩案子，不也一直没捉着凶手吗？"武媚娘有些不屑。

"也不是这么说的，要是当时去的是杜衡那样的老练派，只怕案子已经破了。"凤九微微笑着，不知为何，他今天的笑容里却有些微妙的虚假之意。

武媚娘似毫无察觉地点头。"或许是的，不过现在既然案子落在李大郎手中，你觉得是否像他揣测的那样，凶手与杀害明崇俨的是同一人？"

"查案这种事情，什么时候成了我的特长了？说到底不还是李大郎的事？"凤九淡淡地道，"我不过是天后的一双眼，替你看着别人看不见的地方罢了。"

武媚娘霍然转身，伸手摘下凤九的银制面具。"很久没看到这张脸了，原来常住① 你，还是喜欢说这么不中听的话。"

凤九伸手从武媚娘手中拿走面具，迅速戴了回去，冷声道："贺兰常住不是已经死了吗？都过去这么久了，姨母还提死人，多没意思？"

"倒也是。"武媚娘道，"你要记得，你的外婆是活活被你气死的，你母亲是自己找事，非得沾染陛下，才会断送了性命，而你的妹子也是被你们母子俩带累，成日来往宫中勾引男人，才会年纪轻轻就没了。"她慈爱地对凤九道："惊才绝艳的贺兰敏之还是彻底死了的好，如此一来，你所生养的孩儿们或许还能过得自在一些。"

"姨母多狠心的事都做了，骨肉相残，已灰飞烟灭，又何必对这些陈年往事念念不忘呢？"凤九笑起来，"凤九是知道轻重的。"

武媚娘看着这个外甥。他的死期早早被记录在册，可人还能活蹦乱跳地站在她面前，这当然是她亲自操办的缘故。在她心中，武氏真正的血亲，只有同父同母的姐姐的一双子女。可悲的是，从她的姐姐和她的丈夫搅和到床上之后，就注定这场至亲间上演的悲剧是无可挽回的了。

从凤九与她有诸多肖似的眉眼里，武媚娘似乎看见了那个早就被埋在黄土之下的亲姐姐。她忍不住轻叹，柔声道："那就换个话题吧，说说方才我的问题，李大郎的猜想，你觉得会不会是真的？"

"李大郎终归会找到真相，不管最后真相是什么，他都会不打折扣地揭露出来。这是他与李绍间最大的不同之处……李绍肯定更听你的话，会为你掩盖周全，无论他有多么不情愿。"凤九缓慢地移动着脚步，与武媚娘一同向前走去。"他会找到什么真相，这也是令我好奇的事。姨母你呢？"

"我也很好奇，所以决定召他入宫，问问这个小家伙有什么想法。只是，

---

① 武则天的外甥贺兰敏之的字。

那大理寺也不是好对付的，只怕难免还是要让你辛苦一些……"

二人一边走，一边随意地聊着，似乎已把方才言语中泄露出的那个极大的秘密完全忘却了一样。

只是，在路过一株明黄牡丹的时候，凤九的脚步变得异常缓慢。他又一次想起了好几日之前，从宫中送到仁和坊的那朵花。

年年岁岁花相似，岁岁年年人不同。喜欢明黄牡丹，追在他身后唤着"哥哥"的少女，却已在至亲所投的剧毒之下，化为白骨许多年了……

凤九一瞥即走，但在假面之下，他的眼底，却仿佛被那花染上了一抹浓得化不开的恨意。

第二回

宫谋机变　凤子之谜

李凌云终于等到了他与天后的第三次相见。

入宫前，他与明珪就已提前做好了准备，打算跟武媚娘好好说说明崇俨案和此三桩怪案间的关联，谁知他刚开了个头，天后脸上便出现了不耐烦的神情。

"太粗略，"武媚娘道，"你打算跟我说的，都写在谢三娘递交的信里了，我让婉儿给我读过，说这些案子是同一凶手所为，还是有些勉强。"

"杀人自然有目的，以上案子中，凶手都将死者摆成无法解释的奇形怪状，恐怕与术士修行有关。如今没有您的旨意，无法细查详情，才会显得如此粗略。我相信要是让我接手，得到大理寺的案卷，前往案发之处封诊，至少能证明这个猜想是否正确……"

李凌云表现得有些急躁。武媚娘叫人给他端了碗冰镇蜂蜜水，不疾不徐地道："听说你们封诊道查案，一定要求得真相，如今你却只凭猜测，就让我为此下旨？李大郎，你可知道，如果这些案子查出来与明崇俨案毫无关系，大理寺会如何编派我的不是？"

"难道……大理寺现在就不编派天后了吗？"李凌云端着蜂蜜水，莫名其妙地看向武媚娘。

天后闻言一愣。李凌云又道："难道谢三娘没把大理寺在东都城外抓人的事告知天后吗？"

武媚娘反应过来，他冷不丁说这句话的意思，是指大理寺明知宫中让他查案，都敢直接抓人，背后自然不知道说过她多少坏话。

仔细一想，武媚娘也感到有些好笑。她指着李凌云道："你们谁说李大郎不通人情的？他这不是很懂吗？"

武媚娘笑了好一会儿，才正色道："你既然也知道大理寺对我命你们查案不满，身为臣子就要为君上着想，我确实不好就此为你下旨。但如果你们能拿出更有用的证据，大理寺自然没话可说。"

"要是有证据，又何须天后下旨？不如直接把凶手抓了，把案卷砸在他们脸上就是了。"李凌云听得有些生气。

武媚娘又一阵朗笑，笑声很有须眉英气，随后她袖手道："今日就到此为止，你先出宫歇着，明子璋留下来。"

李凌云将蜂蜜水交给一旁的宫女，愤愤地道："既要查案，为何又让人歇着？我就是不明白，天后相继命我阿耶、杜公还有我查案，不就是要找一个真相吗？既要找真相，就需不拘一格，但凡有可能的，都要试过才对。"

武媚娘笑着摆手。"来人来人，把这个痴儿给我叉出去。"

命令一下，几个金甲卫瞬间围拢上来，他们手中的直刀也不出鞘，在李凌云肋下一架，当真把他从殿中一路给叉了出去。

武媚娘对明珪招招手，又对上官婉儿摇摇头。后者机敏地拍了三下手掌，殿中人顿时走个精光，就连上官婉儿与谢阮也没有留下。两女离开时随手扣上殿门，并一左一右守在门口，不许外人进入。

武媚娘在坐床上懒懒躺下，单手托于脑后，捏着面前贴金大漆果盘里的葡萄，吃了几颗。虽然年岁已大，但她那种成熟女子的风情，却很有一些灼灼逼人的味道。

明珪在她对面的席上恭谨地跪下，轻声道："至今为止，李大郎的办案本事，据我看一直是十分可靠的。"

"谁怀疑他的本事不可靠了？只是本事要用对地方。"武媚娘欠身做欲吐状，明珪起身到她身边伸手接着，武媚娘吐了几颗葡萄籽到他掌心里，又躺了回去。

这个举动，对身为长辈的女子和身为子侄辈的男子而言，实在是过于亲密，但是武媚娘和明珪好像都没有半点不自然的意思，似乎他们彼此间这样做已不止一次两次了。

"明崇俨的案子交给李大郎，必定能找出天后所要的'真相'。"明珪手腕一翻，葡萄籽落在了地上的赤金唾盂^①里。

武媚娘斜乜着明珪道："子璋慎言，子为父讳，怎么能直呼其名？"

"天后叮嘱得对。"明珪嘴上说着，脸上却没有什么惭愧悔改之意，"李大郎对他阿耶的案子上心，对我阿耶的案子也是志在必得，天后放心就是。"

武媚娘把葡萄放下，皱眉道："子璋你可以确保一切无虞吗？"说着，她伸手去拉明珪衣袖。

"臣确保。"明珪顺势起身在床边坐下，温情地凝视着这位看上去比实际年龄要小许多的女子，"天后要相信臣的安排，有李大郎在，就一定逃不出我所算计的结果……至少，天后想要的必能得到，不会有变。"

"那就去做吧！"武媚娘仍皱着眉，"明崇俨死去足足一年有余，我心中总是挂念，他对我，对天皇，还是忠诚的……此事要是不了结，子璋也总是陷在这事情里不得自由，我还有许多事要子璋你去做，这样不好。"

"实在不妙。"明珪伸出一指，揉着武媚娘隆起的眉心，悄声道："天后眉间都有皱纹了，是臣无能。"

"为国操劳，固我所愿也。"武媚娘微微一笑，那双妖娆的眼眸中有了刀光剑影，"你就看着办吧……"

"臣明白。"

不知从哪里来的一股旋风，骤然吹起殿中幔帐，半透的幔帐顿时如蛇

---

① 痰盂。

狂舞。

"贤儿小时候是极为乖巧的，长大了却总是喜欢做一些蠢事，作为他的母亲，我很为难啊……"

从殿中传来了武媚娘幽幽的声音，但很快被淹没在狂乱的风里，化为呜呜泣音……

李氏宅院，李凌云房内。

明珏与李凌云面对面地跪坐在席上，后者面色难看，双眼盯着对面手捧冰冷蜜水的明珏。

明珏今日穿着常服，一身白色襕袍，头上系着黑色青纱幞头[1]，显得格外儒雅，但腰间银制浮雕花草纹的蹀躞带[2]过于贵气，怎么看都不像是寻常读书人。

"天后让人把我给叉了出去，金甲卫把我叉到殿门外还不算，竟然一路叉到了宫门之外，所见者甚众。"李凌云话音未落，明珏一口蜜水就喷到了他脸上。

"抱歉抱歉，"明珏连忙卷起衣袖，擦拭李凌云的头脸，苦笑道，"我也没想到会这样，叉得也太远了，我以为把你弄出门就算了。"

"无所谓，"李凌云拉开明珏的袖子，郁闷地道，"本来以为入了宫，见了天后，就能请下旨意，却没想到会是这个结果。"李凌云翻翻面前整理出来的两本封诊录，上面还有许多空白之处。他有些无奈地道："不看尸首，不实际查过凤九给我的这两桩案子，你阿耶的事绝不可能有进展。"

---

① 又名"折上巾"，一种包头的帛巾。
② 古代玉佩饰。缀玉的同时又缀有许多钩环，用以钩挂小型器具或佩饰等物的玉带。最早为胡人的实用器物，用以佩挂各种随身使用的物件。魏晋时传入中原，唐代曾被定为文武官员必佩之物。唐开元以后（713年以后），一般官吏不再佩挂，在民间更为流行，但仅存装饰意义，而无实用价值。

"那就查。"明珪道。

"是啊！也没有什么办法……咦？"李凌云猛地睁大眼睛，一把掐住明珪的胳膊，"你说什么？"

"我说，既然查了这两桩案子，可以让我阿耶的事情有所进展，那就查啊……"明珪吃痛，叫道，"大郎放手，好痛。"

李凌云不好意思地放手。"我手劲大了些，平日剖尸断胸骨练的。"解释完，他又连忙追问："这话什么意思？怎么查？莫非是天后改了主意，下旨了吗？"

"你昨天也在宫里，天后也说了，明着同大理寺过不去是不行的，原本查我阿耶的案子，大理寺已经颇为不满了，天后怎么可能下旨？"

听明珪这样说，李凌云不由得泄气。"那你又说要查？没有旨意，如何查得来？却不知天后为什么那样忌讳大理寺……"

"有谢三娘跟凤九郎，凭什么不能查？"明珪的笑容极为亲切自然，李凌云看在眼里，莫名产生了安定感。于是他老实跪坐好，瞅着明珪那双温厚的眼眸道："明子璋，不要吊我胃口了，到底是什么章程，快一一道来。"

"大郎是欺我与你为友乎？"明珪故作惊讶，却眼带笑意，"罢了，也不瞒着你了。天后昨日虽然没有下旨，但后来单独见我时，却给了我一些暗示。"

"什么暗示？"

"谢三娘是天后的人，而凤九郎摆明也是天后的人，这两个人大理寺都不可能惹得起。之前大理寺要处置你我，但到现在也没什么动静，这说明什么？"

"说明什么？"李凌云愣愣地问。

明珪知道李凌云在这方面非常愚钝，只好叹道："这说明，如果你我不出面，让谢三娘与凤九郎两个人上，大理寺必定不敢追究。"

"是这样啊……"李凌云想了想，歪了歪脑袋，思索着说道，"我觉得谢三娘不是关键，凤九郎才是让大理寺避忌的缘故，否则在东都城外，就不用等凤九郎来给我们解围了。"

明珪听得一愣，拍腿大笑起来，语无伦次地道："李大郎……哈哈……这话你藏好了，绝不可以在谢三娘跟前说……否则，她一定会给你个终生难忘的教训。"

"阿嚏！"谢阮身穿红罗裙，臂上戴着两个金臂环，身后缠着一条白地泥金缠枝纹的帔子①，脚踏明珠线鞋，站在明氏前院中的树下。

冷不丁打了个大喷嚏，她抬起手，毫无女子形象地揉了揉鼻头，费解地自言自语："这是热得伤风了？怎么这两天，我总是喷嚏不断？"

话刚说完，她就看见明珪和李凌云中间夹着凤九朝她走来，三个男子看见她时，脸上表情都有些呆滞。过了片刻，就见凤九转头问明珪："这女子……是谢三娘吗？"

"应当是，看着很像，一般女子可没有这么高。"明珪小声应道。

谢阮见这两人鬼鬼祟祟的模样，正要发飙，却见李凌云大步走到她面前，用欣赏的目光上下打量她，突然说道："谢将军这样穿很好看。"

谢阮挑眉看看李凌云，在他脸上没看出调侃的意思，便抬手提起红罗裙问他："你真的觉得好看？"

"真的好看，额上的花钿②也好看，只是没见你这样穿过。"李凌云点点头，又问："谢将军今日这样穿，是有什么缘故吗？"

谢阮到底只是个十几岁的少女，没有女儿家不喜欢被人夸赞的，一时之间，她也忘了明珪和凤九方才的故意作弄，长长叹了一口气。"天后让换的，说是再不穿裙插钗，我就要忘记自己是个女子了。"

"啊？"李凌云吃惊道，"可谢将军就算穿着男装胡服，也是个很好看的

---

① 古代妇女披在肩背上的服饰。
② 唐宋女子的一种面饰。唐宋女子多流行满脸贴上各种花形的花钿，即用极薄的金属、彩纸等剪成各种小花、小鸟、小鸭等形状，用一种哈胶粘贴。

女子。"

"……果然痴得厉害。"谢阮无奈地看着他,"李大郎有时真让人不知用什么表情面对才好。"

"怎么了?谢将军不是说,穿男装只是为了方便吗?"

"是是是。"谢阮见他又要追问,连忙堵住他的话头,"天后让我随婉儿在宫中习琴,我本不喜欢那些叮叮当当的丝竹玩意儿,所以没换衣裳就赶过来了。不过你们到底找我有何事?"

面对难得做女子打扮,显得异常明丽动人的谢阮,明珪和凤九都觉得很惊艳。此时听见她提及正事,他们这才反应过来。明珪忙让下人在院中铺设银丝草席,照例摆上了木几和瓜果。

众人围着几案坐下。谢阮仍是武人一般盘腿而坐,更是自己上手,拿了一块井水湃过的蜜瓜来啃。

在场的其余三人早就习惯了她这样的做派。明珪清清喉咙道:"前日,天后留下我单独说话,按她的意思,虽然我们还是不能跟大理寺正面冲撞,但可以暗中施为,不拘一格地把案子查了。"

凤九闻言冷笑道:"什么不拘一格,在座四人,大理寺唯独不敢不给我颜面而已,你们不就是要拉我下水吗?"

"那就有劳凤九先生了。"李凌云与明珪早串通一气,见凤九跳进坑中,二人不给他反应的机会,连忙起身对凤九长长一揖。

"不敢受礼。"凤九抬手一边托住一个,冷冰冰地说完,却听见了谢阮的笑声。

谢阮用手背擦得嘴唇上的口脂一片血红模糊,笑道:"凤九郎演什么戏,你又不是什么好请的人,今天明子璋一请就来,天后肯定早就在你那儿招呼过了。"

凤九眯起狭长的眼睛,双眸中光芒闪烁,最后脸上绽出笑容。不知为何,李凌云发现他笑的时候,看起来竟与天后武媚娘很有一些神似。

"谢三娘最会拆台,"凤九叹道,"但也没有说错,天后的人今天一早就来找过我，让我配合你们。"

说着，凤九从怀中摸出那枚白玉如意，在自己头上轻轻按摩，微微合眼道："说吧！要我做些什么？只是先跟你们说好，若是让我的人玩命，那我一定是不做的。那些人或许在别人眼里算不得人，但跟了我，我总要保全他们的性命。"

凤九声音轻轻柔柔，但越说到后面，话语里的肃杀之意越浓，就连李凌云也听出了一些不对味的地方。他皱眉道："只是从大理寺里偷些案卷，总不至于会死人吧！"

凤九睁开眼睛，凝视着李凌云，确定他是真的这么想，而不是故意嘲讽，这才缓缓点头道："如果是这一桩事情，于我来说倒也没什么困难。只是你们有没有想过，大理寺中的案卷何止成百上千，就算去偷，总归也要有个清晰的目标吧！"

"此事我们也已想过了。"李凌云看向谢阮，道，"大理寺每到休沐之日总是人手不足，如今既然知道两桩案子，一桩发生在去年春天，一桩发生在去年夏天，总能大致摸出案卷存放在哪个柜中。到时先麻烦谢三娘一路冲进去，不必看案卷细节，只要确定第几柜第几格，然后凤九郎派人，想办法将其盗出即可。"

谢阮闻言有些不快。"原来你们是在打我的主意……算了，我本来也横惯了，大理寺的人可以抓我，却不可能随意处置我，最多不过把我送进宫里。既然如此，我也不妨走上一回。"

"再过几日便是休沐之日，不如我们提前一天到这里筹备，等谢三娘找到案卷所在，便立即知会凤九先生。"明珪说完，恭敬地朝凤九拱手道："届时还要麻烦先生，让你家小狼提前到我宅中，方便查探消息。"

"好说，就让小狼跑一趟。"凤九点头，算是应允下来。

…………

明珪虽是个闲散少卿，但怎么说也是大理寺的人，又因其官位极高，徐天虽能阻止他翻看案卷，却也拦不住他去案卷库中溜达。

其实，他早就有心留意那两份案卷大致的存放之处，只是多年来，库藏的案卷极多，又是按大唐地理分布放置的，哪怕只是一两个柜子，寻觅起来也并不容易。

因谢阮此次需打头阵，明珪便特意把自己的所见所闻一一告知。当两人讨论详细对策时，在一旁无法插话的凤九转头问李凌云："天后那边传来消息时，说那死水湖案和另外两桩案子的凶手，可能与杀明子璋阿耶的家伙是同一人，到底何以见得？李大郎能解释一下吗？"

只要谈起案子，李凌云总能打起十二分精神。他回道："我们调查的第一桩案子，便是明子璋阿耶被杀一案。凶手从天师宫悬崖处的窗户进来，杀死了他阿耶。而当晚，他阿耶因为要引雷，就坐在丹炉前，位置正好面对那扇窗户。他阿耶如果能看见来人，不会不反抗，除非他阿耶受害时已彻底昏迷。而那死水湖案也是一样，受害人双目被挖，双手双脚捆于原木，被投入水中，身上除了被绑缚的痕迹外，却不见其他伤痕，尤其被挖眼时人还活着，也没有反抗。用尸首胃内残液喂验鼠，验鼠瞬间昏迷，显然死者当时处在深度昏迷状态。"

凤九并不打扰李凌云的谈兴，安静地听他分析案情。

李凌云继续道："明子璋阿耶的案子已发生很久，且多人经手，胃内之物在先前查案时已经用完，所以查不出是否用过迷药；而死水湖案尸首新鲜，胃内药酒中含有迷药。虽然是根据案情推导，可是两桩案子在这一点上却是相合的。之后，另外两个相合点，却不是仅存在于这两桩案子里，而是四桩案子中都有。"

闻言，凤九忍不住问："是什么相合？"

李凌云道："每桩案子的被害之人，最后都面目难辨。明子璋的阿耶被砍了头；死水湖中的尸首被挖了眼不说，经水一泡，面目肿胀，也无法辨识；明道和尚发现的被钉死在树上的人，面门被锤烂；最后那个封门村的腐尸，据我们封诊道去查案的弟子说，其面部被人用重锤之类的东西锤得稀烂，骨头都碎了，更别说辨识容貌。"

"凶手在刻意隐瞒死者身份？"凤九揣摩道。

李凌云点头。"不仅如此，四人被发现时都浑身赤裸，其中明崇俨被穿在引雷针上，湖中尸首被捆在原木上，林中人四肢被钉于树上，封门村那人则是被挂在祠堂中间。另外，我封诊道弟子的手记上说，在此人体内还发现了一些锡块。"

"锡块？"凤九睁大眼。

"双拳大小，不规则的金属锡块，似乎是熔化后从口中灌入体内的。手记很不完整，需要弄到案卷细查此案，才能完全确认。"李凌云有些失落，搓搓修长而有力的手，感慨道，"以如今的线索，我只能粗粗推测，这一切或许是一名医道所为……对了，那湖中死者恐怕也与明崇俨一样是个术士，所以，不排除术士杀术士的可能。唉……要是大理寺不妨碍我们查这些案子就好了。"

李凌云说起案子便露痴态。凤九垂下双眸，轻声问："硬黄纸上那两桩案子的传言我也看了，的确像你所想，或许是个头脑有毛病的人所做。只是起初我不懂你为何把这两桩案子跟明崇俨案联系到一起，眼下听你所说，竟也觉得很有一番道理。"

李凌云叹道："我也并非一开始就拿得准的。起初我只是觉得那凶手下手非常利落，天师宫又看守严密，于是便假设他不是第一次动手杀人，而是经验丰富的惯犯。也正是因为这样，才麻烦你帮着查对……后来正巧死水湖案被报上大理寺，我们抢了先，铤而走险去查探案情后，回来又发现死水湖案正好与你提供的案子关联上，谁知会这么巧呢？"

"确实很巧。"凤九话语中，"很巧"二字咬音有些重，他抬起头来盯着李凌云："按现在的情形看，大郎觉得杀明崇俨的还会是东宫的人吗？"

"目前而言，是不太像的。"李凌云道，"虽不能说全然无关，但如果这些案子当真是同一人所为的话，我觉得与东宫应该扯不上关系。"

"东宫那边也是有亲近的术士的，大郎这样说有何缘故？"

"缘故自然是有的，"李凌云伸出手指，一根根掰着手指数起来，"其一，要是东宫养了个专门杀人的杀手，那么他杀人一定是为了给东宫扫去障碍。可是这名凶手杀的这些人里，与朝中有关的只有明崇俨，首先从动机上就说不通。其二，像这般连续杀人，死者受害之后，被摆成奇怪的姿势，不像是复仇，倒像是与祭祀之类的事情有关。上古殷商时就很流行人祭，杀人不为仇怨，也不为谋财，而是要祭祀上天和神明。鼎这种国之重器，也曾有人用来烹煮过人头……"[1]

"我读过史书，与人祭有关的事确实也听过一些。"凤九赞同道。

李凌云又屈起中指。"其三，这杀人凶手，手段层出不穷，将死者挖眼、剖腹、砍头、划烂面部，其举动堪称疯狂至极，但其思路又很缜密。这种嗜好杀戮之人，或许会出现在杀气很重的军队中，却不该被安排在太子身边，毕竟太危险了，而且带有杀气之人，与普通人相比，目光犀利，举止暴虐，很容易被认出来。所以我觉得，这个凶手应该不是太子的人。"

"原来如此……"凤九随着李凌云的讲述陷入思索之中。片刻后，他自席上霍然站起，口中道："明子璋、谢三娘，你二人不必再商议，那案卷的事交给我来办。"

二人闻言大惑不解。谢阮奇怪道："刚刚九郎还说要找准卷宗极难，怎么突然大包大揽了？"

"听你二人说了半天，觉得计划过于琐碎……"凤九袖着手，眯眼俯视面前的三个年轻人，突然轻笑道，"你们也真是容易被人骗，我说什么就觉得是什么？既然我说我的人进大理寺偷案卷没有问题，那么如何找到案卷，对我来说又算得上什么障碍？"

谢阮想了想，面有薄怒地道："我知道了，你根本是在大理寺中安插了你的人吧！"

"三娘打小就很聪明的，只是性子急，不愿多想一些。"凤九伸手抚一抚谢阮头顶。以他的年纪，的确可以称得上在座几人的长辈，一贯性烈的谢阮并没拒绝，任他摸了摸脑袋，还是不快地抱怨："反正九郎就是要看我们的笑话。"

被谢阮这样一说，凤九更是大笑连连。他就这样带着笑意，踏上鞋子飘然

---

[1] 殷墟出土过装着人头的青铜鼎，其用途是祭祀上天。

而去。没过多久，他懒洋洋的声音远远地从院外飘来。"后日此时，就在这座院中相见。如要酬谢，我要长安西市腔①，不许用别的酒水混过去，否则不给你们案卷看。"

李凌云与明珪对视一眼，都想起了凤九给自己下药的事。谢阮见二人面色诡异，困惑地道："凤九是西市腔喝多了吗？他既然自己能做，为何不直接答应下来，偏偏要等我们计划这么久？他分明就是存心看我们笑话！"

明珪却不像谢阮那样抱怨，反而去问李凌云："方才，凤九跟你说了很久的话，他到底讲了些什么？"

"他问我，这桩案子的凶手是否与东宫有关。"

"那李大郎是怎么说的？"谢阮好奇地问。

"与他说了好几点，总而言之，目前来看，如果所有案子均为同一人所犯，那这人与东宫应该没什么关系。"

"这样啊……"谢阮脸上明显露出了感到可惜的表情，"唉，李大郎倒也没说错，按现在的情况看，杀明子璋阿耶一事，兴许真不是东宫干的。"

谢阮说完这句话后，有些意兴阑珊的样子，与二人没聊几句，便借故回宫了。

直到谢阮骑马的背影渐渐消失在街口之后，明珪才伸手轻轻拉了拉李凌云的衣袖，对他小声道："大郎，你随我来。"

李凌云随着他，进了他家的书房。一进屋，便看见房中四处摆放着桃木剑、八卦镜，以及道家符咒之类的物件。

明珪命小童送了些胡饼、玉润酥之类的点心到房中，略带歉意地道："这是我阿耶的书房，所以放着一些术士用的东西。阿耶的案子未破，我也没有心情收拾，就在此与大郎聊一聊。"

李凌云取一块雪白酥饼咬了一口，只觉得酥脆无比，入口即化，带着一股

---

① 酒名。唐朝的名酒历史上都有记录，如当时荥阳有土窟春，富平有石冻春，剑南有烧春，郢州有富水酒，乌程有若下酒，岭南有灵溪酒，宜城有九酝酒，长安有西市腔酒，此外还有从波斯进口的三勒浆、从大食进口的马朗酒等。

极香甜的羊乳味。他点点头道："好啊，子璋你要聊什么？"

"凤九方才问你的那些话，除了我们之外，其他任何人问你，你都不要再提，哪怕是杜公。"

李凌云吃着酥饼，有些不解地问："这又是为何？"

"你还记得，早前我同你说过，我阿耶的死为什么会与东宫太子扯上关系吗？"明珏微微皱眉，轻声叹息道，"就是因为我阿耶对太子有不好的评价，可见祸从口出，有的事情还是出于你口止于我耳比较好。"

明珏正色，在李凌云身边坐下，双目紧盯着他，压低嗓音认真道："这桩案子，表面上是要查清我阿耶之死的真相，可背后却是天后与太子及东宫之间的权力之争，他们在相互博弈罢了。"

"权力之争？"李凌云面带疑惑，"这件事我也大概听过，这位东宫太子性格睚眦必报，你阿耶曾经说过他一些不好听的话，天后会怀疑你阿耶的死与他有关，倒也合情合理！至于凤九的提问，更是理所当然，他要与我们一同查案，问问案子又会出什么问题？"

"问题就在于，他三言两语便从你这儿套出了答案，确定此事可能与太子无关，接着他便突然主动提出要去大理寺窃取案卷——"明珏的拇指在自己膝上相互交缠起来，此刻他的脑子动得飞快，"而之前他推三阻四，不肯完全自己来。显然，他的态度的转变与你的结论有关。"

"子璋不必绕弯，我有些听不懂。"李凌云坦然说道。

明珏注视他好一会儿，忍俊不禁地掩面道："是我不好，大郎还是听我从头说起吧！"

一时之间，明珏的声音在书房中平静地响起，两个年轻人的身姿也映在室内那磨得锃亮的八卦镜中。

"李贤原本和天后之间并没什么隔阂，他生来聪慧，而他的兄长太子李弘打小身体就不太好，被诊出患了不治之症。天皇、天后作为亲生父母虽然难过，但也不得不接受现实，大唐是不可能交到太子李弘手里的，为了延续皇家统治，难免就要对当时还只是大王的李贤悉心培养了。可以说，李弘之死虽令人伤心，但也在朝野后宫预料之中，只是没想到会这么早发生而已。

"太子李弘薨逝以后，天皇就把东宫的原班人马直接给了接任的太子李贤，也就是说，太子李贤等于继承了兄长的所有力量。由此可见天后并不是不爱这个儿子，否则那个时候她就会从中作梗。"

"既然天后爱子，那为何太子与天后还会闹到如今这个地步，甚至还把你阿耶给卷了进去？"李凌云听得疑窦丛生，忍不住插了句嘴。

"说这事其实有些犯忌讳，但告诉大郎应该也没关系。他们母子间为何会剑拔弩张，这就要从天后的姐姐韩国夫人身上说起。这桩风流韵事虽涉及宫廷，可在达官贵人之中倒也不是什么秘密。"

说到此，明珏双眼中有了一些感慨。

"当年天后备受天皇宠爱，生下太子李弘后，没多久又诞下一个小公主，不料小公主出生后未到满月，就意外夭折了，宫中之人向来认为是王废人，也就是当年的王皇后杀死了小公主。王皇后和萧淑妃后来被以巫蛊之罪①废入冷宫。而在此事之后，天后又迅速地孕产了第二子，也就是当今太子李贤。天后这三个孩子降生时间极为接近，而女子如果怀有身孕，她的男人便难免要寻花问柳，况且帝王至尊从来不缺女人！

"当今这位天皇陛下，少年时便有些多情风流，否则也不会与曾经侍奉过太宗皇帝的天后情根深种。而且别看天皇表面柔弱，本性却很疏狂不羁。只是谁也没想到，天后的长姐韩国夫人在宫中照料怀孕的天后时，却意外地与陛下有了私情。"

"啊，可这与太子李贤又有什么关系呢？"李凌云听得云里雾里，直眨眼睛，觉得自己果然在人情上愚钝到了一个地步，明珏都说了这么多，他却还是没想明白。

"大郎莫急，且听我说完。在韩国夫人与陛下有了私情之后，没过多久，她整个人便消失了，很久之后，大家才听闻韩国夫人已死。最古怪的是，这

---

① 古代用邪术害人构成的犯罪。

位韩国夫人身为天后同父同母的姐姐，死的时候，外间却没有任何风声，以致韩国夫人死于何时、何处，连她生养的一子一女贺兰敏之和魏国夫人①都不知情。"

"什么？还有这种事情？按说，这位韩国夫人也算得上皇亲国戚，为什么她会死得无声无息呢？"

"其实这只是外人的看法而已，按天后家族武氏的说法，是韩国夫人生了急病，前往乡下疗养，却没想到病情加重，因此才会病逝于偏远之地。只是京城里的人怎会轻易相信这样的说法？这些人不但揣测不休，甚至还穿凿附会出一些可怕的说法，认为是当今天后暗中害死了自己的亲姐姐。"

明珪不以为意地一笑，继续说道："其实他们倒也没有完全猜错，韩国夫人之所以去乡下，并不是因为生病，而是天后不满她趁着自己怀有身孕刻意靠近陛下。毕竟亲姐妹争宠，这种不雅之事也无法摆到明面上来说。于是，天后才将韩国夫人放到了极远之地，让她不能与陛下接触，也想让一切恩怨渐渐淡去。"

说到这里，明珪不由得感叹起来。

"原本按照天后的想法，这位被驱逐出去的姐姐安安分分地过几年，也就可以再度回京。陛下虽然多情，但他投注深情之人其实只有天后，即便韩国夫人貌美如花，等过几年年老色衰后，也就不会再勾起陛下的心思，宫中沸沸扬扬的传闻也会因此一并消散。谁知，这位韩国夫人却在乡下忧思成疾，没过多久就香消玉殒了。

"韩国夫人的原配夫君本就早逝，她的一子一女也一直养在天后的母亲杨氏老太君身边。因觉得韩国夫人身死与自己有关，天后对这两个孩子一直极为宠爱，向来由着他们自由出入宫中，更让贺兰敏之改姓武，继承天后阿耶的国公爵位。

"本来事情也就到此为止了，韩国夫人人都死了，恩怨也应该就此消散，

---

① 武则天的姐姐之女，封魏国夫人。

谁知，这两个孩子听信自己母亲是被天后所害的传言，一直怀恨在心。韩国夫人的儿子贺兰敏之与太子李贤往来时，很早就对他说过一些大逆不道之言，说李贤是自己的母亲韩国夫人所生，韩国夫人与陛下私通生下了李贤，不知如何是好，才让天后抱养膝下，作为亲生儿子抚养，而韩国夫人因做下这样的丑事，被天后流放到荒僻之地，又被暗中灭了口。"

"这传闻也太离奇了，没有证据，太子为什么会相信？"李凌云是封诊道出身，习惯不管什么事情都要有证据，此时他觉得，那位大唐东宫太子只因为一种说法便对母亲心生怨怼，实在是太不可思议了。

"太子一开始自然也是不信的。只是，他时常与天后产生矛盾，时间一长，难免耳濡目染。"明珪见李凌云仍有不解，又细说道，"太子李贤刚一上位，身边就聚集了一帮谋臣，形成了一股属于自己的势力，试图展现才能；而天后掌权日久，不肯放权。母子之间难免因此生出不快。加上之前的传言，以及宫中一些有心人的策动，太子李贤竟渐渐地相信自己不是天后亲生的，从此母子间的情感也不复当初了……到后来，作为天后面前的红人，我阿耶那样说他，你觉得太子他会怎么想？他自然认为是天后故意要压制他……甚至想要废了他。"明珪苦笑连连。

"那你阿耶这么说，到底是天后的意思，还是他自己的意思呢？"李凌云问道。

"是天后的意思，却也不是她的意思。"明珪将手放在李凌云膝上，目光烁烁地道，"不是世上所有人都像大郎这样不善揣度人心，但凡位居高位之人，身边从来不缺猜心高手。我阿耶会那样说太子，当然是因为天后已对太子的处处挑衅感到极为不满，所以他知道，天后这是要借着他的口打击一下太子……我阿耶不认为这会给自己惹来杀身之祸，因为太子终究是太子，他觉得太子不会因为一句话冒这样的大险。"

李凌云琢磨片刻，大概明白明崇俨只不过是想拍天后的马屁，却没想到会伤及性命。他又问："那凤九问我东宫是否参与此案，是在关心太子吗？可他之所以与我们一同查案，是因为有天后的命令，那他到底是天后的人，还是东宫的人？"

"他与天后以及东宫，其实都极为亲近，不过应该说……有些事情对他来说已是必须埋葬的过去了。"明珪缓慢又坚定地摇摇头，"我不能告诉你凤九的真实身份，你就当对他来说过去的一切都已经死掉了吧！就像我之前和大郎你说的，凤九的消息可以信，至于这个人，你就当他是一抹幽魂好了……"

第三回

孤魂取案　帝心叵测

"表独立兮山之上，云容容兮而在下。杳冥冥兮羌昼晦，东风飘兮神灵雨。"①

深夜，贯穿东都洛阳城北诸坊的大街上，传来了醇美清亮的男声。如果是在白天，一定会有很多百姓凑过去，看看唱歌的是怎样的风流男子。然而在这样漆黑的东都夜色中，这声音却代表着无法形容的诡谲和异常。

一道风流的人影在大街正中缓步而行。披挂宝甲的金吾卫街使对不在坊中老实安歇，跑到街上犯夜的人一向凶悍，但眼下这位口中念诵着屈原所作《山鬼》的男子从他们跟前走过，这些人却视而不见。他们一个个骑着骏马自他身边缓缓路过，每个人都目不斜视，只当这道人影根本不存在一样。

"留灵修兮憺忘归，岁既晏兮孰华予？采三秀兮于山间，石磊磊兮葛蔓蔓。怨公子兮怅忘归，君思我兮不得闲。"②

街使们身上的甲胄随着马步发出琐碎的金属敲击声，跟那位紫衣鬼魅的声

---

① 孤身一人伫立高高山巅，云雾溶溶脚下浮动舒卷。白昼昏昏暗暗如同黑夜，东风飘旋神灵降下雨点。译文引自屈原：《楚辞》，陶夕佳注译，三秦出版社，2016。
② 等待神女怡然忘却归去，年渐老谁让我永如花艳？在山间采摘益寿的芝草，岩石磊磊葛藤四处盘绕。抱怨神女怅然忘却归去，你想我吗难道没空来到。译文引自屈原：《楚辞》，陶夕佳注译，三秦出版社，2016。

音搅在了一起，缓缓地向洛阳东城飘去。

深夜的东城，诸官署沉浸在一片黑暗中，只在各自门前点着两盏并不怎么明亮的灯笼。这条大唐官署最集中的街道上，紫衣男子信步经过刑部门前，缓缓地走向最深处。

大理寺那两扇深黑色的大门，在紫衣男子敲响之后便无声地洞开，他朝着大理寺的深处走去，在那里堆积着无数从州县上报的怪异案件，当地方上的官员对疑难杂案感到无奈时，他们就会想起这座大唐帝国京都的机构。

在大理寺内集中了大唐最优秀的刑名和仵作①，每个州府都期待疑案在大理寺来员之后就被迅速地解决。然而，这里也同样因此积累了许多未破之案，如果不是前几年那位姓狄的官员来到这里任职，依靠对案件无与伦比的敏锐天赋清理了大部分积案，这些未解之案的数量，应该比现在更多才是。

幽魂一路飘进大理寺内用来存放案卷的那间房间。室内有许多高得快要碰到屋顶的巨大柜子，这些柜子被按照大唐地域里各道的名称来命名，在存放河南道案卷的那座巨柜前，高壮的徐天皱着眉，用不赞同的目光看着来人。

披着紫色轻容纱②罩袍的凤九对他露出一个歉意满满的笑容。"我来取案卷，徐少卿知道是哪两卷。"

"为什么？"徐天脸上没有表现出任何惊讶，他只是对凤九突然的要求有些愤愤不平，"你之前说过，只要案子的大略，我甚至都把封诊道查过这两案的消息一起告诉你。这难道还不足够吗？作为一个死人，你这样也实在欺人太甚了。"

凤九看着徐天抖动的腮帮子，突地微微一笑。他微生细纹的眼睛，在大理寺特制的无烟蜜蜡的火光里灼灼发着光，就像夜晚的猫一样。"死人怎么还能欺人太甚呢？欺负你们大理寺的人在上阳宫里，她喜欢在半夜批改奏折，你这个时候发去抱怨的奏报，或许还能得到她的批复。"

① 仵作是旧时官署中检验死伤的吏役。仵作行人指从事仵作这一行业的人。实际上，"仵作"之名始于宋代（也有说始于五代），文中内容仅为虚构。
② 无花薄纱。

"你到底想做什么？"徐天徐徐拔出腰间的直刀，"大理寺是大唐的大理寺，不是一个女子的玩物。"

"所以你们就可以造孽了吗？"凤九的笑容突然失去了温度，变得格外冰冷，"只是因为厌恶那个女人专权，就一定要阻碍那些用心查案的孩子，放任一个杀人疯子遁逃在外？"

"要是被她掌控了三法司，那才是造孽。"徐天咬牙咬得腮帮子像石头一样硬，"如果李凌云是我大理寺的人的话，他要什么案卷都可以，但明珪和他都是天后的人，所以现在我要告诉你，就是不可以。"

凤九凝视徐天片刻，特别认真地问道："你还记得你们是三法司吗？你和我不一样，徐少卿，你不是一个死人，你的职司就是让死去的人瞑目，而不是利用权力做一些见不得天日的事情。"

说到这里，凤九发现徐天的手往后缩了缩，直刀的锋刃朝刀鞘里收回了一些。凤九的目光变得柔软，他放轻了声音，用一种柔和的语调对他道："不要任性。"

徐天长了满嘴胡子，所以他看起来比凤九显老得多，凤九对他说出这句好像在哄小孩的话，就显得特别突兀。但是徐天居然没有反驳凤九，反而把直刀彻底收回了刀鞘中。

"这就对了。我会亲自来求取案卷，是因为李大郎说他有很大的把握，凶手并不是东宫的人。"凤九慢慢说道，"而且你应该清楚，天后对太子不满，她不破掉此案是绝对不会罢休的。明子璋和谢三娘如果硬来，天后也可以找出很多理由保护他们，而你唯一能动的李大郎背后，却站着整个封诊道。"

"虽然这封诊道并不被太多外人所知，甚至知道的大部分人都认为他们只是更神秘的仵作，反正是总跟尸体打交道的人……"凤九的声音变得越来越柔和，语气里充满安慰，就像真的在跟自己的子侄交谈，"但坐在你这个位置，你应该很清楚，他们不只是三法司破获悬案最好的助手，更是传说中那些不可思议的起死回生之技的传承者。"

"……可恶。"徐天沉默许久之后，说道，"非常可恶。"

凤九愉悦地笑起来，但笑意并没真正进入他的眼睛。"只要望气，就能察觉蔡桓公的病情已经到达骨髓，判断其无药可救的扁鹊；无须敲破脑袋，便知曹操的头疾是因脑中生了虫的华佗；还有那位踏遍大唐，以葱管导出血尿，治愈尿闭之症的孙思邈孙真人。以上这些神医，身后其实都站着封诊道。"

徐天隐藏在乱须中的厚唇动了动，好像有什么话要说，但最后，他还是选择了继续沉默。

"只要大唐两京之中还有无数需要封诊道为他们诊疗疾患的贵人，只要宫中还需要封诊道去查那些不能被外人得知的案子，你就永远不能动李大郎。既然如此，他们就一定能在天后的庇护下弄到案卷，而你的反对，除了拖延时间，让天后对你极度不满，对大理寺心生怨怼之外，不会有任何意义。"

凤九继续慢慢地说着，他盯着徐天，观察这位大理寺少卿的表情。"而且关键是，李绍死了，天后现在想要报复。"凤九顿了顿，这才继续诚恳地道，"相信我，为了报复，武媚娘这个女人什么都做得出来，她连血亲都可以杀，更不会在乎把你们大理寺搞得鸡飞狗跳。"

"上阳宫里的那位天后，为了达到自己的目的，向来是不择手段的。"凤九说道，"我希望你们能够审时度势，保留一些力气，在将来……阻拦她做出更可怕的事。"

说完这些，凤九又叹道："我相信，这也是'那边'的意思。"

当凤九提及"那边"时，挡在案卷柜前的徐天终于抬起一只脚，让开了路。凤九抬手，朝徐天揖了下去。他走过徐天身边时，听见对方说："在右边第三个柜子下方，第五个抽屉的隔层里，你要拿起木板才能看见那两份卷宗。"

凤九从徐天说的那个地方把两份用匣子装好的案卷取出，走到烛光前粗略地翻了翻，确定是完整的卷宗，这才揣进了怀里。

"我还有一个问题，"凤九对已在书几后跪坐，准备阅读案卷的徐天道，"李绍的死，到底是不是'那边'动的手？"

"我们为什么要动手去杀一个完全被武媚娘利用的人？"徐天愤怒地抬起头来，"你也说了，我们是三法司，不是那些为所欲为的家伙。"

"不用生气，我没有怀疑你。我说的是'那边'，或许有的人太着急，或者太愤怒，他们不想看见天后把明崇俨的死跟东宫联系到一起。我认为他们有充分的理由杀死李绍。"凤九表情的沉静和徐天的须发皆张之间，形成了明显的对比。徐天看着凤九的脸，再一次感觉到自己的心浮气躁。

"应该不是……"冷静了一些的徐天恢复了老刑名的本色，分析起来，"正如我刚刚说的，李绍不过就是天后手里一把称手的刀。东宫早就被'那边'询问过无数遍了，太子否认是自己动的手，他再怎么讨厌明崇俨也不至于要杀明崇俨，这样做就是在给自己找麻烦。套麻袋打一顿不可以吗？甚至扔进洛水也行……根本没必要搞出这么大阵仗……"

徐天舔了舔干燥的嘴唇，评价道："没有人会笨到去做一件会让全天下人都在第一时间怀疑自己的事情。既然杀人者不是东宫的人，那么不管是我们，还是'那边'，都没有理由去杀李绍，大不了让他查就是。你也知道，后来杜衡查了半天，谢三娘把东宫翻了个遍，还不是一样什么都没有找到？'那边'此时杀李绍只会得不偿失，反而让天后多了找事的理由。"

"很有道理，"凤九摸着下颌，"可道理只能用来推断寻常人，不能用来推断疯子。"

"你什么意思？"徐天沉住气问。

"你忘了高阳公主①吗？要知道，李氏皇族从来就不缺疯子。"凤九没有多说，转过身扬长而去。

橘色温暖的烛光里，徐天独自思考着。他想起了在宴席上给自己亲兄弟下

---

① 唐太宗第十七女，专横跋扈，曾经与高僧辩机私通，事发后，唐太宗下令腰斩辩机，高阳公主怀恨在心。唐高宗继位以后，高阳公主、房遗爱便笼络与唐高宗不和的薛万彻（娶唐高祖第十五女丹阳公主）、柴令武（霍国公柴绍的次子，驸马，娶唐太宗第七女巴陵公主），打算发动政变，废掉唐高宗，拥立荆王李元景（唐高祖的第六子，唐太宗的六弟）为帝。但计划败露，这几人均被逮捕。唐高宗派长孙无忌审讯此事，长孙无忌借机将自己记恨的吴王李恪也牵连进来，房遗爱、薛万彻、柴令武被处斩，李元景、李恪、高阳公主、巴陵公主被赐死。

毒的李建成和李元吉；想起了陛下那个曾经身为太子，却闹着要做草原"可汗"，跟男宠纠缠不清的兄长李承乾；又想起了和辩机和尚偷情，在陛下登基之后还掀起叛乱，引得长安城勋贵人头纷纷落地的高阳公主；还想起了东宫那位如今笃信自己不是天后亲生的太子李贤。

于是，他不由得结结实实地，在炎炎夏夜里，打了一个冰寒无比的冷战。

紫色的幽魂从东城里飘然离去，走向了奔流不息的洛水。

在河边，一叶极细的黑色扁舟诡异地静止在奔涌的河水中，河岸上已经打开了一个狭窄的黑洞，等那道紫色的影子登上扁舟后，扁舟开始移动，这时候才看得出扁舟的尾部，坐着一个从头到脚用黑布蒙得严严实实的人。

扁舟移动，是因为这人握住了扁舟侧面那完全涂黑的锁链，通过拉拽锁链，扁舟逐渐朝洞中移去。没入洞中之后，凤九从怀中取出一枚夜明珠，在微光里寻到关闭洞口的机关，一掌拍了下去。

外间的河岸震动着，那个洞口逐渐变小，最后完全消失了。一只被惊醒的长颈水鸟从草丛中往那个方向看去，什么也没发现，就缩起脖子继续沉睡起来。

没了外面的水流声，拉动锁链的声音变得嘈杂刺耳。扁舟在地下水道中穿行，这叶扁舟行使的水道和鬼河市里的一样狭窄，但看起来更加规整，在夜明珠下微微的反光里，可以看出水道的墙壁是由坚硬的石头堆砌而成的。

在东都宫殿下方，有许多这样的水道，它们大多是用来向洛水排出宫中污水的，但这一条却不太一样，它是一条独立的水道，没什么排泄物的恶臭，反而散发着清新的活水气息。大半个时辰后，扁舟终于来到了水道的尽头。

黑影放下手中的铁链，胳膊上突出的肌肉不由自主地上下跳动着。水道这一端的机关远比河岸那头的更加精巧，通道口滑开时几乎没有发出任何声音。

凤九缓缓转动一块很不起眼的砖石，看着逐渐打开的通路，他有些愣怔起来。他知道这处机关所用的材料并不是最好的，这是为了在非常时期，毁掉这条通路时，不会轻易让人察觉，因为这其实是一条留给皇族逃命的密道。他很有信心，就算在千百年之后，也不会有人能分辨出这条水道有何与众不同之处，人们只会把它当成一条普通的宫中排污管而已。

想到这里，凤九觉得自己有些好笑，一个只能活数十年的人，却在操心着千百年之后的事情。然而只有这个时候，他才能清楚地感觉到，自己身体里还有一部分属于贺兰敏之，只有那个不愁吃穿的大唐贵族，才有这种思虑过多的闲愁。

他瞥了那黑影一眼。"返程之后，你胳膊上的肌肉会因过度使用而撕裂，回去养好身体，之后再来听用。"

说完之后，凤九从洞口走了出去。他缓步来到一座设计精巧的庭院中。院中那座楼足足有五层之高，被修筑成典型的道观模样，而它看起来却比东都城中最华美的道观还要精致得多。

此时夜已深，但楼中还亮着灯光。凤九直接推开虚掩的楼门走了进去，接着，他顺势跪坐在被染成紫色的草席上。

他无声地从怀中掏出两匣案卷，放在貌似质朴，却是用上好桃木制成的八卦几案上。他把案卷推到那位黑袍中年男子眼前。

几上镶嵌的玟瑰薄片反射着室内温润的光，在这样炎热的夏夜，蒲团上男子的袍服竟有五六层之多。他的衣物每层都异常轻薄，如蝉翼一样透明。在最外层的玄色轻纱上，可以看到用金银线绣着的诸天星辰图。

被他穿在最内层贴身的那件衫子，呈一种看起来带红的黄色，这是大唐最为高贵的服色——赭黄，它彰显着这位中年男子有着绝非寻常的身份。

男子并没伸手去拿那两个匣子，而是发出了长长的叹息声。"在年初的时候，朕去了一趟隆唐观，访逍遥谷的潘师正[1]潘真人，然后又去了启母庙，再

---

[1] 隋唐道士。字子真，贝州宗城（今河北威县东。《旧唐书·隐逸传》作"赵州赞皇"）人。隋大业（605—618）中，有道士刘爱道者，见而奇之，谓："三清之骥，非尔谁乘之？"时王远知为隋炀帝所遵礼，爱道劝其师事远知，远知尽以道门秘诀及符箓授之。未几，随远知至茅山。后隐居嵩山之逍遥谷，积二十余年，据说但服松叶饮水而已。唐上元三年（676年），唐高宗召见，问山中所须，答曰："茂松清泉，臣之所须，此中不乏。"唐高宗甚为叹异。调露元年（679年）又敕于逍遥谷建崇（隆）唐观，岭上别起精思院以处之。卒赠太中大夫，谥"体玄先生"。

拜了一次神。吐蕃今年已完全占据了羊同、党项及诸羌之地，其境东接凉、松、茂、嶲等州，至此，吐蕃南邻天竺，北抵西突厥……自汉魏以来，西戎的规模，应该是以此为最大最盛了。所以朕恳求了神明，希望我大唐其他事可以顺利一些，又特意改了元，从调露①改为永隆②，以期兴旺。"

男子自称"朕"，他正是大唐天皇李治，而他所在的这座园子，便是位于宫中的皇家道观。只是没人知道，这位皇帝为何会在深夜面见凤九，而他身边，竟连侍奉的宦官都看不到一个。

李治缓慢地说着，凤九安静地听着，似乎这两个人现在都不怎么着急。"兴许，是苍天看朕诚恳，所以三月时，裴行俭大败东突厥阿史德温傅、奉职二部，可汗泥熟匐被自己的部众给杀了，还提着他的脑袋来投降，总算是叫人心里头觉得安妥了不少。只是，朕还求了个别的事，却好像……不怎么顺心的样子。"

李治伸手摸了摸案卷匣子，一碰到木头，就像被烫了一样缩回手，又发出一声轻叹。"媚娘跟贤儿，为什么一定要搞成这个样子呢？明明在隆唐观时，潘真人就提点过了，宫中不宜再造杀孽……"

凤九抬起双眼，看着对面那保养得极好，须发皆黑的男子，他脸上那悲悯的表情，却让凤九不由自主地想起了李治的权相舅舅——长孙无忌。

他并没有忘记，长孙无忌在遭这位陛下贬谪前往黔州的中途，被许敬宗命中书舍人③袁公瑜一路追至黔州，严厉审讯谋反罪状。诸般压迫导致长孙无忌尊严扫地，无路可走。最后，那个曾经权倾朝野的老人，选择了自缢的死路。

上元④元年时，陛下追复了长孙无忌的官爵，随后又命其孙长孙元翼承袭

---

① 唐高宗李治曾用年号，679—680年。

② 唐高宗李治曾用年号，680—681年。

③ 官名。三国魏置。中书省属官，与通事共掌收纳、转呈章奏，员一人，七品。南朝齐以后，为舍人省长官，名虽隶于中书省，实则听命于皇帝，故品阶虽低，权任甚重。北朝时专掌草拟诏令。隋改为内史舍人。唐武德三年（620年）复为中书舍人，员六人，正五品上。侍从朝会，参议政务。六员分押尚书省六部，协助宰相批复公文。以资深者一人为阁老，判本省日常事务。开元后（713年以后），渐成闲职。北宋元丰改制后，复为职事官，主管中书后省，掌草拟制敕。明洪武九年（1376年）改直省舍人置，隶中书省。十三年，废中书省后仍置，简称"中书"。清代沿置。乾隆时改称"中书"。

④ 唐高宗李治曾用年号，674—676年。

了爷爷的赵国公的爵位。在这之后，李治还下令将这位舅舅的尸骸陪葬于太宗昭陵之内。

世人如今都认为，长孙无忌的死，是天后武媚娘暗中差遣许敬宗所为，可凤九却很清楚，那时候的武媚娘，实力绝对没有大到可以肆无忌惮，轻易处死陛下的亲舅舅的地步，更别说长孙无忌还有着在太宗皇帝凌烟阁[1]中留下画像的贞观[2]功臣身份。

只论今晚，连天后这样手眼通天的人，也完全没有发现李治跟凤九的这场私下会见。这位被天下人赞为"仁慈纯孝"的皇帝陛下，在武媚娘身后，已经谋划了太多不为人知的事情。

他的皇后，曾是他父亲太宗皇帝的女人，但为了得到武媚娘，他跨过了重重阻碍；为了除掉自己的舅舅，他也克服了前朝留下的种种难题。

这位眉目温善的陛下，对天后武媚娘的偏爱，很大程度上是因为二人性情极为相似，惺惺相惜——在名分大义之下，二人其实都有着为王者的果决和孤冷，以及狠绝与无情。

"为什么，贤儿会相信自己不是媚娘所生呢？"天皇李治担忧又烦恼地说道，"这种闲话明明就没有证据。那些人总是喜欢给朕生事，他们的心思是不是始终都在三哥[3]那里？父皇说三哥'儿英果类我'，他们就记得牢牢的。就算三哥的母亲是前隋的公主，可朕才是父皇和母后的儿子，是嫡子！唉，要是舅舅在就好了，舅舅从来认为，只有朕才有坐上这个位置的资格……"

凤九垂下眼眸，他不能让对面的九五之尊察觉此时他心中的荒谬感——太宗第三子李恪，文武双全，血统高贵，在李氏皇族中备受尊敬，因为卷入高阳

---

[1] 绘有功臣图像的高阁。唐凌烟阁在长安太极宫东北隅，位于三清殿之侧。贞观十七年（643年）二月二十八日，唐太宗为表彰功臣，自写赞词，褚遂良题额，阎立本画像，共绘开国功臣长孙无忌、杜如晦、魏徵、尉迟敬德、程知节等二十四人图形，挂于凌烟阁。阁内分三隔，内层挂功高宰辅，中间挂功高侯王，外层挂功臣。画像都面北而挂，以体现为臣向君之礼。

[2] 唐太宗李世民的年号，627—649年。

[3] 李恪，唐太宗李世民的第三子，善骑射，有文武才。李世民曾打算立李恪为太子，但遭到长孙无忌的强烈反对而作罢。

公主谋反案而死，但事实上后来查出的一切都证明，李恪根本没有谋反，他是被诬告拖下水的。至于为何有人诬告，诬告又怎么能轻易让一个封王被杀死，当然是又一件与李治有关的不为人知之事。

"陛下为什么不干脆拔掉那些碍眼的钉子呢？"凤九尽量忍住心中的嘲讽之意，问这个问题时只展现出了他的困惑。

"你不懂，"李治摇摇头，"虽然有时候麻烦了一点，但他们到底是忠于李氏的。只要忠于李氏，就必须要忠于朕，那么他们不管做了什么，始终不敢在朕眼前搞得太过分，留着他们是有用的。再说，真相未必就如媚娘所愿，就让那个孩子去查吧！"

"去吧！朕累了……这桩案子也拖得太久了，而且朕也很想知道，贤儿这个孩子，到底有没有胆子杀人。"李治悠悠地道。

凤九收起匣子，对皇帝陛下叩首后推门而出。在他身后，天皇李治自言自语："如果不是贤儿，又会是谁呢？不过不管是谁……嗯，反正明崇俨都是个不折不扣的倒霉鬼……"

血染胭脂 古林鬼火

又一次来到大理寺第三处殓房中，谢阮一面因冰寒至极的空气不停跺脚，一面翻阅着手里的帛书案卷，借着空当，还时不时地偏头去瞧正在检验尸首的李凌云。

"莫非大理寺全寺上下一起吃错了药？"谢阮瞥一眼躺在绳椅上的司徒仵作，压低了嗓音，"这还算是偷案卷吗？都准我们进来验尸了，根本是让敞开了查。"

"明少卿说到底也是大理寺仅有的两个少卿之一嘛！"司徒仵作闭着眼，"准你们查就行了，虽然没有明确的文书，但行个方便有什么不可以的呢？你们这些孩子，事情有的做就对了，反正已经拿了好处，刨根问底也没意思。"

谢阮当然知道司徒仵作这话没毛病，但她心中还是充满不解。她皱着鼻子走到尸首旁边。或许是李凌云改良过的口鼻罩效用斐然，又或是谢阮真的吐啊吐的就习惯了，看见这具脸面稀烂的腐败尸首，谢阮不但没有作呕，还评价起来："这尸首瞧着可真是够烂的……"

李凌云一旦开始验尸，精力就集中在尸体上，他简单地回答："案子发生在城郊，加上当时大理寺颇为忙碌，就循例先交给了东都负责的县府处置，结果因雷雨天，尸首被水浇过，又是在炎热夏季，县府那边保存不善，送交大理寺时就腐败成这副模样了。"

再度充当记录人的明珪抬头瞄了谢阮一眼，欲言又止。由于李凌云已拿出那怪异的封诊尺开始测量尸首的重要尺寸，他也只好集中精力，记下李凌云的每一句话。

"死者身高五尺七寸三分三厘[①]，脚长七寸三分三厘，从臀部骨盆形状看，是个男子……"李凌云拨开腐肉，戴着油绢手套的手摸索着尸体各处的骨骼，"嗯，从骨骼的粗厚程度看，死者年纪在四十上下……"

李凌云又捏捏尸首，摸着没彻底腐坏的腿和胳膊道："肉头极厚，浑身肌肉发达……腿骨脚骨都很粗，可见他身体很壮，下盘也颇为稳健。"他又伸手摸摸尸首腹部。"腹上的肉很紧，触之形状分明，大约有八块。"

"肚子上的筋肉竟有八块？而且下盘极稳的话……我说，此人平日应该习武健身吧？寻常百姓哪怕做的是粗重活，肚子上也未必有八块筋肉的。"

谢阮还在琢磨，此时李凌云已摸到了死者后脑，他边触摸边若有所思地道："后脑处的骨头碎得相当厉害，应该是由钝物造成的。"他掉转头颅方向，露出后脑伤处，仔细观察片刻。"多处伤口击打得很深，足以致命了。"

李凌云手指一处后脑伤。"你们看，这个伤口是方形的，说明凶手很有可能拿的是一把方锤，"他拿起封诊尺，测量了一下，"子璋记一下，伤口长两寸，宽也是两寸，凶手拿的应该是一把打铁用的方锤，这种锤子小巧，便于携带，市面上倒是很常见。"

他又仔细看看死者面部，叹道："面部稀烂，但仍能看出一些方正的伤口痕迹，骨头已完全破碎，看来凶手不但用这锤杀了人，还用它给死者毁了容。"

说完，李凌云做双手虚握一锤状，朝死者头部挥去，随后停下动作。"锤伤多集中在右前脑，且伤口受力方向朝后脑倾斜，如果凶手站在死者身后，用力击打他，那么伤口应该朝死者面部方向倾斜。但这名死者的伤口恰恰相反，也就是说，凶手是站在死者面前，面对面击打其头部的。如果凶手惯用右手，

[①] 唐朝的 1 尺约合今 30.7 厘米，1 尺为 10 寸，1 寸为 10 分，1 分为 10 厘，10 尺为 1 丈。

落力点应在左边的头部上，而这具尸首则截然相反……"

　　说到这里，李凌云突然转身看向明珪，神色严肃地道："凶手是个左撇子，而那个砍你阿耶头的家伙也是个左撇子。两人都是与凶手面对面地被害的，另外，这个死者的手上，除铁钉穿刺伤外没有其他伤痕，更没有抵抗痕迹，我推测，本案死者恐怕也中了迷药。"

　　"……莫非，当真是同一个凶手在杀人？"谢阮闻言大为兴奋。

　　"还不能这么早下结论。"李凌云掰开死者的嘴看了看，从封诊箱中取出一根纤细的铜棒，这根铜棒尖端被做成一个挖耳木勺模样。李凌云将铜棒伸到死者口中，在牙齿上刮弄数下，殓房内顿时响起了令人牙酸的吱吱声。

　　"牙齿上有许多牙垢。"李凌云小心地拿着铜棒。谢阮皱眉道："宫中都用青盐柳枝漱口，百姓却不怎么用，有牙垢也不稀奇。"

　　"有牙垢，就能从其中看出死者近期吃了些什么……"李凌云说着，开始拨弄封诊箱。那个已被两人看习惯了的怪箱子又开始发出细密的机关声，伴着咔咔的声响，箱子就像鸟儿展开翅膀一样朝两边层层张开，中间一个黄铜制的筒状物逐渐露出身形。此物被李凌云取出时，谢阮和明珪才发现，它的下面还连着一个沉重的底座，底座上又额外接出一个向上的圆形托盘来。

　　李凌云把铜棒上附着的牙垢小心地弄下来，放置于圆形托盘正中。他又叫谢阮端来一盏灯，放在那怪东西前方照亮，接着取出两根极细的银针，双手各握一根。

　　谢阮仔细一看，发现那黄铜筒上覆着一层极薄的透明水晶①镜，之前她就对那个黄铜柄水晶镜印象深刻，记得它能让东西看起来变大，此时她推测道："咦，莫非这个东西，也能把细小的痕迹弄得看起来很大？"

　　李凌云没回应，操持银针把那坨牙垢戳开翻看，大致心中有数后，他才把谢阮喊了过来。谢阮只是朝那黄铜筒瞥了一眼，顿时惊讶无比，原来通过筒孔看去，托盘上那只有芝麻粒大小的牙垢竟变得无比清晰，其中夹杂着一些朱红

_____

　　① 先秦古籍《山海经》即对水晶有所记载，也就是说水晶在先秦时期就已经出现。水晶在唐代已经广泛流行了。

色，还有一些发灰的碎块。

"要不是跟你混熟了，我真觉得你们封诊道个个都会妖法！"谢阮长吐一口气道，"那么一点东西，在这个水晶镜下居然可以变得硕大无比。"

"这是我们封诊道的'幽微镜'，体积细小的幽微之物，通过此镜看去，就会显得巨大无比，用它来查看细小痕迹最可靠不过。"李凌云皱眉道，"牙垢中有红、灰碎屑，这种牙垢通常出现在服食各种丹药的人口中，成分多为朱砂、铅之类的，它们都是炼丹常用的东西……"

"习武又服丹，莫非死者又是个术士？"明珪微微一震。却听李凌云否定道："达官贵人或修道之人都会服丹，眼下还确定不了死者到底是哪一种。"

李凌云回身抓起死者的双手，看看手腕处，道："他的手腕骨骼上，被钉入了两根拇指粗细的铁钉。"他又看了看死者小腿。"小腿骨骼上，也被钉入了这种钉子……"

李凌云向司徒仵作问道："已验过尸首，钉子为什么还留在死者身上？"

"这是怕丢了，故意塞回去的。"司徒仵作回答道，"你不必用钳子，拿手就能取出来。"

李凌云果真徒手将其拔掉，他把拇指粗细的钉子并排放到一起。"没有钉帽，倒像是四根圆柱形的铁棍被截成四份后直接打磨而成的，而且四根钉子一样长。"

他又拿出那黄铜长筒镜，将钉子一根根仔细看过。"钉子前端的打磨用料和手法痕迹极为相似，一般人无力将这么粗的铁棍截成四等份，需要用专门的工具才能完成，这四根钉子，应该是凶手在某个铁匠铺定做的。"

"既然作案地就在东都郊外，钉子又是特制的，那么工具没必要从远处带来。铁匠铺多半就在东都城里，这件事可以交给凤九郎去查。"

谢阮快人快语，等李凌云用封诊尺测过钉子的长短粗细，她便请司徒仵作把她放出了殓房，说是要托话给凤九，让他尽快查出那铁匠铺的底细。

谢阮没了人影，李凌云手上却不停，他扒开了放在封诊罐中的腐败内脏，并一一用水晶镜看过，接着又转头在那剖开的胸腹中查探起来。

　　明珪在旁边看着李凌云的操作。李凌云有些男生女相，再加上他专心致志做事时脸上露出的那种淡漠的神情，看起来很有寺庙中观音造像的美感；可他的双手偏偏插在腐败的尸首的胸腔里，不断地摸索，这幅画面，又让明珪联想起了封诊屏上的那幅地狱变相绘卷。

　　李凌云摸了半天，总算从胸腔中艰难地扒拉出一些已霉变的食物残渣，他又拿到灯下用水晶镜看过，奇怪地道："是葡萄籽，而且有许多，只是发霉了粘在一起……"

　　"新鲜葡萄非常罕见，都是从西域传过来的，普通人家很难吃到，死者吃了这么多葡萄，看来他还是个有钱人？"李凌云道。

　　"新鲜葡萄百姓自然不容易吃到，但真想要弄到手也不会太难，通常来说，葡萄在宴会、酒席、青楼等地均可寻觅，近年来种得多了，在大街上也有售卖的，不过百姓那点银钱，要吃得起这个，还是很不易的。"

　　"原来如此，可他到底在什么地方吃的，却也不得而知。"李凌云低头看死者双手，口中喃喃道，"不管是在什么地方，此人手中肯定不缺银钱……他到底是做什么的，从手上或许能察觉端倪。"

　　李凌云捏住死者双手看了看。"指甲很长，不劳心干活的人才会有这么长的指甲……咦？指甲缝隙中有许多红色膏泥？"

　　他弯下腰，从封诊箱中又取出一根铜棒，这根和此前那根取牙垢的极为相似，但前端被打造成了扁扁的小薄片。

　　李凌云用此物将指甲缝里的膏泥挑出，又拿到那幽微镜下观察，看清为何物后，他把膏泥拿出来捻了捻，并放在鼻端嗅了嗅，这才道："嗯……是女人用的胭脂和香膏。"

　　"香膏？香膏的话，良家女子却不常用。"明珪刚要凑过去，便听见身后赶回来的谢阮问："嗯？什么良家女子？"

　　"李大郎说死者指甲中有胭脂和香膏，我告诉他，香膏良家女子平日用得少。"明珪解释了一句。

　　谢阮点点头。"不错，胭脂是女子常用来染面的，但用香膏的人却不多。

通常胭脂里本就要用到花卉，自带一股香气；香膏虽香，却过于俗丽了，只是胜在香味比胭脂水粉要持久，所以一些教坊歌妓之流，因需要时不时外出为客人演奏，倒经常会用。"

"……死者被害前吃过许多葡萄，现在已在指甲中发现胭脂和香膏，"李凌云道，"我怀疑他在被害前，可能近过女色。"

"何以见得？"谢阮问道。

"如此大量的胭脂香膏被刮入指甲内，可不是简单接触一下，摸摸女子的脸，就能留下的。可见死者在被害之前，只怕是与某位女子在床上翻云覆雨了一段时间，唯有这样才能留下此物。"

"就算推测出他经历过这些风月之事，对查案又有何用处？"谢阮抱臂，"又不能查出凶手到底是谁。"

"封诊查案，从来不问痕迹类型、线索大小，无论有用无用都要记录。"李凌云回答道，"凶手行凶，不可能不留下痕迹，然而所有的痕迹线索中，可能只有极小一部分直接与凶手相关。记录越充足，便越有可能推衍出与凶手直接相关的那些线索。许多案子，破获之后才会明白，之前看似无关的痕迹其实大有用处。封诊道收集痕迹线索，就像收集豹皮的斑纹，集得越多，越容易拼出整张皮子来，到那时，那豹子便无所遁形了，而案子也一样，真相会自然而然地显露出来。"

谢阮觉得"痕迹豹纹说"颇有道理，便点头道："那大郎你又推出了什么线索呢？"

李凌云闻言，看向明珏。"那就要问子璋了，妓女和恩客会在什么地点交欢，你能不能说一说？"

明珏不假思索地道："死者既然跟风尘女子行房，那就有好几种方式能选。可以在自己家里；也可以是朋友宴请，在朋友家中；当然更有可能是在青楼里。"

"葡萄籽是在死者胸部食道所经部位附近发现的，可见他死时，这些葡萄籽尚未进入胃囊之中，也就是说，他与女子欢好后不久，便被杀害了。"李凌云皱起眉头，"按理说，女子在他受害时应该也在场，换句话说，他就是在女子身边失踪的……可如果是在自己家中交欢，凶手带走家主，极有可能会惊动家人。再说，家主突然消失，家人寻找无果一定会报官。可这桩案子发生后，东都之内的官府并未接到类似的报案。"

"在朋友家就更不可能了，举个例子，如果是明子璋设宴，邀你李大郎到自己家中狎妓，那他一定会很注意客人的举动，怎么也不可能客人失踪了还不闻不问吧！"谢阮摇头道，"案卷我看过，尸首被发现后，县府也好，大理寺也罢，都在京中贴过布告，描述了死者的身高、体形、年岁等特征，更对比过同期报案的案卷，但至今仍不知死者是谁，也没有人前来报失踪。"

"……那就只剩下最后一种了，"李凌云道，"死者独自出门前往某妓户嫖妓，他是个富人，不会没有家人，但家人并未报官，多半因为他经常在外行走，长时间不回家，家人已经习惯了，再报官时只怕也与案发时日错开来了，所以官府的认尸布告才无人认领，而同期案卷里，也找不到相应的报案记录。"

"这个说法倒是颇有可能……"明珪抬头问道，"你有几分把握，本案与其他案子是同一人所为？"

"约莫五分。"李凌云道，"我要再想办法确定一下，死者被钉在树上时是否还活着，如果还活着的话，我才能肯定他是中了迷药。"

李凌云吩咐谢阮："劳烦三娘你再跑一趟，让凤九查查洛阳附近有多少家妓院可以提供葡萄这种果品。另外，死者是男性，年龄在四十岁左右，长期服用丹药，身形健硕，有八块腹肌，曾去青楼嫖妓，这种体格应当比较容易给风月女子留下印象，所以不妨让他再问问那些妓户，看看有没有经常光顾妓院的客人突然很长一段时间不再上门。"

谢阮应声离去。李凌云又将那把奇形柳叶小刀拿了出来，从死者四肢伤口处下刀，在被铁钉钉入的地方削下一些骨片，放在幽微镜下查看。

"嗯，这骨上有血。"李凌云把明珪叫过来。明珪看完，道："骨头里这些是血吗？"

"是，骨质本身并无颜色，但骨上有膜，上面有许多血脉通路，这膜可以让骨从细小逐渐长得粗壮，人骨折后，也是依靠这种膜才能让断骨重新长合到一起。虽然这些血脉极为纤细，但里面是有血液的。人骨一旦受损，这些纤细的血脉就会破裂，血液渗进骨中，洇出血片，这样的情形，我们封诊道便将它叫作'骨洇血片'。"

"这能说明什么？"明珏问。

"这说明，那人被钉在树上时一定是活着的，死人的血脉怎么可能流血？"

明珏想象了一下，喃喃道："大活人被用铁钉钉在树干上，是何其痛苦的事情，死者却没挣扎，恐怕和那被挖眼的一样，都处在昏迷状态，所以……这次凶手作案，也是用了迷药？"

"是，我想已经可以认定此案跟你阿耶的案子，以及那死水湖案是同一个凶手所为，只是我还有一些问题无法想通。"李凌云难得地面露愁容。

他拿出一根棉花裹的小棍，在死者被砸烂的鼻道里转动片刻，取出来给明珏看。"迷药分为两种，一种是通过鼻子突然大量吸入，导致昏迷；另外一种是食用的，就像死水湖案，用的是酒水。可是你看，本案死者鼻腔内并没有烟灰粉末，说明凶手用的并非气状迷药，而只可能是食入性迷药。可胃囊腐败严重，除了几颗葡萄籽，食糜已混在腐水中无法辨别，迷药到底拌在什么东西里无法确定。另外，凶手能让死者食入迷药，二人多半彼此熟识……"

"或许正如之前推测的，凶手是一名医道，用自己酿造的药酒下药。"明珏思考道，"我阿耶因为吃了食物，加上自己也酿酒，所以很难判断他到底中的是哪一种迷药。"

"是啊……而且这一次，凶手割掉了死者的阳物，按他一贯的作案手法，阳物肯定也是在死者还活着的时候被割掉的。可凶手要这个东西做什么用？如果说砍你阿耶的头是为了掩盖你阿耶的身份，那也是说不通的，你阿耶这么有名，即便无头也不会认错人。还有那死水湖案里，被活生生挖下来的眼珠……如果这些都是突然被刺激后的泄愤举动，那凶手绝不可能提前让铁匠铺打造铁钉，也不会提前准备砍树的大斧……有预谋行为的人，绝不会因为冲动杀人。"

说到这里，李凌云笃定地道："这些案子都是凶手精心策划后才实施的。

虽然凶手的作案动机现在还捉摸不透，但每一次凶手对死者的凌虐手段都匪夷所思，这方面极有共性……头颅、眼珠、阳物……如果接下来的第四桩案子也是如此，我觉得除了凶手是在进行人祭这种可能之外，还有另一种可能。"

"是什么？"

李凌云有些迟疑，但还是对明珪道："我看，凶手……恐怕不是个正常人，更像是个冷静的疯子。"

⁀

"世上怎么可能会有心思这么缜密的疯子？我看李大郎你是想多了。"

置身于洛阳城西面的古老木林中，谢阮一边说一边环视周遭，发现旁边都是枯掉的巨木。

她来到一根枯木旁，用刀鞘拨去一片树皮，一丛细小的蘑菇从里面露了出来。"这里就是案卷记载的和尚发现尸首之处，此地距离我们进入的城西树林边缘足足有十里①之遥。要在妓院把死者迷晕，还要带出这么远，疯子怎么能做得如此隐秘？"

谢阮手指众人来时经过的路，路上到处都是树木，盘根错节，不论牛车还是马车都不可能进来，于是她道："这么难走的路，也多亏那个和尚是个苦行僧，否则谁愿意往这里跑？想想他跑得也真够快的，居然能赶在雷击木的火被大雨熄灭之前就来到这里。"

李凌云轻声道："这是由于人有着不为人知的潜能，人在心急如焚时，有可能会爆发出异常的力量。贞观年间，长安西市有一胡商运送货物的马惊了，在大路上飞奔，险些撞到一名小儿，小儿的母亲平日手无缚鸡之力，此时却手疾眼快地把孩童从马蹄下救出，之后这个妇人手足瘫软，浑身无力，在家中整整休息了三日，才能下床重新行走。那个苦行僧能这么快跑过十里地，也是因

---

① 唐代的 1 里约合今 454 米。

为他心中焦急，要争那根雷击木。"

"照此说来，在战场上有些士卒能够挣脱重重包围，想来也是因为在生死关头爆发出了身体的潜力喽！"谢阮道。

"大概是吧，"明珪笑道，"正所谓人有急智，或许就是如此。"

李凌云手指一棵大槐树。"这树的底部系了根草绳，应该是此前官府做下的记号，那具尸首就是被钉在这棵树上的。"

说罢，李凌云绕着大槐树四处看了看，有些失望。"案卷中说那僧人发现死者时正天降雷雨，这里的地面被水冲刷过，瞧不出有什么痕迹。看来死水湖案中发现的脚印，还要等以后找到新的证据，才能进行对比。"

"倒也不必如此着急，你们封诊道不是相信'若要人不知，除非己莫为'吗？做过的事一定会留下痕迹，按部就班地来就行了。"明珪安抚李凌云，抬头看看天，皱眉道，"天色已晚，眼瞧着就要看不清了，这还怎么查？"

话音未落，站在一旁的谢阮突然神情警觉，从腰间抽出直刀，双手握刀做出劈砍姿势，悄声道："林子里有东西。"

明珪连忙抽刀将李凌云护在身后。谢阮缓步退到明珪身边。明珪问道："什么东西？"

"绿中带黄的一些影子，一晃眼便不见了。"谢阮睁大双眼，警惕地四处看着，忽然，她手指西面大喊道："又来了！"

明珪朝那边看去，果然看见一团小小的绿光在树后一闪而过。"你守着李大郎，我过去看看。"

二人紧张不已。李凌云此时却突然出现在二人身边，伸头看看，不以为意地道："我以为是什么，原来是鬼火。"

"原来是鬼火？都有鬼出现了，你为何如此镇定？"谢阮见他这么淡定，不由得咋舌。

"鬼火有什么好稀奇的？"李凌云一马当先甩开二人，走向鬼火飘来的方向，口中道，"你要是跟死人打交道多了，也会时常看到这个东西的，此物最常出现在乱坟岗，飘飘忽忽的，一闪即逝，飘到你面前的话，用手一打，便会马上消散。"

"它叫鬼火,不就是因为在可能出现鬼魂的地方,才会有这种火出现吗?"谢阮不解地跟上去。

"与鬼魂根本无关,倒是和尸骨有些关系。自儒家流传于世,百家沉寂以来,我们封诊道所用的尸首来源也变得稀少,极少有人愿意在死后让人剖尸,毕竟大家都认为'身体发肤,受之父母'。所以我们有时难免也要去乱坟岗上寻些无名尸首,用来教授道中学徒。阿耶也带我去过两京郊外的乱坟岗,所以这个玩意儿,我还是个孩子时就看过很多了。"

正说着,李凌云面前忽忽悠悠飘来一团鬼火,他随手一拍,此物果然消散。

"这种东西,见得多了,就知道它是如何产生的。我曾与子璋提过,太常寺药园里有一处围起来的地方,封诊道会把尸首放在那儿,观察其如何逐渐腐败。你如果半夜去那个地方,就偶尔也会见到尸骨上有这样的火焰飘出,看着神秘,说透了不过是因为人骨中有些东西,在腐败后会逸出,自己在空中燃起来而已……"

说着,李凌云走近一棵极大的槐树,这棵槐树与旁边的枯木相比要大得多,凭肉眼估计,至少要一二十人才能将其环抱,恐怕它在化为枯木前已在这里长了成千上万年。

李凌云走到巨槐边站了片刻,发现又有几团鬼火从槐树那边向众人飘来。他再次移动脚步,走到槐树前。"看,这里有个树洞,鬼火就是从这里飘出来的。"

说罢,李凌云捏住鼻子,弯腰进入洞中。片刻后,他从洞里捡到一块弯曲的骨头,快步走了出来,等到了离巨槐远一些的地方才松开捏着鼻子的手。

"这是人的肋骨,鬼火有毒,我们离远一些为好。"李凌云道,"此林在东都周遭也算赫赫有名,只是没在案卷上写清楚,倒是记在封诊道弟子的手记里了。那是隋朝炀帝大业①十四年正月的事了,李密的瓦岗军进逼洛阳,在洛水

---

① 隋炀帝杨广的年号,605 年—618 年。

南一战中败给隋军王世充部，被围困洛阳，此林树木葱茏，便于隐蔽，是两军大战之所，当时许多人便死在这林中。后来打扫战场时，大部分尸体便被草草掩埋了。"

李凌云环视周遭枯木，道："在掩埋尸体时，很多树木的树根都被挖断，所以才会出现枯木成林的情形。这棵巨槐由于常年有虫蚁啃食，形成一个巨大的中空洞穴。当年负责掩埋的士兵可能是为了省事，将许多尸体直接扔进了树洞。方才我进去查看，发现树洞之中白骨累累。所以虽过去了数十年之久，但一到夜晚，仍然会有鬼火飘出，久而久之，这里便被附近的村民称为'怨鬼林'。"

"交战搏杀之地，又叫这种阴森森的名字，谁还敢来这里？果然是杀人越货的最佳场所。"谢阮正说着，不远处的案发地，树顶上面突地亮起一团巨大的火球，火球腾空灼灼燃烧，照亮了前方林地。

"大郎，大郎，你在哪里？"六娘的声音从那边传来。

"在这儿。"李凌云高声回应着，和另两人一起赶往火球处。到了凶手钉人的树下，谢阮这才发现，有一根足足十丈高，人的大腿粗细的黄铜灯柱立在地上。阿奴站在一旁扶着灯柱，上方是用铜丝编绞的圆笼，笼子比灯柱要大得多，里面有一团物事在熊熊燃烧，冒出股股黑色浓烟。

"闻这气味，点燃的是松脂？可是怎么会这么亮？"谢阮抬头看向这个巨灯，对它发出如此明亮的光芒感到惊讶。至少在宫中，或是东都城内，那些木质火把是无法把这么大的范围照得如同白昼的。

"不是松脂，是石脂水浸透的麻布。东汉班固著《汉书》，其中写'定阳，高奴，有洧水，肥可蘸'，指的就是此物，又叫水肥、石漆，燃烧时烟太大，所以很少在家里用，否则房梁都要被熏黑了。而且这些烟中有毒。不过燃烧之后，凝结的烟尘细腻漆黑，收集起来可以制成墨团。"

"阿奴一个人扶着这么沉的东西，能行吗？"谢阮望着岿然不动的阿奴，忍不住问道。

"如果只相信眼睛，眼睛就会欺骗你。"李凌云手指灯柱，"这'摘日灯'

的铜管是空的，打成薄薄的一层，只有几根头发丝厚，这样的东西本来不能承重，可如果把它卷成筒状，几节套起来，便可以支撑得住相当的重量。"

"摘日灯？好名字，的确亮得宛若白昼。"谢阮点头道，"只是照这么亮干吗？"

"照亮自然是有缘故的。你们看，从树林边缘到钉尸首的这棵树，其间路途漫长，凶手带着昏迷的死者和四根铁钉，这些东西单靠人力搬不了这么远。我估计此案与死水湖案一样，凶手定是带了一头牲畜，解决运送问题。另外，到达这里后，他还要把死者钉在树上，那么花费的时间一定不短，而在这段时间里，他的牲畜多半会在这附近吃草。"

李凌云蹲下身去，平视着草地。林中极少有人走动，所以地上杂草丛生。谢阮在一旁道："就算吃过草，那又能怎样？时间已过去那么久，你要怎么才能察觉不同？"

"这里的草长得格外茂盛，而且有些草是多季生长，并不是一季就死。草与人一样，受损之后总需要时间恢复元气，这会导致草与草长势不一，只要仔细观瞧，还是能看出区别的。"李凌云目光一凝，起身向东面去，走到地方，他又左右看看，"这里的草地明显低于附近，想来那凶手的牲畜当时应该就系在此处。"

李凌云蹲下身，戴上绢制手套，按顺序一点点拨开草丛。草丛底部积累了大量落叶，看起来很像是从附近树林被风吹落至此的。

李凌云扫去一些树叶，发现了几坨险些被雨水冲碎的椭圆形灰白色粪便。"是驴粪球？"

谢阮凑了过来。"凶手是用驴将死者运过来的？"

"看这树林间隙，以驴子的身形刚好可以轻松穿过。凶手作案时，只要把死者放在驴背上一路赶来便可，如遇他人询问，则可谎称死者酒醉或熟睡，当然，一般也不会有人过问。"明珪皱眉道，"只是在死水湖案中，大郎推测凶手用的牲畜是马，为何在此案中却换成了驴？莫非这两桩案子不是一个人做的？"

听出明珪话语中的焦虑，李凌云抬头看看他。"此处距离东都洛阳并不遥远，再说，谁也不知凶手到底是不是只有一匹马，或许这头驴也是他的。"

明珪心知这是在安抚自己，便不再多话。李凌云用那尖头夹子夹碎驴粪球，在其中看到一些草茎，他边拨弄边道："这头驴是常年散养的。"

"这你都看得出来？"谢阮很是惊讶。

"好在有落叶包裹，就算经历了多次大雨，驴粪也没完全变形，因此我们可以观瞧一二。你们看，驴粪成形效果不好，水分含量大，说明这头驴平时食用的是新鲜草类。常年食草的驴的粪掰开后呈莲藕丝状，那些丝其实是草里的筋络，如果吃的饲料里混有谷物或干草料，驴粪晒干后一捏会呈粉末状。这些驴粪球内除了草类残渣，并无谷物颗粒，可见这头驴没有被用固定的草料喂养，是处于散养状态的。而且它应该也不是用来出租的驴，否则租客骑驴时发现驴没有力气，必定会大为不满。"

李凌云说着，把驴粪彻底揉碎，放在一个麻制布袋中。六娘接过布袋，在清水中反复揉搓，待用掉多个水袋，直到汤水清澈，才把布袋重新递给他。

清洗之后，布袋中剩下一些驴粪残渣。李凌云用水晶镜观察片刻，道："这头驴在来此之前，吃的是牛筋草和野稗子草，这两种草我方才在附近草丛中都没看到。我们兴许能以此追踪这驴的来处，如果是家养的，那么……"

"哎？好了，我知道又要麻烦凤九，会记下的。"谢阮很是自觉地说。

李凌云起身，把装有驴粪残渣的小袋递给六娘收好，又抬头看看那盏明晃晃的灯，突然感慨道："在明亮的光下，阴影便会无所遁形。"

明珪有些奇怪。"大郎何出此言？"

"你们瞧……"李凌云说着，走向那钉死人的槐树前，伸出手指，在树皮上沿一条不起眼的灰黑痕迹轻轻地抚摩，随后对六娘道："给我石膏笔。"

六娘从封诊箱里取出一根手指粗细的灰白色石膏圆柱交给李凌云。他用这圆柱笔沿那灰黑痕迹外延画了一圈。

谢阮与明珪定睛一看，大吃一惊，他们骇然发现，那灰黑色的痕迹竟是一个人形。

"凶手曾经在树皮上用东西画出过死者的形状，"李凌云在树上又点出四个白点，正好对应死者被钉在树干上的孔洞，只是与实际位置稍有偏差，"凶手是用一种黏稠汁液在树干上画出人形的，这种黏液到底是什么还不得而知，兴许是某种树汁。这种汁液经过长时间风干，就变成不起眼的黑褐色。也就是说，凶手曾提前很长时间在这棵古树上做好了标记，他甚至连受害人手臂在什么位置，钉子钉在哪里，都标得清清楚楚。"

"也就是说，凶手在作案之前，曾来这个树林预演过如何行凶？"明珪惊讶道，"他是早就选好了要杀的对象，那这绝不可能是一时兴起了。"

"何止不是一时兴起，凶手杀人前钉下的位置和真正作案时钉下的位置十分靠近。"说着，李凌云用石膏笔圈出前后两个点。明珪发现，两点竟只有微小的偏移，他面色剧变，道："凶手对死者非常熟悉，死者腿长多少，双臂展开有多宽，他都了如指掌。此人一定早就认识死者，与死者关系不一般。"

"剖尸时，我们已经推断出，死者要么是术士，要么便是依靠丹药调理身体的富贵之人。但无论是哪一种情况，对凶手来说，能与这样的人相熟，那凶手大有可能是一名术士，这与死水湖案的'凶手是医道'的推论正好相符。"

"依大郎所见，此案与我阿耶被杀一案，是不是同一人所为？"明珪神情急切地问道。

李凌云仍是一副摇摆不定的模样。"我们手上还有一桩案子，要等全部查验过，才能下定论。"

"既然大郎这么说，我便再等等。"明珪也自觉太过着急，有些不好意思。此时谢阮这个急性子却道："你们慢慢来，我要先一步回东都去找凤九，顺便追问一下之前让他打探的事情进展如何了。"

谢阮说罢，也不管两人是否答应，自己提了个灯笼转身就走。明珪在她身后喊道："深夜回京，还是一起走吧！"

"我又不是弱女子，不必担心。"谢阮在远处摆了摆手，头也不回地消失在密林之中。

这桩案子暂且告一段落，而众人手上剩下的最后那桩案子，却是发生在距离东都较远的一个县城村落里。由于光是赶路就要耗费很长时间，所以三人早已经商议好，验罢此案就先回洛阳城中整顿，再一起出发。当然，其间还要等凤九的调查结果。

李凌云和明珏站在一旁，看着阿奴将摘日灯的铜管一截截拆下，把其中还在燃烧的麻布扔进一个刚挖掘的土坑中，用泥土仔细掩埋，并将坑周围的干枯杂草全部清理到一旁。

"如此小心？"明珏问道，"为何不用水灭火呢？"

李凌云解释道："石脂水容易点火，却不易熄灭，只要遇见一点外气，便会一直燃烧个不停。这里四处都是枯木，稍有不慎便会引起火灾。若用水浇的话，石脂会浮于水面四处流淌，反而会扩大火势，所以一直以来只能用土石掩埋的方式来灭火。"

明珏闻言点点头。二人一时无语。李凌云沉默许久才道："我知道你先前有些心急，如果换成我，对杀我阿耶的凶手的身份有了头绪，我肯定也会如此。但子璋你要明白，查案不同于百戏艺人表演故事，未经实证，一切便只是猜测，不可以作为证据来用。我们封诊道做出的判断，关系到他人生死，必须得慎之又慎。"

"我明白。"明珏轻叹，"自从跟你相识以来，一同破过这些案子，你是什么样的人，我也心中有数。正是因为大郎你从不会轻易揣测，所以我才放心让你来查我阿耶的案子。不怕坦诚地告诉你，天后也问过我是不是交给你办就行，我对大郎一直是深信不疑的。"

他说着有些面露悲色。"只是身为人子，又在追查杀死自己阿耶的凶手，难免有时心浮气躁了些。如果真像你猜测的那样，有一个人在暗中不断对术士下手，又或许，他是凤九郎所说的那种对杀人着了迷的魔鬼。不管是哪种，我都担心，这人只要没被抓住，就还会继续犯案。"

"这也是我担心的。"李凌云提着灯笼，尾随前方背着工具的阿奴和六娘缓缓向前走去，小声道，"至今为止，哪怕所有揣测都是正确的，可我们还是没能找出凶手的作案缘由，甚至都不明白他为何从死者身上切下这些东西特意带走。"

在夜色中，明珪悄无声息地打量着李凌云的脸。在灯笼发出的暖黄光芒里，那张精致的面孔显得肃然悲悯，令人不由自主地再一次联想起那些从遥远天竺传来的菩萨造像。

"他一定还会再造杀孽的。"李凌云声音平淡，却暗含山雨欲来的味道，"但愿在此之前，我们能抢先一步，把他从芸芸众生中一把揪出来。"

李凌云等人来到洛阳城西的厚载门时，已是月上中天。如果他们只是一般百姓，就只能在门外等到天明开门才能入城。可有了明珪这种身份特殊的人一起行动，入城这件事，就谈不上困难了。

在夜色掩映下，一行人被守门兵卒悄然放进了城中。经过西市时，明珪抬手示意封诊车停下，转头看向右侧黑色的街道。

一抹红影走进燃烧的火盆光芒中，不是别人，正是之前独自离去的谢阮。只见她面色疲惫地道："凤九什么也没有查到。"

"怎么可能什么也没有查到？那可是凤九。"明珪惊讶地问。

"不知怎么说才好。"谢阮抓抓头，从怀中掏出一沓硬黄纸递给明珪。明珪借着路边火光看了看，叹道："原来不是没查到，而是查到了也没什么用。"

说罢，明珪又将硬黄纸交给李凌云，后者有些狐疑地打开，发现上面写着两件事情。

其一，是查证铁钉出自哪一家店铺。

上面写道，凤九命人问过鬼河市中的铁匠，据说打磨铁钉比均分铁棍容易得多，别看市面上售卖铁钉的铁匠铺极多，但拿出来一看，那些铁钉都是大小不一的，长度如此整齐划一的铁钉很少见。

最终，凤九在洛阳城北市 ① 的一家知名的铁匠铺里打听到了消息，铁匠

---

① 隋唐洛阳郭城内商业作坊区。商旅贸易，车马填塞，为东都最繁华之地。市内有彩帛行、香行、丝行等多种行业，多有胡商。

说，这四根铁钉的确是出自他之手，铁匠确定这四根铁钉是他在很久以前制作的，但具体是哪一天做的，他也想不起来了。

此番查探得到的结果中，唯一有点用处的，是那铁匠回忆起，定制铁钉的是一个看起来很魁梧的男人，看上去三十余岁，那男人说话时有些头上一句脚上一句的，前言不搭后语，让人捉摸不透，给铁匠留下了深刻印象。

其二，则是查探在洛阳城中，有多少家妓院可以提供葡萄给客人。凤九命人查过，总共只有五家，其中三家在城中心的月陂旁边，与教坊为邻，格调高雅；另两家却在城西面，这两家妓院中的妓女虽非教坊女，但接待的也都是富户，因西域胡商经常光顾，胡人爱吃葡萄，所以这两家妓院才常备了许多葡萄。

追查至此，凤九派人去询问妓院假母等人，据说玄门术士光顾的情况颇为常见，时日过去得久了，并不太记得。

"倒也不是全无用处，至少知道那凶手体格魁梧，至于妓户不记得，倒也不要紧。"李凌云将硬黄纸收入怀中，"杀人者必然是要隐藏身份的，教坊月陂那边的三家妓院可以排除在外。毕竟带着一个神志不清的壮汉并不怎么方便，从城中到城西，花费的时间也太长了，如果那迷药药效过去，死者突然醒来，麻烦就大了。靠近那怨鬼林的两家自然是首选，死者一定是在其中一家消失的。"

谢阮听言，失落的情绪略微平复，此时也跟着推测道："凶手说话前后不接，难道真是疯子不成？"

"不一定，如果患有口吃的毛病也会这样。"李凌云道，"还有，小儿时期高烧病痛之后留下后遗症，也会语无伦次。"

"对了，凤九知道我们要去阳武县，说他也会赶过去，只是不跟我们同路。"谢阮皱眉，"他说让人去查你那驴粪球里的草到底生在何处，因为阳武县太遥远，恐怕我们查案时，等消息先送到东都再过去会来不及，干脆他自己也去一趟阳武县……我看他就是找个机会，跑远一些玩玩罢了。哼，这家伙在京中总是被天后差遣，他嫌烦而已，却不知道这分明是天后疼爱他……"

发现自己好似说漏了嘴，谢阮忙道："我先回宫，阳武县在河南道最东面，明日早间街鼓停时，我们走东边的建春门离京，我带百骑在那边等你们，李大郎不要走错路。"

"这你不用担心，我去府上接他就是。"明珪点头示意，知道谢阮会这样仔细提醒，是因为李凌云过去大多奔波于京畿各县封诊，对东都城不太熟悉，如果不告诉他，他可能要找上半天。

李凌云闻言却疑惑地问："三娘这次要带百骑吗？毕竟是背着大理寺到县上查案，带那么多人是不是太招摇了？"

"大理寺不足为虑，不晓得凤九是如何说动他们的，反正现在不论我们做什么，大理寺都会保持沉默。"谢阮神情古怪地说完，走回了黑暗中。

一忽儿之后，她又骑着那匹大白马从黑暗里走出，与前面一队抓捕"犯夜人"的街使擦肩而过。那些金吾卫街使身上甲胄森森，手中把着直刀，逮住一个出坊的百姓，正在街边凶神恶煞地盘问，却看都不看谢阮一眼。

跟这群人打交道的日子长了，李凌云知道，明珪、谢阮和凤九各自都有特殊身份证明，在夜晚用于回避街使。而且他自己也得了一个，就是挂在封诊车顶端的九个绘有五芒星的小圆灯笼，有了它们，众街使便会拿他们当空气，不再过问。

从前方传来的人声里，他能听出，那犯夜人是东都某大商人家中的部曲①，因家里人发作急症，漏夜来寻大夫。此种情形在都内并不少见，那群街使查看了坊中出具的令牌文书，确定无误，也就放那人离去了。

这队街使走到众人跟前，瞥见封诊车上的灯笼，只当没看到一般，迅速走了过去。

到了岔路口，明珪对李凌云道："就在此处分别了，大郎回家路上小心，明日再见。"

说罢，明珪上马朝另一条路走去。李凌云则骑着花马，跟封诊车一同赶回

---

① 家仆。

李氏宅院。走远了一些后，李凌云还朝着明珪离开的方向望了一望。见他这副模样，六娘在车辕上笑他："大郎是在担心明少卿吗？能看出明少卿应该是会武的，用不着你担心。"

"他一个人回去不会有问题，我也不如何担心。只是觉得和他们一起查案，让我莫名有些快慰。"李凌云整理着心中的感受，缓声道，"自小时候起，我便与同龄人玩不到一起去，查案也大多是跟阿耶一道，此外便是跟你与阿奴一起了。最近这几次却都是跟谢三娘和明子璋一起，不知为什么，刚才分别时觉得有些意犹未尽。"

"大郎真是跟寻常人大异其趣。向来只听说那些书生举子以文会友，作诗作词，或是载歌载舞，喝酒奏曲之时，会觉得意犹未尽；谁知我们大郎，跟人一起去瞧死人，剖尸首，封诊断案时，也能有这番感受。"

六娘忍不住笑了起来。李凌云倒也不介意，反而自问："原来这便是与友同行的感觉吗？倒也不错。"

他这么一说，六娘的笑声停了下来，她目光温柔又带着一些怜意，注视着李凌云的背影道："都说大郎有些迟钝，又整天与尸首为伍，可我们家大郎却是这世上难得的真心人。如果有一日，明少卿与谢将军知道大郎真心把他们当朋友看待，想必也会十分珍惜这友情的！"

"我与人往来，只管做自己想做的，就算我拿他们二人当朋友，却也不一定就需要他们同样这般对我。"李凌云这样说道。

"是是是，大郎是做自己罢了！"六娘的笑声又起，轻轻散入了东都带着湿气的夜色之中。

义庄惊魂　吸血迷行

第五回

第二日，东都建春门外五里处。

姗姗来迟的凤九坐着马车追上了刚开拔的李凌云一行，众人短暂地见了一面，凤九的马车便朝北方而去。

据凤九说，他此次离京其实还有别的事要做，之所以现在追来，是特地为他们引见一个面貌忠厚的青年男子，让众人记住此人相貌，说是会让此人驻扎在案发地阳武县封门村中，有什么要查的事情，通过此人来传话即可。

李凌云当然不会去打探凤九的神秘旅程，众人日夜赶路，除非不得不住宿时，才会投入路边逆旅休憩。因拉封诊车的马并不怎么神骏，他们在路上还是耗费了些时日，方才赶到阳武县城。

谢阮早就懒得让李凌云更换马匹了，她知道这是个面冷心热，对牲口也会记挂旧情的人，说了也根本没用。等到了县城，她便拖着明珏，以大理寺要办事为由到县衙找了当地县令，安排一行人直接在县衙里歇了下来。

阳武县城虽说也在河南道之内，但距离东都遥远，几乎在河南道的最东面，因此，相比靠近东都的畿县来说要贫穷许多，有些方面甚至还不如地方上的下县。再加上流经县内的洛水这几年总是泛滥，淹没不少良田，整个县衙都呈现出一股破败之气，虽说房舍还算洁净，但住在这里，也绝谈不上舒适。

好在几人此行是为查案，并不怎么挑剔，这倒让那群县吏很是松了一口气。他们不知为什么这桩案子过去了这么久，大理寺还会突然来人翻查此案。县里本来要派人跟几人一起去义庄检尸，明珏担心其中有诈，万一大理寺的人暗暗混在其中，查案过程会暴露无遗，便连忙找了个理由阻拦。

阳武县令听说之后，自觉当初这桩案子没有细查，此时更是不想沾手，客气了几句，也就乐得让李凌云他们自行前往义庄。

这一去，李凌云却没料到，差点出了大事。

那义庄距离案发的封门村并不遥远，只不过隔了两个村子，而且正好在县城到封门村的路上，查看尸体、现场都能顺路过去。

既然叫义庄，距离村落还是有一段距离的。谢阮好说歹说，可村里人谁也不愿去那晦气的地方，只是粗略地给他们指了个路而已。所幸不知是谁在道边立了个石碑，标出了去义庄该走的方向。众人到地方一看，这义庄分明就是一座破院，连大门也没有，里面荒草萋萋，远远看去，堂屋正中放了好几口棺木。

如果是一般人，见此情形一定会觉得阴森恐怖。但李凌云是封诊道的人，只觉此事寻常而已，于是他带头朝那些棺木走去。

谁知他刚走进堂屋，眼角就扫见一抹阴影突然朝自己头上袭来。他忙闪了一下，随后只觉头上一阵剧痛，眼前一黑，失去了知觉。

等李凌云醒来时，他发现自己躺在一张破旧的床板上，床板对面的地上盘腿坐着一个被五花大绑的小道童。那道童见他醒来，嘴里呜呜直叫，原来道童口中被塞了一团麻布。

李凌云翻身坐起，用手摸了摸头顶，发现左面头顶上有一个大包，用手一碰就疼得不行。随后，他听见谢阮惊喜地喊："醒了，李大郎醒了。"

李凌云闻言大惑不解。明珏来到他身边蹲下，拨开他的头发，看看发间那个隆起的大包，满脸庆幸地道："所幸你进门时还躲了一下，否则定然皮开肉绽，这小子下手可够黑的。"

说完，明珏伸出手指，让李凌云从一数到十，确定他神志清醒，这才告诉他事情始末。

原来道童名叫子婴，因为他的师父失踪多日，道观被别的术士占据，所以他不得已和师兄下山分头寻人。谁知走到这处村落时，他饥寒交迫，生了重病。村人好心收留了他，还为他医治了急病。

疾病痊愈后，道童发现已无处可去，就在村外的义庄中住了下来，为村人看守尸首，借此换取一点粮米生活。由于众人来得突然，又没人通知，他以为是村中谁家的仇人要来毁尸，于是藏在门后用木棒袭击了李凌云。

李凌云听完哭笑不得。谢阮生气地道："出手这么重，只怕这小子居心叵测，干脆把他绑了送到县府，不说判他一个流刑，至少也要去洛水大堤扛一阵子大包。"

那子婴口中呜呜直叫，眼圈发红，看起来委委屈屈。

李凌云对谢阮道："倒也不必如此。"他起身把子婴口中的麻布拽了出来。

子婴"呸"了几口，连连求饶道："确实不知是上官，我只是因为住在这里，承蒙村人照顾，所以想要报答，谁知冲撞了各位。"

李凌云见道童求饶，于是看向明珪。后者自知他是让自己劝谢阮不要追究，于是道："看来不过是一场误会而已，我阿耶也是术士，与这道童的师父算是同行，不如就此算了。"

谢阮颇有几分恨铁不成钢。"李大郎做人总是这般心软，哪一天你遇到巧舌如簧的坏人，到时候看你怎么办？"

"那就遇到了再说。"李凌云也不多话，上去给子婴解开了绳子。子婴重获自由，连忙起身致谢。

只见那子婴长得眉清目秀，看上去只有十五六岁，虽说有些面黄肌瘦，但看起来极为顺眼。李凌云对他解释："我们来自东都大理寺，前来这里是为了调查一桩疑案，并不是来毁尸的。"

李凌云话音未落，子婴就惊讶地道："敢问这位李郎君说的，可是封门村的案子？"

"你怎么知道？"谢阮奇怪道。

"那案子太有名了，死者的尸首又被官府放在这座义庄里，村中人难免与我提及。只是没想到李郎君看起来年纪不大，居然是大理寺的人？"子婴面带憧憬的神色，小心翼翼地问。

"你既然知道大理寺办案，还不赶紧退避三尺，不怕待会儿打开棺材，看见尸首被吓着吗？"虽然李凌云不予追究，但谢阮仍有些不快。不过这道童长相确实颇有眼缘，不但神情机敏，而且笑起来露出八颗牙齿，有点讨喜，她就忍不住逗弄了他一下。

谁知子婴却连连摇头。"我平日就住在这义庄里的，和这些死人为伴时日不长，但也看惯了尸首，并不觉得有多害怕。"

李凌云四下打量，发现此屋是义庄的西厢房，房中除了一张床以及破烂棉絮外，几乎别无他物，心道道童在这里过的日子看来十分辛苦，也不知他小小年纪，是怎么坚持下来的。

六娘看出李凌云对这个道童颇为关注，开口道："这孩子下山是为了找他师父，奈何师父也没找到，他却在这儿生了病，所以才住了下来。只是这样阴气深重的地方，不适合少年人长期居住，不如我们问问他，还有没有什么别的去处？"

子婴闻言，也不等李凌云询问，伸手揉着眼睛抽噎起来。

"我师父也是关内道里有名的术士，虽时常云游在外一年半载不回来，但他历来离开之前都会先跟我们打个招呼，而且还会给自己定个时间，说什么时候回就会什么时候回。他上次出门说是去会友，最多十天半个月必然回来，谁知他离开了整整两个月，也不见他的人影。

"那道观中本就有两个大术士，另外那人向来羡慕我师父懂得医术，于是借着这个机会把我和照顾师父起居的师兄都赶了出来。要不是万不得已，身上一点银钱也没有了，我也不至于沦落到要看守义庄的地步。"

听到子婴的师父懂得医术，又久久未归，明珪对李凌云递个眼色。李凌云这回倒是看懂了，明珪是在暗示"医道"，说不定和他们推论的凶手有关，便点头会意道："明子璋，我们先验尸首，其他晚些再说。"

一旁的六娘见子婴哭了起来，有些不忍地问："你可还有别的地方去？"

子婴摇头。"我是师父捡回家的孤儿，从来不知父母是生是死，所以没有别的去处。"

六娘转头问李凌云："这少年既然无处可去，又不怕尸首，大郎觉得，他能不能做我们封诊道的弟子？"

"你们收徒弟这么随便的吗？"谢阮不解地道，"且不说他刚刚敲了李大郎一棒子，两刻钟之前你们还根本不认识呢！"

六娘对谢阮道："我当初也是官奴，幼年时被宫中赏赐给李公，这才会在大郎身边侍奉。通常医家招收弟子都要求身家清白，然而我封诊道招弟子，除了心性端正，便唯有一条要求，就是不畏惧尸首。虽然我只是个奴婢，但也知道封诊道许多弟子都是出身极差，为奴为婢的人，被封诊道收为弟子后脱籍为良人的也很常见。如今我不过就是提一个建议，毕竟我们大郎还不曾收过弟子呢！"

六娘说到这里，又笑着看向李凌云。"就是不知道他们二人是否有这样的缘分。"

"收什么弟子，要是阿耶还在，我还谈不上出师呢。"李凌云摆摆手。

谢阮闻言大笑。"你这本事还谈不上出师？此话千万不要在杜公面前说，否则他一定会恼羞成怒，你这个还没出师的，简直把他的老脸都撕光了。"

李凌云也不听谢阮说俏皮话，转头问子婴："我知道你一定没有听说过封诊道，这时候也没有空闲与你解释。不如这样，从现在开始你就跟我身边，我接下来要做的事，如果你觉得有些意思，想要学，那便拜我为师；如果无意，就麻烦这两位在东都给你寻个去处。你意下如何？"

子婴在旁看着这些人，知道他们虽然古怪，但从衣装看都非富即贵，早就听得跃跃欲试了，听李凌云这样说，他立即跪下叩拜道："多谢李郎君不计前嫌，我一定仔细想好。"

李凌云又摸了摸头，觉得脑袋已没那么疼了，就让子婴带大家到隔壁寻觅尸首。他既然是这里的看守，当然清楚这些尸首的来历，由他来引导再方便不过。

子婴带着众人，很快找到了那口存尸的棺材。呈现在众人面前的是一口散棺，不说木料菲薄，甚至连拼凑棺椁的木头都不是来自一种树木。

阿奴力大无穷，伸手就把那棺材扛起，搬到院中放下。这一幕，看得体质虚弱的子婴非常羡慕。接下来，阿奴更是连工具都不用，徒手拔起棺钉，这力大无穷的表现，就连谢阮都看得有些惊讶。

棺盖一开，李凌云就皱起了眉头，谢阮、明珪二人脸上更显失望之色。原来那棺中尸首早已化成白骨，无法辨别容貌。

"看来……只能根据案卷推断了，"谢阮头疼地道，"这官府还真是随便，你们封诊道弟子的手记上好像说过，官府虽然找他协助，却因本地人排斥剖尸，又认为是封门村有厉鬼作祟，他只是粗粗从外表查看而已，现在都成骨头架子了，我看也没必要查了吧！"

"当然要查。死人原本就不会开口说话，在懂的人眼里，皮毛骨肉都在诉说死因……"李凌云套上油绢手套，伸手从棺材里捞起人骨。谢阮仍不以为然地道："尸首已然化为白骨，你还能看出什么？"

李凌云却不多话，拿出封诊铜尺测量。"六娘记下来，此尸以骨反推，尸长五尺五寸，脚掌长七寸……下体盆状骨狭窄，死者为男子，嗯，耻部骨骼连接处，背侧部分外翻，合面有些凹凸不平，他的年龄应该在四十五岁左右。"

封诊道验尸的过程，明珪早已了然于胸，此时他虽在专注地听着李凌云说话，但一有闲暇，他便去观察那个小道童子婴。只见子婴皱着淡淡的眉头，清秀的脸上却露出兴奋之意，口中喃喃道："厉害，竟然能从一堆白骨里，看出死人的年岁来。"

明珪微微一笑，回头看时，李凌云的手已摸在男子的胸部骨骼上。只见他拾起几块肋骨和脊骨，接着又看看颈骨和碎裂的头骨。"这些骨骼发黑，捏之破碎，是极高温度导致的炭痕，说明之前这些部位曾经遭受过高温炙烤。"

李凌云用手从尸首的胸腹内取出双拳大小，形状极不规则的银灰色块状物，放在眼前看看。接着他招呼阿奴拿来盘子，又让阿奴从封诊箱中取出幽微镜，并用刀从块状物上削下一些放到镜下。

"这是锡块……"李凌云一面看，一面疑惑地道，"而且是极纯的锡，它绝不是从锡制品上熔化的，依我看应该是将纯锡锭直接熔化后得到的。"

"锡？这东西怎么会跑进人的体内？"明珏问，"是不是有人事后放进去的？"

"不是，是熔化之后灌入的，"李凌云道，"这锡块中混有一些炭黑之物，是未完全燃为灰烬的器官，一些是食管，还有一些是胃囊里的面膜……"

李凌云从幽微镜前抬起头，即便是对情感迟钝如他，也面露不忍。"凶手是在死者还活着的时候，将滚烫的熔锡倒入了他的口中。"

"谁……谁会用这种方式杀人？"那小道童子婴毛骨悚然，抱着自己的臂膀，颤着嗓子问。

"宫中会用这个法子杀人。"谢阮沉声道，"宫中女子便是陛下的人，除非放出宫去，否则不允许与男子之间发生感情。但也不是时时刻刻都能管住的，这种法子，一般宫里用在掖廷 ①，悄无声息地将那些偷情怀孕的宫人灭口，向她们口中灌滚烫的锡，她们口舌喉咙焦烂，自然不可能再发出声音。只是这死者分明是个男子，凶手为什么要用这种手法杀人？"

"真是十足奇怪，"李凌云道，"锡不常见，锡锭更是官府才有的东西，杀人用这个法子，消耗如此之大……凶手做法如此怪异，与之前的案子极为相似，看来这一次，他又做了令人百思不得其解的事。"

说完，李凌云回到棺前，拿起死者双脚、双腿的骨头细看。他把众人叫到跟前，给他们展示小腿下方的骨头。"死者足部、腿部骨骼较为粗壮，说明其

---

① 官署名，也写作"掖庭"。秦和汉初称永巷，汉武帝太初元年（公元前104年）更名掖廷，属少府，其长官称令，另有副长官丞八人，掌后宫宫女及供御杂务，管理宫中诏狱等，由宦官担任。

下盘较稳，或许习武……你们看，腿骨靠下处有很深的刀割痕迹，那凶手下刀处，血液浸入的骨血片，也正好位于双脚关键血脉的位置，此种血脉为红色，血液流速极快，一旦割开就会有大量的血液从里面喷涌而出。"

明珪沉吟道："按三娘所言，宫中有灌锡之刑，那凶手灌锡足以把死者杀死，为什么又多此一举，把双手双脚的腕部割开呢？"

"凶手举动越不可解释，越说明这些案子是同一人所为。"李凌云道，"死者颅面骨严重破碎，是钝物击打所致。"

谢阮走到一旁翻阅案卷。"官府在现场发现了一个木质的灵牌，牌子上有血迹，凶手将死者毁容，或许用的就是此物……对了，此物也在棺中。"

李凌云找了找，在死者的手骨下方，果然发现一个染血的灵牌。他对比了一下面部碎骨裂痕，点头道："就是用这块灵牌砸的。"

放下灵牌，李凌云继续道："凶手杀人毁容，并脱掉死者所有衣物，说明他不想让别人知道死者的身份。而凶手这么做的原因，有几种可能：第一，死者的名气很大，或许有些人看了长相就能认出死者；第二，那死者与凶手熟识，凶手害怕查案者查出死者的身份，询问死者周遭的人，便能找到凶手；第三，死者和凶手之间有一定关联，或许彼此有共同的友人，又或者是一个行当的人，一旦查出死者的身份，就很有可能会怀疑到凶手身上；第四，便是纯粹为了增加查案难度了，查不出死者是谁，案子就几乎不可能继续查下去……自然而然，也摸不到凶手的头上。"

李凌云说到这儿，突然轻轻"咦"了一声。他从棺中拿出死者的指骨。"他的右手小指第二节骨折过，后来又长好了，只是骨质长得多了一些，与第一节指骨融在一起，他的小指应该只能弯曲第一节。六娘把这个记下来，或许能以此查出死者身份。"

六娘还在记录，李凌云又低下头，趴到棺中去看死者面部。"牙齿并未如何磨损，生前很少食用粗粮。"他又伸手拿起带牙齿的碎骨细看，道："很光滑，有清洁牙齿的习惯，死者颇为讲究，不会只是普通平民，与之往来的人，大多也会和他身份相当。习武，讲究……这人不是一般武夫，恐怕……"

"也是术士？"明珪问，李凌云没有回答，只是轻微地点了点头。

明珪闻言，转头看向小道童子婴，陡然抽出腰间直刀，大声喝问道："说，你到底是什么人？"

眼前突生变故，李凌云惊讶不已。不等他开口，谢阮便奇怪地抢先问："明子璋，怎么回事？"

明珪并不回答，而是紧盯子婴。"最开始，大郎从白骨推算出死者年纪时，这小子就大吃一惊；等到大郎说这人小指骨折过，不能弯曲，他就浑身颤起来了；大郎说死者是术士时，这小子更是站都站不稳。说！你是什么人，与死者有什么关系？"

"我……"子婴颤声道，"我之前说的都是真的。"说罢，他竟然跪了下去。

"明子璋，你会不会冤枉了他？"谢阮见子婴瘦弱可怜，禁不住为他说情道，"我们第一次见李大郎封诊时，也难免有些吃惊，何况他还是个孩子。"

"之前我并没有怀疑，是发现他后来举动失常，我才拔刀的。"明珪微微眯眼，审视跪在地上的子婴，"你也知道，我向来跟我阿耶修术，术士大多和达官贵人往来，要学会察言观色。我会比较注意他人的言行举止，若无异常，我何必跟一个少年为敌？"

谢阮闻言，劝子婴道："武学上明子璋未必如我，但识人上，我却铁定不如他。你到底隐瞒了什么，赶紧从实招来，否则难免要把你抓到官府去审。"

子婴骇然，抽泣着扑在地上哭诉："着实没有故意说谎的想法，只是一开始觉得不可能那么巧，所以才没有告诉诸位。我说实话，这四十五岁年纪，小指骨折过不能弯曲，再加上是习武的术士，这三点相加，除了我那失踪的师父，还会有谁？"

听到死者就是子婴那外出会友又神秘失踪的师父，众人不由自主地互对了一下目光。李凌云思索道："你师父离观外出时说是去会友，这与我们之前的推论一样，看来那杀人者的确只选择术士作为他下手的目标……"

李凌云让子婴站起身来，仔细地复述一遍他师父的事。

原来，子婴的师父也是一名医道，道号金成山人，在邙山山麓的九阳观修行。九阳观并不是大观，金成山人又习惯四处云游，拢共也没几个弟子在观内，所以九阳观主事的并不是金成山人，而是玄尘散人。

这两个术士彼此看不顺眼，自金成山人行踪不明后，玄尘散人就把他的几个弟子从九阳观撵了出去，把他的东西也扔了出去。术士虽自己腰缠万贯，但通常对座下弟子却极为苛刻，子婴的几个师兄手里也都没什么钱财，大家只能借着寻找师父的由头就此各奔西东。

子婴从小是金成山人收养的，知道自家师父一般在河南道内云游，不会离开太远。他忧心师父遭遇不测，所以干脆就四处游荡，在自家师父经常出现的地方找寻。可谁承想，原来金成山人真的已被人所杀，而且这么巧，自己还照看了师父的尸骨这么长时间。

"听说死者四十五岁上下，又习武，当时我已经怀疑是师父……等听到小指骨折，是个术士时，我才敢确定这是我师父！徒儿不孝，在师父身边这么久都没有察觉，徒儿不孝——"子婴跑进西厢房，拿出自己的度牒①给众人查看，上面果然写着他是九阳观修行的小道童。大唐僧道的度牒来之不易，倒也没什么作假的必要，明珪更是此道中人，拿来核查过，也说没什么问题。

只见子婴在地上跪下，哭着朝棺材中的骸骨连连叩首。明珪见状，感叹地收起刀子。"原来如此……"

子婴膝行到棺材旁，抚着棺大哭道："师父这根小指，就是我小时候爬树掉下来，师父接我时弄伤的。"

义庄之内一时之间悲声大作。六娘在一旁把手绢递给子婴，子婴擦着眼泪。明珪对李凌云道："死者果然是个术士，这样一来，倒是让我想起个事来，我跟大郎你说一下，你看看对破案是否有用。"

---

① 文书名。即由官府发给出家僧尼之凭证，亦简称"牒"。

李凌云点点头。明珪道："像他师父这样在河南道内云游，却不去远处的术士，有一个特别称呼，唤作'游京术士'。因大唐李氏皇族认道教始祖老聃[1]为祖，历来皇家内院都修筑了道观，许多皇族甚至曾在里面修行。因此得到皇家提拔的术士，可以说极为繁多。天下的术士，无不想要这样高人一等的待遇，就像我阿耶那样，亲近皇家权力的中心。所以很多术士都会以东西两京为中心，在附近云游，这样只要做出一些不得了的事，就有机会被上报给宫中，很容易便能扬名天下。"

"你的意思是，这个凶手的目标就是这种游京术士？"谢阮说道。

"是的，抛开我阿耶的例子不谈，为了扬名，这些游京术士都会在京畿附近游走，但又不经常在某处固定居住。如此一来，约见并杀害他们，就有了天然的便利。

"游京术士既然渴望扬名，自然不会拒绝同道中人互相往来。"明珪看看李凌云，"我此前也跟李大郎说过，这些术士会特意讨好我阿耶，指望我阿耶把他们的名字带到天皇、天后面前，所以轻易不会与同业为敌。当然，他们心里面到底怎么想，那就是另一码事了。"

李凌云闻言思忖，道："从此前验尸的迹象看，不论经常服食丹药，还是下肢粗壮习武，这些死者，恐怕真就是你说的那种游京术士。不过，虽然身份可以确定，但因他们四处游走，凶手具体是谁，从何而来，很难捕捉到有用的信息……"

"再加上……他把每个死者都毁了容貌，更是无法确定死者身份，这凶手好生狡猾。"谢阮抱手，皱着眉头，"想起怨鬼林的铁钉……那铁匠铺的人说，去定制铁钉的那人身材魁梧，年纪三十余岁，口齿不清！世上当真有这种说话颠三倒四，作案却滴水不漏的人？"

"滴水不漏是不可能的，"李凌云命阿奴收起工具，"我们封诊道确信一点，凶手作案如雁过留痕，不可能抹平所有痕迹。走，去那封门村案发地瞧瞧

---

[1] 老子李耳。

再说。"

说完，李凌云看着那还在抱着棺材大哭的子婴，缓步走到他身边问："你要跟我们一起，还是在这儿留下，继续照看你师父的尸骨？"

子婴抹着眼泪抽噎道："子婴无能，就算留在义庄也无钱安葬师父……"他说着扁嘴又要大哭，搞得李凌云手足无措。明珪见他如此，便解围道："去封门村后，我安排银钱给你师父落葬。"

子婴连忙道谢，和阿奴一起收拾好师父金成山人的棺椁，又去西厢房取了自己的东西背上，便跟众人一同朝那封门村走去。

路上李凌云问子婴，金成山人在九阳观里，是否还有什么私人物品剩下。子婴却说，那位金成山人因是个医道，又遇到玄尘散人这样一个对头，所以向来对自己研制的药物看管甚严，出门时要紧的东西都随身带着。再加上弟子四散，玄尘散人又对金成山人厌恶至极，金成山人用过的东西早就被或丢或毁了，那九阳观中除了桌椅、蒲团等常用之物，并未剩下任何东西。

三人都知道，这种情形之下，九阳观中一定已没有什么线索可寻。但到了封门村，找到凤九带来见过众人的面熟男子，谢阮还是让那人传出消息，请凤九去查九阳观的事。

既然以后要多带一个人在身边，李凌云甚至还动了要收徒的心思，自然要把这个子婴的身份确认一下才好。

一行人在那面熟男子的引领下，很快就找到了案发的宅子。只见那宅子跟此前封诊手记上写的一样，是一座三进的大院，依稀可见豪富迹象，门角还挂着破败的灯笼。

那面熟男子极擅长看人脸色，不等人问，就在一旁介绍道："九郎先前命人打探消息时，就是我来这封门村打听的，所以九郎此番便又差我来听命。有些情况要说给各位知道。这户人家的家主曾是这里的富商，姓赵，在前朝大业年间时，也是一家豪门，谁知到了大唐，他竟然偷偷将兵器出售给反贼。案发之后，赵富商全家遭到株连，满门抄斩。这家人被行刑后，据说院中经常传出怨恨的呼叫声，附近村民由于担心厉鬼缠身，所以纷纷搬离，这里也就成了一座鬼村。后来有人请过术士镇压妖邪，术士用极高的门槛拦住此屋子门口，说是鬼走路时腿不会打弯，无法越过，封门村便因此而得名。"

面熟男子说着，李凌云却站在双开木门前，仔细地观察起来，又命六娘拿了水晶镜过来查看。

片刻后，李凌云手指木门道："这里有撕过纸的痕迹，门上原本粘了黄纸，后来被撕掉了，但留下了黄纸的底层。"

"拿水袋。"李凌云吩咐六娘。站在一旁的明珪却抢先一步，直接解下身上的水袋递过去。李凌云接过，忽闻一阵带着蜂蜜味的香味，心知是明珪身上的香囊把气味染在了水袋上。

他打开水袋，倒出一些水，聚拢在戴着手套的手掌中心，又拿一把毛发细腻的小刷，把门上的黄纸弄湿润。

"不吸水……"李凌云皱眉，干脆把水袋里的水直接倒了上去。随后，约每十次呼吸的时间，他便倒一次，保证那些黄纸浸泡在水中。不到一刻时间，黄纸剥落下来，李凌云将其放进一个白色小碗，用水浸泡搓揉。片刻之后，碗底有了一些细碎之物，显然都是从黄纸上脱落的。

李凌云小心地把那个小碗移到幽微镜下。虽说是白天，六娘还是特意掌灯照亮。没过多久，只听李凌云道："是朱砂。"

"黄纸朱砂，是符文？"谢阮问。

李凌云点头。"门上曾经粘贴过多道符文，制作符文的黄纸，因需要贴在镇压鬼魅的地方，所以都是特殊制作的，颇能防水。"

"大郎可是觉得这些符文有古怪？"明珪敏感，在李凌云开口之前就察觉了什么。

"百姓向来相信鬼神之说，哪怕心中不信，也未必见得会去故意招惹。一般人的话，是不会随便揭走门上的符文的，因为揭掉符文可能会给自己带来厄运，所以揭符文的人要么不相信鬼神之说，要么别有目的。"

"此处被人做过法事，符文应该就是在那个时候贴的——至于为何被撕掉……"明珪琢磨片刻，"或许是凶手进门时觉得符文贴在上面有些碍事？"

谢阮明显不赞同明珪的说法。"若是如此，撕掉进门处的几张便是，可这也撕得太干净了，看起来倒像是故意要把里面的鬼怪放出来。不管怎样，那凶手原本就喜欢做怪异的事，也难说到底是因为什么。"

二人说了半天，李凌云已推门而入，查看起地面和门扉背后。谢阮见状笑道："大郎当真是个只查踪迹的人，对那凶手在想什么却没什么兴趣深究。"

李凌云对这闲话置若罔闻，口中道："时过境迁，看这地面上痕迹凌乱，想来案发后有很多人来过，所以地面和房门都没有处理的必要了……"

说着，李凌云沿着走廊径直走向后方祠堂。明珪微惊地跟上，问道："大郎怎么知道在那边？"

"封诊手记中有此屋绘图，看过一次也就记得了……"李凌云来到祠堂前，大门并未上锁，而是虚掩着的，一推之下，应声而开。

这是一间宗族祠堂，房门朝南，进门靠北墙有一个摆着牌位的台子，台子的造型颇像是寺庙中供奉佛像的泥台，除此之外并未看到其他特别的物件。

李凌云用黄铜卷尺测过供台，说道："台高五尺，长一丈，宽三尺三分三厘。"让六娘记下之后，李凌云来到供台旁看了看，只见上面有不少木质牌位，到处凌乱倒落着，供台中间的区域却还是一片空地。

"牌位都是层层前后安放的，若是自然倒下，中间不会空出，显然，这是有人故意清空了此处。"李凌云眯眼看了看，让阿奴左右手分别拿一个带铜镜的灯，举在供台上照亮。

"这里有血迹，好大一片……从痕迹看，是滴下来的。"李凌云指着供台上暗褐色的痕迹，又取了水晶镜放大观察。"血迹没有太多毛边，血液是从较低的地方滴落下来的。"

明珪想起之前李凌云看过的骸骨切痕。"死者双脚血脉被深深割伤，会不会是从他脚上流下的血？"

"有可能……"李凌云指着台子左右两侧,"有移物痕。"

谢阮凑过来,看见血迹中有两个圆形痕迹,圆形痕迹中并无血迹,便问:"什么是移物痕?"

"顾名思义,就是移动物体所产生的痕迹,比如说地面上有一把斧头,放的时间久了,地面就会落灰,当你把斧头拿走后,地面上自然会留下和斧头形状很像的痕迹,这就是移物痕。"

"所以说,死者的血流下来的时候,这里放着两个东西?"

"是,"李凌云点头,"是两个圆底器物,可能是筒状的东西……按这大小,有些像是装水的陶罐,不是什么稀罕物件。"

李凌云回身拿出案卷翻阅。"当天报案的书生,在发现死者的时候,死者是全身赤裸的,他的上半身被凶手用绳子捆绑,绳索从肋下穿过吊在房梁之上,致双脚腾空。又因绳子很长,所以他双脚距台面并不太高。除此之外,他的双手被绳子拴在了房梁上,双脚则被系在供台边的木梁上。这让我想起一种酷刑——五马分尸。只不过行刑时,人是趴着的,而本案中的死者是被吊起来的。"

李凌云边说,边用手指向屋内木柱和房梁。这时众人发现,房梁上果然有隐约的痕迹,而在地上与之对应的位置,也发现了落下的染血绳索。

"奇怪,真奇怪……"李凌云道,"我先前检验死者骸骨,发现其双脚脚跟处的骨头上有很深的刀割痕迹,要想在骨头上留下如此明显的割痕,关键血脉一定被割开了。"

"听你说过好几次了,什么叫关键血脉?血脉难道还有主次之分?"谢阮不解。

"关键血脉,就是人身上较粗的那种,和切断手指上的血脉的情况不一样,此血脉一旦破裂,很容易导致人失血过多而死。关键血脉分为蓝、红两种。红色血脉中的血液颜色鲜艳且流速颇快;蓝色血脉中的血液则流速相对缓慢,血色较深。红色血脉受伤时,容易造成血液呈喷溅状流出,可奇怪的是,这供台上却并没有留下此类血迹。"

李凌云歪头想想，继续道："我怀疑，凶手是把死者的双足套在了陶罐中，用陶罐取走其身上的血液，拿走陶罐后，在供台上留下了移物痕。若这个时候，还有血液滴下，那么移物痕就会被新流出的血液覆盖。而就目前来看，并没有出现这种情况，也就是说，凶手差不多把死者体内的血都放干了……可是，他为什么要这样做呢？那血对他有什么用处？"

李凌云看向明珏，期待地问："子璋有没有想到什么？"

"没有，我只听说，大夫会在治病时给病人放血，却没听说血拿来有什么用。倒是有一些歪门邪道，或许会用人血炼丹。说不定这个凶手也是拿来做这种用途？"

"兴许如此……"李凌云颔首，又在供台上细细地查看起来，突然，他轻声喊道："你们看，这里有足迹。"

众人靠过去，果然在供台上发现了几枚带血足迹，在那足迹的旁边还有少量灰色小珠。

"是锡珠，"李凌云拈起一颗小珠，用力搓揉，便在手套上留下了灰色的痕迹，小珠则变得银光闪闪，"取血过后，凶手把锡熔化，灌入死者口中，供台上的锡珠便是在此过程中滴落下来的。"

李凌云走到那堆染血绳索旁，皱眉道："这些绳索随处可见，不是特别的绳子，可这也是证物，居然就这么扔在一边……"

"既然只是普通绳子，又有什么好看的？当然会扔在一旁了。"谢阮不以为意地道。

"但是，绳子是普通之物，绳结却有特别之处。"李凌云拿起绳结，观察片刻道："打的都是死结，绳索系了两次，且最后绳结的方向都朝左边，说明凶手用左手顺于右手，是个左撇子。"

"这都看得出来？"谢阮有些难以置信。李凌云捡起一段没有绳结的断绳道："你打个死结看看？"

谢阮依言照做。李凌云拿过她手中的绳结，跟凶手所打的绳结并列在一起。"如果右手是惯用手，在系第一个绳结时，是用左手拉动绳头，在系第二个绳结时，是右手拉动绳头，因为死结要想打得牢固，系第二个绳结时，必须要用全力，所以左撇子和右撇子系绳结时，用力的方向是不一样的。惯用右手的人，最后一道绳头的方向相对系绳者向右；左撇子则相反。由此可见凶手是个左撇子。"

明珪在旁边道："四桩案子全是左撇子所为，而且每一桩都需要耗费极大的体力才能独自完成。再加上每位死者身上都被取走了一些东西，看来大郎最初的推测是对的，这是只以术士为目标的连环杀人案，只是我们还不清楚凶手的犯案动机。"

"杀人原因是什么，现在还不得而知，当下重要的是把鞋印提出来，与死水湖案中留下的鞋印仔细做对比。"

李凌云望着台上一双很清晰的血鞋印道："从鞋底印花来看，凶手穿的是一双长皮靴。这种靴子深受武将喜爱，因为此靴底厚，靴底印花极多，走路很抓地，而且长靴跟脚，适合长途跋涉。由于制鞋工艺因人而异，所以即便是同种靴子，靴底的印花也不可能一模一样。可巧合的是，我在死水湖旁用石膏提出的鞋印，也是这个印花，虽还没有细加比较，但可以看出凶手绝不是什么文弱书生，至少是个习武之人。"

李凌云顺着台上的鞋印一直追踪到了地上，可由于台上血迹不多，所以凶手跳下台面后，留在地上的血鞋印也非常浅。

六娘手持一把小猪鬃刷打扫干净地面上的浮灰，然后李凌云让阿奴紧闭了门窗，随即拿出一个形状古怪的炉子，开始煮起水来。那炉子上方用的锅具，底部极为平坦，下方不知用了什么手段，将炭火引出铺满整个锅底。如此操作下，锅内的水很快均匀地沸腾起来，并冒出了大量水汽。

谢阮见之大笑道："莫非大郎饿了，要在这里煮点什么来吃吗？"

李凌云无奈地看看她，解释道："自然不是了，这是湿炉，之前富商灭门案里，我用这个手段取得铜壶上的指印，你都忘了吗？人血滋味咸腥，其中有一些盐分，加湿之后，人的血液就会吸入水汽，此时再撒上细灰，吹开就能看清鞋印。"

谢阮这时才想起,王万里家酒壶上的指印的确是用水汽取得的,于是她连连点头,好奇地在一旁观看起来。

不久,见水烧干,李凌云在地面上又撒了一层浮灰。此时,本来模糊的血鞋印骤然变得清晰起来。他让六娘拿来半干的白石膏,贴在鞋印上,再拿起时,那黑灰鞋印便清晰地印在了石膏底面上。

李凌云取出封诊尺测量鞋印。"按此鞋长短,推测那凶手身高在六尺一寸七分左右,身体健硕,是个三十多岁的青壮男子。"

他话音未落,谢阮大叫一声,引得所有人都回头看去。只见她一击掌道:"六尺一寸七分,明崇俨被杀案的凶手,不就是这个身高吗?引雷针是我亲自测的高度,所以我记得特别清楚。李大郎还说,至少要超过这个高度,才能把人穿在引雷针上。"

明珪想起父亲明崇俨的惨状,一贯温和的目光变得冰冷。李凌云见他这样,简短地安抚道:"少安毋躁。"说着又在房中寻觅起来。

很快,李凌云在供台后一堆熄灭的炭火旁站住脚。"锡要现熔现用,才能灌进死者口中,不过用来熔锡的工具已被那凶手带走了,只留下这堆炭痕,还有剩余的一些锡块。"

说罢,李凌云抬头四望一番,对明珪道:"这里是常年无人居住的'凶宅',而'凶宅'对凶手来说是作案的极佳场所。他能把死者绑成如此复杂的造型,说明死者当时根本没有意识,处于昏迷之中,这与前几案完全一致。供台上的少量锡珠覆盖在血迹之上,可以看出凶手将死者捆绑后,先割开了死者小腿下方的关键血脉,把血取完以后,才将锡水灌入死者口中。"

李凌云伸手敲敲供台。"这供台上的滴落血迹多集中在一起,看来凶手割开关键血脉时,死者连最本能的疼痛反应都没有了,否则血液一定会被甩得到处都是,可见死者当时处在深度昏迷状态,恐怕是中了烈性迷药。"

"之前我也说过,迷药分两种,一种是吸入的,另外一种则需要口服。前者没有那么大的药力,所以只能是后者。凶手熔锡、取血都需要时间,所以就加大了剂量。药量并非关键,重要的是如何让死者心甘情愿地把迷药喝入肚中。若两人交情不到一定程度,死者怎会给凶手可乘之机?"

"越来越能看出这些案子是一人所为了……"谢阮皱眉,"要带陶罐、绳索、锡和火炉来此偏远之地,这次他会骑驴,还是驾马呢?"

李凌云道:"在这荒僻之地,带着一个昏死过去的人赶路,太容易引人注目了。不管是什么车,车后应该都有车厢,就算只是运送货物的车斗,最少也要在上面覆盖点东西,便于隐藏死者。"

对于"车"的调查,自然通过面熟男子,又交给了凤九那边去操办。

李凌云继续在屋内探查时,又在旮旯里找到了一个不太起眼的草药包。

那草药包最外层是粗布,内包乳香、鸡血藤、黑三棱三种药物。李凌云皱眉道:"全都是活血的中药,用了这些药,血便很难凝固,凶手应该是把这些草药裹在药包中,挤出汤汁,滴入罐中,用来防止收集到的血液凝固。可凶手为何要这么做?毕竟血液若凝固的话,要好运输得多……"

他边说边查看残渣。"洛阳一带,并不产鸡血藤与乳香,尤其乳香,生鲜时价格便昂贵无比,何况这炮制成熟的佳品,由此可见凶手并不缺钱。只是……这黑三棱却未经过晾晒,是直接采集的鲜品,凶手看来很懂医术。"

此时那面熟男子传了消息刚折回,闻言正要说什么,李凌云却道:"烦你去查一下,黑三棱这种药物,关内道附近什么地方有出产?"

那面熟男子却回道:"郎君不必着急,稍等片刻我们必然会仔细调查。倒是之前让查的消息已经回来了,郎君不如先听一听。"

李凌云应声,那面熟男子便说起了打探结果:经查,只有洛阳城附近邙山的翠云峰脚下,存在驴粪中的两种草大规模生长的情况,其他地方也不是没有,但都只是小小一丛,不太可能那么巧合被驴吃到。

面熟男子说完便又传话去了,也不知被他传话的都是什么人,又隐藏在封门村的什么地方。毕竟凤九行踪始终诡秘无常,众人也无心多问。

李凌云将地上的锡与死者身上发现的锡放在一起,拿出一口石制小锅,在下面烧起银丝炭,没过多久,锡就重新熔化。他移开小锅,把锡放凉,倒扣出一个锡锭,又用钳子钳开来。

看着锡锭银光闪闪的截面，李凌云叹道："这锡很纯，没多少杂质，的确是官用的锡锭。凶手是怎么得到的呢？"

说着，李凌云又看向那回来听命的面熟男子。对方被他一瞧，不由得笑了起来。那男子长相着实普通，笑容显得格外憨厚，对李凌云道："其实没有你想的那么难，我们鬼河市上就有卖的，地上的黑市也有，此非铜铁之类的硬物，做不得重器，遇到天寒还会化灰，价格又昂贵，除了用来炼丹，倒没见它有何妙用，所以常见有人暗中买卖。"

那男子称"我们"鬼河市，此话一出，连人情愚钝的李凌云都猜出此人多半是地底的鬼河人，不过他并未揭穿，只道："原来如此……这里大约有十块官锡的量，其价值绝非普通人可以承受的，凶手为了作案还真是一掷千金……"

谢阮在一旁冷笑。"这家伙为了达到疯狂目的，好像花多大代价都觉得无所谓，如此视金钱如粪土之人，要么就是银钱来得太容易，要么便是钱来路不正……杀人手法如此凶残，我看他若不是术士，也不排除以前就曾作奸犯科的可能。"

说到这儿，院外响起一声尖锐的呼哨，那面熟男子马上追了出去，看来是凤九那边又有了消息。片刻之后，他果然来报："封门村鬼怪传闻一直很多，所以并没有多少人在此居住，不过少却不等于完全没有，村头的王二说在案发期间，他曾见过一架驴车。"

"驴车？在死水湖用的是马，在城西怨鬼林用的又是驴。靠近东都，用驴倒也无妨，但此处遥远，用驴脚程却远不及马！凶手为何不骑马呢？"谢阮不解。

"马车只有一定身份地位的人才可以用，否则也是逾越了法度的。寻常百姓大多用牛车、驴车而已，在偏远的地方使用马车太过招摇，所以不用马而改用驴，也算合情合理。"明珪分析到这儿，又道："还有一种可能，就是凶手觉得用驴车就够了。"

李凌云道："我还小的时候，我阿耶就让我测试过各种车驾和牲畜的脚程。凶手犯案后逃跑是必然的，所以驴车一日能走多远，我很早就试过了。我大唐普通驴车行驶一日，不过能走区区六七十里地而已……"

谢阮沉吟道："也就是说，凶手给死者下迷药的地方，应该在距离封门村六七十里的范围之内，否则时间太长，死者就会醒来。方才李大郎又说，有种草药没有炮制过，是采摘后直接使用的，既是如此，那草药的产地恰好也在该距离范围内，岂不就能查到凶手是从哪个地方来的了吗？"

正在这时，外面又响起了呼哨，面熟男子再一次去而复返，这回他有些高兴地道："九郎真是非比常人，诸位离开东都时，他就唤来了众多乡老大夫，经询问后得知，那黑三棱产于原武山一代，距离此处不到一百里。"

李凌云闻言大喜道："驴车在原武山可多见吗？"

那面熟男子老老实实答道："那原武山下的平原上，居住了许多百姓，平日有很多驴车经过，至于先前郎君所说的三十岁左右的魁梧男子，也多不胜数。"

"……看来不行，线索过于笼统，符合的人太多，只怕就算确定凶手住在那原武山，也难确定他的踪影。"李凌云眉头大皱，"这屋内痕迹被破坏得太严重，凶手留下的其余痕迹已无法提取。不过事到如今，四个案子合在一起，姑且可以将那凶手简单描述一番。"

"凶手为男子，身高六尺一寸七分以上，三十余岁，身体强壮，脚穿长靴，靴底印花极为规整，丝线排列整齐，可见此长靴出自巧匠之手。凶手有习武经历，懂得如何利用中草药，神不知鬼不觉地让四名死者口服迷药，可见其懂得医理。他知道脚部血脉位置，一刀割开，下刀稳、准、狠。死水湖案中，他挖眼的手法同样干净利落。在天师宫里，他更是一刀截头，一刀剖腹，毫无半点拖泥带水……他甚至知道人在水中可以变成巨人模样，无法辨别容貌，所以只有死水湖案中，凶手没有附加毁容手段。这一切的一切都可证明，凶手对人体构造极为熟悉，非一般医者可以比拟，只有追求升仙之法的医道才最为符合。

"此人作案时，使用驴、马运送死者与工具，说明其擅长驾驭牲畜。三桩案子里，他一次用驴车，一次用马，一次用驴。虽说天师宫的绝壁之下并没有

谢阮也变了脸色。"别人不说,明子璋的阿耶何等身份,平日想巴结他的术士比比皆是,他竟然对凶手也毫无防备,至少说明该人与他处在同一个水平……大郎刚才也说,此人为游京术士,常在东西两京及关内道、河南道附近活动,现在又有如此高的道法,万一被他混进皇家道场……难保不会生出大事情来。"

李凌云认可道:"我看,此人便是凤九说的那种杀起人就停不下来的家伙,如果放任不管,只怕还会有人惨死。"

谢阮认识到事情的严重性,打定主意道:"此事非同小可,必须马上告诉天后!"

寻道入魔 玄胎索命

阳武县的案子暂且算是有了结论，然而开启正式的查案流程，却需要在天后武媚娘许可之后进行。虽说案件调查结果已被谢阮录下，快马送回了东都，但可想而知，就算有旨意，也要和大理寺做更多的交接才行。

为早日破案，一行人打算最多在县城休整一天，便立即踏上归途。然而谁也没料到，李凌云会在这个当口突然倒下。

他这次的病来得有些莫名其妙。马队才刚离开阳武县，李凌云就高烧不止。谢阮本想在驿站等李凌云病愈之后再起程，而他自己诊断是遭了风邪，死活不肯耽搁时日，草草吃下两服药，换了辆更加平稳的牛车，一行人便朝东都赶了回去……

还算宽阔的驿道旁，明珪下了马，踏上停在封诊车后面的牛车，对里头的六娘道："牛有些走不动了，我们先在此休息片刻，附近有条小溪，你跟三娘一起去洗把脸，再打些新鲜的水回来。"

六娘把李凌云枕在她膝上的头小心地挪到木枕上，为避免弄醒他，她轻轻起身，缓缓从明珪身边经过。

"大郎怎样了？"明珪见六娘下车，担忧地看向李凌云。他额上放着湿手巾，满头是汗。

"赶路太急没歇好，大郎的高热有些反复。"六娘愁眉不展地对明珪道了个万福，"有劳明少卿照顾大郎，让他把药吃了。我去洗洗，顺便再烧些熟水。"

明珪点头进了车厢，把车帘卷起通风，又从李凌云枕旁摸出一个锦袋，倒出一丸药，搓成细条，均分成小颗粒，这才把他叫醒。

李凌云面色潮红，看到药粒，表情有些厌恶。明珪好笑地道："这药不是大郎做的吗？你自己就是医生，却怕吃药？"

李凌云把药接过服下，又拿了水囊，正要喝水，突然停下来问："水烧过了吗？"

"烧过放凉的。六娘说你们封诊道不喝生水。"明珪回答。

李凌云喝了几口，把水袋还给明珪，皱眉道："我十二岁时，阿耶第一次让我独自剖尸。那个人本来在家里好端端的，突然就呕吐起来，吐出的东西里混杂着很长的虫子，随后他就腹胀如盆，浑身发热，痛苦挣扎了一段时间便死去了。乡野传闻说他是中了虫蛊而死的，认为他的娘子与外人私通，下蛊谋害亲夫。"

李凌云缓了口气，继续回忆："这人看起来身体瘦弱，据说厌食已久。我剖开他的肚子后，发现他腹内都是虫，连小肠和胃里都满满当当的，有的虫子钻破了肠道，导致粪便进入腹中，引发病痛而死。"

"这跟喝生水有关？"

"嗯，我封诊之后，给死者的娘子和父母吃了封诊道配的驱蛊药丸，可并未从他们体内逼出蛊虫，而他们一家人总在一起进食，所以这可以证明，死者的娘子并不懂巫蛊之术，否则死者父母体内也应该有同样的蛊虫。"

"因虫而死的情形，后来我又遇到过几次，询问家人，发现死者都很喜欢随意喝山泉水或是河水。阿耶告诉我，我们封诊道很早就发现，蛊在天地中是存在的，一些细微看不见的东西可以通过生水进入人体内，最后变成虫，但是把水煮沸后，那些东西一般就不复存在了。"

"原来如此，不过蛊好像也有很多种类，传说有一些会半夜飞来取人性命。"

"没见过，如果真的有，应该跟生水里的虫蛊也不是一种东西。"李凌云感觉药物在体内开始发挥效用，额上的虚汗也少了些，"我们封诊道认为瘟疫也是蛊，只是和虫蛊不同，要更细小。如果致人患病，从表现症状才能够分辨瘟疫种类；要是致人死亡，就可以通过剖尸进行判断。"

"瘟疫也是一种蛊，这说法很有意思。"明珪把水袋挂回车厢壁上，看向李凌云，"大郎为什么着急回东都？六娘说你高烧反复，是休息不够导致的。"

"凶手一定还会下手，"李凌云皱眉道，"早一天说服天后下旨，就能早一天去阻拦他。"

"也是……或许回到东都，除了对天后报告连环案的事，李大郎你还有一件事要做。"

李凌云不解地道："什么事？"

"取代杜公，入宫任职。"

明珪说完，李凌云沉默片刻，摇摇头。"我没这个打算。"

明珪有些惊讶。"为什么？杜公不是把祖令还给你了？作为首领，难道那个官职不应该是你的？再说你现在为天后办事，总要有个说得过去的身份。"

"祖令是在我这里，"李凌云皱了皱眉头，语气无奈，"但我不能进太医院。"

说完，他烦躁地摇摇头。"我是会一点医术，但并不精通。阿耶说我不擅长和人打交道，所以才让我认真学习封诊技，其他事了解一下就好。我进太医院的话，就要给宫里的贵人问诊，那一定会露馅。为天后查案我责无旁贷，但太医院的事，怎么想都还是杜公做得更好。"

明珪闻言揶揄道："你就不怕封诊道天干首领之位以后落入杜氏之手？"

"封诊道弟子之间，每三年一小比，每十年一大比，杰出弟子有自信，还可以挑战首领，祖令一直就是这样传承的，几大家族中也是按拜师的关系区分的，并不是真正的家族制。将来李氏收的那些弟子是否争气，又与我何干？"李凌云一脸莫名其妙。

"原来是胜者为王，难怪封诊道能延续千年。"明珪有些佩服地评价道，"说不定，你阿耶不让你入宫，也有你不精医术的缘故。"

"有可能。毕竟剖尸要经验，治病也要经验，就算背得医理也没用。"李凌云点点头。

"那以后，还是让杜公继续在宫中看病，为你传递消息就好。"明珪微笑着拿起一边的盖毯，递给李凌云。

后者接过来盖上，突然察觉到什么，奇怪地问："宫中有谢三娘又有你，你们也可以传消息，为什么一定要扯上杜公？"

明珪眼带笑意，耐心地解释："你应该看得出谢三娘很受重视，上官婉儿跟她一文一武，是天后的双臂。而我这个大理寺少卿的职位，其实是为了查我阿耶的案子才弄到手的。等案子被你解决，我们随时可能会被调开，到时候只能由杜公为你传达天后的旨意了。"

"你说得对，"李凌云低头沉思道，"你们都有自己的事要做。"说完他抬起头，有些郁闷地看向明珪。"我觉得，我们一起查案感觉很不错。"

"大郎的感觉，也是我们的感觉。谢三娘性格比男人还暴躁，在天后面前，她夸过的人也只有你了。"明珪笑着说完，压低声音补充："但是每个人都有自己应该做的事，按我阿耶他们那些术士的说法，人总要去寻自己的'道'。"

"自己的'道'？"李凌云不解地重复。

"你可以理解成，'道'，就是自己要走的人生之路，也可以看作寻找自己一生最想要做的事，当然，要解释成追寻一个梦想，也是可以的。"

"'道'……我好像没有怎么想过，我的'道'是什么。"李凌云说。

明珪惊讶地看他。"没有想过？可是我看，大郎你对查案这件事很执着，尤其是对追查案件的真相……"

"阿耶教的，封诊道的'道'，就是寻找真相之路。"李凌云顿了顿，微皱眉头，"但是，这是阿耶让我这么做的，他说，我合适。"

明珪了解了他的意思，于是小心地问："所以说，你从来没有想过自己想要什么？验尸断案，难道你不喜欢吗？"

李凌云认真想想，答道："喜欢是喜欢的。我很小的时候就很好奇，猫狗之类会动的东西，为什么可以敏捷地行动，后来是想知道人为什么能说话、吃饭、走路。但是你说的梦想，我却从没考虑过。自我懂事以来，阿耶便跟我说，我适合封诊道，所以我就做了这个。"

明珪闻言微笑。"长辈多有远见，再说父亲一定了解儿子，你阿耶是对的。"

"但我自己并没深思……阿耶他也没有问过，我自己想要什么……"李凌云还想说什么，外面却传来了六娘的声音。

"大郎，明少卿，有客来了，三娘请你们下车。"

"客？什么客？"李凌云看向明珪，后者朝他摇头以示不知。驿道两旁虽算不上荒山野岭，但明珪也想不出，这种地方会有什么客人突然驾到。

"客，当然就是我了！"翘着金线绣凤的黑靴，身披紫色绣云雾鹤氅，斜斜靠在绳椅上的凤九一边吃着葡萄一边说道。

面对如此风尘仆仆的场景，凤九的那绳椅却悠悠地荡在驿道边，让他此刻的闲适看起来格外怪异。见李凌云过来，凤九动动手指，旁边的狼面童子朝李凌云走去，把银托盘里的葡萄送到后者跟前。

"天气热，吃一点葡萄……李大郎病了，怪可怜见的，来吃些好的吧！"凤九的绳椅后方停着一辆装饰华丽的马车，拉车的是两匹黑色骏马，此时其中一匹朝他手里的葡萄伸过头来，被他一巴掌拍开。

"九郎怎么来了？"明珪笑眯眯地问，"你不是说有事要做吗，做完了吗？"

"自然是做完了，也已回过京里，我本来也没跑多远，不比你们辛苦。"凤九眯眼，看着毫不客气地拿起葡萄便吃的李凌云，说道，"你们的一举一动的消息始终有人往我这里送，而这些消息也随我一起入了宫。原本天后听说当真是连环案，打算等你们回东都再说，可运气不好的是，眼下京畿之内又发了一桩案子。"

"又一桩？"李凌云抬起头，嚼着葡萄皱眉道，"……这么快，那凶手又杀人了？"

"谈不上，其实案子早就做了，只是现在才被人意外发现而已。"凤九见没人再问什么，突然笑起来，像只阴谋诡计得逞的狐狸。

"你们猜猜，这桩案子要劳我亲自找你们，会是什么缘故？"

"九郎又吊人胃口，"谢阮从盘子里拿了一串葡萄，也不客气地一颗接一颗吃起来，"你最无聊了，就是喜欢让人猜谜，又没有谜品，向来不给人提示。"

凤九坐直了身子，佯怒道："没有你谢三娘这样拆人台的！"

谢阮嗤笑道："不要装了，你能到半路上来截我们，案子一定十万火急，你当真要卖关子吗？"

"唉，算了，"凤九摇摇头，又重新靠回椅背，"反正你们一定想不到，这次开口的是大理寺，而且是徐天徐少卿亲自跟宫里要求的，要让你们去查这桩案子。"

"大理寺？"谢阮大吃一惊，葡萄都从她嘴里掉到了地上，"徐天是疯了吗？"

"他怎么会疯，"这下轮到凤九嗤笑了，"实在是这桩案子，与之前那一堆有太多相似之处，他不敢独断专行，所以才报请天皇、天后，希望把案子交给你们，反正明子璋也是大理寺的人，去地方上查案也是名正言顺的。"

"他之前阻挠我们，此时却这么爽快，会不会有什么坏心眼？"明珪怀疑地问。

"你这个猴精，"凤九笑骂，朝明珪丢了一颗葡萄，"还不是你们让我去偷的案卷？实话说吧，我是直接和徐天说好了，才进大理寺案卷库里拿的案卷，所以你们现在查案的一切进展，我都知会了徐天。"

"什么？你干吗告诉他？"谢阮勃然大怒。

"一个好端端的女郎，脾性怎么这么坏，将来恐怕没法子嫁人。"凤九冷笑，"不告诉他，他会给你们看案卷吗，会让你们平安无事地在县上查案？说白了，你们查到什么，他们就要知道什么，这是大理寺提出的交换条件。"

凤九见谢阮思索的样子，又道："别想太多，徐少卿就是觉得这案子与你们推测的接近，他是认可了你们对连环案的猜想，所以才会交给你们。"

"我信不过徐天，总觉得他没安好心。"谢阮负手来回踱步，"现在李大郎还生着病，大理寺自己查不行吗？"

"我的病不重,"李凌云举手,"有案子就先查案子。"

谢阮气恼地扭头训斥:"李大郎你是傻瓜啊?我是怀疑那个徐天在算计什么,虽然我现在还搞不清内幕,但大理寺这态度变得也太快了,谁知道他们是不是在算计我们?"

"我看不是。"明珪摇头。

谢阮怒容满面。"明子璋,你跟李大郎约好了专程来气我的吗?"

"我怎会有此意?"明珪哭笑不得,"大理寺态度变化的缘故,我多少能猜到一些,他们应该是认为我阿耶的死被裹在了连环案中,倒不妨放我们去查。"

谢阮也不是笨蛋,瞬间回过味来。"你是说,连环案这个术士凶手的嫌疑越大,太子的嫌疑就越小?"

"正是如此。"明珪点头,"你想一想,既然凶手与东宫无关,大理寺又何必阻挠我们破案?"

"只是这样一来,天后就……"谢阮话说到一半,看看李凌云,便没有再说下去,而是话锋一转,"罢了罢了,是谁杀的就捉谁。九郎,你说吧!案发何处?又是什么案情?"

凤九等的就是这一刻,他笑着往嘴里扔了颗葡萄,回答道:"案发于河东道,晋城县。"

"死者被吊在山中,剖腹毁容。"凤九眯着眼,吧唧吧唧地嚼着葡萄。

"最关键的是,死的那个人,正巧是当地最有名的术士。"

"晋城,为什么会是晋城?"李凌云看着前方青灰色的城墙有些出神。

一旁的明珪挑眉道:"大郎为何有此问?"

"凶手活动的范围,"李凌云在膝上摊开绢帛,用木棍笔画出河南道的形状,"他一直在河南道内杀人,为什么会突然跑到河东道?"

"河东道就在河南道北面,晋城距离河南道也不远,为何凶手不能在晋城作案？"谢阮从马上伸头过来。

"我们封诊道虽不算特别见多识广，但历年来也经历了不少此类连环案。"李凌云用笔在地图上标出之前四桩案件的大略地点，"通常这些人会选择熟悉的地方作案，这样对他们来说比较便利。到目前为止，凶手去过的最远的地方，是河南道最东边的阳武县，他自始至终都没有离开河南道范围。"

"……但也不能排除有例外啊！河东道和河南道接壤，万一这个术士凶手对那里也很熟悉呢。"谢阮四处看看，"我们来这里也没耗费太长时间，而且晋城附近的道观不少，作为术士，凶手说不定也曾来探访过？"

"……"李凌云沉默了一会儿，这才道，"你是对的，有这个可能。"

"其实无须猜测，不管是不是那个连环凶手所为，以我们大郎的本事，自然能在查案时辨出真相。"明珪抖抖手上的纸质案卷道。

"我会尽力而为，"李凌云点头，又道，"不过我还是觉得，不是他。"

"他"当然指的是那个连环凶手。明珪不由得笑道："大郎执拗得很。"

谢阮不以为意地耸耸肩。"这份案卷有些蹊跷，竟写着死者'疑似'晋城著名术士闲云散人。他们为何不能确定？"

"当然是有缘故的了，你没有看到最后。"明珪笑着说道，"这桩案子说来也极有意思，据说晋城有个猎户叫唐七，生得有七尺之高，雄壮无比，利用这个长处，专门在山里狩猎虎豹之类的大型野兽。唐七带着弟弟进山时，偶遇一头黑熊，与那黑熊肉搏许久，才惊险地把黑熊打死。谁知唐七就在准备带着猎物下山时，却在旁边的草丛里，发现了一条有些腐烂的人腿。"

"唐七循着踪迹，走进了一般人躲都来不及的山中乱坟岗，随后他见到乱坟岗的一棵树上，竟骇然吊着一具尸体，于是马上下山报官。"谢阮翻个白眼道："我又不是没看过前面，你直接说后面不就得了？"

明珪一贯脾气好，此时被谢阮抢白，他也不生气，打开案卷继续念道："死者面部被烧毁，衣服被扒光。官府贴了告示，说谁家有人失踪，请到官府认尸……谁知一直无人认领这尸首。后来还是仵作的娘子认出来的，她偶然间听自家郎君说起死者拇指上有一粒长毛大痣，这才认出死者是那位赫赫有名的闲云散人。至于仵作的娘子为何能认出他来，是因为她经常在观中烧香，跟闲云散人熟识。这位闲云散人很会炼丹，与洛阳权贵多有往来，而且他还擅长制作治病的符水。据说他制作的符水相当灵验，有很多百姓会去观里求药。"

谢阮哼笑道："既然有人证，可以确定是这个闲云散人，怎么又'疑似'起来了？"

"因为找到闲云观后，这位闲云散人的妻子竟不肯认，坚持说闲云散人赵日初去了东都，此人不是赵日初。"

"还有这事？妻子不认丈夫？"谢阮杏眼圆睁，难以置信。

"可观里的其他术士却说是他无疑，官府也难以决断，只好在案卷上这么写，直接将案卷呈交给了大理寺。"

李凌云接话道："我也看过案卷了，这部分记录在最后一页上。"

说话间，车已到了城门口。有谢阮的鱼袋①在，自然没人会一个个查对身份，其中一位很有眼色的看门吏，一路小跑在马车前面，给众人带路去县衙。

晋城县令姓夏，刚被举荐成为县令不久，是个年轻人。没想到京中竟然来了个品秩这么高的少卿，他忙不迭给众人安排了上等住所。得知李凌云等人不打算休息，要直接去验尸后，夏县令又叫来了管捕贼的洪县尉。

当李凌云听洪县尉说，尸首被放在了晋城县外的义庄之后，他终于面露不满。"既是上报大理寺的案子，尸首为何会在义庄？不该存放在县衙里吗？"

洪县尉不敢隐瞒，苦笑道："仵作的娘子认出死者是赵日初后，我们便去找他的妻子宋娘子来认尸，谁知道观里的人都说死的是赵日初，宋娘子却不肯认，而且每天到县衙闹腾，说我们捡回来无名尸首要冒充她郎君，放话出来，要让闲云观的信众毁坏尸首，没想到那些信众还真听她的。不得已，我们只能把尸首放到义庄里去了。"

李凌云又问："那尸首可有验尸并防腐？"

---

① 从唐代开始，三品以上的官员着紫袍，佩金鱼袋；五品以上的官员着绯袍，佩银鱼袋；六品以下的官员着绿袍，无鱼袋。

洪县尉摇头。"因仵作的娘子认出尸首惹了宋娘子，宋娘子天天到县衙骂人，所以仵作坚决不肯再验尸首。防腐通常是仵作来做，可现在这种情形，仵作生怕再惹出是非，因此并没对尸首做防腐手段。"

李凌云听完，立即叫洪县尉带众人前往义庄。之后一路上，在马车中，他始终沉默不语。明珪察觉他有些不对，问道："大郎难道身体不适？是不是病情又反复了？"

李凌云发白的脸上浮起两朵红晕，难得地生气起来。"这个仵作，既然做了这个行当，怎么能害怕死者家属找麻烦？就算不剖尸，也应该仔细验尸，查对死者身份。而且竟然还因为自己怕麻烦，就不给尸体做防腐，简直太过分了。"

"仵作行人身份低微下贱，但偏偏每个县衙里面都少不得这号人，一样米养百样人，难免有些人脾性古怪。大郎不要往心里去。"明珪温和地劝道，"反正你来了，凭你的本事，就算尸首腐烂一些也没关系，而且案卷里也写了，尸首被发现时就已腐败了许多，仵作判断那人已死了至少三天，好像还经过暴晒，估计放在阴凉的义庄，就算未做防腐，至少也会腐烂得慢一点。"

李凌云听了点头道："明子璋所说有理。"但脸上还是不太痛快。

明珪见状又道："子婴怕是第一次见腐尸，你不叮嘱两句吗？"

听到这话，李凌云才想起来，之前并没有让子婴先回东都李家，而是把他一起带到了晋城。因为李凌云跟子婴谈过，发现他有心学习封诊，而李凌云也有收徒的打算，干脆这次就叫他一起跟着查案，权当增广见闻。

李凌云打开一旁的封诊箱，取出麻布口鼻罩，把子婴叫进马车，教子婴学如何使用，又向他介绍了一些工具，诸如油绢手套、封诊镜、用来取指印的炭粉之类的。

子婴颇为聪慧，只听一次便能牢记不忘。他好奇心还很重，除了李凌云主动教授的，还询问了箱中其他工具的用途。见李凌云情绪似乎好了许多，明珪这才安下了心。

义庄在晋城东门外三里处，可能是因为整个县城共用一个义庄，所以显得比之前子婴住的要大了很多，前后有两进，外面放尸首，里面住着看守人。

洪县尉当然没有兴趣看腐尸，找个借口说是看门，带人待在义庄门外。

阿奴把棺材抬出来，皱着眉嘴里"呜呜"两声。六娘看阿奴这样，解释道："他觉得很臭，尸首应该腐败得很厉害。"

李凌云弯腰看看棺材底面，发现有湿漉漉的水痕，摇头道："确实厉害，都尸水横流了。"

谢阮闻言变了脸色，忙跟六娘要口鼻罩来戴。李凌云早已习惯了各种各样的尸首，在阿奴准备开棺前，他又打手势叮嘱道："不要逞强，用撬棒，离得远点，尸首腐败后散发出的气体有毒。"

阿奴点头，抄起撬棒刚把棺盖翘起一点，就听见义庄门外传来阵阵扰攘的人声，含含糊糊的，不知那些人在说什么。过了一会儿，众人听见洪县尉在门口怒吼："滚开——胆敢妨碍公务，把你们通通拿下。"

六娘连忙提着襦裙从门缝里窥视，回头惊叫："不好——门口一大群人，手里提着锄头叉子打上门来了。"

"什么情况？"谢阮一把扯下口鼻罩，蛾眉倒竖，她把刀鞘攥在手中，怒容满面地朝门口大步走去，"某倒要看看，是什么人敢来阻碍？"

说罢，谢阮打开大门，只见外面站着一大群男男女女，有七八十人，都是身穿黄白衣衫的平民。这些人手中拿着些农具，试图穿过县衙众人的防守一起冲进义庄，好在被县里的所由①、白直②之类的小吏手拉手拦住，否则他们真冲进义庄，绝对会耽误大事。

谢阮打小入宫，什么时候见过这样找碴的货色？当下她就把刀鞘从蹀躞带上取下来，"咚"的一声立在地上。只见她单手扶着刀柄，眼里寒光闪烁地道："松手放他们过来，干扰办案，手持凶器袭杀上官，来一个，某就杀一个。"

谢阮虽喜欢穿男装，但平时不会刻意掩盖自己没有喉结的事实，此时在场众人也都看得出她是个女人。百姓中有些人露出了不屑的神色，但稍微明白些

---

① 唐代一般指胥吏及差役，因事必经由其手，故谓之所由。
② 两晋南北朝时期在官府当值而无俸禄的吏役，后亦指额外的吏役。

事理的人都一眼就能看出，谢阮那把金镶玉嵌的绿鲨鱼皮直刀不是一般官员的用品，她这番举动，倒也实实在在把这群人的脚步给拦了下来。

手里有刀的官，当然也不能在大唐随便杀人，可谢阮的一句话却给这群人定了性：按唐律，民间百姓互殴，官员可以往死里打，百姓还手的话也是要挨鞭子的，只要定性为互殴之举，官家杀人就不会有罪，何况谢阮还给这群人扣了个袭杀上官的大帽子。这些人不敢再叫嚣，渐渐安静下来。

见事态平息，洪县尉擦擦脑门上的一层油汗，来到谢阮面前，有些羞愧地道："将军，不知怎么走漏了风声。那个宋娘子纠结了一群信众到来，说是坚决不许剖尸。"

"一个小娘子带着一群百姓，都能让你不知所措？"谢阮杏眼横扫，盯住人群中那个面目秀美的青衣女子，估计她就是那死活不肯认自己的丈夫的宋娘子，于是语气冰冷地道："难怪认个尸都这么麻烦，真是一群蠢材。"

洪县尉也算地方上的一号人物，但谢阮成长在天后身边，自然而然养出了一副惊人的威仪，在她面前，他根本不敢说话。谁知这边还在训诫，那边就又闹了起来。

谢阮眯起眼，发现那个宋娘子自己按兵不动，而是让一群老丈、老太婆走在最前面。这些人也算机敏，把手中农具丢了，嘴里高喊："不许剖尸——"转眼间，人群再度朝义庄一拥而来。

谢阮鼻中冷哼，快如闪电地伸手，从洪县尉腰间拔出直刀，横眉冷对挤过来的人潮，口中叱道："闹事者死——"

与此同时，本来在内院里观察尸首的李凌云面色惨白，紧闭双眼，浑身一阵阵颤抖。他用手捂着耳朵，嘴里喃喃道："吵……吵死了……"

明珪发现了李凌云的异常，连喊他几声，却没有得到回应，于是连忙让子婴和六娘帮忙照看，自己则走向门外。

谢阮虽表现得凶狠，但也不可能真的对这些老人下狠手。她挥舞着手中的刀喊道："死者是被人杀害的，不剖尸怎么找得到凶手？"

打头的一个黄衣老头儿嚷嚷："散人家娘子在此，娘子不让验尸，谁能剖尸？身体发肤，受之父母，身体已遭凶徒损毁，你们怎忍心还要让他魂魄不得安宁啊？”

"不错！散人为我们晋城百姓治病多年，符水尤其灵验，我们不允许有人公然破坏他的尸体——"后面有人高喊响应，一霎间，人潮几乎涌到了谢阮面前。

"无知蠢货！"

因为这次冲撞时，他们手里没有拿着凶器，谢阮也找不到理由出手，而且她也不愿真把这些老人弄伤。于是她连忙让洪县尉叫人过来阻拦，众人手拉着手勉强用身体拦着百姓。正当她郁闷之时，身边忽然闪出一个人影，谢阮以为是明珪来了，大喜道："明子璋快来帮忙。"

谁知来人一声不吭地朝前走去，伸出手一把掐住了黄衣老头儿的喉咙。老头儿始料不及，被掐得直翻白眼，眼珠子都凸了出来，喉咙里咕咕有声，面色迅速涨红，像要滴出血来。

谢阮定睛一看，那人根本不是明珪，而是李凌云。接着又是一个人影从她身旁快速跑过，来到李凌云跟前。谢阮还未弄清怎么回事，就见明珪用力地把李凌云的手从老头儿脖子上给拽了下来。明珪若动手稍迟一会儿，老头儿绝对会一命呜呼。

那群百姓本就是乌合之众，不过是受了闲云观的恩德，被宋娘子撺掇来护尸。他们只是仗着人多势众，官府不便下手，谁知突然跑出来个官员真要杀人。一看有人较真，百姓立马一哄而散，跑路时，这些人还没忘记带上自家农具，那个青衣女子就这样被他们给晾在了那里。

谢阮见老头儿捂着喉咙坐在地上大口喘气，应该已无大碍，于是她抬手指着神色紧张的青衣女子，命令道："给我把这个女人拿下！"

洪县尉对刚才的一幕怨气很重，亲自上前把那女子揪住，虽没用绳子捆绑，但也是极不客气地推搡着她来到了谢阮面前。

谢阮此时已顾不上这女子，她大步来到明珪跟前，发现李凌云已然昏厥，平躺在地上。明珪扶着李凌云的脑袋，用力掐了一会儿人中，又从自己随身携带的香囊中拨出一颗薄荷脑，放在李凌云的鼻下。

事发突然，谢阮未瞧清楚状况，连忙关切地问："明子璋，到底怎么回事？"

"我也不知，方才把大郎的手掰开，他就忽然晕倒在地了。"

就在两人束手无策之时，闻到薄荷香味的李凌云悠悠醒来。他一脸茫然地看了看明珪，道："我怎么会在这儿，不是在义庄里吗？"

明珪觉得古怪，不由得问："你自己走过来的，难道不记得了？"

李凌云摇摇头。"不记得了。"说完一骨碌爬了起来。

明珪知道此刻不宜多问，把他扶进了义庄。谢阮见李凌云醒来，也就放下了心，回头问那青衣女子："宋娘子是吗？你为何要领人干扰官府办案？"

"你们要剖尸。"宋娘子抓着襦裙，咬牙挺胸地道，"身体发肤，受之父母，哪儿有人死了，还让人不得全尸的道理。"

明珪把李凌云扶到椅上坐下，回头大步来到门边，质问宋娘子："你不是说，死的这个不是你夫君吗？你既然不肯认尸，那我们剖尸与你何干？"

那宋娘子将手中襦裙捏成一团，却死活不肯再说话。明珪冷笑道："你真是搬起石头砸了自己的脚，本来你不来这一遭，我们至少要经过一番查对才能确定死者身份。现在你这样百般阻挠，正好说明你心里有鬼。"

明珪走到宋娘子身前，仔细看了看她娇媚的脸，发现她面色苍白，于是冷冷地道："你呼吸急促，瞳孔紧缩，你在害怕什么？是怕本官说得对，还是怕你丈夫死亡的真相被我们查出来？莫非，就是你谋害了他？"

"我没有！"宋娘子突然抬头，愤恨地道，"我一个弱女子，怎么杀得了他？我又怎么可能知道他到底是如何死的？我不认他，是因为他欺负我，我恨他——可是就算恨，这人也是我的丈夫，我不想他被剖尸……"

那宋娘子还要再说点什么，明珪却一脸不耐烦。"拉进去，在里面找个房间关起来。验完尸再审。"说完，明珪拽着谢阮进了义庄。

洪县尉牢牢记得谢阮刚才骂他是蠢材，他不敢把愤怒撒在谢阮身上，于是这个惹是生非的妇人就成了他的出气筒。洪县尉龇牙咧嘴地亲自把对方拿下，其间，他还很"体贴"地在对方嘴里塞了块脏得看不出颜色的手巾。

义庄里，李凌云正在那个黑色几案上摆弄工具。谢阮没心没肺地朝他走去，张嘴就问："李大郎刚才……"

话刚说了半句，她却被明珪一把拉住，后者对她摇摇头，小声道："方才的事他不记得，我们晚些再说。"

谢阮满心疑问，而李凌云那边已把棺盖打开，周围也围起了封诊屏，并宣布验尸开始。见时机不对，她也没再往下问。况且腐败尸首散发的恶臭，也让她实在不想张开嘴。

这具尸首因没有进行防腐，所以腐坏得极为严重，不但表面发黑，如烂泥一般，而且尸首上还蠕动着密密麻麻的蝇蛆。尸首的头颅已被吃成白骨，为不破坏尸首，李凌云不得不让阿奴直接拆了棺材四面的木板。

面对这可怖的尸首，李凌云始终面不改色，但谢阮在一旁硬着头皮观瞧了一会儿，便已面色难看。明珪知道她生性要强，于是把她拉到一边，给她找了个台阶下。"三娘，你去一趟闲云观，取一些死者常用的东西来，顺便将那道观里的所有人一并带来问话。"

"也好，既然那宋娘子来惹事，想必死者当真是她夫君。我跑一趟就是——"谢阮也不推辞，连忙一溜烟地跑了。

"尸首表面已无法查验了……"李凌云用那个奇怪的尖头夹子从死者右小腿皮下夹起一只肥胖的蛆虫，看它在夹尖上前后扭动片刻后，用封诊尺测量了它的身长，并让六娘记下数值。接着，他又在棺材底端扒拉了半天，用夹子夹出一些破洞的椭圆形粒状物。明珪瞅了一眼，发现此物在茅房中相当常见，不过是蛆化蝇后留下的蛹壳。

他见李凌云瞧得入神，心知对方一定是发现了什么，虽然有些丈二和尚摸不着头脑，但作为外行也不敢轻易打搅。

片刻之后，李凌云把那蝇蛹连同蛆虫一起放在六娘端来的金属平盘上。见明珪满脸疑问，他解释说：

"蛆虫是尸体上最为常见，也是最快生出的虫子，所以我们封诊道很早便对此虫的生活习性做了彻底的研究。此虫的生长快慢，与气温有很大关系。我们封诊道将户外的气温分为寒、冷、凉、温、热、烫六个等级。水结成冰即寒，微风刺骨即冷，秋风落叶即凉，春暖花开即温，日晒蝉鸣即热，酷暑难当即烫。经对腐败尸首的反复查验，我们发现此虫只有在温、热或烫的环境中才可生长，且气温越高，生长速度越快，并有一定的规律可循。

"我们目前所处的季节为夏季，属于热的范围，若尸首暴露在室外，蝇虫会在极短的时间内蜂拥而至，在尸首上产卵，卵会在一日之内孵化成蛆虫。接着，这些乳白的小虫便以尸首为食，疯狂啃食大约五日，蛆虫便可长大到一定尺寸，停止进食，找一个僻静的角落化成蛹。经四日左右，蛆虫便可变成蝇虫，破蛹而出。此时蝇虫又会在尸首上产卵，周而复始，直至将整个尸首啃成白骨。

"目前来看，尸首虽然腐败严重，但尚留有皮肉。我在棺底也只发现了颜色较浅的蝇蛹，也就是说，这些蛆虫只化出了一次蝇虫。剩下的在尸首上的蛆虫，虽然胖硕，但体长尚短，生长不会超过二日。

"如此算来，产卵不计，孵卵一日，啃尸五日，化蛹四日，第二轮生长至多二日，那么……死者至今已死亡十二日左右。"

明珪顿感惊奇，忙翻开案卷瞅了一眼，把仵作之前的验尸记录仔细瞅过后，他目瞪口呆地道："案卷上说发现尸首的那天，仵作验尸后确定他死了大约三日，算上耽搁的时日，与大郎用蛆虫推断的时间竟丝毫不差！你们封诊道的秘法果然精妙！"

李凌云不以为意，仿佛这很稀松平常，不值得一提。他接着拨开尸首的口部，惊讶道："咦？他口中有土……等等，这是什么？"

他小心翼翼地用尖头夹子夹住死者口中的东西，轻轻拔出。

在夹子尖端上被夹起的，是一株发黄的幼苗。

"土里的草种发了芽？"发现异样，李凌云将其口中的土又清理了一番，"嘴里还有几根……"将全部幼苗一一夹出，李凌云观瞅了一会儿，道："通常草籽会因飓风卷起、行走携带、动物排泄等方式散播到各个地方，可草籽若要发芽，必须要有日光、水露和足够高的气温，其中水露最为关键。很多草籽无法发芽，正是因为水露浸润不足，这也是为何有些土壤未下雨时光秃秃一片，只要一下雨，很快便会生出一片绿芽。"

　　明珪听出李凌云的弦外之音。"死者口中的草籽能够发芽，与腐败尸首流出的尸水有一定关联？"

　　"有一点，但这并非重点。"李凌云皱眉，"他口中最多一把土，竟然有如此之多的草籽，说明凶手取土的地方经常有人去，且相对干燥。"

　　"会是哪里？"

　　"不好确定，但此地一定可以晒到太阳。"

　　明珪心想能晒到太阳的地方太多，这必定是个极为笼统的结论，或许又是李凌云在"尽力记录一切线索"而已，他此时虽然不解其意，但也没再追问。

　　李凌云似乎也没准备深究，只是把几株幼苗塞进油绢口袋，接着便拿起铜尺在尸首各部位上比画着。"六娘记下，死者身高五尺八寸三分左右。"说完，他让阿奴用装满水的水袋将尸体上那些密密麻麻的蝇蛆全部冲掉。好在阿奴提前挖好了引水凹槽，这才没让那些滚成团的蛆虫随着水到处流。

　　待尸表看起来干净许多，李凌云取出一个类似耙子的工具拨开腐肉。阿奴又在一旁用水冲洗，直到死者的骨盆清晰可见。

　　"是个男子，"李凌云略微费力地用手指摩挲一块蝶状骨骼的连接处，仔细观察道，"此处为骨盆连接处，连接处骨角清晰明显，骨质致密光滑，并未过多磨损，可推出死者的年纪在三十五岁上下。"

　　他小心地检查死者的双手，虽说手掌腐烂也极为严重，但仍留存了几个勉强完好的手指。李凌云便让六娘拿来一小罐朱砂墨，用毛刷轻轻在尸体指尖刷拭，再用薄薄的泾县宣纸拓下。接着，他将拓本整整齐齐地贴在了封诊录上的"指印"一页。

　　随后他又扒开死者的四肢骨骼，指着那条被熊撕下来的左小腿道："有骨折旧伤，从愈合状态看，他是从高处坠落后骨折的，所以留下了骨头粉碎过的痕迹。"

　　死者那被蛆虫吃得露出白骨的脚部也被清洗干净，李凌云观察道："足部关节磨损严重，其必有步行、登高的习惯。"

随后他来到尸首头部，命阿奴洗干净，并取出整颗头骨抱在手中。"颧骨很高，死者为方脸，此特征可用来确认尸首身份。"

做完这些，李凌云擦了擦额角的汗珠。"没有什么其余发现，可以重新盖棺了。"

收拾尸首的事自然有六娘、阿奴去做，之前在一旁静静观看的子婴也主动上前帮忙。明珪扫了一眼子婴有些单薄的背影，把李凌云拉到一旁的角落。

明珪担心地看着他。"大郎，你可知你刚才昏厥之前在做什么？"

李凌云并不说话，只是轻轻摇了摇头。

明珪叹了口气，把刚才发生的异状原原本本地说给他听后，又问道："你真的一点记忆也没有？"

"我只记得门外吵闹，有人在说'身体发肤，受之父母'什么的，之后就不记得了。"李凌云低头思索，"为何我会不记得自己做出的行为？难道我是发离魂病①了？"

明珪道："你之前生病体虚气弱，这个时候有可能会因身体极度虚亏而头脑模糊一片，自己做了什么都想不起来。倒也不必太担心，术士之中这样的情况很多，晋时有人服了五石散②就会情绪激动，一定要饮酒奔跑才可缓解，因此五石散又被美其名曰'行散'。这种时候，人会控制不住自己的身体和想法，甚至醒来以后，完全忘记自己做过了什么。"

"但我并没服用五石散。"李凌云很是困扰。

明珪笑起来。"你当然没有服，我只是说，类似的情况并不是只发生在你

---

① 精神疾患，古代人称这种病为"离魂病"或"癔症"。
② 中国古代方士、道士炼制的一种内服散剂。最早见于《史记·扁鹊仓公列传》，虽作为药用，名医淳于意已指出其药性猛烈，服用不慎，危害甚大。后方士、道士之流炼五石散服食，作为长生之术。但许多人因长期食用五石散而丧命，唐代孙思邈呼吁："有识者遇此方，即须焚之，勿久留也。"据葛洪《抱朴子》记载，五石散的成分为丹砂、雄黄、白矾石、曾青、磁石这五石。而据《诸病源候论》记载考之，五石散之通行方当为石钟乳、硫黄、白石英、紫石英、赤石脂这五种矿物药物烧炼而成。此等矿物炼成的五石散，服后内热，喜冷食，着单衣，故又名"寒食散"。

身上，世间本来无奇不有，或许你只是因为病了才会这样。"

"我病了，就要掐死人？"李凌云费解极了，"可我阿耶说过，我们封诊道，是不能杀活人的。"

"不能杀活人？"明珪一愣，好一会儿才回过神来，无奈道，"这不是理所当然的吗？你们封诊道从来都是做查案追凶的事情，怎么可能杀人？你病了，所以无法控制身体，不过如此而已。"

"或许是，要是下次你发现我又这样，记得阻止我。"李凌云也不想纠结此事，他对明珪说，"传闻中说封诊道地支一脉，当初就是因为不忌讳杀人，与我们天干才会水火不容，最后分道扬镳的。这是铁则，我不能违反。"

"铁则……"明珪迟疑道，"因为是规矩，所以你才告诫自己不要杀人？"

"既然有规矩，就要遵守。"李凌云奇怪道，"不然要规矩做什么？"

"我是说，如果没有规矩……你会怎么做？或者说，没有这个铁则，你敢杀人吗？"明珪好奇地试探。

见李凌云皱眉不语，明珪连忙摆手。"我就是好奇，大郎为难的话就当我没说过。"谁知李凌云却道："我倒是没想过，不过既然已有了这规矩，那就没有如果可言。"

"说得也是……"明珪了然地笑笑。此时六娘施施然走来行礼道："谢将军带着人回来了，请大郎和明少卿去看看。"

二人对视一眼，走出义庄，果然看见谢三娘威风凛凛地站在门口，身边一群术士打扮的人，个个噤若寒蝉。明珪扫了一眼，见人人头上大汗淋漓，又看到旁边有一架拉货马车，却不见马匹，不由得失笑。"莫非，三娘你是用人力马车把东西拉来的？"

谢阮不理他，递个布包裹过去。"这些都是那闲云散人爱用的物品，你们看看。"

李凌云上前接了包裹，打开来发现都是一些笔墨纸砚。选好物品后，他戴上油绢手套，拿出一张闲云散人刚开不久的药方，接着让六娘向铜皿中加水烧开，把药方在水汽上快速拂过，当确定药方已略微潮湿时，他又让六娘取出半勺炭粉，均匀地撒在纸上，只见他捏着药方的对角抖掉多余的粉末，药方上立刻显出多枚纹线清晰的指印。

李凌云拿出黄铜柄封诊镜仔细观瞧，在其中找到一枚完整的指印后，他命六娘用刀沿着指印边缘将其裁下。

六娘细心剪裁的同时，李凌云则打开封诊录"指印"一页，按照同样的方法，也剪下一枚。

随后，李凌云拿着两枚指印，在义庄里随便找了间阴暗的空房，关上门，点起蜡烛。在烛光的照射下，他缓缓将两枚指印叠加在一起。明珪和谢阮目睹了奇迹般的一刻——这两枚指印的纹线，在明亮的光线下，竟完全重合在了一起。

重叠的指印映在李凌云眼中，他长舒一口气，吹灭了蜡烛。"指印重合，死者果然就是这个闲云散人。"说罢，他和二人回到院中，问谢阮："这些都是死者的家里人？"

"算是吧！这个闲云散人名叫赵日初，晋城本地人，本来家中经商，家底很是丰厚。"谢阮回忆着从这些人嘴里打听到的信息，"他是家中独子，热衷修行，在很小的时候就拜著名术士为师，父母死后，更是变本加厉，出家为道，把家里的宅子也改成了道观。这些人既可以说是他的家人，也可以说是道观中的术士。"

李凌云向众人问道："你们之中，谁对闲云散人最了解？"

其中一个道士打扮的老者颤巍巍地出列。"小老儿了解，我本来是赵家的管家，现在也在管理道观。"

"你最后一次见到闲云散人，是什么情况？"

那管家回忆道："我最后一次见到观主，是送他上山打坐的时候，之后就没有再见过他了。"

"难道你只送他上山，就不管他有没有下山吗？"谢阮奇怪地问。

管家苦笑道："观主经常上山修行，有时对天地元气有所感悟，会在山中行走，不一定待在原处，几天不回家也是常事，所以我们并没有很快就发现他失踪了。"

"术士打坐辟谷，经常餐风饮露，好几天不回家也正常，这位管家没有说错。"明珪在一旁肯定了这个说法。

李凌云点头。"原来如此。那可否麻烦你带我们去看看你家观主打坐的地方？"

管家当然不敢推辞。谢阮见状，命洪县尉将其他人与那宋娘子一样带到义庄内暂时看管，又让人牵马过来，一行人上马朝管家所指的山中走去。

发现闲云散人尸首的地方，是晋城外出名的乱坟岗，它位于附近名为"大青山"的山的山阴处。

管家带着众人直奔大青山，来到山顶朝阳的那处悬崖峭壁上。众人发现，在山崖的崖顶处，有一块平坦的大石。那老管家手指大石，道："平时我们观主就在这里打坐。"

李凌云走到大石旁，小心地蹲下查看。他戴上手套，从石头旁揪起一棵野草，又从封诊箱中把之前从死者口中采集到的草苗拿了出来。

在封诊镜下看了片刻，李凌云道："死者口中泥土上长的就是这种野草。"说完，他起身环顾四周。"凶手一定就是在这里杀人的。"

"死者的头部曾遭钝物打伤，"李凌云站在大石后，双手虚握朝前挥动，皱眉道，"凶手是在他身后，用钝物打其头部，然后……"

李凌云蹲下，伸手从地上抓了一把土。"然后他顺手从地上抓了一把土塞进死者口中，防止其喊叫。"

他又抓起一把土，凝视着土壤中的小草。

"他打坐的地方是山的向阳面，这里生长的野草，也都向着太阳的方向，看来是种喜向阳的草。

"方才我也说过，泥土中的草籽，只有在合适的条件下才能生根发芽，喜向阳的草的种子如果一直放在阴暗处，不会很快萌发。

"而根据案卷记录，死者死后，被抛尸到山阴面的乱坟岗，那里常年没有阳光，而义庄内放置棺材的地方，也是没有阳光的，但是死者口中的野草竟然发芽了，这就说明，尸体曾经被放置在阳光下暴晒了一段时间，只有这样，才会促使野草种子在吸收尸水后，慢慢萌发。"

"大郎的意思是，这尸体被人动过手脚？"明珪问。

"应该是，只是我不懂凶手为什么要这样做。"李凌云问洪县尉，"这个地方，距离山阴面的乱坟岗有多远？"

洪县尉估计了一下距离，有些迟疑地答道："至少也有好几里吧！"

李凌云低头推测道："崖顶距离山阴面的乱坟岗路程较远，死者身长五尺八寸三分左右，身材魁梧，体重至少也有一百二十九斤[①]，这片山上岩石陡峭，不能行车，要想把尸体运走，必须要有很强的体力，凶手要么习武，要么就应该是一个用体力谋生的人。"

"这块大石在悬崖边上，从山下走到这里并不容易。"李凌云探头朝崖下看去，又回头看看明珪，"按说人在修行打坐的时候不容打扰，如果此时身边有人，你们术士应该能察觉吧？"

明珪点头道："不错，术士修行讲究一个'静'字。呼吸吐纳的过程中，嗅觉和听觉都会处在最灵敏的状态。"

李凌云沉吟道："既然如此，如果凶手贸然走来，鞋底踩在石子上，应该很容易发出声音，惊动打坐的死者。凶手能神不知鬼不觉地走到术士身后，对其进行偷袭，那就只有一个可能——死者对凶手的脚步声非常熟悉，因而知道来人身份，所以毫无防备。"

"而且……"李凌云补充道，"用体力谋生的人更易出汗，凶手从山下走到此处，需要耗费很多力气，身上难免会有较大的汗味，除了声音，这种气味也会惊动死者。然而死者并没反应过来，这也证明他对凶手很熟悉。"

"此案应是死者身边人下的手，那这个范围就小了很多，而且按大郎现在的推测，似乎不是我们在追踪的那个连环杀手所为。"明珪若有所思地道。

"这样判断还有些早，"李凌云淡淡说着，手指大石，"你们看，石头上有东西。"

"有东西？"明珪与谢阮都凑了过来。

李凌云蹲下，用封诊镜对着岩石观察了一会儿，就把封诊镜递给二人。

---

① 唐代的 1 斤约合今 661 克。

"石头上有划痕，呈线条状，赭石色，有可能是血迹。"李凌云让阿奴把封诊箱背到身边，从里面取出一个用硬纱网编的圆柱小筒。

小筒一拿出来，众人就听见里面发出嗡嗡声，仔细一看，里面竟然是一群苍蝇。

"先是老鼠，现在又用上了苍蝇，你到底要做什么？"谢阮不解地问。

"苍蝇最嗜血。同样是赭石色的痕迹，也可能是别的东西，比如树皮的汁水、野果的果肉，但这些东西是不会像血一样散发腥味的。"李凌云拿出一根纤细的竹签，竹签大约巴掌长短，一端缠了些白色的棉絮。

接着，他用水打湿那些棉絮，用棉絮轻轻在痕迹上擦拭，直到棉絮上也沾染了颜色，随后又拿出另一根棉签，蘸了一点小盒里有些发黄的黏稠液体。

"盒里的是蜂蜜水，苍蝇也非常喜欢蜂蜜，但蜂蜜不如血腥味吸引它们。把两根棉签一起放进这个小筒，落在棉签上的苍蝇的多少，就可以告诉我们这是什么。"

说完，李凌云揭开纱桶侧面的一片纱网，把两根棉签伸了进去。很快，苍蝇闻到气味，迅速落下，果然那根棉絮被染成赭石色的棉签上的苍蝇数量，明显多于蜂蜜水那边。

"是人血。"李凌云笃定地道，"根据痕迹形状，看起来像是直接从脚底划过形成的，也就是说，凶手脱掉鞋，赤脚靠近正在打坐的死者。"

明珪赞同道："早上山风刮过，树叶阵阵作响，如果凶手再赤脚靠近，很难被察觉。"

李凌云又补充道："从血痕长度看，凶手的脚底板，被石子划了一个最少半指长的伤口。"

"脚被划了那么大的口子，他不会觉得疼吗？"谢阮不解，"总该发出声音吧！"

"很明显，尸体的伤口是凶手高举石头砸向术士，在极为兴奋的状态下留下的。而且从尸体面部伤口看，凶手用的是不规则的钝物。此地遍地是石头，那么……最有可能的凶器，便是随处可见的石头。"

"杀完人后直接丢下悬崖,想找也找不到。"

李凌云看向明珪,冲他点点头:"子璋说得没错,凶器我们不必再寻!"

说罢他又问洪县尉:"此处可有通往乱坟岗的路?如果有,劳烦您带个路。"

洪县尉点头称是,带着众人沿着一条崎岖的小石路下行。众人走了约半个时辰,才终于赶到乱坟岗。

大家停下时,李凌云已远远落在后面,等了小半刻才赶上来。

明珪有些担心。"大郎可是还有些病后体虚?"

李凌云摇头道:"小病而已,只是我平日并不怎么爬山,所以走到这里颇为困难。试想,凶手肩上还扛着一名处于昏迷状态的壮年男子,可想而知其体力有多好。如果是习武之人,此人武功必定了得,但他更有可能是靠体力吃饭的劳作者。"

李凌云说完,定神向左右看去,观察现场情形。谢阮眼神锐利,手指右侧道:"看,那边的灌木有些稀疏。"

李凌云朝她手指的方向走去,看见一些灌木的枝丫被折断,随后又发现了一些血迹擦痕。洪县尉站在他身边指着一棵不大的树,道:"看来凶手就是从这里拖着死者到了那棵树下。"

李凌云等人追踪擦痕,果然在树下的地面以及周围的草叶上都发现了血迹。

"血迹呈流星状,并非喷射造成,而是甩出之后在抛洒时形成的。这说明,凶手剖开死者肚子时,死者还有意识,因为疼痛开始剧烈反抗……"李凌云又看了看悬挂尸体的树枝,"这上面大量的树皮勒痕也能证明,死者当时正在拼命挣扎。"

"尸体被发现时,双手被用普通麻绳捆绑,这种麻绳很常见,所以并没有带回县衙……"洪县尉说着在树下草丛中寻找起来。

"有了,"拨开草丛,洪县尉兴奋地手指一段绳索,"在这里。"

李凌云拿起那绳索观瞧,见两端断口整齐,尾部被打了个结,明显是为了放尸体下来,用刀直接砍断的。

"这东西有用吗？"洪县尉见李凌云一直盯着那个绳结，忍不住问道。

"的确是普通麻绳。"洪县尉闻言面露失望之色，却又听李凌云道："但绳结不是普通的绳结。"

说着，他把那个绳结展示给众人看。"凶手打的绳结名叫'挑夫结'，这种绳结，只有经常上山砍柴、挑担子的苦力人才会打，一般良人家中会打的人很少。"

明珪叹了口气。"看来这下可以排除那个连环杀手术士了，依我看，此案应该是个身份低贱的苦力所为。"

"嗯！"李凌云点点头，又围着树干寻了一圈，这次他在坟堆附近的软土上发现了一串鞋印。

"八寸五厘长短，"李凌云用封诊尺测量后道，"从花纹看，他穿的是一双手工编织的草鞋。虽然旁边还有别的鞋印，但可明显看出是报官的猎户所穿的靴子的靴痕。"六娘在一旁适时地拿出石膏，准备将鞋印取下。

"没有术士会穿草鞋。"明珪起身看看周围，此时太阳已接近落山，乱坟岗四周不时响起一两声鸟鸣，混合着呼呼风声，颇有凄凉恐怖的感觉。"这里是乱坟岗，平时不会有人来。现在也不是扫墓的节气，可见留下这草鞋印的就是凶手。"

李凌云低头看向正在用石膏取鞋印的六娘。"如此一来，基本可以确定，此案与我们之前查的案子并非同一个凶手所为。"

谢阮点头，但又问："只是这个凶手又到底会是什么人呢？一个苦力，身份必然低贱，怎么敢杀在当地颇有声望的人？"

李凌云答道："死者是一名术士。而术士生性随意，不熟悉的人很难捕捉到他们的行踪。凶手既然把死者的行动轨迹摸得这么清楚，他们两个的关系自然不一般。刚才我也说过，凶手是苦力，这样的人体味重，但他接近死者时，死者完全没有察觉到异样，看来死者对这气味也不陌生，以致嗅觉都有所麻痹，从这一点也能证明凶手是熟人。凶手会打'挑夫结'，穿草鞋，体力好，身份卑微，而与术士往来的都是一些权贵之人……"

李凌云看向明珪。"你阿耶那样的术士，会和平民做朋友吗？"

明珪摇头。"除了孙思邈孙仙师那样的大善人，一般术士难免捧高踩低，不太可能有平民朋友。"

"如果不是朋友，那这人与死者就只可能是主仆关系了。"

"主仆？那就简单了，"谢阮兴奋道，"道观里所有的人都已被我带到了义庄，若大郎的推测无误，那凶手一定混在其中。你刚才说他脚底受伤，那只要让他们全部脱鞋，检查脚底板，不就能找到凶手了？"

谢阮的提议得到了众人的认可。见乱坟岗已无痕可取，几人当即返程下山，前往义庄。回到义庄时，天色已经全黑，众人也饥肠辘辘，但眼看破案在望，性子颇急的谢阮直接命洪县尉把那些人全部提出，带到正堂。

"犯下此案，需要丰沛的体力，女子无法完成，可以洗掉她们的嫌疑。"李凌云说完，谢阮便从那群人中把几个侍女拉到一旁，留下一排男子。

接着，她目光冰冷地扫视众人。"其余人，全部脱去鞋袜，露出脚底。"

众人不敢违命，只得照做。谢阮早已注意到，其中有几个衣衫褴褛的仆从脚上都穿着草鞋。

谢阮命他们轮流朝后抬起左右脚，一个个地查看脚底是否有伤。当其中一个面相憨厚的壮年男子抬起脚时，谢阮发现，在他左脚脚底有一条一指长的伤痕。

她当即抽刀出鞘，将刀锋搁在男子肩上，沉声道："说，脚上的伤从哪里来的？"

那男子面色憋得通红，到最后也没说出话，反倒双膝一软跪了下去。

李凌云走到男子身后，将其所穿的鞋子捡起，又让六娘拿来石膏鞋印进行比较。"鞋面上还有血迹，鞋印完全吻合。"李凌云对男子道，"你就是杀死赵日初的凶手。"

谢阮盯着那男子，目光如同鹰隼。"说，叫什么？"

那男子浑身颤抖，虚汗直流，双目无神地道："我叫王虎，那赵日初……是我杀的。"

"其他人先带下去。"明珪伸手拦住准备抓人的谢阮，温声问道："王虎……

你是良人还是贱人？"

"我是贱人，是赵日初的家奴。"王虎老实回答。

"你可知道，依我大唐律例，以奴杀主，罪无可赦。"明珏的声音温和但冰冷，"就算有天大的理由，哪怕是主人要杀你，你也不能杀死主人，就连反抗都要遭受刑责。"

明珏说话的声音越发温柔起来，但王虎听在耳中，却感到毛骨悚然。

"最奇怪的是，你杀了自己的主人，明知必死，却不想着逃走，而是跟着谢将军一起来到义庄，"明珏走到王虎身边，微微弯下腰，"你不逃走，是不是因为……这里有你牵挂的人？"

王虎闻言浑身一颤，额上的汗水像小溪一样流下，他难以置信地看向明珏。"你……你怎么会知道？"

"很好猜，"明珏直起身来，微微眯起眼睛看向义庄后屋，"家奴杀主，一般有几种情形：其一，贪图主人钱财，杀死主人抢夺财物；其二，听闻主人做了违法之事，心中畏惧却又不能脱逃，或脱逃中途被主人发现，不得已而杀人；其三，受人虐待，忍无可忍，奋起而杀之。"

明珏说到这里，停了停才继续道："以上三种情况下，家奴杀人之后，必定会在第一时间逃走，原因就是我刚才说的，以奴杀主，必死无疑。可是，你偏偏反其道而行之，留了下来。如果说你是为了迷惑他人，让人不要在第一时间怀疑你，那么在谢将军去道观捉拿你们的时候，你也应该趁机逃走，而不是留下。"

"所以，"明珏微微一笑，"你不怕死地留下来，一定有什么特别的缘故。既不为财，也不是受人虐待，你主人更没做什么违法之事而被他人检举，可见你和主人间没有直接的仇恨。排除这些，只剩下一个可能，你是为了别人而杀人的，不是为了自己，而那个'别人'，就在这座义庄里。"

明珏来到一旁的木凳上坐下，缓声道："你会来这里，一定是抱着被查出就为其顶罪的想法。既然如此，就不要耽搁时间了，把一切从实招来吧！"

那王虎闻言，双目紧闭，粗壮的身体朝前伏下，深深叩首道："一切都是我干的，与宋娘子无关……"

明珪与李凌云对视一眼，在场众人无不沉默，安静地听那王虎将一切娓娓道来……

☁

大唐晋城，与大唐版图上的其他城池一样，其中聚居着身份、地位都不相同的各色人等①。

以色等分人，古来有之。按大唐律例，不同色等的人之间无法通婚，也就是说，穷苦良人也不能为了钱跟有钱的奴仆嫁娶，甚至因身份不同，也不能领养与自己不同色等的孩子，一旦违反，就要遭受律例严惩。

然而，律法可以给予人处罚，令人畏惧，但不可能断绝人的所有情感。

许多年前，晋城大户张家的奴婢王长久喜得一子，取名为王虎。奴婢在大唐是贱人，与良人相对，贱人的地位十分卑下。打小王虎就知道自己是什么人，而他的父母也一直教育他要知足常乐，王虎从记事起，就习惯了做各式各样的粗活。他十四岁时，已经长得身材高大，憨厚可靠。某日王虎上山砍柴，因日间还有其他劳作，上山时天色已晚，等到他砍完返程时，夜幕早已降临。

王虎生得个高胆大，并不害怕夜色。他披星戴月地扛着柴火朝山下赶，就在快到山脚时，他突然听见了女子发出的呼救声，于是他循声跑去，赶到地方时，看见一匹瘦狼正不怀好意地围着一个十岁左右的少女打转。女孩被狼贪婪的样子吓丢了魂，声嘶力竭地啼哭着。

王虎连忙拿起手上的火把对着猛兽挥舞。或许是因为他运气好，这匹狼身边并没有同伴，在犹豫片刻之后，狼自知不是对手，掉头离去了。

王虎把少女从地上拉起，一路护送她下山回家。在路上，少女告诉王虎，她姓宋，闺名叫作宋云儿，是晋城郊外宋庄的人。

宋云儿口中的宋庄就在此山脚下，她跟着一群玩伴上山采野菜，不知不

①指社会上各种职业各个阶层的人，大体分为良人和贱人。我国古代等级森严，良贱之间无法通婚。

觉深入林中，后来迷失了方向。当她好不容易找到了出路时，天色却已暗淡下来。她又惊又怕，便呼喊起来，心道此时若是山中有人，听见或会为她引路。谁知一匹饿狼闻声而来，露出獠牙，打算把她吃掉。所幸王虎路过，这才救得她的性命。

事后，王虎对宋云儿并没其他想法，只是觉得顺手帮了人家一把。怎知宋云儿归家后对王虎却念念不忘。因王虎经常上山打柴，宋云儿也时常上山给家里摘点野菜，在宋云儿的刻意接近下，二人开始在山间频繁地遇见。王虎虽只是十四岁的少年，但也没少听说情爱之事，多次见面之后，他对宋云儿也渐渐萌生出一些朦胧的感觉。

奈何王虎的身份是贱人，一个贱人，除非主人能给他放良，否则是没有可能成为良人的，更不可能去迎娶一个良人家的女郎。

王虎的心也不是石头做的，宋云儿总是有意无意地接近他，对他关爱有加，他不可能察觉不到她对他的感情。只是这身份的差别犹如天堑，到了后来，王虎迫于无奈，只能对宋云儿避而不见，他也不想耽误了对方的美好年华。

可人一旦彼此产生情感，便如莲藕般丝丝相连，要想真正断开谈何容易。某次，宋云儿实在忍受不了王虎对她的回避，在山间把他给拦了下来。

面对宋云儿梨花带雨般的哭诉，王虎终于忍不住将他心中所想和盘托出。他告诉宋云儿，自己不是心里没有她，可他们色等不同，就算彼此心心相印，到头来也不可能结成姻缘。宋云儿清楚良贱有别，他们之间的感情不会有结果。她也明白，王虎其实是在为她考虑，所以才会故意躲闪。可越是这样，宋云儿对王虎的眷恋就越深。

然而让二人没想到的是，宋云儿刚满十四岁，宋家人因贪图钱财，竟将她送进了闲云观。

闲云观的主人赵日初是一名懂医的术士，家中向来富裕，但本人却沉迷修炼，平日因给洛阳一些权贵炼丹制药，逐渐也成了晋城有头有脸的人物。

赵日初当时已三十来岁，前妻因病去世，一年以后他想续房，便看上了宋云儿。

宋家人只是普通良人，一方面是为了钱，另一方面则是冲着赵日初这个闲云散人的术士名头。虽然两人年龄差极大，但因赵日初答应按六礼①明媒正娶宋云儿为正妻，于是宋家人便以"父母之命，媒妁之言"为由，强迫宋云儿嫁给了赵日初。

不光王虎，连宋云儿都被蒙在鼓里，在赵日初和宋家人完成六礼之前，她自己都不知道自己即将嫁人了。当得知实情时，她强烈反抗，但千百年来形成的规矩，怎可能容许一个弱女子去推翻？最终，她还是被绑上了花轿，敲锣打鼓地送进了闲云观。

王虎多日不见宋云儿，忍不住到宋家附近打听，这才知道心爱的少女已嫁为他人妇。

几年相处下来，两人早已产生了深厚的感情。虽然他们从不曾越界，但在王虎心里，宋云儿始终是独一无二、无人可代替的那个女子。王虎生性老实憨厚，他没有想过什么抢亲，只是想待在宋云儿身边多多照顾她，甚至只要能看到她，他便觉得心满意足。

县城不大，王虎的主户张家作为有头有脸的家族，跟赵日初素有往来，且与之关系还不错。因缘巧合的是，闲云观因宋云儿入住，急需更多下人，而张家得知后主动献殷勤，准备从自家的下人中挑选几个赠予对方。

在大唐，像王虎这样出身的贱人，是可以被随意赠送的，比如达官贵人家中的舞姬，就可以直接赠送给客人。张家在当地虽家财万贯，但也并非习惯恃强凌弱，要送下人之前，家主会命管家征求下人意见，并给他们三日为限，可谁知主动报名者只有王虎，此事还惹恼了其父王长久，毕竟张家待他们父子不薄，儿子此举无异于吃里爬外。带着众人的不解和父亲的责骂，王虎毅然决然地踏出张家，以奴仆的身份进了闲云观。

王虎身强力壮，在观中多是做些苦力，比如砍柴、挑水，诸如此类。在张家多年，这些活他早就十分熟悉。他手脚勤快，为人又质朴老实，很快赵日初便对他信任有加，甚至每日沐浴更衣时，允许他挑水进入较为私密的后宅。

---

① 中国古代婚姻成立的手续。即纳采（送礼求婚）、问名（询问女方名字和出生日期）、纳吉（送礼订婚）、纳征（送聘礼）、请期（议定婚期）、亲迎（新郎亲自迎娶）。

因宋云儿已嫁入观中，王虎和她难免会在后宅相遇。当然，这一切也都在王虎的算计之中。

宋云儿看见王虎，喜极而泣。她虽然已为人妻，可她心里真正喜欢的人，只有王虎。情郎近在咫尺，宋云儿几乎快克制不住自己的情感。但王虎非常清楚，在宋云儿出嫁之前，他们就不会有结果，何况她已嫁作他人妇？

面对宋云儿哀怨依恋的目光，王虎只能用各种理由拒绝她。他知道，一旦传出风言风语，自己的一条烂命不足挂齿，可宋云儿的后半生将会因他而断送。

从那日起，这对有情人整日心中备受煎熬，但偶尔的碰面，还是让两人感到了一丝安慰。

然而，此时的他们并不知道，赵日初已走上了邪道，他坚定地认为自己能够修炼出元婴。他娶妻的真正目的，就是得到元婴。此前他已暗中把晋城范围内所有与他生辰八字相符且能生育的少女查了个遍，符合他修道条件的仅有两人，其中一人相貌粗陋，于是宋云儿便成了他的唯一选择。

然而，宋云儿怎么都没料到，这个选择给她带来了灭顶之灾。

在宋云儿嫁给赵日初的第一年，他并不与她同房，而是每天逼迫她吃一些奇奇怪怪的药丸，并命令她必须按照他的要求只吃固定的那几样食物，她稍有不从，就会挨一顿毒打。

到了第二年，赵日初却一反过去的作风，开始疯狂与她行夫妻之事，一天数次，甚至数十次都是家常便饭。赵日初如此旺盛的精力，难免把宋云儿折磨得人不像人，鬼不像鬼。王虎虽然知情，也只能看在眼里，痛在心里，毫无办法。

毕竟夫妻敦伦，繁衍后代，实属正常，赵日初与前妻并未生养，有些着急，也不是说不过去。

这番折磨足足持续了半年，直到宋云儿怀了身孕，赵日初才停止了蹂躏她。王虎本以为终于云消雨霁，可没想到三个月后，赵日初又开始逼迫宋云儿每日服用丹药，美其名曰进补。

连续服用三日，宋云儿突感下体坠痛，从睡梦中醒来时，她发现自己体虚无力，满床是血。她意识到发生了什么，于是开始大声呼救。

赵日初循声而来，可谁知他根本不管宋云儿的痛苦，直接扒掉她的内裳，用手从女阴内把流出的胎儿尸体直接拽了出来。

在取出胎儿尸体后，他又吩咐门外婢女拿来专门的琉璃器皿，把胎儿尸体给装了进去。

宋云儿这才知道，赵日初给她吃的根本不是什么补品，而是要她孩儿性命的堕胎药。她痛不欲生之时，忽然想起一个疑点。自她过门之后，赵日初从不允许她迈出观门，为此还专门派两个修道的婢女时常监视。她还知道，闲云观里除了王虎，其他人都是赵日初的眼线，她无意间听到风言风语，说赵日初的前妻就死于非命，只是起初赵日初对她不薄，她也不相信名声显赫的术士能干出杀人的勾当。可时至今日，她终于觉得，那些闲言碎语并不只是空穴来风。

胎儿被取出后，赵日初着急忙慌地把胎儿用作药引，修炼元婴。下体全是血的宋云儿躺在床上痛苦呻吟，眼看要闹出人命，看守的婢女喊来了年纪较大的仆妇前来帮忙。

由于清洗血迹需要大量温水，王虎也被喊来帮衬。眼看心上人奄奄一息，他不敢相信眼前的一切，在追问那个惊慌失措的婢女后，他才得知宋云儿的悲惨遭遇。

好在宋云儿年纪尚小，身体还经得起折腾，硬是靠着几服止血的草药勉强保住了一命。王虎心疼不已，却也无能为力，他怪自己是个贱人，无法保护心爱的女人。他不知为何会搞成现在这样的局面，于是开始在闲云观中小心打听其中原因。

由于王虎为人一贯老实，口风较紧，这样的人想打听什么，别人非但不会有防备之心，反而很愿意提点他一些真相。

原来赵日初早年时从不知名的地方得到一本邪道术士修仙手记，之后他就一直按照手记修炼自己的元婴。可无论赵日初怎么努力，他偏偏就是感觉不到元婴的存在，这令沉迷邪术的他懊丧不已。

后来有同修邪道的术士告诉他一个捷径，就是去找生辰八字相配的女子结合，用自己的阳气和女子的阴气结合成胎儿。等到胎儿成形三个月时，便是阴阳调和最稳定之时，取此时的胎儿为药引制丹，这样吃下之后，可使修炼出元婴的概率成倍增加。

赵日初的第一个妻子，就是因为服食了他给的堕胎药而大出血不治身亡的。由于赵日初在当地名气大，关系深厚，这事才被压了下来。

有了前车之鉴，这次赵日初谨慎许多，他先给宋云儿喂了一年补药调理身子，等算好月信来潮的时间，他才开始实施自己的罪恶计划。

得知赵日初恶魔般的所作所为，王虎日日悔不当初，但他一时间也没有办法解救宋云儿于水火。宋家则认为嫁出的女儿如泼出的水，在宋云儿出阁之后，他们只当自己卖了个人，完全不关心女儿的死活。

那赵日初吃下用胎儿尸体炼制的婴丹，闭关整整三日，也没能感觉到丹田中有元婴的存在，于是他大发雷霆，准备让宋云儿再怀一次。

宋云儿身体还未康复，又遭到赵日初的强暴，行房之时再次大出血，昏迷过去。虽然又侥幸捡了条命，但经城中大夫诊断，宋云儿已彻底没有了再次生育的可能。

闭关归来，得知此情，赵日初凶神恶煞地把大夫撵了出去。当初选择宋云儿就是图她年轻，可以多生养，为了把她搞到手，赵日初可是花了大价钱，这下倒好，生了一次就不能再生，这个代价对赵日初来说实在太大了。作为一名术士，娶妻说得过去，但如果再纳妾，难免会招来闲话，他这个人很注重名声，一来二去，赵日初对宋云儿就起了杀心。

等宋云儿身体稍稍恢复，赵日初又尝试同房了几次，结果正如城中大夫所料，宋云儿果真无法受孕。他彻底死了心。接受现实的他开始强迫宋云儿吃各种药丸，谎称是补药。宋云儿在服用后，感觉身体明显不适，她也不是傻子，她开始觉得，这个术士准备像杀死他的前妻一样，要置她于死地了。

几日后的一天夜里，宋云儿趁赵日初给达官贵人送丹的空当找到了王虎，这一回，她把所有经过和盘托出，王虎听后悲痛无比。

　　看着饱受欺凌，人不人鬼不鬼的宋云儿，王虎内心万分煎熬，他痛恨自己身份卑微，连所爱女人的性命都无法保护。

　　其实就算宋云儿不说，他也已经从后堂的一个老管家那里打听到了内幕。老管家说，赵日初其实就是个妖道，用胎儿练术，宋云儿的魂魄已被妖道通过胎儿取走。宋云儿如果想活命，除非把魂魄给抢回来。

　　王虎问老管家魂魄会被放在哪里，老管家依稀记得赵日初曾提过丹田一说，于是便对王虎比画了一下肚脐下方，表示应该就在这里。

　　之前王虎只是担心宋云儿会被虐待，直到这次相见，宋云儿告诉他，她会有生命危险，他这才想起了老管家的话。

　　王虎是贱人，贱人如草芥，就算被良人杀死，良人也不过是缴纳罚铜就可以免罪，贱人死了也是白死。但他并不在乎自己的死活，于是他决定，为救宋云儿的性命，他要以命相搏。只要杀了赵日初，一切对宋云儿的迫害就都彻底结束了，而且作为赵日初的遗孀，宋云儿还能继承不菲的资产。

　　在长时间的相处中，王虎知道赵日初有一个习惯，每月的某个固定时间，他会上山呼吸吐纳，以获得天地灵气。在呼吸吐纳的过程中，赵日初滴水不进，粒米不食。而他每次上山，会让管家驱赶马车在山下等候，所以不难摸到地点。他坐在山顶呼吸吐纳之时，就是王虎取他性命的最好时机。

　　而这最好的杀人时机，很快就到来了。

　　那日清晨，王虎见管家与赵日初一同赶着马车出观时，便以上山打柴为由，悄悄跟了上去。

　　由于长年累月在附近山头劈柴，王虎只要瞧一眼大致方向，便知道他们此行的去处。他加快步子抄小路，跑到了两人前面，并寻了一个隐蔽的地方藏了起来。

　　当他看到赵日初盘坐在石头上开始静坐吐纳时，他便悄悄走到赵日初身后。赵日初习惯了王虎常伴身边，并没警觉，直到被王虎用石块击晕。

　　赵日初提前一日便清空了肠胃，肚内无食，本就体虚无比，哪儿是王虎的对手，被三敲两打，便彻底失去了反抗能力。王虎见状，用绳子将之捆住，为了避免其中途喊叫，王虎又抓了一把土，塞进了赵日初口中。

　　一路上，王虎早就计划好了杀人的全过程，这一片他常过来，知道后山有个闹鬼火的乱坟岗，那里阴森晦气，所以不到清明祭祀之时绝不会有人前往，到了那里，他就有的是时间慢慢杀死赵日初了。

　　由于那身道袍太过显眼，明眼人一看便知是谁，为掩人耳目，王虎把赵日初的衣服全部扒光，然后用绳子把赵日初给吊了起来。

　　在山顶，王虎没有下死手，因为他听人说，要放出宋云儿的魂魄，必须在赵日初还活着的时候，一旦赵日初咽气，宋云儿的魂魄也就跟着飞散了。

　　于是王虎趁赵日初还昏迷着，用刀剖开了他的肚子。剧痛让赵日初惊醒过来，只是还没来得及挣扎两下，他便因为失血和头伤一命呜呼了。

　　赵日初在当地怎么说都是个名人，如果被认出来，难免有人会怀疑此案与宋云儿有关。于是王虎取了一把柴火点燃，将赵日初的脸烧了个面目全非，直到他自己都认不出时，他这才放心地背着一捆提前打好的柴，回到了闲云观。

　　管家在山下一直等到日落，也没有等到主人下山，实在是饥渴难耐，管家只好上山去寻，可并未发现主人踪影。

　　看着空无一人的打坐石，管家误以为主人又和以前一样有所参悟，在深山中寻了个幽静之地暂时隐居。四处寻找无果，他赶着马车愤愤地回到了观中。

　　王虎杀完人后，心中惴惴不安。谁知管家回到闲云观，却当无事发生过，还告诉众人，主人在山中悟道，不知几日才会回来。管家还说之前主人也曾多次失踪，短则一日，长则数日，便会自行回家，不必大惊小怪。

　　修道者的脾气谁也捉摸不透，王虎仔细推敲，自觉整个杀人过程没有纰漏，也就安心下来。可谁知事情很快还是败露了，千算万算，王虎并未料到，有人能根据一个黑痣认出赵日初的身份。宋云儿之所以死不认尸，并不是因为知道了王虎的所作所为，故意遮掩，而是因为她对赵日初又怕又恨，想让他死无葬身之地，泄出心中怒火而已。

第七回

天变之兆　云雨双生

洛阳城北的驿道上，在一列玄衣骑士的护送下，两驾马车缓缓地朝着东都洛阳驶去。

李凌云从窗口探头看看后面漆黑的封诊车，转头问车厢内的明珪："宋云儿对王虎的所作所为，当真就一无所知？"

明珪放下车帘，把李凌云按回车厢坐好，有些头疼地道："大郎能不能老实一点？之前的病没有断根，少吹风。"

原来赵日初一案终结之后，本就没有完全康复的李凌云，在一番折腾下，病情开始反复起来。所幸明珪随父亲明崇俨多少学了些医道手段，及时给他调理了一番，这才控制住了病况。

回京路上，明珪也给他用了些安神解热的药物。

"你给的药虽然见效，但一吃了就想睡，现在病已好得差不多了，药暂且可以停一停了，难不成你要让我一路睡回洛阳？"李凌云不安分地说完，睁大眼睛，"你还没有回答我的问题。"

认识的时间也不短了，明珪知道李凌云性格执着，不得到答案绝不会轻易罢休，只得无奈道："大郎这么问，是不是觉得哪里不对？"

"王虎招供后，我们不是把宋云儿找来，询问她是否知道案件经过吗？可宋云儿只承认，自己跟王虎哭诉过悲惨遭遇，从未暗示王虎杀人；而王虎也一再表示，宋云儿没有指使过他。但我就是觉得有些古怪，连我都觉得怪，你更不会没有察觉，这个案子，实在是跟我们在查的连环杀人案太像了。"

"的确如此，不然大理寺也不会把案子交给我们。如果只是粗粗一看，几乎都会认为这是一个人做的。"明珏点头道，"其实这个问题你在病倒之前就跟我提过，所以在你昏睡时，我让谢三娘找人去查了一下。"话至此，明珏脸上露出哭笑不得的表情。

"一查之下，我才知道，大郎你这古怪感是从哪里来的。咱们不是让凤九差人打听，河南道里有无与连环凶杀案类似的案件吗？凤九派出去打探的人，总要跟人家说说案子的大致特点吧？所以，他们当时比照了我阿耶的案子去问。"明珏一根根地数着手指，"死者是不是浑身赤裸，是不是术士，是不是死相怪异，是不是头面被毁，令人无法辨认身份……"

"既然是查案，问这些不是必然的？"李凌云有些摸不着头脑，"这有什么不对？"

"查案自然是要问这些的。可他们四处打听，也就不知不觉中把消息散播了出去——有人在杀术士，杀了之后是怎么做的，等等。谢三娘在晋城时审问了王虎与闲云观的一干人等，结果发现，让王虎产生作案意图并想要混淆视听的人不是别人，就是赵日初本人。"

"死者自己？"这下连李凌云都禁不住惊讶起来。

"不错，"明珏点头，"本来赵日初就是有名的术士，'有人专杀术士'这个消息慢慢传开，有人暗中提醒过赵日初，叮嘱他要小心。赵日初也是贪生怕死之辈，他就告诉了自己身边的人，让人日常警觉，小心看护家宅。他也算不到，王虎竟想混淆视听，用这种方法将其杀死，企图一石二鸟，嫁祸于人。"

李凌云听了也觉得有些不可思议，微微皱起眉头。"竟然会有如此巧合，这也太巧了。"

"谁说不是呢？或许，这就是所谓冥冥中自有天意吧！"明珏叹息道，"不过说实话，我认为就算宋云儿没有怂恿过王虎，她把自己有杀身之祸的事，告诉一个痴情无比，宁愿为奴也要追随她的男子，心中也必然存有一种隐隐的期待。她说是因为憎恨丈夫才不去认尸，这固然说得过去，可仔细一想，其实根本站不住脚，人死不能复生，一具尸体对她而言又能有什么威胁？我觉得她这举动，更像是在维护为自己杀人的王虎。我怀疑宋云儿自从知道尸体是赵日初，就已经猜到了这件事是王虎干的。"

"所以她才会纠集那么多信徒阻止我们剖尸，其实就是不想确定无脸尸是赵日初，这样一来，官府拿捏不准，自然不会查到王虎头上。"李凌云对明珪道，"多谢子璋，你知道我对这些事不太擅长，那宋娘子虽听起来无辜，但按你所说，她也无法洗清嫌疑，看来，我就不应该将她写的陈情信收下。"

"哪里是你收的，明明是谢三娘干的，"明珪想起当时的情形，笑了起来，"她同情那王虎，所以才让你收的，对了，她早就把那信快马加鞭送进宫里了。怎么，听你话里意思，原来大郎你是想自己接那封信的吗？"

说到这儿，明珪正色道："为杀人者求情，与我大唐律例不合。杀人本应偿命，况且贱人杀良人，奴婢杀主，无论理由如何恳切，也不应当免于死罪。昔日大郎严格按照律法办事，怎么这个时候，却跟三娘一样，同情起凶手来了？"

"只是觉得事出有因，毕竟凶案死者自己想要谋杀他人，私下里我觉得，那个赵日初还挺活该的。而且在我们封诊道看来，王公贵族与庶民并无不同。因为身份低贱就要严惩……似乎有些不公平。"

这时车帘突然打起，坐在车辕上的子婴探头进来，看见李凌云醒着，惊喜道："以为郎君还要睡呢，刚听见郎君在说话，看来这是病情大好了？而且看脸色，你精神应该不错呢！"

李凌云抬头瞧着满脸笑容的清秀少年，突然道："因为吃了明子璋的药，之前一直在昏睡，我没有抽出时间来问你。说来在晋城检验尸首时，我发现你在旁边，几乎没有说过话，莫非是觉得害怕？"

李凌云不等子婴回话，又道："剖尸在常人眼中看来的确恐怖，害怕也没什么关系。要是不喜欢，回东都后，明子璋也可以给你安排别的去处。"

"我不要别的去处，我要跟着郎君。"子婴急得面红耳赤，连连摆手，"不说话不是因为害怕，是郎君你神乎其技，我什么也不懂，只有在一旁看的份儿。"

说到这里，子婴神色兴奋地道："谁会知道，看泥土上长出的草苗，就能分析出此人死于何地？还有从血迹形状，就能推断出凶手脚底受伤？太神奇了，我哪里还顾得上说话？就光顾着看了！"

"原来如此，"李凌云微微点头，放下心来，"我以为你被吓着了，看来你或许真的跟我封诊道有点缘分。"

"还不快叫老师？"明珪戏谑地推了子婴一把，"难道你一定要大郎说得那么清楚，才肯拜师学艺吗？"

子婴大喜过望，连忙钻进车厢，对李凌云纳头便拜。李凌云也不拦他，等子婴叩了三个头才道："等回到家中，还要带着你给祖师爷焚香祷告，才能算正式收下弟子。"

见子婴兴奋得一头汗水，明珪调侃他道："你是真的不怕吗？谢三娘看大郎验尸，可是吐了又吐才习惯的。"

"我看守过义庄，死人见得不少，"子婴有些腼腆，又略微尴尬，"不过老师，这王虎和宋娘子看着也挺可怜的，还好谢将军愿意替宋娘子把信送进宫里，只是不知道天后会怎么决断，我真希望王虎大哥能免于一死。"

明珪伸手拍拍子婴的头。"你倒也是个善良的孩子，然而杀人终究是坏事，你记得，千万不能因别人做错了事，就轻易以牙还牙，以血还血，对作恶之人，自有律法伸张正义。"

"那世上有没有那种不讲任何原因，想杀人就去杀人的家伙呢？"子婴说完，又连忙补充，"我不明白那个杀我师父的凶手，他到底是怎么找上我师父的，所以我一直在想，纯粹想杀人者到底是否存在于世间？"

李凌云跟明珪对视一眼，才回答道："我们封诊道传承千百年来，也积累了不少封诊手记，大多数情况下，杀人事出有因，但最近这一系列的案子，也难免让我觉得，或许这世上，还真就有那种为杀而杀的家伙……"

"世界之大，无奇不有吧……我大唐沃土千里，有些出格的家伙，也在所难免。"明珪看着子婴，认真地道，"等你正式拜进封诊道，你就会知道，有你老师这样的人，哪怕是通过一个死人，他也可以告诉我们死者是怎么死的，凶手哪怕是个疯子，也未必能轻易逃脱刑罚。"

"封诊道……"子婴神往地喃喃道，"我之前听六娘姐姐说过，许多上古名医也都来自封诊道，可为什么医者要跟死人打交道呢？按现在的说法，与其说我们封诊道是医者，倒不如说我们是以查案断死因为主业。"

"这就得问你老师了，我一个外人可不清楚，就是不知道他当着我的面能不能讲。"明珪笑着，看向面色还有些发白的李凌云。

"也没有什么不能说的，"李凌云奇怪地看看明珪，"最近总觉得你在打趣我。"

"大郎说得对，我就是打趣，否则这天聊得就太喘不过气了，"明珪笑道，"所以这是为什么呢？是什么让医者变成了死者的代言之人？"

"俞跗祖师是大夫，他最初剖尸，其实仍是为了治疗活人的疾病。你们术士应该都研习过《黄帝内经》，所以理当明白，如果不清楚人的经络脏腑骨骼血脉，就寻不出病因。严格来讲，我们封诊道最初也属医道。谁知后来，一位祖师的好友突然意外死亡，而他的家人认为其妻与别的男子私通，故意杀夫，便请求祖师用封诊手段检查。"

见二人听得聚精会神，李凌云继续缓缓说道："祖师与死者情感深厚，无法推托，仔细检查之后，发现死者颅骨天灵处被人钉了一根钉子。询问缘由，其妻却争辩说，死者相信自己为阴魂所缠绕，不久于人世，所以要家人在他死后用长钉钉入头部，用此手段镇压作恶阴魂。祖师在征求家人同意后，剖开死者的尸首，发现其脑部血脉发硬阻滞，而钉子钉入处却没有怎么出血，由此判断出，确实是人死之后才钉的钉子。"

"血脉阻滞，会有什么结果？这与那死者的死因有关吗？"子婴听得着了迷，见李凌云停下，就急吼吼来问。

"自然是有关的，祖师发现死者脑部血脉如粥状，较细的血脉堵塞、萎缩，这种病令死者特别容易产生幻觉，而其真正死因，是一处脑部血脉破裂，整个脑部被血液浸透。"说起封诊道的开端，李凌云也有些唏嘘，"最终祖师得到结论，死者是因脑部血脉阻塞，血流堆积，致血脉破裂而死。其妻并不是杀害他的凶手，而是按照他的叮嘱在他死后钉的钉子，镇压阴魂。案件终于真相大白，其妻更是万分感激祖师为她洗清了嫌疑。"

"就因为这件偶然发生的事情，所以世间才诞生了封诊道？"明珪好奇地问道。

"嗯！俞跗祖师在找到了友人死亡的原因后，感慨尸首中存在'不因语言而改变的真相'，也因为这件事，封诊技开始广为人知，祖师常常受人所托，为人剖尸雪冤……一代代流传下来，直至今日，也就是现在的封诊道了。"

"难怪你如此执着于真相，原来你们封诊道的开端，就是为了追求这个真相。"明珪感慨地说着，话锋突然一转，"只是现在真相是王虎杀了人，即便如此，大郎还是觉得他与那宋云儿可怜，看来大郎你是个多情之人啊！"

"多情？"李凌云一脸茫然，"我说过，我对这些情啊爱啊的真的不太懂。"

"不太懂，跟多情之间其实也没有矛盾，"明珪笑道，"大郎不过是感觉迟钝，表达方式怪异一些，却不是无情。"

"我又觉得你在打趣我。"李凌云狐疑地打量着明珪，"你在想什么？"

"回去我再送你一个香囊，里面是我阿耶配的秘方，可以提神醒脑。"明珪转移话题，"经常佩戴能脑聪目明，大郎肯定用得着。"

"对了，"明珪又道，"刚才谢三娘过来说，宫里已收到了此番案情的汇报，回京之后好好休息！天后恐怕很快便会召见。"

"哦？这次天后会直接下旨吗？"李凌云问。

"圣意不能妄自揣测，不过……"明珪微微眯起眼睛，"按理说，合并诸案一起调查的前提都有了，我若是天后，就绝不会放过这个机会。"

❧

"这桩案子，如今看起来跟贤儿确实无关，那么，媚娘这次又会怎么做呢？"

洛阳宫中，夜色已降，薄云低垂。高耸的道观上，唐高宗李治身穿道袍，凭栏望向洛水对面已经燃起点点灯火的东都城，耳边响起清脆的檐角铃声。

在他身边，一身紫衣的凤九从覆面下平静地注视着皇帝的侧影。

这位大唐至高无上的主宰者看起来很疲惫，他的面庞比上次相见时，又清癯了一些，眉心处还有几条深深的竖线。

就像被诅咒了一样，李氏的子孙们一直被风眩症困扰，这里面包括了他的父亲，那位前所未有的大唐天可汗，太宗皇帝李世民。

在清理了包括亲舅舅长孙无忌在内的贞观权臣之后，当李治想要大展宏图之际，这种病就像幽灵一样缠住了他。而这，也给了他身边那位武氏女子一个绝佳的掌握权柄的机会。

"媚娘跟贤儿总是争执不断，为什么他们就不能像弘儿做太子的时候一样和谐？我们终究是一家人……"凤九有没有回答，李治并不在意，自顾自地道，"说到底也是母子，何必如此？"

凤九抬起眼眸，与李治一同看向远方的东都城。"天家与平民百姓终究是不一样的。陛下要解决这个问题，其实很简单，世间一切的权柄，源头都在陛下的掌心里。无论是天后还是太子，他们到底能做什么，会做什么，还是陛下说了算。"

"朕何尝不知解决的法子很简单，然而，做出决定却很难。"李治深深叹了口气，目光犹豫，微有怨意地道，"朕自小性格优柔，在朕以及与朕同父同母的兄弟一共三人里，太宗最欣赏的并不是朕，而是二哥。舅舅虽说为朕争到太子之位，但朕即位后，舅舅却恨不得朕什么都能听他的，干脆做他的傀儡算了。"

李治悠悠地继续说道："就连当时朕想要让媚娘成为皇后，舅舅都不允许……后来总算解决此事，舅舅被贬谪到地方，朕偏偏又在那时候患上了头风，如果不是媚娘一直从旁辅佐，或许朝中又会涌现出一批更强大、更有控制欲的权臣吧！"

凤九只是沉默地听着，没有打断他。当一个皇帝回顾过去的时候，最好的应对方式就是安静地听，这是所有臣子保全自己的办法，尤其是绝不能让第三个人知道的时候。

"许多臣子都对媚娘不满，哪一年所上奏疏中不提后宫干政？然而没有媚娘，便没有大唐这些年的安泰，他们说不定早就因为朕的病，做出什么'好'事来……"

"朕是大唐皇帝，媚娘是朕的皇后，可朕与媚娘也是至亲夫妻。"李治落在栏杆上的手，抓得越来越紧，直到手腕上青筋毕露，"有些事你没说错，权柄在朕手里，媚娘的权柄全都是朕给的。"

"可你并不知，太子的权柄却并非在朕的手里。"李治看向云层后缓缓升起的月亮，"东宫是大唐国本，一旦朕有什么意外，东宫便随时可以登基。太子的权柄，大部分是这个大唐所给予的，朕很清楚那不是朕可以轻易处置的范围……"

"自古以来，没有女帝……哪怕是吕雉，也不过是太后罢了……"李治的声音变得很低，他微微笑了起来，"而媚娘终究是爱朕的，作为皇后，她也必须爱朕，否则，她也就不是她了。"

凤九还是没有说话。李治这些话语中隐藏了无数不可言说的暧昧心思，而这些心思只能完全属于眼前的帝王。没有人能去揣测一条龙的想法，哪怕是一条看起来有些虚弱的龙。

多年病痛对李治的折磨，让很多人只记得天后的嚣张气焰，却容易错误地以为，那个把天后宠到无法无天的大唐皇帝，是个生性懦弱，总是躲在武媚娘身后的多情人。

然而凤九却深深知晓，李氏血脉中的杀伐果决和对权位的极欲，甚至人性中微妙的疯狂，都被这位君王一点不漏地继承了下来——

一个多病柔情的皇帝，控制着一个野心勃勃的皇后，胆大地利用自己的女人和儿子，巧妙地平衡着身边人的权柄。

风，让凤九微微地打了个冷战，天还没有变得很冷，但在目光惆怅的李治身边，凤九的心却已经冰凉。妻子与儿子之间的权争，的确让李治有些头疼，但凤九并不会忘记，往往在争斗的鹬蚌旁边，站着的那位渔翁，才是最终得利者。

"想好了吗？九郎，你一直没有回答朕，媚娘这次会怎么做呢？"李治回过头，像拉家常一样温和地问，"从你传回的案卷看，杀人者并非来自东宫。"

回过神来，凤九终于给出了答案："臣以为，不管是什么结果，天后都会继续查下去。"

"哦？媚娘想要的，恐怕不是'与东宫无关'这种结果。"李治转身把目光投向宫中灯火通明处，在那里，天后武媚娘正在批阅奏折。他的皇后精力旺盛，总是喜欢在夜里做这些事，说是万籁俱寂，反而令人处理政务时更加清醒。

"天后既然让查，案子就一定要有个结果，哪怕不如所愿，查案这件事本身已是对东宫的震慑。"凤九轻声说道，"况且，从大理寺手中夺走案件，要是没有结案给个最后交代，将来天后要再伸手进三法司，便会难上加难。臣以为，天后不会却步不前的，哪怕凶手不是东宫的人，结案的好处也多过不结。"

"要真是这样就好了……做母亲的和做儿子的，何必总是要争个你死我活呢？"李治闭上眼，发出一声轻叹……

深夜，东城门外，大理寺少卿徐天骑着枣红马出了城门，一架黝黑马车如同鬼魅一般晃出来，打他身边缓缓经过。

"你们大理寺始终不相信我。"马车里传出凤九的声音。徐天拉紧手中缰绳勒停马。

马车中的凤九继续道："为什么要给他们一桩伪案？想拖延时间？我跟你说过，这桩案子怎么看都不是东宫所为，你又何必这么做呢？"

"我是不信任你！信任你的只有陛下。"徐天冷冷地看向马车，满是胡楂的脸上，一双豹眼冒出精光，"我也好，'那边'也好，都不会相信一个有武氏血统的人。"

"你好像忘了，太子身上也流着武氏的血。"凤九打起车帘，戏谑地看向徐天，"看来你们还是担心东宫欺骗了你们，担心杀明崇俨的真的是李贤的人。"

徐天无声地瞪着凤九，有些恼火。"我们对李凌云的本事也不信任，倘若他根本就没有能耐，把一切都弄错了呢？我们自然要用这桩伪案，刻意确定一下他的实力——我们需要信心！"

"封诊道的传承比大唐的传承要更久，莫非你认为，传承千年的东西会一无是处吗？"凤九的声音变得极度冰冷。

徐天眼珠子转了转，辩驳道："无论如何，案子可以查，但一定要确保与东宫没有关系。天后如果扳倒太子，她的实力就会更加膨胀，甚至令人无法掌控——"

"你别忘了，她终究是个女人。"凤九的话堵住了徐天的嘴，"没有女人做过皇帝，不管是大唐还是之前，她最多不过能做一个掌握权柄的太后。"

"那就已经很可怕了。"徐天沉闷地道，"'那边'的要求是，她不能借此机会打压太子……"

"我明白。"不知为何，凤九的声音此时变得柔和了些，"我来是要告诉你，陛下对现在的调查很满意，他不会再阻止天后查明崇俨案……或许那几个年轻人，很快就会变成你真正的同侪。"

徐天握着缰绳的手握紧，骨节突出，发出了轻微的咯咯声。"你知道，'那边'不会希望他们待在大理寺里面。"

"这个好办，我会另外安排。"凤九的声音温柔得像要滴出水来，"陛下同样不希望，天后的人可以堂而皇之地被与三法司相提并论。"

"……一个女人，不能掌握整个大唐。"徐天说着，目光狠戾，"这违背了天道。"

凤九放下车帘，听见徐天的马蹄声逐渐远去。

"天道？"马车里，凤九眼角微微抽搐，"或许对别人有用，但对武媚娘来说……可就未必如此了。"

"天道是什么？"天后武媚娘口中轻声问着，低头看手中的信笺，那上面写满了娟秀小字。

在她身边，女官打扮的上官婉儿正手持朱笔奋笔疾书，按武媚娘的意思批写着奏章。

"天道，就是以强凌弱，而弱者，只能依靠上天的垂怜……"武媚娘把手中信笺放下，"这个王虎对宋云儿爱意极深，甚至为了她杀人，而宋云儿也为了他写信恳求，倒也算是情投意合的一对。"

"天后打算怎么做？"上官婉儿抬起头，鼻头上一层晶亮的微汗衬得她发红的脸颊娇憨可爱。

武媚娘卷起衣袖擦拭着少女的脸，笑道："有情人，自然应成眷属。"

"您这是想起当初了？"上官婉儿笑靥如花，"陛下与您可不容易。"

"当然不容易，从感业寺到大明宫，从来就没有容易过。"雍容华贵的武媚娘脸上露出悠然神往之意，"在太宗皇帝去世之后，我与其他先帝宫人一同被迁去感业寺为尼，过的日子苦极了……要不是稚奴他心中有我，对我存有真情，便不会有我的今日。"

"天后莫非要成人之美啦？"上官婉儿转转灵动的眼珠，"三娘知道一定会很高兴的。"

"一点垂怜罢了，只是……"武媚娘若有所思地道，"我垂怜了他们，谁又会来垂怜我呢？"

"您有陛下，天皇陛下对您的信任可是多年不变的……"上官婉儿狡黠地试探道，"况且，您自己莫非不强吗？我和三娘，谁不是依赖着您呢？"

"还不够啊……"武媚娘转头，看向空中的月轮，"婉儿，太阳出来的时候，月亮也就失去了光华。陛下的身体并不好，而下一轮照耀大唐万里土地的日头，光芒未必会像现在一样温和。"

"啊？那要怎么办……"上官婉儿担忧地问。

"日升月落，是天道啊……"武媚娘起身走向露台，抬头看着浮云中白玉盘一般的月亮，"要想改变这件事，必须改变天道。甚至是让自己……"

最后的四个字，用了只有她自己能够听到的音量，连上官婉儿都没能听清。

"成为天道——"

隔日，上阳宫一处华丽偏殿之中。

李凌云跪坐几旁，凝视着手中茶盏，心中有微微的焦躁。白绿色汤花已有些散去，他却没心情饮茶。

身着浓淡不同的青色裙裳，看起来异常清美的上官婉儿，放下了手中的镏金①鹦鹉提壶，好奇地看向他。"李大郎为何如此焦急？是茶汤不合口味吗？"

"天后究竟是什么意思？"李凌云放下手中的茶盏，"让我到宫中，却并不见我。"

他盯住上官婉儿，思索着眯起眼。"只有明子璋被召见，三娘也不在，上官才人本应在天后身边侍奉，现在却偏偏跑来给我奉茶。"

"哦？你在怀疑什么？"上官婉儿柔和地微笑。

"我只是觉得奇怪，既然不打算见我，天后又叫我来做什么？"李凌云坐得笔直。

"奉茶的事我现在就可以解释，是因为我本人对大郎好奇，三娘总念叨你念叨个不停，我想见见你也是自然。"上官婉儿抬袖掩着唇角，笑意更深，"不过天后却不是故意不见大郎，而是叫你来了以后才察觉有些不妥，是不得已而为之！"

---

① 将金涂附在金属物上的一种技法。具体制作过程是：把金和水银合成金汞剂，涂在金属表面，经烘烤或研磨，使水银挥发而金留在器物上。关于金汞剂的记载，最早见于东汉炼丹家魏伯阳的《周易参同契》。而关于镏金技术的记载，最早见于梁代。

"不得已？"李凌云问。

上官婉儿点头。"这事要等明少卿回来，由他与你仔细分说。"

李凌云本就不喜多言，听了上官婉儿的话，他放下心来，"嗯"了一声，便端起凉茶一饮而尽。上官婉儿又给他添上一盏，问："大郎不问我在好奇什么吗？"

"既然好奇的是你，自然是你来问，为何要我先开口？"

李凌云的回答让上官婉儿一愣，但她很快再度笑开来。"果然有趣，难怪三娘说你不像寻常男子。"

"寻常男子如何，我又如何？"李凌云奇怪道。

"寻常男子面对女子时，总摆出一副客气的模样，骨子里却不是因为看得起女子，而是觉得女子处处比自己弱小。方才我那样说，要是寻常男子，就会体贴地跟我套话，免得彼此无言尴尬。"

上官婉儿说到这儿，上下打量起李凌云。"尤其我生得细弱，男子看了容易心生怜惜；而三娘总爱穿胡服男袍，就总有人在背后议论。唯独大郎，不论男女，好像都一视同仁。"

"强弱岂可按外表来看？大夫们也并非提刀之人，"李凌云理所当然地道，"却可以挽救性命。"

"说得不错。"上官婉儿拍起手，刚想继续说下去，正好有人引着明珪走进了殿门。李凌云起身，随便趿拉着鞋迎了上去，险些被自己绊得中途跌跤。

明珪搀了他一把，喜气洋洋地说："旨意有了！"

"总算……"李凌云松了口气，蹲下慢慢穿起鞋来。明珪笑道："只是你也想不到，今后你我便要做同侪了。"

"你要行医？"李凌云抬头问道。

明珪好笑地摇头。"是你要进大理寺。"

"大理寺？"李凌云起身不解地问，"大理寺不是最讨厌我们吗？怎么我还能进大理寺？"

"大理寺反感外人查案不错，但对'内人'，自然就没阻拦的理由了。"明珪叉手向天一礼，赞叹道："天后查阅我们送上的系列案卷，认为这些案子大有可能就是我们所推测的那样，是由一人犯下的系列案。因为受害者都是术士，而且其中有人盛名在外，故而天后将这一系列案子命名为'弑仙案'，着我们进入大理寺，以'狩案司'之名，专门破除妖言，捉拿凶手归案。"

"狩案司？狩猎案件吗？这也就罢了，可为何要集中在破除妖言上？我是找凶手的，又不是术士，让我干这个我怎么做得来？"

"当下但凡出现疑难案件，又难有解释的，自然而然就会传出妖怪作祟的风言，百姓容易被煽动，其实原本三法司管的案子里就有此类型，俗称'妖言案'。天后要大理寺接纳我们查案，当然要给出恰当理由。寻常案子也用不着我们，唯独这种容易出现妖怪邪祟的案子，从此便归我们处置，如此一来，就跟大理寺日常职司做出了区别，他们也无法过多妨碍我们。"

"不错，"一个清亮的女音响起，谢阮走进殿内，一身男装的她英姿飒爽，"况且这作恶的凶手手段残忍，说是妖魔鬼怪、豺狼虎豹也不为过，我们狩案司抓的就是这种人，这个名字我觉得倒是刚刚好。"

"狩猎妖魔凶兽吗？"李凌云喃喃道，"似乎有些道理。"

"是狩猎披着人皮，嗜血杀人的凶手。"谢阮来到明珪和李凌云身边，"不过，狩案司的成立只是第一件事，另一件事，天后今日也有了结论。"

"另一件？"李凌云问，"还有什么事？"

"宋云儿跟王虎的案子，天后已做出定夺，"谢阮说到这儿，神情有些复杂地停顿了一下，才继续道，"鉴于王虎对宋云儿一往情深，又是在宋云儿生命遭威胁时才不得不怒起杀人，天后收到了宋云儿的陈情信，决定给这对苦命人一个活命的机会。"

"太好了，天后赦免了他们？"李凌云心直口快地问。

"……这个……"谢阮说到这儿，却面露难色。

"赦免？算是吧……"上官婉儿起身，施施然走来接过话头，"还是我来说吧！此事天后昨日就有了决断，不过三娘对此并不满意，所以她也不愿意解释。天后素来知道三娘的性子，这才命我在这里等待各位，就是料到她会为难。"

李凌云回头，打量着身姿窈窕的上官婉儿，心道这样的美人，果然不只是为了给自己添茶煮水才出现在这里的。

上官婉儿饶有兴致地环视三人，目光最后轻柔地落在李凌云身上。"死罪可免，活罪难逃，说到底王虎还是杀了人，而且是以奴杀主。尊卑有别，这在我大唐是罪不可赦之举。所以天后给了一个机会，让宋云儿做一个选择。"

"选择？什么选择？"李凌云问。

"宋云儿是良人，王虎是私人的奴婢，不同色等无法通婚，也是一切悲剧的开始。"上官婉儿媚眼如丝，轻声道，"如果宋云儿对王虎有真情，她可以选择做一个奴婢，和王虎一起被收为官奴，王虎就可以不死。"

"那，如果宋云儿不愿为奴呢？"李凌云问。

上官婉儿淡淡道："那就按大唐律处置王虎，也就是说，他死定了。"

听到这里，谢阮咬牙道："良人与奴婢间的差别本就是天堑，王虎既然肯为了宋云儿舍命，他怎么会愿意看到心爱的女人因自己的罪过变成一个低贱的奴婢？"

"罪就是罪，王虎的情形各位最清楚。他能保住一条命，还不必被流放荒野，已是天后的恩典了。"上官婉儿不动声色地说完，对众人微微一礼，就此告退。

余下三人面面相觑了一阵。谢阮想了又想，最终还是长叹一声，两手一摊。"你们可别怪我，我可是好话说尽，也就这样了。"

李凌云皱眉看向明珪，想听听这位善解人意的友人对此有什么看法。

"有机会逃脱一死也不错。"见他看过来，明珪面带歉意，"我方才也极力劝说过了，只是天后心意已决，不可更改。"

明珪说完这句，殿内气氛微微凝重，三人对这个结果都不甚满意，但也都无可奈何。

最后还是李凌云打破僵局。"如果宋云儿做了奴婢，他们二人是不是就可以婚配了？"

李凌云的话让谢阮费解,她问:"大郎怎么突然说这个?"

"做奴婢,身份当然低贱无比,但以他们二人的情况看,也不是完全没有好处。"李凌云快速道,"你们有没有注意,方才上官才人说的,是宋云儿可以和王虎一样被收为官奴。那王虎杀了自己的主人,就算逃脱一死,恐怕将来也不会有什么人敢用这样胆大包天的奴婢,所以……"

经他提示,谢阮回过味来。"哦——如果宋云儿愿意为了王虎为奴,那么他们就同属官府的奴婢,可以自由婚配,不再有身份地位上的隔阂……"

"不仅如此,"明珪接过话去,"大家都知道王虎不必一死,是因为天后的旨意,将来就算他们做官奴,也不会有人敢轻易给他们二人脸色看……说不定,这真是最好的办法了。"

"咱们这么想,难免有些故意为了自己好过的意思。"谢阮叹道,"要是这世上本没有色等之分就好了……从一开始宋云儿就能嫁给王虎,不就没有后面这些悲剧了吗?"

说到这儿,谢阮向李凌云苦笑。"都像大郎你们封诊道那样,把世上人只分为死人和活人,恐怕就天下太平了。"

"胡思乱想。"李凌云否定道,"善者始终为善,而恶者终究为恶。那个走上邪路的术士赵日初就算不娶宋云儿,迟早也会娶张云儿、赵云儿,他不是都已经害死过一个娘子了?可见色等虽然有不公之处,人作恶的原因却未必与之直接有关。"

"说得也是……可我们就没有办法阻止这种人作案了吗?"谢阮眉头紧锁,"如何从人群中揪出这种恶人?"

"他们终究会被人看见他们所作的恶,所以,只要抓住他们就好。"

明珪站在李凌云身边,看着后者攥紧的拳头,唇边露出一抹清浅的笑意。"抓得住的话,当然要抓。"

"嗯!"谢阮眉头舒展,重重地点了点头。

东都太常寺药园里绿草如茵，炎热的太阳还没有落下，四处种植的草药被晒出一股清新的植物香气。

李凌云的丑花马和明珪矫健的黑马已互相熟悉，两匹马肩并肩缓缓走在通往李氏宅邸的小路上，马上的两个男人不时交谈着什么。

"明日还是要去大理寺一次，总要意思意思，见一见主官徐天。不过狩案司的办案之所，并不会选在大理寺内，天后让我择一个地方来安置，我就选了宁人坊。"明珪瞥着脸被晒红的李凌云道，"宁人坊安静，此坊地界大多被龙兴寺①所占，旁边住的都是烧瓦片刻佛像的人家，不会太过喧闹。"

"你选就好，我对这些也不清楚……"李凌云伸手挥了一下，从头上打走两只嗡嗡不已的蜂子，这个举动却惹恼了其中一只，这只蜂子在他手背上蜇了一下。

他连忙放手，揪起蜇口周边的皮肤，小心捏出刺针，挤出一些血水。处理完毕后，李凌云却轻声道："那蜂子死定了。"

"哦?"明珪伸头去看。

"蜂子蜇人用的是尾针，顺势拔出的还有自己的肠脏，当然活不了。"李凌云把刺针托在掌心看了看，摇头翻手扔在地上。明珪看见李凌云的手背已有一团明显的红肿。

"……既然伤人，终究会自害。"明珪淡声道，"作为世俗之物来说，这倒是也公平。"

"是我先伸手去打它的。"李凌云看向明珪，"既然活着，就是一条小小的性命。"

"所以我才一直说，大郎你就是个多情人。"明珪眯眼，温和地笑笑，从

---

① 龙兴寺在宁人坊内，据说占半坊之地。东都洛阳有两座龙兴寺，分别为北龙兴和南龙兴两处寺院，此处指南龙兴寺。

怀里摸出一个绢布小包裹递给李凌云，"说好的香囊，可以安神，用你们封诊道的油绢包裹保存，不漏气的话能用很长一段时日。"

李凌云想起之前自己生病时，明珪的确曾说要送他几个安神香囊，他打开看看，发现里面有许多不同花色的香囊。"这么多？我一个人哪里用得了？"

"你不是说，家中二郎因病不能见天日吗？"明珪手指坊中茂盛生长的草药，"树木花草都需要阳光才能长好，你家二郎闷着不出门，只怕心情不会太妙，这东西的配方不错，气味芬芳，应该能缓解心中忧郁。"

李凌云道了声谢。明珪笑起来。"谢什么？是你说二郎要见我，我总要带点礼物给他。"

"好像也对，不过凌雨早就想见你了。他说我没有什么朋友，所以要看看你。"李凌云想起两人一起回来的原因，有些尴尬地摸摸鼻子，"你说要去大理寺传旨的，结果因为跟我回府，去大理寺的事就交给了三娘，她会不会跟徐少卿起矛盾？"

"狩案司的事既然天后都下旨了，大理寺就没有可以对抗的道理。"明珪目光微冷，"朝中反对天后的人都说她出手狠辣，却不明白，帝后二人本就是一体的……"

"什么意思？"李凌云疑惑道。

"天后的旨意为何没有人敢违抗，自然是因为，她的旨意根本就是大唐天皇的旨意。"明珪玩心大起，摸摸黑马扑扇扑扇的耳朵，"天后貌似独断，其实她很清楚自己的界限在哪里——她做什么，从不对天皇隐瞒。"

说到这儿，明珪面带钦佩。"你可知道，当初陛下登基之时，朝中满是权臣强将。太宗皇帝因陛下仁慈宽厚，担心他即位后对天下掌握不足，便钦定了几位顾命大臣，其中就有陛下的舅舅长孙无忌。"

"长孙无忌是我大唐开国之功臣，又是皇亲国戚，更是位列凌烟阁第一的能臣，其功劳身份之高，能力之强，足以配享太庙。"明珪面露诡秘，"一个被人认为性情柔弱的皇帝，与一个朝中一呼百应，积年有威的名臣之间，你觉得臣子会选择听谁的？"

"陛下最初根本就是那长孙无忌掌心里的一根令箭，说什么做什么，都要看这位舅父脸色，毕竟若不是舅父，太宗皇帝也不可能选择他做太子，甚至连他选择什么女人，都要听凭长孙无忌的安排……这种艰困委屈，陛下忍耐了多年，最终，僵局却是天后与陛下二人一同打破的。

"如今的大唐，那一双至高无上的夫妻，命中注定只能做同林鸟，不可能独自飞。居皇位者尊贵到了极致，就像站在悬崖顶端的人，根本无路可退，二圣之间一旦出现什么裂痕，随时可能有人借此机会一并将他们削弱，甚至彻底取而代之……"

明珪别有深意地停顿片刻，才继续道："所以，旨意虽出自天后，却也同样意味着来自天皇，这就是之前天后迟迟不下旨的缘故，不是她不想，而是天皇不愿。如今成立狩案司的事一旦下旨，就表示天皇、天后一起首肯。除非徐天这条命不想要了，并且打算赔上整个大理寺，否则他必须得对三娘客客气气。"

"你这么一说，我就放心了。"李凌云点点头。说话间两匹马已进了宅子。

上来牵马的正是子婴。只见那少年身姿笔挺，早已洗去风尘，换上封诊道的皂色弟子服，看起来格外俊秀漂亮。

明珪发现这弟子服粗看好像没什么异常，但襕衫领口却绣着古拙的纹样，跟封诊箱上的如出一辙。显然这是封诊道一贯的低调作风，既要让人能够分辨是自己人，又不能被人轻易察觉来自封诊道。想来，这是因为封诊道剖尸断案的敏感身份，他们才制作了这种特别的弟子服。

子婴腰间还挂着一块封诊令，中间雕刻小篆"甲"字，跟李凌云的封诊令不同，是木制的，下方的流苏是麻制的，都是白色的，数量只有六根，并不像李凌云那块祖令有十根流苏，且每根都有不同颜色。

见明珪打量封诊令，李凌云解释道："入门弟子佩的都是这样的木制封诊令，只用来识别身份，等地位高了自然有正式的封诊令用。但无论是不是正式的，封诊令中都设计有机关，放了些简单的用具。"

"原来如此。"明珪问李凌云，"子婴这就算是入门了？"

"嗯，虽然祖师祠堂还被朝廷封着，但是外院还有简单的家祠，同样供奉了祖师牌位，回来后子婴就已拜入我封诊道，成为李家门下的弟子了。"

李凌云带着明珪进了花厅，因来的只有男客，胡氏今日没出来相见，倒是子婴把马系好后又赶紧过来陪同。

李凌云本是突然想起弟弟要见明珪，一时起意才请明珪来到家中，并没做什么准备。所幸明珪并不挑剔，三人一起吃了顿家常饭菜，席上不过饆饠①、拌过的白水羊肉与一些爽口的醋芹②，倒也算搭配得开胃。

子婴吃完，便以有功课要做为由退了下去。明珪喝着梨子露问："大郎觉得你这个弟子如何？"

李凌云啜着冰露道："子婴聪慧，且不怕尸体，比别的初学弟子更易有进益。"

"不怕死人也是优点？"明珪好笑道，"也就你们封诊道会这么说。"

"洛阳城下有冰窖可以存尸的，也不仅大理寺而已。"李凌云淡定地看看手背，之前被蜂子蜇伤的地方已消下去许多，"我阿耶说宫里也一样是有的。"

"大郎这话的意思是……你家也有？"

"自然有。"李凌云道，"大唐的硝石不多，但宫中总会拨一部分给封诊道，天干十支家族每家都建有冰窖藏尸，子婴现在就是在冰窖查看尸首，学习人的脏腑内容……"

"……嗯，"明珪微微噎了一下，"大郎你好像很喜欢子婴？"

"教他的时候觉得他挺不错的。"李凌云放下手中的绿釉瓷碗，"他很聪慧，学得极快，对人的身体构造十分好奇。我阿耶说最好的弟子是感兴趣的弟子，倘若弟子不感兴趣，再好的老师也无法教出合格的弟子。他脑子中也有许多奇思妙想，尤其好奇什么原因会导致人死去。这几日，他每天都在通读以前的封诊手记，还让我有案子时务必带上他。"

"竟如此热情……"明珪沉吟，"他会不会对这个太感兴趣了？须知普通人一向对死人是忌讳的，至于剖尸更是排斥。哪怕谢三娘这样大胆的人，也是与

---

① 古代的一种饼类食品。
② 唐代的一种普通菜肴。即用芹菜腌制发酵，酸如浸醋，调以五味而成，常用于佐酒下饭。

你在一起日子久了，才慢慢习惯的。"

"你不也一开始就很习惯吗？"李凌云抬眼，"第一次在殓房里，你也没有吐。"

"也对……"明珪闻言一笑，"可我毕竟在大理寺时就看惯了死人。"

"子婴也没少看。"李凌云道，"他看守过义庄。而且他过去的师父是医道，既然要治病，对人体好奇倒也合情合理。"

"你说得对，只是我觉得，你或许是因为很喜欢他，才会为他寻找出这些解释的理由。"明珪微微一笑。

"喜欢？也不知有没有，可他确实是个不错的弟子。"李凌云也无意辩解，他看看堂外暗下来的天色，对明珪道，"天黑了，子璋这就去见凌雨吧！"

明珪点头起身，一个青衣小婢迎上来为明珪带路。明珪往前走了几步，却没望见李凌云跟上来，转头疑惑地看向他。

"大郎不去？"

"我还有事要做。"李凌云没有进一步解释，便飘然而去了。

明珪望着他的背影，有些不解李凌云为何不亲自为自己引见。就在此时，小婢在一旁提醒："您随奴婢来。"

明珪自知这是小婢在催促，不再多想，跟着小婢走出了厅堂。

宜人坊内本就有些人迹罕至的味道，土地被前朝藩王的故宅①和药田占据了大部分，而李宅就坐落在药田中间，远看也不觉得多大，明珪跟着绕进去，才发现里面很广阔，别有一番洞天。

李家在后花园里起了一座小院，院内并没有修建房间，只有一座木制小亭。亭中放了几个青石墩子，当中石几上刻着一方棋盘，颇有闲情野趣。外间扎了个篱笆当院墙，满爬的牵牛藤蔓上满是白天开过的败蕾。

那小婢带着明珪来到这里，恭恭敬敬地道："请明少卿在此稍等，二郎片刻后就来。"

---

① 宜人坊一半是隋炀帝第二子齐王杨暕宅。

说完小婢转身即走。明珪愣了一下，看着那跑远的少女的身影，有些头疼地道："你走就走，怎么还把灯笼拿走了？"

明珪既然是大理寺少卿，身上不会少了火镰之类的东西。他走进亭中，想要寻找可以点亮的油灯，结果绕了一圈，竟一无所获。

"所幸月色明朗，倒也看得清楚……"

明珪话音未落，却听见身后有人道："是明少卿吗？此处没有准备灯火，让你白费功夫了。"

明珪转身看去，见一位身穿月白襕衫的俊逸青年从院外走来。明珪看见那张眉眼熟悉的脸，愣怔了一下，片刻后才想起，李家这两位郎君，正好是一对双生子。

"我是李凌雨，李凌云的弟弟。"李凌雨说着，抬手对明珪一礼。明珪忙道："二郎不必多礼。"

"烦劳明少卿了，阿兄说您原本是要去大理寺的，却因我的无理要求，专门来了这里。"李凌雨脸上带着柔和的微笑，这种丰富的表情，看在明珪眼里，让那张与李凌云相似到极致的脸，和李凌云产生了极大差别。他明确意识到，眼前的人虽与李凌云相貌一致，但散发的气质绝对不是他熟悉的李大郎。

明珪看李凌雨手持圆扇轻轻扇动，忍不住问："只是小事而已，就是不知道，二郎为何想要见我？"

"您是阿兄的朋友，而我家这位大郎，这些年来可从未曾交往过什么朋友……"李凌雨眼神清澈又柔和，他笑眯眯地答道，"说穿了我就是好奇。阿兄在家时间也不多，却老提起明少卿和谢将军。谢将军终究是女子，不便贸然与外男相见，但明少卿我总应该见上一见。"

说着，李凌雨认真地叉手行礼道："这些日子阿兄多得明少卿照料，尤其是他在外面生病之后……他不善言辞，对别人的情绪也感知迟钝。我知道阿兄是为查出阿耶之死的真相，才来回奔忙不休，可叹我有病在身，什么也帮不了他，只得烦劳二位了。"

"……不必如此，你们封诊道本事独特，你阿兄尤其擅长从罅隙中寻觅线索。"明珪谦虚道，"没有我们，他一样可以破案，无非慢了一点；可没有他，我们却不可能查出真凶是什么样的人。"

李凌雨直起腰看向明珪，突然笑了起来。"看来明少卿也当我阿兄是朋友，平日公门中人也跟我们封诊道一同办案，阿兄也帮过不少人，可从没听过有人这样夸他。"

伸手摘了一朵打蔫的牵牛花蕾，李凌雨托着发紫的花蕾道："剖尸查案，在别人眼中是下贱的事，没有多少人看得起，甚至还有许多人对我们敌意很深。"

"越是如此，你阿兄在我眼里就越显得可敬。"明珪微微一笑，伸手从李凌雨掌心拿过那朵花蕾，"二郎见我，表面上是想认识你阿兄的朋友，实际上，你就是想试探我。"

李凌雨一愣。"愿闻其详。"

"大郎在封诊一道上技力精深，但与人相处时却如同稚子，对爱恨情仇知之很少，就如他自己所言，他对人情之事十分迟钝。所以，你作为同胞兄弟，当然会担心他。"

"合情合理。"李凌雨微微点头。

"人无千日好，花无百日红……这俗言虽粗糙了一些，但也是真话。"明珪捏着花蕾在眼前旋转，随后放下，看向眉头微皱的李凌雨，"你是在害怕，我和谢三娘不过是为了查案才接近你阿兄，你觉得要亲眼看一看，才能放心让他与我们一起行动。"

李凌雨无声地看着明珪柔和的脸。笑容从李凌雨苍白的脸上敛去，他露出几分严肃的神色。

"其实二郎不用担忧，"明珪同样敛了笑意，目光炯炯地道，"大郎在查的案子虽说是连环案，但最初让他介入此案，却是为了追踪杀我阿耶的凶手。把他牵连其中，全然是由于我。只因为这一点，李大郎对我来说，意义就与别人不同。谢三娘如何我不能保证，但我明子璋，绝不是恩将仇报、过桥抽板的人。不怕说给二郎知道，世间拿我当朋友当心腹的人不少，但能够让我另眼相看的人，却十分罕有，大郎便是其中之一。"

李凌雨品味片刻，再度微笑起来。"是我多虑了，明少卿见谅。听阿兄说，明少卿刀技厉害，往后就拜托您庇护他的平安了。"

李凌雨说到这儿，有些迟疑。"……总之，尽量不要……不要让他被人围攻。"

"被人围攻？"明珪狐疑地复述一遍，却在刹那间回忆起李凌云在义庄时出现的异常。

李凌云就是在被人团团围住时做出了奇怪的举动，差点把一个老头儿给掐死，却又毫无记忆。

"总之，烦请二位尽量做到，我将不胜感激……"李凌雨轻叹一声，"家兄过去被人围攻过，似乎留下了一些不好的回忆，我并不愿他想起这些。"

"好说。"明珪顿时了悟，连忙答应下来。

李凌雨见他应承，表情放松许多，感慨道："我身上有病，不能见分毫阳光，否则就会感觉如烧灼一般，皮肤也会起泡，甚至皮肉溃烂。得了这样的怪病，我就是再担心阿兄也无能为力，只能麻烦二位了。"

"不过是小事一桩，我会仔细应对的。"明珪说罢，却见李凌雨从怀中掏出一个小瓷瓶放到他手心。"我不能出门，自然不能学习封诊道。在家闲来无事时，按祖上的验方做了些驱虫止痒的药膏，就当作给明少卿的谢礼，还望不要推辞。"

明珪自无不可，伸手接了瓶子，却隐约从李凌雨身上嗅到一股微甜的气味。

"蜂蜜？"明珪暗暗分辨出了那是什么气味，谁知李凌雨对他又行一礼。这回不等明珪回礼，对方便匆匆离开了小院，几乎与此同时，那引他到此的小婢，又提着灯笼出现在了小院门口。

任由小婢领去马厩取回了黑马，回程时虽已禁夜，但明珪有特制的马头当卢①加持，并没不长眼的街使敢来找他的麻烦。

他放松了缰绳，让黑马自由地在大道上小跑着，接着从怀中拿出李凌雨送

---

① 古代马器。多用青铜制，亦有金制。置于马面额前的装饰物。以皮条系在马络头上，背面有鼻钮。

的药膏，打开瓶子闻了闻。

"龙脑^①、青蒿……嗯，也就是普通的青草膏罢了，看来里面没加蜂蜜。那么，他身上怎么会有蜂蜜味？莫非李二郎喜欢吃甜的东西？"

明珪思索片刻，摇摇头，把瓶子塞进怀中。正当他要策马朝家中奔去时，他却突然停下了扯缰的手。

"蜂蜜味……难道也是蜜蜡？……嗯，如果是这样，这对兄弟未免就太有趣了。"明珪露出兴味盎然的笑意，朝着定鼎门大街旁熊熊燃烧的火炬邪邪地瞥了一眼。

"不能见光，李二郎，你莫非……是个影子吗？"

---

① 有机化合物，白色半透明结晶，蒸馏龙脑树树干制成，或用化学方法人工合成。可制香料，又可入药。也叫龙脑香。南北朝时已有人使用龙脑。在中医典籍中龙脑被称为冰片。

炽火烤尸　毒水修丹

第八回

正如明珪所言，狩案司要开张，还得到大理寺内走一遭。

第二天午后，明珪、谢阮、李凌云三人一起站在大理寺正堂之中。面色阴沉的徐天目光在三人脸上一一扫过，最后停留在李凌云腰间的鱼袋上，瞳孔微微一缩。

李凌云目前的官职是大理寺司直，这个职位显然是针对当初在洛阳城外的那次拦截，它充满了天后武媚娘式的恶趣味。即便徐天不是始作俑者，而是有人在狐假虎威，可得知李凌云的职位后，徐天还是感到被重重地打了脸。

"既然进了我大理寺，就算将来不在此听差，本官该说的要说，该讲的还是要讲。"徐天声音沉闷，豹子眼盯住李凌云，"你们要弄清楚，什么是应当，什么是不应当；什么是好，什么是坏。"

"嘁——"谢阮嘲讽地笑笑。她虽算狩案司一员，但宫里不可能放她离开，大理寺也不敢要她，所以认真说来她仍不属大理寺管辖。徐天见状朝她眯起眼，有些警告意味，但最终却没跟她计较，反而扭头问李凌云："你听懂了吗？"

"我只会剖尸查案，其他不懂。"李凌云抬眼看，不明白徐天为什么要盯牢自己。

"不懂没关系，记得办案最重要的是什么就行。"徐天有些恼火地说着，转身摆手，"你们可以走了。"

冷不丁地，李凌云却在他身后突然开腔："是真相。"

"你说什么？"徐天转回身，皱眉打量面前的青年。他一直觉得这个叫李凌云的男子面相长得太秀美，看起来手无缚鸡之力，怎么看都让他觉得不顺眼。

"办案最重要的是真相。"李凌云直视徐天的双眼，"谁杀了人，为何杀人，如何杀人，这些就是真相。应当或者不应当，好或者坏，我不知道怎么判断，但是这些案子发生时的真相，我可以判断出来。"

徐天语塞片刻，手指李凌云道："……他这话是什么意思？"

"大郎是说，断案最关键的，就是到底发生了什么……"明珏和气地道，"言下之意，我们只不过是办案罢了，刑罚应该如何判决，大唐律上写着，该怎么办就怎么办。所以不管最终处罚应当与否，牵扯进去的，是好心还是恶意，我们也只管办案，得到一个真相而已。"

"……哼！话说得云山雾罩的，不过倒也没错。"徐天回头看李凌云，加重语气，"我希望你记得自己现在说过什么，要知道人心可是很容易被迷惑的，谁知你们以后会不会改变想法？"

徐天缓慢的声音还未落，就瞧见从大门外滚进一个人来。

"报——报——报报——"来人身穿大理寺的翻领黑色胡服，衣冠不整，浑身灰尘，连眉眼都脏污得一塌糊涂，看着失魂落魄。他连滚带爬地跑进来，嘴里吼道："出事了，城郊……城郊的焚尸院……死人……死人了……"

"啐——瞎说什么？"徐天上前一脚踹翻来人，"焚尸院不就是用来烧毁处决后的犯人的尸首的吗，里面有死人不是当然的？"

"城里……不是，徐少卿，洛阳城这两日没有处决谁啊！"来人口不择言道，"不对，不是这个，我说岔了，出事的是老焚尸院，不是眼下咱们用的那个！"

"什么？"徐天大吃一惊，一把揪住那人衣领，大喝道，"到底怎么回事？"

徐天正待细问，站在一旁的明珏突然伸手拦住他，沉声道："徐少卿，我看你还是别问了，直接去看不就什么都知道了？"

徐天与明珏对视一眼，前者面色微变。徐天心里清楚，别看现在这三人恭恭敬敬来拜见主官，实际上，下旨成立狩案司这件事，等于已经变相地承认了明珏在大理寺的少卿地位。

明珏有了实权，与徐天是正经的同级，徐天从此没有资格继续对明珏和狩案司的人横加阻挠了。

这么一来，即便徐天此时反对，明珏也可以全然不听。于是徐天当机立断，与其让这三人自行调查，不如一同前去，了解狩案司的动向更好。

于是他一点头，狠戾地道："好，那就一起去看看！"

日头西斜时分，东都洛阳城北郊外。

一只老鸹①站在年久失修的高高院墙上，一边扑扇着黑黢黢的双翅，一边注视下方，张开的嘴巴里发出兴奋的呱呱声。

它是被风中飘荡的烤肉味吸引来的。老鸹低着脑袋，馋涎欲滴地转动黑色眼珠，盯住院里那些人。他们正簇拥在院中第三座高炉门口，它觉得，他们说不定会给它一块香喷喷的烤肉吃。

然而接下来，那些人仿佛见到鬼一样一哄而散——这群来自大理寺的公门中人掉转头，纷纷拥向了破落院门外，一出门就都着急忙慌地四散而去。

然后，他们各自找好地方，放下紧紧捂着嘴巴的手，一个个失态地呕吐起来。

谢阮虽见过大风大浪，但这次还是没能挺住。吐过之后，她回头看看那座灰扑扑的院子，又忍不住干哕了好几下，脸上露出不可思议的神色。

"这几位还是不是人啊……"谢阮抬袖粗鲁地擦擦唇角，朝着蹲在门口大呕了一摊的徐天同情地瞥了一眼，又回眸看向院子。

---

① 民间对乌鸦的俗称。

透过洞开的大门，仍能看见一白两黑两道身影，他们正弯腰朝炉中探头探脑。墙头的老鸹不合时宜地叫起来，烦躁的谢阮随手扔去一块石子把鸟打飞，苍白着脸走回了院中。

大理寺的人全从院子里跑了出去，李凌云却仿佛对之一点不在意，他早已穿上了封诊道特制的油绢罩衫，手里拿着一双带着绿锈的大号铜钩，正把什么东西从还冒着烟气的炉膛里钩出来。

一大块黄黑交错的东西冒着热气呈现在他面前，烤肉的浓香从这坨东西上散发出来。浓郁的油脂咕嘟嘟地流淌，落到装着它的铜制炉盘上，在被拉出炉膛的过程中，滴出的油滴浸透了地面的砖块。

"他被烤炸开了，"李凌云手指那坨东西，"肌肤因高温炙烤爆裂，皮肤下的脂肪是黄色的，猪牛羊的脂肪皆是白色，所以这炉中黑乎乎的玩意儿是一具人尸。"

李凌云没停手，把炉膛里的金属炉盘拉到了尽头。炉盘颤了颤，堆积在尸体腹部的肠子在众目睽睽之下缓慢滑下，垂挂在炉盘边缘，散发出一股令人恶心的腥臭味。

"呕——"冷不丁看到此情此景，刚走回来的几个大理寺卒子连忙掉头又跑。很快，此起彼伏的呕吐声再次从院外传来。

明珪脸色也不怎么好看，但他还是挑了挑眉，向明显是强撑着才没再出去吐的徐天问："这案子谁来？"

徐天面色发青，恶狠狠地瞪了他一眼。"归你们狩案司了。"

明珪冲李凌云点点头，又问徐天："谁发现的？"

"一个长了麻子脸的刽子手，叫黄二麻。"徐天厌恶地用手捏住鼻子，防止那种异常的烤人肉香从鼻孔钻进去，"这个黄二麻本来就负责看守此处，他这种负责砍人脑袋的凶人，虽说在洛阳城里有房产，但因不怎么被人待见，所以干脆迁到了郊外居住。毕竟也不是天天杀人，要枭首时，让人叫他去城中即可……"

徐天说到这里，有些喘不过气来，他刚张开嘴深吸了一口气，却好像又吸到了烤人肉的味，脸色又白了好几度，缓了缓才继续道："黄二麻住在这里，顺便就接了个看守的差事，平日也能多几个酒钱。说来会发现这桩案子也跟酒有关，据他说，他在家中饮酒，饮到中途突然感到身体困乏，就干脆躺倒歇息，待其醒来，已是傍晚时分。觉得自己睡多了，头脑也晕晕沉沉，他就打算出门活动筋骨，谁知一出门，他就发现此处突然升起一缕袅袅黑烟。"

徐天抬头看看这座院落四周，摇头道："这座焚尸院，大唐武德①年间就修了，当时是应付着用来焚烧罪大恶极的死刑犯尸首的。"

谢阮白着脸，看李凌云弯下腰，小心地把滑落的肠子又堆回尸首腹部，搭话道："大唐讲究入土为安，焚烧凶人的尸首是为了挫骨扬灰，让这些人死无全尸，堕入无间地狱②。"

"不错，"徐天点头，"这座焚尸院一共有三座炉子，由于修建早，且早年使用太频繁，其中两座炉子都不堪用坏掉了，只剩下这座最小的炉子。修建了新的焚尸院后，这里便废弃了很久。不过虽然废弃，但因是官府修建之地，住在附近的人也都知道是焚尸院，所以周围人烟稀少，就算在这里发生点什么，外人也不会注意到。"

"而且，这里的院墙比一般的院落要高得多……"徐天手指高耸的院墙，"因为这里烧的尸首，大都是罪大恶极之人，其中有一些还是叛贼。这些人在民间颇有支持者，高墙是为了防止在焚尸时有人偷窥。"

"怎么不拆了算了？"谢阮好奇地问。

"拆？烧过人的地方，拆来做什么？连砖头都没法子挪作他用。"徐天摇头道，"此种阴暗之地无法建房，如同鸡肋，食之无味，弃之可惜，一时间三法司也想不到做什么用，也就暂且保留了下来。"

明珪道："黄二麻发现这里点了火，觉得奇怪，就过来查看？"

"是，这里他最熟悉不过，多年没生过火，如今突然有了黑烟，他下意识就觉得，这里肯定出了问题，所以过来查看。"徐天叹气，"他还提了把直刀过

---

① 唐高祖李渊的年号，618—626 年。

② 八热地狱之第八狱，也是八大地狱中最苦的一个。出自佛教《法华经》《俱舍论》等经书。"无间地狱"为意译，音译即"阿鼻地狱"。

来，到了跟前才发现，焚尸院外大门的门锁，竟已被人用刀给砍开了，他一进来就看见炉中在烧尸，给吓得不轻，连滚带爬地回去报了官。"

"那黄二麻现在何处？"李凌云用手堆好肠子，朝徐天看过来。

"在医馆里，"徐天的眼睛不由自主地盯着李凌云油光光的双手，"吓破了胆，去找大夫诊治了。"

李凌云咕哝道："……刽子手不是老砍人头吗？怎么这位的胆子这样小？"

见李凌云嫌弃的模样，徐天不由得怒目以对。明珪忙小声劝道："李大郎向来不太会说话，徐少卿见谅。"

徐天想起李凌云在大理寺说话时，也是前言不搭后语，还要明珪仔细解释，心头火总算消了一些。此时李凌云已走向大门，站在门槛处，他拉起锁门用的铁链看了看，道："铁链是被人用刀砍开的，断口整齐锋利，用的刀品相不错，不过……"

"不过什么？"徐天轻哼。

"生锈了。"李凌云特意换了一双油绢手套，从封诊箱中取出一块白色绸布，让明珪在头发上搓揉，之后把绸布轻轻覆盖在铁链断口上。

"看，有锈渍。"李凌云拿起绸布，给二人查看，上面果然沾上了有些发红的铁锈。

说完他又仔细看了看木门，同样用绸布取了锈渍，接着他手指门扉道："木门上还有两条刀砍过的痕迹，证明凶手是用刀砍开的门锁。此刀只是良品，所以生了锈，技术稍微好的铁匠都能打磨出来。"

"这么粗的铁链，只砍了两下就破坏了，此人力气甚大。"李凌云把众人叫到门边，拿起铁链给大家看，"焚尸院房门朝东，为双开木门。房门上有铁链锁，铁链虽已锈迹斑斑，但由于铁链较粗，一般人很难将其砍断。房门上仅有两道刀砍痕迹，痕迹全部偏向右侧房门的下方，说明凶手是左手持刀，他是个左撇子。"

谢阮闻言抽出腰间直刀，对李凌云道："把门合上，我用左手试试。"

几人鱼贯而出。谢阮左手拿刀比画了一下，果然从铁链断口到门上痕迹都能对上。

除徐天外，三人的目光碰撞了一下。明珪道："确实是左撇子。"

谢阮手指锁门用的铁链。"就算生了锈，要砍断这样的铁链，下手一定要稳、准、狠，动手的人一定是个练家子。习武之人身体不会太胖，太瘦的人又没有这把力气，此人身体一定格外精壮。"

说到这儿，谢阮看向李凌云。"李大郎，你觉得是不是他？"

徐天在一旁本来听得有些茫然，想了想才意识到三人说的是什么，顿时虎眼圆睁。"莫非你们是觉得，做下这桩案子的凶手，与之前所查的是同一人？"

"不错，"李凌云点头，"刚才把尸首拉出来时我仔细查看过，尸首表面没有任何衣物被燃烧过的痕迹。按说用火焚烧尸首，尸身靠火的衣物无法保留实属正常，但背火的衣物，要想烧干净并不那么容易。所以这尸首被放进炉中焚烧时，一定是光着身子的。"

李凌云继续道："凶手是左撇子、习武之人，而且力气很大，死者身上能够识别身份的衣物全被剥掉，此案与我们所查的弑仙案有相似特征。"

说完，李凌云出门吩咐六娘和阿奴准备封诊工具。徐天看着他的背影，有些惊讶。"只看看大门，就能判断出是同一人所为吗？"

"这就是他们封诊道的本事。"明珪眯眼微笑道，"不过这桩案子看来本就该归我们狩案司调查。"

徐天怎可能听不出明珪是在当面挑衅，但先前谢阮到大理寺传旨时，也给徐天看过连环案的案卷，徐天心知肚明，放任凶手在河南道内四处作恶，对大理寺而言也没有好处。

所以此时徐天也没了跟明珪较劲的心思，只是摆手道："归你们就归你们，横竖早就说好了是你们的活。"

"那不知，徐少卿的人是有兴趣留在这儿看，还是先回大理寺呢？"明珪的提问让徐天的脸色有些难看，可站在徐天的立场上，自然希望抓到这个与太子毫无关联的凶手，再说有机会近距离观察狩案司办案，当然要留下来。

"这样的奇案我当然要看，再说了，你们李大郎封诊的道门儿居然如此奇异，也叫我很感兴趣。"

之前给三人制造了不少麻烦，徐天眼下这话说得其实有些尴尬，但明珪没有再逼迫他，而是点点头，就这么算了。

谢阮好奇地凑过去小声问："你放过他了？"

明珪有些好笑。"差不多得了，人家毕竟是少卿，现在死皮赖脸要蹲在这里看，你还指望他真的丢大脸？"

"我还没出气。"谢阮摸摸鼻子，又道，"徐天就算了，其他人必须赶出去，不然我心里不爽气。"

说完她转身嚷嚷："案子交给我们狩案司了！把大理寺其他人全都轰出门去。"徐天见状顿觉无语，却也没法子拦她，只得忍气吞声留了下来。

谢阮搞完这些，转头得意地瞧李凌云。"大郎可以开始封诊了。"

李凌云本也不喜欢人多，对谢阮的安排非常满意，于是站在门口，手做推门状，口中道："凶手砍开铁链，下一步便是推门而入。"

他走进门，环视整个焚尸院，仿佛自己就是那个刚走进这座院落的凶手。他的目光在院落里缓缓移动，落在了靠门的右手边。

在那里建有一个拴马的棚子，李凌云走过去，在一摊新鲜的粪便前蹲下。"驴粪，你们还记得吗？我们之前在其他案发处也见过。"

明珪来到李凌云身边。"对，在怨鬼林，死者被钉在树上的那桩案子，案发处就有驴粪。"

"与之前的案子难道又有一处重合？"谢阮此时已不介意那人肉香味，她凑到跟前，弯腰看看驴粪球。

"还不能完全确定，"李凌云对六娘道，"拿水袋来。"

与在密林中那次一样，李凌云拿出绢布袋子，把驴粪球取了几个放进其中，借着六娘从水袋中倒出的水，轻轻地搓洗起驴粪。

在清水的冲洗下，脏水流出口袋，余下的都是一些碎裂的草梗和叶片。李凌云倒出这些残余物，在手上摊开，仔细查看起来。

"这头驴吃的草，和我们上次在驴粪中分离出的草几乎一样，都是牛筋草和野稗子草。"

"果真是那名医道所为？"谢阮惊道。

有了王虎案，李凌云不得不小心谨慎一些，毕竟他也不清楚此案在术士中被传成了什么样子，王虎只是一介苦力，尚能把案子做得以假乱真，再冒出一个高手模仿作案也并非没有可能，所以他还不敢妄下结论，轻轻地摇了摇头，道："奇怪，凶手有时用马有时用驴，给马吃的是上等草料，为何对这头驴如此随便？从这驴粪看，根茎残留较多，这驴根本消化不了这些草料，可见这驴体质也不会好到哪里去，力气也不会很大，杀人之后用这样的牲畜运送，脚力哪儿能与那匹吃好料的马相提并论。"

"我们之前曾推测过，凶手是一名医道，这种人一般住在山里，山中骑马不如养驴，或许此人正是因此才养了这头驴，而山中道路崎岖，饲料运送不便，驴吃野食也不奇怪。"明珪思索着继续道，"可能他那次用马，是因为某种原因不方便用这头驴？又或者用驴没有用马那么引人注目，毕竟运尸时，自然是越少人在意越好。"

"只能暂且这么想……"李凌云继续整理手上的根茎残片，"驴不像羊可以散养，驴不用时应该被凶手拴在某个固定的地方，然后以自己周围的植物为食，也就是说，这几种野草必定是长在一起的。"

"这就奇怪了，"谢阮抱着胳膊皱眉道，"早前我让凤九去查过，可他说在这几种草聚集生长的地方，并没有打探到关于医道的消息。"

"等等，有一点新发现。"李凌云小心翼翼地从手掌心选出一块皱巴巴的东西，随后又从封诊箱中取出一枚圆形铜盘，把那东西放在盘上。

他起身从马棚里走出来，对六娘道："摆桌子，拿封诊镜，还有那最小号的尖头细夹来。"

六娘对阿奴打了几个手势，皮肤黢黑的昆仑奴①又一次神乎其技地抖开了那个黑檀木的长桌。徐天第一次瞧，对封诊桌神秘精美的结构无比吃惊。李凌

---

① 多见于唐、宋时期的域外民族，肤色黢黑，体貌类似今非洲人。大多自海道入华，往往充任随从、仆役。

云把铜盘放在桌上，接过阿奴给他的两个小号黄铜尖夹，随后用这玩意儿把那团皱巴巴的东西展开来。

几人朝李凌云围过去，眼看着那团东西逐渐被打开，呈现出叶片的形状，这叶片看起来十分特别，像是一座裂开的小山。

"此叶互生，羽状深裂，裂片披针形，两面都有糙毛。"李凌云拿起封诊镜，一边查看叶片的脉络一边说，"上次在林中也有类似的草叶碎片，只是当时残片不够完整。"

他抬头拿了一个新的油绢袋，将叶片小心地装进去，向三人道："这种草不知到底是什么，得回去对比我阿耶留下的封诊秘要才能分辨。兴许我们能根据此物分析出那驴子待过的地方。"

"奇怪……为何我觉得此物瞧着有些眼熟？"明珪皱眉思索。

李凌云把绢袋递给他。"要不你多看看，或许能想起什么。"

"也好。"

明珪刚接过草叶，就听身后传来敲门声。众人回头一看，发现一道瘦削的身影正站在门口向院里张望。

李凌云定睛一看，原来是拜他为师的小道童子婴。见子婴面露期待之色，他才想起，之前答应带子婴过来查案，却因案子还没有确定归属，他便忘了这件事，把自家徒弟扔在了马车上。

李凌云忙让六娘给子婴送去油绢脚套，自己则小心蹲下，查看地面上被标出的一串鞋印。

众人刚到院子时，除了发现尸首的王二麻，并没有官府的人擅自闯入这座院落。因案发之所本就是三法司所属之地，就连刽子手王二麻都知道不要破坏现场，大理寺其他人自然也懂这个道理。

所以众人进入院落前，有一人先行进入，仔细观察痕迹后，首先把地面上的这一串鞋印用炭条圈画了出来，这也是为何刚才众人进进出出，也不曾破坏这些脚印。

李凌云拿来封诊尺，测过鞋印长短，让六娘记录在封诊录上，又拿出之前的弑仙案封诊录，翻到鞋印部分，与现在地面上的印记做对比。

随后他将案卷递给众人。"是同一双长靴，留下的痕迹一模一样。"

徐天拿过卷宗，蹲下仔细查看鞋印，片刻之后点头道："我虽不是封诊道的人，但我们刑名中人也知道，每个人走路用力的轻重是不同的，这鞋印看起来连用力程度都一样，应该是同一个人。"

"就算不考虑鞋印，凶手能两刀砍开铁链，其身材也必定健硕，且一定是男性。"李凌云继续道，"左撇子、驴粪、鞋印等，这些都与我们之前所查的案子完全一样。所以这桩案子应属于弑仙案范畴，不是有人刻意模仿。"

谢阮感慨道："我觉得也是，不说别的，就这头驴吃的那些草，哪怕刻意模仿也真没办法模仿到一模一样吧！"

"嗯，接下来，我们可以查验死者了。"李凌云抬头看看头顶，对六娘吩咐道，"一会儿天色变暗，记得把灯摆上。"

李凌云所用的封诊屏是大师所画，这次被阿奴摆出来后，在门外窥探的大理寺众人也难免吃惊赞叹，就连徐天也不例外。

虽说绘画的内容是地狱诸般景象，徐天还是忍不住摸着下巴啧啧赞叹，最后竟说出"封诊道底蕴不凡"这样的话来。

谢阮素来看这位大理寺少卿不顺眼，闻言冷笑几声，戴上口鼻罩，一马当先踏进封诊屏中。徐天有些尴尬，也学着众人戴上口鼻罩，此物刚好遮住他涨红的脸皮，他顿了几秒，跟在明珪身后走进屏风里。

焚尸院最大的两座炉膛早已毁坏，凶手烧尸时用的是最小的第三座，炉膛内烧尸用的托盘不能完全被抽出，反而可以勉强当桌面使用，所以这次阿奴干脆用封诊屏直接把第三座焚尸炉给围了起来。

六娘将屏风顶端的多盏带镜灯具逐一点燃，在刺目光芒的照耀下，被烧过的尸首明晃晃地躺在中间，被烘烤后裂开的皮肤呈现出诡异的金黄色。

"……好像烤鸭。"最后走进来的子婴见状口无遮拦地说道。

除了李凌云，其他人都齐刷刷地看向少年。子婴这才察觉自己好像说错了话，顿觉不好意思。谁知此时李凌云却接了句："的确像烤鸭皮。"

这下包括子婴在内，所有人的目光都聚集到了一身黑衣的李凌云身上。只见他用手按了按尸体的胸腹部，已经炸裂成块状的皮肤在他的按压下，发出了簌簌的碎裂声。

"表面烤得很酥脆啊！"李凌云话音未落，谢阮的脸已经黑了，所幸他没继续描述尸体被烤到什么地步，而是果断拿起黄铜卷尺，开始给死者量起了身高。

"尸首处于平躺状，若死者被送进烤炉时尚有知觉的话，应该会四肢挛缩，双手握拳，然而事实并非如此，说明他要么在那之前就遇害了，要么就是处于深度昏迷之中。且在烤制的过程中燃烧炭火，会产生毒气，就算他苏醒过来，也会因为吸入毒气四肢无法动弹，不能自救。"李凌云解释完，又道，"尸首被烤得很焦，所以缩水了部分身高，以我封诊道的计算方法还原，他的身高应在五尺八寸三分……"

待六娘用那种古怪的木棍笔记录完毕，李凌云伸手在尸首头顶上摩挲片刻，捏出一点混合灰烬的油渍。"头发都烧光了……"他凝视着死者的脸，在那张脸上堆着一些黑白相间的细炭。

李凌云朝阿奴伸手，对方连忙递去一个大夹子和一个铜盘。与尖头夹子不同，这个夹子的头部被敲扁，还刻上了一条条横线，显然是为了便于夹起物品。

子婴双手接过铜盘，站到李凌云身边，而李凌云则用夹子小心地清理尸首面部的细炭，每一根都仔细看过才放进盘中。

"这些焦炭，并没有彻底被烧透……"随着李凌云的动作，尸首面部的情况逐渐暴露。死者的脸已无法分辨五官，只剩下一片烧焦的皮肉，甚至有些焦黑处一碰就落，露出模糊血肉下的森森白骨，看起来非常恐怖。

"死者面部已被烧得无法辨认容貌，与我们之前所查的案子一样，这应该是凶手故意为之。"李凌云淡定地说着，"死者头朝内平躺在炉盘上，皮肤呈块状炸裂。"他小心地将手指伸到死者身下，用力把尸首抬起一点，弯腰查看片刻，又伸手在尸首背后戳了戳。"背部没烧焦，只是被高温烤熟，说明凶手烧尸用的不是明火，而是星火①。"

"星火？为什么要用星火？"谢阮不解，"用明火烧尸速度岂不是会更快？"

"他的目的根本不是毁尸，"李凌云抬眼看谢阮，"凶手对尸首的处理，除了不希望让我们认出死者是谁之外，他倒是好像很乐意把这些尸首展示给我们看。"

"展示？"一旁的徐天露出难以置信的表情，"杀了人还这么嚣张？"

"说不清为什么，但我有这种感觉，现在我们手里的案子，在处理尸首的方式上有种隐约的共同之处。"李凌云停下手中动作，转向明珪。

"哦？大郎不妨说说看。"明珪眯起双眼。

"还要从你阿耶的案子说起。"李凌云道，"凶手对你阿耶下手时，故意把他的尸首挂在天师宫最显眼的地方，但凡走进这座天师宫的人，第一眼看到的定是你阿耶的尸体。"

"与此相同，虽然封门村的那桩案子尸首已化为白骨，但若推开祠堂大门，首先直面的，无疑是挂在半空中被抽干鲜血的尸首。

"死水湖很深，若用石头捆绑尸首，必然能延长尸首上浮的时间，可是这位凶手，却费尽心机在树林中找了根浮力最好的轻木，并把尸首捆在了上面。如果说，我刚才的推测有些牵强，那么本案显露出的目的就明显得多……"

"那洛阳西城怨鬼林里的死者呢？"谢阮忍不住插嘴打断，"那座林子平时根本就没有人进去……"

"我赞同大郎的看法。"明珪抬手，示意这个问题由他解释，"那座林子虽没有什么人，但凶手却把尸首牢牢钉在了古树上。如果他真的不想让人看见，完全可以把尸首扔进树洞。他会这么做，至少说明他希望有人发现尸首，不论时间过去多久，就算尸首腐败，骸骨也还会留在那个地方，只要来人，就会第

①微弱的火。

一时间察觉。"

"子璋你也有同样感受吗？"李凌云点头道，"只是我不像你说得那么清楚。"

明珪点点头，算是回答。

李凌云有了信心，手指托盘上的尸首，接上之前的话："至于本案，那就更明显了。焚尸院是官府的地盘，虽已废弃多年，但并非无人看管。他用星火烤尸而不用明火，说明毁尸灭迹并非他的主要目的，他更想要的，反而是被人看到这具尸首的惨状。"

"这就奇了怪了，"徐天双手抱胸，粗厚的眉毛纠结成一大团，"哪儿有这么大模大样的杀人凶手？他犯下的可不止一桩案子，难道不怕被别人抓住吗？"

"会做出这种事情的人，不能以常理来判断，"谢阮冷笑连连，挑衅地望向徐天，"某想起来了，怨鬼林案为凶手打造铁钉的那位铁匠就曾说，这凶手说话有些不清楚，如此看来，说不定这家伙还真就是个疯子。"

徐天能感到谢阮对他释放的浓浓敌意，然而此时他也不愿认怂，同样冷笑道："你们是想说，连话都说不清楚的疯子能做下如此惊天大案，甚至把朝廷封的四品大员都给杀了？"

徐天说到这儿，轻蔑地看向明珪。"你阿耶明崇俨很得天皇、天后宠爱，有宫中行走的恩典，不但在九五之尊身边侍奉，而且对东宫太子都能随心所欲出言不逊，难道你作为儿子，也相信他是被一个疯子杀的吗？"

明珪闻言，目光顿时变得冰冷，但他看徐天时，脸上却带了笑意。"徐少卿在来之前特意问过大郎是否能坚持寻觅真相，怎么现在才刚开始验尸，您就打算要下结论了？还是说，您根本不敢面对这般真相呢？"

"真是笑话，我有什么不敢面对的。"徐天冷哼一声，手却不由自主地握紧了刀柄，"我只是觉得，一个疯子很难这样筹划周密，这几桩案子杀人手法各个不同，堪称奇怪，疯子很难做到这样，关键一直以来他都没有被发现，能故意藏踪匿影，着实不像疯子所为。"

徐天言至此处，若有所思地回忆道："这般杀人不眨眼的疯子，我也不是没有见过，上元二年春天，东都北城有一贩卖狗肉汤的男子发狂，当街杀人，当时他见人便扑倒撕咬，双目赤红，连续咬伤数人，其中一人被咬破喉咙当场死亡。金吾卫抓捕此人时，他根本没有逃走，只是站在原地反抗。你让我如何相信，一个疯子能有这般缜密的心思？"

"徐少卿说的不过是孤例，"明珪冷冷道，"你说的这桩案子我刚好也看过，反正在大理寺我就是闲人一个，自从大郎说犯案之人可能是个疯子，我就查阅了大理寺内的案卷。这个卖狗肉的人诨名叫作杨大头，他当时的情况的确如你所说，但事后有东城见多识广的大夫说，此人是因为杀狗，中了某种恶蛊，才会这样伤人，他并不是疯子，平时举止也都正常得很。另外，我又查出了好几个案例，都被大夫明确诊出患了癔症，据说这些人会突然失去意识，提着刀枪棍棒打伤自己的亲人，还有人甚至把自己的孩子给砍死。这些人在不发疯时看起来与常人无异，一旦发作便会做出令人咋舌的举动，很难说，我们追击的凶手是不是此类人。"

"我觉得有道理。"谢阮在一旁帮腔，"前几桩案子我们都查过，无论是运尸方式还是作案手法，都是出自同一人之手。说不定那个疯子就是一会儿疯，一会儿不疯，在抓到他之前，徐少卿就这么否定我们的推论，怕是不妥吧？"

谢阮看向李凌云，暗示让他拿个说法，谁知对方站在焚尸炉旁，把头都伸进了炉膛去，不知道在做什么，好像压根就没听见他们刚才的讨论。

"李大郎，你在做甚？"谢阮不解。

"是石炭……"李凌云瓮声瓮气的声音传来，只听炉膛里面发出一阵拨弄东西的声响。众人正要凑过去，李凌云却站起身来，手中拿着一个极长的夹子，夹子末端还有一团黑乎乎的东西。

"石炭？"谢阮从李凌云手中接过夹子，望着那团黑乎乎的东西，仔细地看了看，惊讶道："果然是石炭。"

李凌云点头。"《山海经》记有此物，也叫作石涅，藏于地底，其色黑，和木炭一样可以燃烧，但燃烧时会发出难闻的酸味。这种酸味烟雾有剧毒，如在不通风的屋内燃烧石炭，人会缓缓中毒而死。而石炭燃烧时均为星火，看来凶手就是用它来烘烤尸首的。"

"等一等，"子婴始终沉默寡言，此时却轻声问道，"老师，记得在我师父那桩案子里，你曾说我师父被放血和灌锡时人还活着。"

"不错，不止你师父的案子，凶手加害其他人时，被害者都是活着的。"

子婴闻言，露出痛苦不堪的表情。"那么也就是说，死者被送进炉膛用石炭星火烧烤时，还没有死？"

"现在只能说怀疑是这样，要知道究竟死了没有，还需剖尸检验。"李凌云见子婴似乎听明白了，又道："这具尸首已烤得非常酥脆，外部清洗不但没有线索可找，反倒可能毁坏尸首上的证据。如今只能直接检验尸首。往后遇到此种情形，也不必过于拘泥于传承的口诀，可以适当变通。"

子婴认真听着，连连点头。

李凌云继续查验，因尸首的腹部已裂开，肠子也随之露了出来，他只能让阿奴把封诊罐拿到身边，就着尸首腹部的开口，用那把奇怪的柳叶刀在死者肚腹上划开更大的伤口，那已被烤熟的肠子，也只能尽量小心地截断，暂且放进罐中。

"这里好奇怪……"移去肠子之后，李凌云终于可以查看死者腹部的伤口，他将手伸到伤口处小心地抚摩，"这处伤非常平整，被灼烧严重的尸体，腹部因火烤造成膨胀而炸裂的话，伤口必定不整齐，此伤应该是被人用锐器切开的。"

说完，李凌云将双手深深探进死者小腹之中，在里面摸索了半天，掏出一片皮膜般的物体。

子婴疑惑道："这是……"

"人身体内的尿脬①，尿液在这里囤积到胀满时，人才会产生尿意。"李凌云小心翻检着手中的尿脬，把裂开的地方展示给众人看，"你们看，这尿脬的切口非常平整，同样是被锐利的东西切开的。"

---

① 膀胱。也写作"尿泡"。

"为什么要切开这里？"谢阮好奇道，"这里边除了尿还有什么？"

"尿脬里除了尿，通常什么也没有……"李凌云手指探进切口，轻轻搓揉着尿脬，突然他挑眉道，"嗯……里面还真的有东西……"说着用柳叶刀切下尿脬，顺着切口翻出内壁，拿过封诊镜仔细观察。

"有石头，是石淋 ①。"经封诊镜放大，尿脬内壁上能看到细小如蝼蚁般的灰白色圆球状碎石。众人一一靠前，看过那物，无不面露惊奇。

连徐天也忍不住好奇地问："这些石头，难道是被凶手放进尿脬里的？"

"正好相反，这不是被人放进去的，而是死者自己长出来的。"李凌云端详着细小却圆润的碎石，解释道，"人吃五谷杂粮，体内便生出各种毒素，这些毒素可经尿液排出体外。如果此人五行不和，某一两种毒素特别多，毒素就会与尿液结合，渐渐生长成这种石头，在医书中叫作石淋，石淋可长得极大。很显然，死者的尿脬中也长了石淋，而且被人划开，将其中的大颗石淋取走了。"

说到这儿，李凌云抬头道："并不是吃什么都能长出石淋，生石淋病会导致排尿时下体剧痛难忍，甚至石淋堵塞尿液，致人死亡。我大唐名医孙思邈以葱管插入尿孔，通尿救人，传下这等奇技的同时，他也非常好奇这种病究竟是从哪里来的，于是他踏遍大唐山水，后来才发现，似乎与病人日常所饮用的水有关。"

"水？"谢阮不解道，"水清澈透明，何来毒素？"

"水跟水也不一样，就算看起来都清澈透明，实则仍有极大不同，"听到这里，明珪在一旁说道，"我平日喜欢烹茶，所以知道用不同的水烹茶的话，茶的色香味都会不一样。"

"啊，说到茶我就想起来了，"谢阮恍然大悟，"宫里就有专人负责辨别水质，什么水适合洗衣，什么水适合烹茶，什么水适合用来炖肉，好像的确有区别。"

谢阮惊喜地对李凌云道："这么说，是不是只要查出在这附近什么地方有容易让人得石淋病的水，那么就可以推断出，死者大概生活在哪里了？"

---

① 结石。

"不错，我正是此意。"李凌云点头道，"相关疾病在我封诊道内也有记载，我们剖检尸首时会特别注意患有石淋病的人居住在什么地域，这些地域内的水流又是哪一种水质。"

"又是记录在你们那个封诊秘要里，是吗？"谢阮微微失落，"那只能等你回家才能查看了。"

"查起来很快的，"李凌云看着面前的尸首，"先把尸首验完再说，反正这里是京郊，回东都也不远。"

谢阮闻言点头道："说得也是。"

"其实就在刚才，我又有些发现，"李凌云手指豁开的死者腹部，"方才我切下尿脬时，发现他内脏色泽过于艳丽了。"

李凌云像往常一样把尸首胸骨撑开，露出热腾腾的内脏，他将手探进死者胸腔，托起心脏。

"颜色不对，哪怕是活人的心脏也不该如此鲜红，"李凌云用柳叶刀小心切开心脏，心脏内的血液立即溢出，颜色果然格外鲜艳，"和我想的一样，死者在被烧烤时还活着，他是吸入了石炭燃烧时冒出的毒烟才陷入昏迷之中的，以致被星火灼烤到死，也没有四肢挛缩。这种石炭毒烟会使血液无法正常在体内流转，导致中毒者在极短的时间内昏迷，而烟毒与血液结合，就会变成这种艳红色，可见死者昏迷后，尚未感到灼烤之痛就已窒息而死。"

李凌云又看看死者的手脚，皱眉道："除了皮肤被灼烧后裂开外，没有发现遭捆绑的勒痕。也就是说，死者被凶手送入炉膛中时，手脚虽然自由，但已无法反抗。"

说完他伸头到炉膛中看看顶部，摇头道："因长期焚烧尸体，天长日久，焚尸炉中必然会生出一层炭灰，这层炭灰会牢固地覆盖在炉膛顶部，如果有人碰触，必然要留下痕迹。但这座炉内的炭灰却完整无缺，这也说明，死者在被推进焚尸炉后，并没做任何反抗。"

谢阮沉吟道："看来，他也被凶手下了迷药。"

"没错，只是……凶手这次用的刀，似乎随便了一点。"

对李凌云提出的疑点，谢阮却有解释："如果刀不是用来砍头的，而是用来砍门和铁链的，倒也不奇怪。正所谓杀鸡焉用宰牛刀，谁会舍得用好刀做这种事情？"

李凌云听完颇为赞同，便开始进一步检查死者的其他脏腑。

在小心摘下肝、肺、肾等仔细观察，并依次放进封诊罐后，李凌云终于直起身子，长出了一口气。"除了石炭毒导致的异常鲜艳的颜色，这几种脏器形态看起来与常人并无不同……"

说罢，他的目光又投向死者腹中的胃囊。"嗯？好鼓……他在死前一定吃了不少东西。"

李凌云小心切下胃囊，转身放在铜盘上称重记录，然后小心地切开。

大团食糜被他从胃囊中取出，在小心分离后，李凌云道："食糜多为肉类，肉质很粗，纹理清晰，筋络较多，看起来不是羊肉。"说着他抠出一点在鼻前嗅了嗅，接着又用手捻了一下。"是烤肉的味道。里面添加了许多孜然和胡椒，他吃的是烤骆驼。"

"烤骆驼？就算在宫中也不是日常吃的。以大唐百姓平日的饮食习惯看，肉食以羊肉、鹿肉和鸡鸭鱼肉为主，会吃骆驼肉的多是胡人，而且他们也不经常吃，骆驼原本就是从西域运送而来的，数量不多，要吃骆驼的话，也得遇到节日。"谢阮抬起灵动的双眼，"算来，死者刚遇害不久，而东都之内烤骆驼的也不多见，打探这种市井消息凤九最为擅长，回去问他，一定有答案。"

明珪也道："凶手每次作案都在食物中下迷药，如果知道这附近有谁烤了骆驼，那么说不定能摸到点凶手的行踪。"

子婴本来在一旁听得目眩神迷，此时他却突然想起什么似的，神情紧张地问道："老师，我记得你们曾说过，凶手总是对术士下手。那这名死者会不会也是一位术士？"

"这个……"李凌云想了想，"死者患的石淋病，通常跟其饮用之水的水源有关。类似的水源一般都隐在山间，且品尝起来有某些特别的滋味，会被饮用者误认为是甘泉，实则其味道却来自某种地底矿脉。若是这样，死者大有可能居住在山上。而修道的术士也多会选择在山间修行，如此看来，死者也许真是术士。"

"不过……"李凌云又道，"咱们封诊道讲究的是实证，推测仅是辅助，所以也不能太过武断地去推测，最稳妥的办法，还是结合诸多线索进一步探查，这样结果才能更准确。"

子婴自然又一次心服口服，徐天看了全程，也捻着胡须微微点头赞同。但李凌云却不怎么满意的样子，反而皱眉走出了封诊屏，边走边道："尸首表面全都烤焦了，皮肉离脱，用剖尸之法看来也只能查到眼下这样了。"

谢阮摘了口鼻罩，在一旁毫无形象地笑道："烤成这个样子，还能取到这么多线索。大郎你居然还觉得不够？若换成大理寺的人来，那岂不是什么都查不到？"

谢阮句句针对徐天，听得徐少卿脸色比锅底还要黑。但眼下大理寺确实表现得不太好，他也不能反驳，只得对谢阮拱手道："既然谢将军如此嫌弃，此案就仰仗各位，我大理寺此番就在一旁乐见其成如何？"

谢阮灿烂一笑。"很好，尔等作壁上观即可。且等某回去问过凤九，再让大郎查阅封诊秘要，应该就能确定死者居于何处了，要你们大理寺也只是累赘。"

二人本就不是一个派系，徐天被谢阮再三顶撞，此时怎么还按得住性子？他冷哼一声，拂袖走到外间，叫了几个大理寺的吏员过来收尸，顺便看守现场，随后便先带着下属回了东都。

焚尸院外，徐天一行人打马狂奔而去。谢阮看着掀起的尘土好笑道："徐大胡子这人当真气量狭小，之前给我们那么多脸色看，他却不觉得我们可以生气，等到换成自己，倒是发脾气给我们看，他也真好意思。"

明珪站在一旁看阿奴和六娘清洗工具，闻言劝道："你少说两句，就算不跟他一个碗里吃饭，好歹也是同台竞技，何必非要搞得如此难看？"

"这才哪儿跟哪儿，好歹我也是天后身边长大的人。"谢阮面色微冷，眉眼中透出一股傲气，"徐天这些日子处处与我们作对，要说他背后无人那就怪了，表面上是他与我们作对，实则是他身后那些货色不将天皇、天后放在眼里。如今我耀武扬威也并非为了自己，而是为了天后和陛下的颜面。"

"是是是，你都对。"明珏正一迭声说着，却见李凌云骑着他的丑马踱了过来，奇怪道："大郎怎么这就上马了？为何不等我？"

"大家不是都已经回去了吗？"李凌云满脸奇怪，看看明珏，明显不明白这话是什么意思。

"我是说，你想回去也跟我说一声，我们一起取马不好吗？"明珏无奈地摊开手。

"你见我骑马过来，不就必然知道我要走了吗？"李凌云勒住缰绳。此时谢阮在一旁捂着肚子哈哈大笑起来。

"真是笑死我了，明子璋你这人说话向来拐弯抹角。对李大郎你有话就直说，暗示他根本就听不懂。"

谢阮笑得上气不接下气，扭头看着满脸不解的李凌云道："李大郎，明子璋是想说，大家既然做朋友，一起来的就应该一起走，朋友间要做什么事就应该先打声招呼，而不是自顾自地做事。"

"哦？是这样？"李凌云疑惑道，"那我应该怎么做才对？"

"我们三个一起从东都出来，当然就应该一起回去，你要做什么，叫上我们一同行动便是。"谢阮和明珏走向自己的马，二人解开缰绳翻身上马，来到李凌云身边。

"瞧见了吗？现在可以一起走了——"谢阮说着，用脚踹了一下马肚，自己跑到了前面。

李凌云想了想，问明珏："三娘说的是对的？"

对方无奈摇头。"大郎不必理，她就喜欢信口胡说。"

李凌云却不依不饶。"可是她说的要是真的，方才我自己上马先走，你是不是生气了？"

"既然是朋友，又为何要生你的气？你又不是故意的。"明珏对李凌云一笑，抬起马鞭指着矗立在朦胧夜色中的东都城，"走吧！早些回去，除了那烤骆驼的事要问凤九，刚才你给我看的草叶，估计也得着落在他身上。"

听明珏提起案子，李凌云顿时来了兴致，二人并肩打马向前。

"怎么，子璋你好像认识那草叶？"李凌云继续追问。

"也不知记忆精准不精准，我好像在一本域外草药图录上见过，因其形状奇怪，就多看了两眼，所以有些记忆。"

"那图录你现在还能找到吗？"李凌云顿时兴奋。

"图录是我阿耶找胡医借来的，早已还了回去，此时过去已久，我也想不起究竟是哪位胡医借给他的了。"

闻言李凌云有些失落。"哦……那你还记得多少？"

明珏一手握着缰绳，一手拿出油绢袋，借着马灯的光看了看。"这应该是一种大唐域外传来的东西，名字也有好些种不同叫法，我好像听我阿耶说，叫阿……什么蓉。对了，阿芙蓉①。"

"阿芙蓉？"李凌云摇摇头，"之前好像从未听过。"

"你没听过也是当然，"想出了名字，明珏的记忆似乎也渐渐清晰，他耐心地解释道，"此物并不生长在大唐，而是自西域之外而来的，是一种寿命只有一年到两年的草木，最高可长三尺之高，逢夏季开花，花色或红紫或白色，花落之后，会萌生一个球果，如果割破果皮，会流出乳汁一般的汁液，这种汁液在干涸之后会变成黑褐色，可搓揉成团。将此物烧煮，便能去掉苦味，灼烧起来冒出的烟雾也带有极为香甜的味道。"

"香甜的味道，听起来有些熟悉……"李凌云微微思索，总觉得明珏所说的这种味道自己似乎曾在哪里闻到过。

"你这么一说，我也觉得有些熟悉，"明珏顿感迷惑，继续道，"说来……这阿芙蓉制成的芙蓉膏价格极贵，寻常人根本买不到。"

"为何昂贵？此物有什么特别之用？"

明珏闻言笑道："大郎是不修仙的人，此物对你来说自然没用，但对我阿

---

① 罂粟，亦可代指鸦片。

耶那样的术士而言却很不寻常，据自大秦①来的西域商人说，此物的烟气可使人加深冥想，让人静心凝气，更易接触神明。"

"还有这种用处？"李凌云很是惊讶。

"这阿芙蓉另有一别称，叫作忘忧草，胡人说神明也在使用它，而且它可以治病，譬如头晕目眩，气喘咳嗽时，都可使用。吸入芙蓉膏的烟气，会让人觉得飘然欲仙，浑身舒适不已，也能让人如沉浸在美梦之中，看到诸般华丽炫目的景象。有许多人用过这提炼出来的芙蓉膏，都声称自己见到了神仙。"

话说到此，明珪突然意识到了什么，他猛地抬头看向李凌云，就在此时，对方也惊讶地盯着他，二人无语地相互凝视片刻，明珪小声地问："大郎是不是想起了那一次……"

"你也想起来了……"李凌云皱起眉头，"还记得当时凤九请你我喝酒吃食，他特意让小狼在一旁点了熏香，那种香味跟你所说的阿芙蓉的香气一样，闻起来是一种甜得腻人的香气。"

"这么说，凤九当时的确对我们下了药……不过这件事他也早就承认了吧！"明珪的语气难得地不快，显然他对那事仍耿耿于怀。

"那件事我倒无心追究，反正也不过是做了个噩梦，只是另有一事……"李凌云兴奋地看向明珪，"既然凤九当时所烧的香丸中可能有阿芙蓉膏，那么这次所发现的阿芙蓉，凤九或许也有办法查到。"

明珪点头道："是这么个理，所以我说这次恐怕还要托付凤九才行。"

李凌云又想想，有些狐疑。"只是，他当时不是说，是酒水有问题吗？"

"凤九那人嘴里就没有几句实话。我不是说过吗？对他要有所提防，不可尽信，除了和案子相关的，你要是信了他，他把你卖进鬼河市，只怕你还帮他数银子呢。"

明珪用脚后跟踢了踢马肚，黑马加快了小跑的速度。"凤九会帮我们，不过是听从天后的差遣，与案子相关的事勉强还可以坦诚相告，但别的事他可没

---

① 古国名。又名"犁靬""海西"。古代中国史书对罗马帝国的称呼。395年罗马帝国分裂后，大秦常指东罗马帝国。

必要对你说实话。就如这种给人下药的手段，说来都是凤九的秘密，你去打探，哪儿会有真东西说给你听？"

"也对，"李凌云并不纠缠，"只要凤九能帮我们查清那些阿芙蓉从何而来，也就行了。"

二人说着话，匆匆向东都洛阳赶去。虽说是紧赶快赶，众人还是到了宵禁之时才来到东都城门前，守城士兵早就得到消息般大开城门，将众人恭敬地迎了进去。

众人刚进城门不远，就见对面明晃晃地来了一群人，一个个手上都打着大红灯笼，中间包围着一架华丽无比的马车。

拉车的是四匹一根杂毛都没有的黑马，马车来到近前，李凌云瞧见马头上装饰的金当卢，不由得微微一愣。

能在大唐东都宵禁的夜晚，大模大样带着人还赶着马车在道上狂奔的，当然不会是一般人，连马都要用纯色，马饰用纯金，更可见此人来头极大，属于王公贵族一流。

马车上用极细的竹帘制成车门，里面影影绰绰看不清究竟是谁。只是那驾车的车夫一抬起头来，露出那张逼真的黑色狼面，便泄露了车中人的身份。

白马之上，谢阮有些紧张的表情渐渐放松，她的手也从腰间的蹀躞带上滑落到了腿侧。"凤九，你搞什么？怎么摆出这么大的阵仗？差点引得我拔刀。"

"这就要问天后殿下了，她今日想起设宴，却没想到你们都在外面，只好让人传话找我这个闲人入宫作陪。"凤九微懒的声音从车厢中传来，明明已是一个四十多岁的中年人，可他的声音却带着一种低柔的婉转之意，让人听了心神都变得松软。

话音未落，凤九身边那名狼面童子不知何时已来到车前，他缓缓拉起车帘，露出斜倚在车厢里的凤九。

只见车厢内铺设了一张编织着起舞仙鹤图案的草毯，草毯上放着一个圆滚滚的紫色缎面大枕，凤九就靠在这个枕头上，手中拎着一把制作极为精巧的执壶①。壶口用银雕镂成马头的样子，细长的壶身则用整块紫水晶制作，在夜里看起来流光溢彩。这种壶一般由胡人制作，因此又叫胡瓶，通常都用作贡品，市面上极为珍贵少见。但此时此刻它就像不值一文的粗陶酒壶一样，在凤九手里随意地晃来晃去，感觉随时都可能掉下来摔成八瓣。

"既然是进宫，就不能不好好打扮，谁知道天后除了我之外还找了谁来喝酒？穿得太随便可不就丢了天后的脸？"凤九挥一挥执壶，那价值连城的壶险些真从他手中飞出去。

今日凤九内穿紫色银绣星辰衫，身披银白祥云鹤氅，头上仍是术士喜欢的偃月冠，只是今天戴的是由白玉所制，较之前黄杨木的减了三分尘，更平添一抹贵气。

可能是喝多了，凤九面色微微发红，衬托得他双目明亮如星，别有一番风流疏狂之意，可见他在年少时代必然也是傲气天成的人中龙凤。

看见这样的凤九，站在李凌云身边的子婴两眼发直，拽拽李凌云的衣袖小声问："老师，这位是什么人？看着好像身份很不寻常，他这么晚还乘马车出来，不怕京都的犯夜之罪吗？"

"别说这东都洛阳，就算到了西京长安，他也不会怕什么金吾卫街使。"谢阮在一旁拍拍他的肩头，"小子婴你记着，在这洛阳城中招惹谁都可以，千万别招惹这位。他的靠山来头极大，我也比不上。"

"谢三娘，嘴里琐琐碎碎的，在那儿算计我什么呢？"凤九用壶嘴对着谢阮。

谢阮转头一笑道："没有算计，只是说说罢了，不知今日九郎的酒喝得怎么样啊？"

凤九昂头，直接用壶往嘴里倒猩红酒浆，也不怕弄污了整洁的衣袖，随意用袖口擦擦嘴。

他甩着衣袖，向谢阮眯眼笑道："我本来真以为是去喝酒的，谁知道送上

①又称"注子""注壶"，古代壶式之一。瓷制。出现于隋代。唐中期至宋代，其基本形制是敞口、溜肩、弧腹、平底或圈足，肩腹部置流口，另一侧安把柄。

来的菜式全都是当年我吃过的，偏巧我这人记性不错，还记得吃过那桌菜后我妹妹就没了，从此我在这世上再没了亲人，正觉得喝不下去，你的小鹰儿送的消息就到了，却正是救我于水火之中，所以一出了宫，我就赶紧过来见你们，算是给你道个谢。怎么，这次你们又遇到什么事了？"

"什么小鹰儿，明明是隼。"谢阮皱着脸，撇嘴道，"你怕不是已经喝得太醉了吧？显庆 ① 二年，天皇命苏定方攻打出尔反尔的西突厥，活捉了阿史那贺鲁 ②，顺便把他身边驯鹰的人也一并捉拿，一起带到了大唐。由于此人也会训隼，故而宫中从此有了用隼传递密报的方式。隼飞得更高，传递消息比鸽子好用得多，也不容易被人袭落，天皇、天后对此赞不绝口，只是训练不易。这么特别的物事过你的嘴说出来，就好像成了不值一提的小玩意儿了。"

"都是鸟，都用来传消息，又有什么不同？"凤九好笑道，"谢三娘就是在外面辛苦了，回来见我喝酒心里不痛快，故意来找我的事吧！我明白的。"

"谁有兴趣找你的事？"谢阮朝李凌云努嘴道，"是案子有些事，又要麻烦你找人来查。"

"哦？之前听闻那凶手又害了人，你们可是有了新的线索？"凤九闻言，总算坐直了身体，语气也严肃了一些。

他原本就是个美男子，此时坐得身体笔直，风姿更显卓越，目光柔和却微冷，莫名地让李凌云联想起月下的冷松。

狼面童子走到马旁，李凌云将一张画着阿芙蓉叶片形状的纸递给他。这张纸上的画是他在路上借着马灯绘下的。

"我们要找的，是一种叫阿芙蓉的外来草药，"李凌云道，"我们在现场，发现凶手所养的驴拉的粪便中，残存有这种草药的枝叶。明子璋说它是从西域传来的，本地种植不多见，如果能在关内道内找到种有这种草药的地方，应该就能摸出那凶手所在。"

狼面童子把纸递给凤九，凤九借车门上悬挂的灯笼，打开仔细瞧瞧，面露

---

① 唐高宗李治曾用年号，656—661 年。
② 西突厥可汗。室点密可汗五世孙，自立为泥伏沙钵罗可汗。

难色道："此物的名字连我也不曾听过，如果是外来草药，本地种植之人必然不多，关内道这么大，要寻觅到一小片这种草药是很不容易的。"

"上次也请你查过驴粪中的草料，这阿芙蓉是跟那几种草长在一起的。其叶与花果的形状，还有所制药物成品的模样，我和明子璋都画在了纸上，只需复查之前驴粪线索中涉及的地方是否也有此物即可。"

"这么说还有些门道可循的样子，那交给我便是了。"凤九将纸叠起，揣进怀中，抬头莫测一笑，又问李凌云，"李大郎，我看你盯着我好像还有话要说，怎么，你还要查别的吗？"

"从这阿芙蓉的果实中，能提炼出一种叫阿芙蓉膏的东西，"李凌云凝视凤九，"此物极为罕见，而且价格昂贵，我们猜想，那凶手的驴绝不会在偶然间吃到这种外来草药，而是因为有人在栽培此物，那驴就在草药种植土的旁边吃食，所以才能偶尔吃到草叶。因此我们怀疑，那凶手种植阿芙蓉，必然想提炼阿芙蓉膏，他或许会在东都之内售卖此物。"

"我明白了，你是要我查市面上有没有这种东西卖，是谁在卖？"凤九微微点头。

"其实，"李凌云不置可否，"凤九郎，你或许也用过这东西。"

"或许？"凤九闻言一愣，"在你提起这阿芙蓉之前，我从未听说过这种草药，怎么可能会用过？"

"不是直接用阿芙蓉，而是用阿芙蓉膏，可能还掺和了一些别的东西制作成香丸，燃烧后就会发出甜腻的味道，能让人心神安宁。"

"你这么一说，好像还真有些熟悉，"凤九挑眉想想，忽然露出一个灿烂的笑容，"我知道你在说什么了，你是想说那次我请你们饮宴，焚烧的香丸有问题吧？"

"嗯，我的确是这么想的，"李凌云点点头，"那天我做了一个噩梦，而且明子璋在一旁也做了同样的梦，两个人做同一个梦，只怕不是巧合，如今想起来，那天闻到的烟中有特别的甜味，倒是有些像阿芙蓉膏燃烧时的味道。或许是你用的那东西，让我们一起产生了幻觉。"

"原来如此，"凤九点头，他用手轻轻抚着下颌，若有所思道，"那些香丸倒不是我特意准备的，那天本来是想着给你们两人一点教训，于是拿了一些天竺人送的香丸来用。那些天竺人说这香会让人神志变弱，容易被人蛊惑，不过他们原本也没给我多少，那天就都点光了。天竺人总喜欢玩弄幻术，估计是用来配合他们那些伎俩的。我再去寻他们问问，或许能找到此物的来由。"

"那此事就托付给你了。"李凌云又道，"我还有两件事，一是要请你找人手，不用多，一两个对河南道地理极为熟悉的即可，之后要帮我寻几个地方；二是查一下案发地点附近，是否有胡人烧烤骆驼，又是什么时间烤的。"

"这都是芝麻绿豆的小事，明日我就安排人手，让他到你们狩案司听命。至于阿芙蓉的事也会查，有了消息就告诉你们。"凤九不以为意地说完，人又朝枕头上靠了过去。虽然夜色已深，但在明亮的灯光下，马车中凤九俊美的脸，却有些难以名状的深邃，令人目光被深深吸引，一直到狼面童子放下车帘，众人才纷纷收回视线。

马车掉转头，从大道上远去。明珪看着渐渐消失的马车，微微皱起眉头。"总觉得凤九有些心不在焉。"

一身红衣的谢阮勒马来到身边，瞥他一眼。"此话怎讲？"

"对我们下药的事他居然当着这么多人说出来，有点古怪。这可不是什么光明正大的事，多少会有些尴尬！可凤九居然没一点要解释的意思，反而全盘爽快地承认了。要么就是他真的觉得对熟人下药不值一提，要么就是他根本没打算好好查。"

说到这里，明珪看谢阮。"你觉得他是哪一种？"

"应该是后面那种……"谢阮面色微变。

"为什么是后面那种？"李凌云本来在一旁仔细听着，这时突然提问，"可能他觉得给我们下药也没什么，毕竟又不是谋财害命，不过是让人发蒙一会儿罢了。"

"大郎，你不明白前因后果，"谢阮神色踌躇地摇摇头，"你们还记得吗？之前让他去查大斑蝥的事，他当着你们的面为那些制作蛊虫的人求了情。可接下来发生的事，我打赌你猜不到。"

"凤九不是说把制蛊的人从东都赶走了？"李凌云不解，"难道，他还做了什么？"

"不错。凤九把那些人赶走后，便又让人去清查，东都这几年来有多少人死于这种斑蝥虫蛊。"谢阮描述的声音里，透出一股冰冷的气息，"那些人离开了东都后，严格按凤九说的，从此不涉足他的区域，凤九当时没再为难这些人，可是……他后来却把这些人的去向，一一告知了死者家属。"

李凌云睁大了眼。

谢阮继续道："可想而知，那些人最后的结果会怎样！就在她们离开后不久，河南道内，就发生了好几桩仇杀案……"

"他为何要这么做？"李凌云忍不住问道。

谢阮叹息道："因为凤九的家人，便是在宴席中被人下毒致死的，你说他是为什么？"

说到这儿，谢阮看了一眼明珪。后者面色发沉地道："所以我才说，他对我们下毒这件事，在他看来绝不可能只是一件小事，己所不欲，勿施于人，他对我们用的，是他最讨厌的手段，给的解释或许有些是真的，但绝非仅此而已。也就是说，他有意对我们隐瞒，若非大郎逼问，他还不承认他用过阿芙蓉膏。所以我也觉得，在查阿芙蓉膏这件事上，他可能不会跟我们道出全部实情。"

李凌云回过神来，有些烦恼地道："竟然是这样，那看来只能另辟蹊径了。"

"还有别的办法？"谢阮好奇地问。

"当然有，死者体内不是有石淋吗？石淋一般与水源有关。这些在我们祖传下来的封诊秘要中都有记载，回去翻查一下，河南道内有哪些区域百姓容易发作此症，自然就有了头绪。如果凶手那头没有线索，我们便从死者这头着手。"

李凌云颇为自信地握拳道："天网恢恢，疏而不漏。我阿耶说，除非不犯案，否则案子就一定会有破绽，也就有突破的可能。"

一切正如明珪所推测的，整整过去了两日，凤九那边，仍无任何阿芙蓉的消息传来，反倒是他们要的人手，第二天一大早便已等在狩案司门口了。

那中年男子面相憨厚，自称名叫何权，说是对河南道地理极为熟悉，按凤九的意思到这儿任三人差遣。

他还顺道带来了关于烤骆驼的消息：在洛阳附近，有四五个镇子都在过胡人的天神节，案发前日，正好有人在这几处烤制整峰小骆驼。

凤九的人调查之后得知，在天神节上，胡人要载歌载舞，吃烤肉，喝葡萄美酒，并以分食烤骆驼作为节日重头戏，因此骆驼烤熟必然是在夕阳下山之时。为了送别天神，要进献烤骆驼作为贡物，这样一来，天神才会让天火①来年再度升起。所以死者吃烤骆驼的时间，应该是在他被发现的前一天下午。这样算来，到死者被发现时，距离凶手的作案时间还未超过十二个时辰。

消息带到后，何权就留在院中等候差遣。他跟阿奴和六娘一起暂住在院落东面小屋里。那何权也不挑剔，由于此人能言善道，很快就跟六娘等人相熟起来。

因为不受大理寺待见，狩案司所在之处也与大理寺划清界限，否则岂不是天天找白眼吃？负责处理此事的明珪，显然没有谢阮那样与徐天斗气的雅兴，所以甚至没选官署集中的东城，反而在市井之间择了一处小院，作为狩案司办理事务之所。

这座小院本是宫里外购物品的存货之处，现下就成了狩案司的"官衙"，一行人也总算有了可以安顿的办公之所。

此时，半新不旧的狩案司小院内，明珪、谢阮与李凌云三人各自坐在

---

① 太阳。

绳床①上饮茶。

吃着六娘送来的酸酪，李凌云伸手指点面前铺开的帛卷地图。"我在家中翻阅了自前隋以来，河南道内关于石淋症的记录，圈里这五六处都在河南道范围内，是石淋病高发之所。我们封诊道早就知道，饮水可致石淋病，所以连带病人饮用之水的水源也都一气标注在上面了。"

"这么说来，本案死者应该也居住在这其中一处了？"明珏细细品着加了盐巴的茶汤，轻声说道。

"嗯，但是你看，这两处上面已经修建了城池，水源直接打在城中。而我们当下要找的死者极可能是一个修行术士，这种人极少住在城中，所以这两处不符，可以排除。"李凌云手持炭条，在其中两个点上画上大叉。

"而余下几处，只需调查水源附近是否建有修行道观，再核对道观中最近有没有无端失踪的术士，应该就能查明死者的身份了。"

明珏有些奇怪。"我怎么记得大郎上次跟子婴说，或许死者不是术士？你说推测只能指引查案，不能当证据用的。"

"没错！然而是术士的可能性大，所以先查，要真没线索，再想其他也不迟。"李凌云道，"不是每次都有足够人手可用，所以封诊道的规矩是先按最可能的来，要是毫无结果，再换想法，如此一来，也能节约人力物力。"

说到这儿，李凌云放下手中的瓷碗，皱眉道："没想到凤九对那阿芙蓉的线索，是真不想好好查下去。"

"他或许只是不想解释，自己到底为什么会对你们用药。"谢阮拿起玉石一样的奶酥点心啃了一口，边咀嚼边不以为意地道，"无须在意，凤九受身份所限，无论怎样都不能违背天后，毕竟他早就付出过代价，也知道那样做，后果是他承担不起的。"

"代价？"李凌云重复了一遍，"他到底是什么身份？怎么听你这样说，他

---

① 后文中提到的胡床的别名。胡床为古代坐卧类家具，轻便，可折叠，两足前后交叉，交接点做成轴，以利翻转折叠，上横梁穿绳以便坐。东汉后期北方少数民族所创并流入中原，适于野外郊游、作战携带。古代多称北方少数民族为胡人，故名。

还得罪过天后？"

"唉，其中内情你无须知道。"提起此事，谢阮失去了吃食的兴致，把剩下的半块点心扔掉，又招手叫一旁的子婴过来，把剩下的点心都给了他，这才继续道，"凤九或许有一些小脾气，却不是真的不知轻重，你们让他缓一缓，我相信阿芙蓉的事，他迟早也得给你们一个交代。"

"既然你这么说，那我们就先集中查这几处水源。"李凌云伸手在地图上点了点，"凤九做他的，我们也得先做好自己的事。"

"大郎说得没错，什么时候出发？"明珪欣赏地看着李凌云，微微一笑，"你尽管安排就行，只是据你所言，这几日做梦还有些惊扰？用不用我给你配些安神药？"

"打从用了你给我的香囊，情形就好了许多，最近也没有再做那个梦了。"李凌云道，"不过是因为案子毫无进展，心中有些压力，睡着了老是做梦，醒来又不记得到底梦见了什么，觉得有些疲惫而已。"

"原来如此，或许是脾肾有些弱了，那就配一些能够补充精力的药剂，可以治疗多梦。"明珪善解人意地说着，忽然听见一旁的子婴发出笑声。

少年眨眼揶揄："真是奇怪，谢将军是女子，平日说话做事粗心随意；而明少卿是个男人，做起事来却格外细致。比如拿我老师来说吧！要是有人打上门来，谢将军一定会拔刀而战；可要说到照料身体，反倒是明少卿更细致妥帖些。"

"人各有所长罢了，从这方面看来，却是没什么男女之分，只有擅长不擅长的事。这话还是你老师说的。"明珪笑道，"他跟我是朋友，我又师从我阿耶学了些医道手段，为他做这些理所应当。"

"我倒觉得明少卿对老师很不一样。"子婴见明珪没生气，就大着胆子继续道，"明少卿跟谢将军也是朋友，可没见您总是提醒谢将军身体如何如何，也没见您送谢将军什么香囊啊。"

"她？"明珪闻言，惊异地看向谢阮，"她可用不着我，宫里头自然有一个上官小娘子在担忧呢！什么香囊手绢，有那位出手，哪儿用别人操心？而你老师与我，都没有什么女人缘，跟我们往来最多的女子也就只有谢将军，她可不擅长女红①，我们也不过是勉为其难，靠自己解决些难题罢了。"

说到这儿，明珪饶有兴致地看子婴。"那你呢？只是说我，我看你对你老师也非常用心，别的不说，你这不是时时刻刻守在你老师身边吗？就连这种时候，都不见你去找阿奴他们玩耍。"

"老师懂得太多，我想知道的也太多，待在老师身边才方便时时发问……"子婴尴尬地看看李凌云，"其实我也不是一直都在老师身边，要是回了宅子，我会经常去药园里走走，老师让我把那些草药全都记下来。"

"什么？明明不是我让你记的。"李凌云一脸茫然地抬头，"我让你记的是人身上有多少块骨头，还有五脏六腑所在的位置，以及小孩、青壮年人和老人的骸骨之间的区别。分明是你自己嫌闷要去药园里头溜达，怎么还变成我让你记草药了？"

"哎呀！老师——你干吗都说出来啊？"被当面戳穿，子婴顿时急眼大叫起来。一时之间，屋里又充满了笑声。

为不被众人嘲弄，子婴忙提起调查水源的事来。"哎哎，说到水源，老师又有什么打算？"

"你是没话找话？"李凌云不留情面地道，"自然是要一个个去查过了。"

"你这弟子就是怕我们笑他，这才移走话头！"谢阮哈哈大笑，起身到门外，把在休息的何权叫了过来，将李凌云画的地图也一并递给了他，随后吩咐："准备一下，我们这就离京去查这几个地方。"

---

① 旧时指女子所做的纺织、缝纫、刺绣等工作和这些工作的成品。

西山迷踪 水落石出

第九回

这桩连环案查到此种地步，凶手已被众人熟悉，可破案线索一次次呼之欲出，却偏偏又因各种条件限制，摸不到凶手的具体行踪，若放任他逍遥在外，他很有可能再度作案。

狩案司众人心知此事可急不可缓，准备齐全后，他们立即离开东都，前往那几处水源调查。

兴许是众人运气不好，余下的四处水源地，接连三处都没查出异常，众人只得前往最远最偏的第四处——位于龙门山脚下，在洛阳正南约三十里处的那口泉眼。

龙门山，其实就是洛阳百姓口中的西山，此山青翠如画，因北面神似琵琶，所以当地人也习惯称之为琵琶峰。站在西山上远眺洛阳城，可以发现此山正对皇宫南门，又因天子为真龙，故而此山得名龙门山。另外，这西山与东山两山对峙，伊水从中流过，仿佛在两山中间打开一道大门，所以此山还有一个名字叫作伊阙。

既得此名，自然山地陡坡较多，众人一路走来都在爬坡上坎。也正是这个缘故，这处水源才被安排在最后一处。本以为能省些力气，可谁承想，最不想什么，却偏偏来什么，线索大有可能就在此处。爬山前，众人不得不找了一个驿馆足足休息了一夜，这才有力气行走于西山。

既然是山路，封诊车只能暂存在山脚下，封诊的常用工具则被李凌云一股脑塞进封诊箱中，由阿奴背在身上。好在大家身体不错，李凌云的病情也早已恢复，加上山上风景颇佳，林木葱茏，天气凉爽，鸟鸣声声的山道旁时常还有清澈溪水流过，所以除了六娘有些娇喘吁吁，其他人倒没觉得太过艰难。

等到了龙门山的西面，众人却有些犯难起来。在溪流下方虽有村落，且村里得石淋病的人也不少，可他们要寻的这名死者却不太可能住在此处。因为他是修行的术士，这种人为避免吵闹，势必不喜待在距村落太近的地方，所以他们还得顺着溪水逆流而上，去更高处的水源寻找。

此时，凤九找来的何权就起了作用。此人自称专为朝廷探矿，什么铁矿、铜矿、朱砂矿，如数家珍，只要看到山上长着什么树，土里有什么样的石头，他就能判断这座山下有没有矿藏，所以寻找水源这种事情，对他而言就是小事一桩，毕竟如果人天天在山里四处转悠，解决饮水问题是第一要事，先寻水，再寻矿，这对何权来说是最常规的操作。

据他所言，凤九旗下擅长这门技术的，也以他为首。哪怕对那阿芙蓉的事心存疑虑，但不得不说，在这件事上，凤九确实算出了全力。

何权早就跟大家混熟了，他对自己的底细也没任何保留——他是因家中亲戚犯案遭到连坐，后来成了罪人的，全家老小也因此事变成了官奴。凤九知道他有这样的才能，就把他调到身边，并且让他全家上下脱了奴籍。虽说他自己如今还得在凤九身边继续为奴，但这样的结果已让何权感激不尽。

此次何权被派遣到狩案司听命，虽有些大材小用，但也十分尽力，在追踪水源时更是一马当先走在前面。他手持一把劈柴刀边走边砍，给众人开出一条路。原本需要费上一番功夫的事，在何权的帮助下就变得简单了许多。等到众人来到水流源头时，发现此处已不是封诊秘要最初记录时的模样了。从石缝里浸出的水流下方，被人用砖石垒砌了一个小小的水潭，水潭面积不大，与木盆相当，潭中不但种植了水草，还放进了几条鲜红的小鱼。

那水清澈无比，波光荡漾，小鱼在翠绿的水草中游来游去，看起来生机勃勃，令人心旷神怡。

　　水潭边靠右的地方有一处小小的缺口，在缺口处，有人用剖开的大竹做了一条引水道，把水潭中的水引向彼方。制作这条引水道的人相当细心，为了不让地上的泥土弄脏泉水，在竹子下面还用劈开的木叉把它架了起来，这样可防小兽把枯枝败叶弄到流水中。

　　目睹此景，谢阮有些好奇。"你们说，这竹子把水引向的地方，会不会就是我们要找的地方？"

　　明珪看着引水竹竿微微点头。"大有可能，用竹子引水并不少见，但能用这种半开的竹子引水，用水地不可能距离水源地太远，若是远了，水中难免会落入污物。用水者采用引水而不是挑水的方式，则侧面说明用水地人数不少，挑水没法完全满足日常需要，只能采用这种一劳永逸的解决办法。"

　　"可是……"子婴好奇地蹲在潭边把手伸进去，几条小鱼以为来了吃的，全都聚拢在他的手指旁，"这里的水很清澈，水中的水草长得也很茂盛，鱼看起来也没什么异常，为何老师说这里的水有毒呢？会不会我们找错了水源？"

　　"水源不会错。但此毒非彼毒，至于为什么说有毒，则要从几个方面来看。"李凌云手指水潭中的水草，"你们看，这些草长得非常密集，而且过于茂盛，再看这水潭砖块上也生长着丝丝缕缕的水草，也就是说，水质非常适合水草生长。据我们封诊秘要上的记载，水源处的水若适宜饮用，则不会有太多水草；反之则是因为水中含有某些肉眼看不到的物质，水草依靠它们可以生存，这些物质正好就是让人得石淋病的罪魁祸首。"

　　"可是，鱼为什么不生病呢？"子婴不解。

　　"人和其他兽类不一样，精准而言，每种兽都有它适合生长的环境。譬如说山羊，它们就非常喜欢舔舐咸盐，在一些水草并不是很丰美的地方，山羊的肉反而会非常细嫩鲜甜，食之没有膻味，就是因为这些山羊会去舔咸的岩壁，岩壁上的这种盐中的某些东西被山羊吸收，使其肉质产生了变化。但人是无法直接食用这种盐的，就是多尝了一点，也有可能会中毒。人要想吃，就必须把岩壁上的盐刮下来溶于清水，滤除杂质，然后再把盐水晒干，如此操作，得到的就是我们平时吃的粗盐，也叫岩盐。可见，适合羊的不一定适合人。那么适合鱼的不适合人，又有什么好稀奇的呢？”

“可光凭水草来判断，是不是也不太准确？”子婴又问。

“说得没错，要想确定，还需取水验证。”李凌云把阿奴叫到身边，在机关的咔咔声中打开封诊箱，从里面拿出之前用过的炭炉和小铜锅。

六娘点燃银丝炭，李凌云用小锅盛了满满一锅泉水，放在小炉上烧开。

这下不仅子婴觉得奇怪，在场的其他人也都感到怪异。唯独那个探矿人何权脸上露出了然之色，他在旁边想了想，试探地问道：“李郎君如此做，可是要依靠这种方式，测试水的苦甜？”

“咦，你也了解吗？”李凌云有几分好奇地转头问道。

“略懂一些，在我们探矿时，检查当地水源也是一道重要程序。”何权若有所思，“很多时候，水从地下涌出，会经过一些矿床，这样流出的水难免会带上那个矿床中的细微矿物。虽然水看起来很清澈，凭肉眼根本看不出什么，但我们依旧可以从水流出口的沉积颜色、水草形状，以及溪流中鱼、虾、蟹的状态，识出这水可能跟什么矿藏有关。”

“不错，倘若地下有矿，水又经过了矿层，通常水煮沸后会有一些奇怪的味道，这种水也就是寻常百姓说的苦水；若水只经过植物根茎，那么喝起来反而会有一种微微的甘甜。”

“若是这样，尝一口不就知道了，老师为何还要弄得如此麻烦？”子婴听得满脸迷惑。

“你现在喝一口这泉水，告诉我它是苦还是甜？”李凌云说。

子婴用手捞起泉水喝了一口，细细品味。“我也喝不出它到底是苦是甜，好像没什么味道。”

李凌云道：“苦甜与否需有个对比，就像现在，我们长时间爬山，体力消耗很大，随之消耗的还有水分，别说是你，就是让我在口渴时喝一口泉水，除非水中杂质很多，否则根本无法品出这泉水到底是苦是甜。且每个人的味觉不同，有些人对甜味敏锐，有些人对苦味敏锐，所以以口舌所感来衡量水质并不可靠。"

说到这儿，李凌云仔细叮嘱子婴："我们封诊道在寻找证据时，可以用推断的方式，但要确定这个证据是有用的，一定要能拿出板上钉钉的实证。"

"老师，我记得了。"子婴用力点点头，"可我还有个问题，你这样把水烧开，又如何判断水是苦还是甜呢？"

"我们的封诊秘要上有相关记录，"看着锅中快要烧干了的水，李凌云道，"世间之水，无论怎么清澈，都可能融入我们肉眼无法看见的东西。要辨别水是甜是苦，封诊道有个独特办法，其实说透了也没什么好稀奇的，就是把所有的水全都煮干，一旦水没了，那么溶在其中的东西便会现出原形，只要对残渣稍加检验，便能判断出溶的到底是什么，来自何方，去往何处，又会导致什么结果。"

众人听到这话，目光都集中在那个小锅上。明珪忍不住问："李大郎，你们是如何发现这些方法的？"

"我们封诊道把水分为生熟两种。理解起来并不困难，生水也就是未经加热煮沸的水，比如我们常见的泉水、溪水、河水或雨雪融水，它们往往带有一些肉眼无法识别之物。譬如你把泉水引入缸中，过段时间水中便能长出水草、浮虫，这便足以证明水之'生'。"

李凌云望着噗噗冒泡的小锅，继续道："因为我们不知这种水中含有什么，所以把它们喝进肚子，也无法预知会产生什么疾病。为避免从水中摄入危险的东西，我们封诊道自数百年之前便传下一个原则，所有的水必须沸腾半刻才可饮用，我们称之为熟水，这种熟水静置多日，也不会长出虫和草来。"

"这样做当真有效？"谢阮不由得问道。

"自然有效，"李凌云道，"我们封诊道曾有一代首领，为证明这样做是有用的，拿钱请两个村子的人来配合我们，让一个村子的人只喝生水，另一个村子的人则只喝熟水。当然也不是强求他们如此，而是本来这两个村子的人饮水习惯就不太一样。一个村子附近就有非常清洁的水源，所以他们日常所饮均为生水；而另一个村子的水源比较混浊，需要进行沉淀方可饮用，既然收了银钱，又有干净的水喝，他们也乐意如此。"

子婴在旁听入了迷，追问道："后来呢？怎么样了？"

"后来我们封诊道一直关注了这两个村子三年。这三年里，村民喝生水的村子，很多人患了病，面黄肌瘦，体质虚弱，吃多少也不饱，有的人肚子里面还生出了虫子，类似蛊虫，需要用一些猛烈的除虫药才能康复。"

李凌云拿出一个金属小勺在锅里面搅了搅。"而村民喝熟水的村子，虽然也有人生病，但无论得病的人数，还是患病的严重程度，都远低于另一个村子，可见饮用熟水并不会对身体造成危害。"

"原来如此，可这跟你们判断水是苦是甜，又有什么关系？"

"自然有关。要想把生水煮沸成熟水，必须要用到器皿，待水熬干就会留下残渣，单靠肉眼去判断，甜水残渣较少，而苦水因含有矿物，所以残渣较厚。"

说着，李凌云已命六娘闷灭炉火。他又唤来子婴把铜锅放入水中冷却，伴着滋滋的热气，锅底竟缓缓地生了一层白霜。"老师，你看！"

李凌云瞟了一眼。"看厚度，基本可以判断是苦水了。不过我封诊道对水的研究绝非仅止于此……"说着，他从封诊箱中取出一个紫色小瓶，小心地把瓶中汁水倒进了一个白瓷杯内，"此物是一种生长在高山石缝中的草药，名叫石蕊[①]，其性寒凉，因常年生长在高耸入云的山上，又得名云茶。取此物晒干后研磨成细粉，混入熟水搅拌，滤掉残渣，便能得到一种紫色药水。路遇水源，取样混入药水中，若药水仍保持紫色，则证明此水为甜水，适合饮用；倘若药水变红或变蓝，则此水为苦水，药水色越深，则此水水质越差。"

说完，李凌云信手取了一些泉水滴入瓷杯轻轻摇晃，瓷杯中的水果然渐渐发红起来。

---

① 石蕊，地衣体两形，初生地衣体壳状或鳞叶状，水平扩展；从初生地衣体上产生直立的次生地衣体，单一或分枝，中空，有时呈杯状，其顶端或杯缘生子囊盘，故次生地衣体特称为"子器柄"。子囊盘褐色或红色。常生于干燥的山地。分布在黑龙江、辽宁、吉林、陕西、四川、云南、贵州等地。

"难道你们封诊道如此大费周章，只是为了证明水源的水是否适合饮用？"谢阮见李凌云好像有所保留，一副要打破砂锅问到底的模样。

"当然不是！"既然谢阮开了个头，李凌云就耐心解释起来，"我封诊道虽历代以查案为主业，但治病救人也是我们的职责。祖辈先人之所以要研究水，其中最重要的一点便是为了试毒。我所称的苦水，有的含有矿物，而有的则存在一些怪毒，这些毒的源头颇多，无法判断，所以也无药可医，它们会慢慢渗入水中，短期饮用这种水并不会觉得不适，但若长期以此为水源，将会带来无法预知的后果。我道封诊秘要上就曾记载过，某地村民连续多代活不过而立之年，有的孩童生下来便夭折，却始终查不出病因，我道先人在排除各种可能后，确定此村水源存在问题。更换了水源后，此村怪病瞬间消失得无影无踪。先人为了避免悲剧再度发生，踏遍南北各处验证水质，这才研究出了此种紫色药水。"

说着，李凌云把刚才的白瓷杯拿到众人面前。"此处水源的水混入药水后，药水微微发红，说明其中只是微小矿质含量较多，长期饮用不至于致命。若是药水呈现出猪肝红或者血红，那么此水便含有犀利的怪毒。"

"现在是不是可以确定，死者就是喝了这口水源的苦水才患的石淋病？"谢阮又问。

"当然不行！"李凌云朝站在一旁听得入神的子婴招招手，"把铜锅拿来！"

子婴回过神，道："好！"接着双手捧起铜锅，恭恭敬敬递到李凌云手中。

只见李凌云从封诊箱中取出一把金属小铲，沿着锅底那层白霜连铲数次，直到白霜堆积到指甲盖大小，他又让人取出幽微镜。

将白霜置于镜底仔细观察片刻后，他才长舒一口气道："此水熬煮过后剩下的残渣，与死者尿脬中的石淋成分颇为相近，不会是巧合，这里应当就是导致死者患病之水的水源。"

谢阮手扶着刀柄，看向不断延伸向树林深处的半开竹子，感慨道："没白折腾半天，总算有了个好消息！"

用竹子做的引水槽一直延伸数百丈，随后穿墙而过，将水引入了一座道观里。

此观隐藏在密林深处，众人绕到道观前方，发现正门处悬挂的牌匾上，用潇洒的字迹写着"紫阳观"三个大字。

这道观虽然规模看起来不大，但所用的砖瓦制作精良。置身其中，感觉无比清幽。高墙瓦片上隐约可见少量青苔，可见这座道观修建年头尚短，难怪此前问遍周边村落，也没人知晓此观的存在。

"玲珑小巧，倒是很符合术士在山中清修的需要。"明珪说着上前敲敲豹首门环，不多时，一位身穿灰袍，唇红齿白，估计只有十二三岁的小道童便打开了木门。

为查案方便，谢阮和明珪穿的都是官服，鱼袋、佩刀无一不齐。小道童年纪虽小，可见众人这副打扮，却未露出惊讶神色，反而面带歉意地对众人施礼道："我师父紫鹤真人眼下不在观中，前几日他见了个客人，一起下山论道，至今未归。若各位客是来找我师父的，那今日恐怕是见不到人了。"

"出门见客？"明珪与谢阮对了个眼，众人心知这紫鹤真人怕是早已一命呜呼了。

明珪上前一步，温和地问那小道童："你师父出门时可有告诉你，他什么时候回来？"

那小道童眨眨眼道："说来也怪，我师父只不过是去东都附近，也没多远，也就三十多里地。按他走路的速度，最晚昨日也该回来了。不过说来也没什么，我师父修炼内丹有所成就，东都城中有许多达官贵人都很喜欢留他讲道，不准时回来也是常事。"

答案已见分晓，李凌云正打算问个透彻，谁知却被明珪伸手拦住，后者在他耳边小声道："大郎不要着急，道童年纪尚小，你现在告知真相，他要是一激动大哭大闹起来，到时可能什么都问不出来。"

李凌云一想也觉得有道理，只好耐着性子站在明珪身边，仔细地听明珪与道童的交谈。

比起李凌云，明珪对怎么套话熟门熟路，先是表达了一番对紫鹤真人的仰慕之情，然后以事急需要寻人为由追问道童，是什么人把他师父给约了出去。

那小道童回忆一番，说是早些时日有一名身材魁梧的术士前来拜访，自称道号陆合。当时小道童的师父正在修炼内丹，很少见人。后来那术士委托了小道童，给他师父传去了一封书信，表明诚意，想要以道会友。

这陆合道人好像在医道方面颇有建树，后来便渐渐与小道童的师父交好。就在五天前，陆合道人前来拜访后，便与小道童的师父一同下山去了。小道童的师父只说去两天就回，结果却迟迟未归。由于术士随性云游的情况并不少见，小道童也并未在意。

听到这里，众人几乎可以百分之百确定，这个紫鹤真人，就是焚尸院中被烤焦了的那个倒霉蛋。

然而明珪依旧耐心问道："只知那人道号，寻找起来颇为困难，不知你可记得这术士的形貌？了解这些更利于我们尽快找到你师父。"

"诸位如此焦急，找我师父究竟是为何事？"小道童起了疑心。

明珪正想找个什么理由搪塞一下，谁知那小道童又打量了众人一番，觉得面前几位从穿着打扮来看颇有来头，竟自问自答起来。"我师父确实修行深厚，他依靠这山上的泉水截取水中天地之灵气，在体内丹田处修炼出了内丹。你们是想找我师父询问他是如何进行内气修行的吗？"

李凌云不止一次听到"内丹"二字，终于忍不住问道："内丹是术士修行高深的表现，可你师父是如何确定自己有内丹的？"

那小道童不由得多看了李凌云两眼，咕哝道："咦，你们找上门来，难道不知我师父已修出内丹？这有什么好确定的……"眼看着李凌云就要露馅，明珪连忙接话："知道是知道，就是没有亲眼见过。都说内丹是长在人体内的，往往都是术士羽化升仙之后将其留于凡间，可你师父明明还活着，他是怎么确定的？我们自是觉得惊叹无比。"

"你们是好奇这个啊。"那小道童笑道，"像你们这样来询问的人不少，很多都是知名术士。我师父他身形消瘦，体内修炼的内丹极大，甚至在他运气时，用肉眼都可以明显看到。若是用手抚摸，也能感觉到圆滚滚的一颗。说来你们可能不信，但当你们亲眼见过、亲手摸过后，你们就不会再有疑问了。"

"原来如此，"明珪眉开眼笑，"那更要亲自见一见真人了。我家中姑母修道极为虔诚，曾捐建过不少道观。近日姑母心中一动，觉得要寻个有道高人助她修行。我听说你师父修道有成，所以不畏路途遥远赶到这里，想见他一面，没想到真人刚好出去，可我姑母对此事追得很紧，所以……"

经明珪这么一番解说，小道童也打消了疑虑，与众人描述起那个陆合道人的形貌来。

那道人是一个年纪三四十岁的壮年男子，身穿灰白道袍，留着长长的头发，身高体貌与李凌云推测出来的凶手特征如出一辙，连喜穿长靴、走路歪着脚这样的细节，都没逃过李凌云的判断。

那小道童或许是听明珪说姑母想要捐助道观，感到非常心动，有些知无不言言无不尽的意思，他又主动告诉众人："那陆合道人看起来并不十分讲究，但在医术上却颇有高明之处。我师父看了他拿来的药丸，说是此人本领非常高深，而且师父服用药丸后，多年顽疾有所好转，顿感舒畅，极其见效。"

"药丸？"李凌云皱眉道。

小道童点头道："可能是我师父修炼内丹太急切，有时总有一些内气不顺的现象，导致下腹坠胀疼痛，不过吃了此人的药丸后，痛苦减轻了很多。"

李凌云问："你师父是不是经常尿急，有时还尿中带血？"

"你怎么知道？师父说这是因为他修炼内丹太快，导致内气运行不畅，境界不稳，所以才会有这种问题。"

"刚才你说你师父以山泉水练内丹，他是不是喝完泉水后内丹越来越大？"

"不错，我师父每天除了山泉水外不喝其他水。师父说自从他偶然饮此泉水，便感觉内丹越结越大，所以特意在这里修建了这座道观，就是为了能用泉水修行。"

听到这儿，李凌云对明珏耳语："凶手从死者体内取走的便是那颗内丹了。"

说完他又看了一眼茫然不知的道童。"此间来路都是山路，那陆合道人前来拜访，是否带有坐骑？"

小道童稍加回忆后回道："术士跋山涉水，坐骑是必然要带的，郎君没说错，陆合道人前来拜访时牵着一头毛驴，毛驴身上驮着行李袋，其中一个装有草料。他头一回来时，我师父避而不见，谁知那陆合道人颇有耐心，在门前用草喂起毛驴来。我师父读了书信，又见他不到黄河心不死，这才被迫出门。"

李凌云见小道童被蒙在鼓里，有些不忍，于是他看向明珏。"关于死者与凶手的种种推断都对上了，还是实话实说吧！"

"死者？凶手？"小道童听见这两个词，吓得眼睛圆圆地瞪起来，"什么死者？谁死了？"那小道童有了不好的预感，连忙伸手拽住明珏的衣袖一迭声地追问。

谢阮急性子，忍了半天也有些不耐烦了。她到道童身边晃一晃腰间鱼袋，道："我们是东都大理寺狩案司的人，前来办案，你师父紫鹤真人三日之前已经死了。"

那小道童闻言吓了个趔趄，一屁股坐在地上，直着眼睛大喊道："师兄……师兄你们快出来，这些人说师父死了！"

小道童一声叫喊，观中立即冲出来四五个与他打扮一样的道人，只是这几位年纪看着要稍大一些。几人连忙把那小道童搀起，其中一位二十岁出头的男子先是上下打量了一番众人的衣装，接着上前对众人行礼道："我叫道衍，是本观的大师兄，我家小师弟方才无礼了，敢问诸位从何而来？我师弟说我们师父死了，这事可是真的？"

谢阮无心为难这些道人，拱手一礼后，便将来意一一说明。道衍听说自己师父惨死，显得极为愤怒，握拳仰天长叹："师父沉迷于修炼内丹，把道观都搬迁到这僻静之地了，从未曾得罪过谁，而且他老人家着实心善，我们这群师兄弟都是他捡回来的孤儿。那陆合道人与我师父无冤无仇，为何要用如此丧尽天良的方式将我师父置于死地？"说着，他带头跪地，其余道人见状也跪倒一片。"还请各位尽快抓到这个恶人，为我师父报仇雪恨。"

明珪将他们搀起。谢阮道："这是情理之中的事，我们便是为破案缉凶而来的。不知这道观中可还留有与陆合道人有关的物品？不论什么都有可能帮我们找到线索。"

听谢阮这么说，泣不成声的小道童突然抬头道："有，有那凶手留下的东西。"

说完他冲进观内取出一封书信。"那陆合道人第一次前来拜访时，我师父避而不见，他就让我把这封信转交给师父，师父看完书信才勉强见他的。"

谢阮伸手接过书信，用手背生硬地擦擦小道童的眼泪，轻声道："放心，我们一定会抓住那家伙，让他从此不能危害其他人。"

闻言，那小道童本来强忍着的眼泪又脱眶而出，他大哭道："我师父死得好冤枉，修行多年却被这样一个恶徒给杀死。"

明珪在一旁看不过眼，轻声安抚道："我刚才所言非虚，等回到东都一定打发人来送一笔钱款，助你们熬过这段时日。"

众道人闻言连忙过来致谢。李凌云小心地戴上油绢手套，从谢阮手中拿过那封书信，缓缓展开。

只见那封书信中这样写道：

"贫道以医修行，最近悟出大道真理。贫道得知仙尊有至上法力，差一步可荣登极乐仙界，现今前来拜访，交流贫道悟出的道家精华，并有无上妙药可调理内气，望能助仙尊一臂之力。"

明珪在一旁也看到了内容，皱眉对李凌云道："刚才小道童说，凶手用药丸取得了死者的信任，这封信中他也称自己是以医修行，看来我们的推论没错，凶手当真是一名医道。"

取得书信这一重要证据后，众人又进入道观查验了一番。可惜的是，那陆合道人赠予的药丸已被死者吃光用尽，没能留下一丁点。

听观中道士说，这次陆合道人能把死者约出，是以为死者调制丹药为借口。由于死者服下药丸后有明显效果，所以他这次才会信以为真。他哪里能料到，此去会被人剖腹取丹，并在焚尸院中大烤活人呢？

　　确定道观中除这封书信之外再无其他线索，由于就目前几桩案子看，凶手作案的时间间隔越来越短，所以李凌云也不敢耽搁，众人离了道观，一路披星戴月，返回了东都城。

天竺异幻 地狱血梦

对狩案司的人而言，夜入东都已成家常便饭。此时线索越来越明朗，但侦查此案犹如清水摸鱼，看似真相近在眼前，实则过程困难重重。见几人垂头丧气，谢阮瞅了瞅脚下的路，感慨道："没有见过三更天的东都定鼎门大街，便没有资格称自己是三法司的刑名人。"她说着招呼打照面的巡城街使过来跟前。

明珪浅笑，看着谢阮和那些人叮嘱了几句，等她挥退街使，这才开口道："你这话好像是在讽刺大理寺，然而其实大理寺里，星夜仍在办案的人也不少。"

"可最难的案子，不还得我们来办吗？"谢阮回头，瞧见李凌云在花马上出神，朝他吹了声口哨，道："李大郎发什么呆呢？我已让人去叫凤九了。"

"啊……"李凌云回过神，"我在想那个凶手。"

"看你那沉迷的样子，还以为你想相好的小娘子呢！"谢阮见他木木呆呆，忍不住戏弄了他一下。

李凌云不解风情地问："男人想小娘子的表情，看起来跟我现在的表情是一样的吗？"

"你真是笑死个人，"谢阮清朗的笑声划破夜空，"你就没有喜欢过小娘子吗？你难道不知男人心里念着一个人时，会是什么模样？"

"还真没有，心里念着的人倒是有，一般都是死者或凶手。"李凌云一本正经地答。

谢阮在那边已经笑弯了腰，连子婴也笑得上气不接下气，却又是明珪出来把话题拉回了正轨。"你是不是在想关于凶手的事？"

"嗯，我在想那凶手从死者身上取走的东西……"李凌云的花马在他说话的声音里缓缓向前溜达，"以案发时间顺序排列，第一起案子，取走的是死者的血液；第二起案子，取走的是死者的阳物；第三起案子，取走的是你阿耶的头颅；第四起案子，取走的是死者的双眼；第五起案子，取走的是死者的内丹……"

"他取走这些东西的目的是什么？"此问一出口，定鼎门大街上忽然刮过一阵寒风，那风莫名地在众人面前的大街上旋转起来，把路上的草叶卷起来，在空中飘荡不止。

这情景就仿佛是那些被杀害的魂灵愤怒地在众人眼前跃动一样。

大家心知，李凌云的这个问题至关重要，若能搞清楚凶手的动机，就能摸清他杀人的原因。然而问题好问，答案却不为人知，一时间众人皆无言以对。

"我也想不明白……"此时，子婴突然开了口。

谢阮看向坐在车辕上的子婴，忍不住笑了起来。"你师父如此能干，又有我们几人帮衬，也查不出那人目的何在，你这小家伙又怎会知晓？"

子婴吃了一笑，面红耳赤地道："这不是我老师发问了吗？我就试着想一想罢了。"

或许是因为这个小插曲舒缓了心神，李凌云没过多纠结，一行人在烈火光焰的照耀下，朝狩案司那座小院走去。

东都洛阳与西京长安相比，风气显然更加放达一些，不过毕竟此时夜色已深，各处坊门也早已关闭。众人刚准备召唤街使开门，谁知到坊前一看，坊门却是大开着的，几位街使如铜柱般立在门外，其中为首的那位，见众人的车马来到近前，上前叉手一礼道："九郎让我告知诸位，他已经到了。"

众人互看一眼，也不多言，直接进入坊内一瞧，发现四下寂静无声，唯独狩案司的院门大敞着。

"怎么不等人回来,自己就先进去了?"子婴说着正想上前查看,不料却被明珪伸手拦住,后者浅笑摇头道:"凤九郎何等身份,在京中只有他不想去的,却没有他进不去的地方。"

谢阮也在一旁道:"凤九这人向来我行我素,越是不让他进去的地方,他就偏偏越要进;越是不让他做的事,他就偏偏越要做。他就这般脾气,哪怕天后,也拿他无可奈何。"

子婴听得一头雾水,不解何意,他对凤九的印象还停留在风仪绝佳的外表上。见众人此时已走进院中,他也没多想,抬脚跟了上去。

院内,一座高耸的铜灯被设计为"鹊踏枝"的造型,此时灯芯已被点燃,在星星灯火的映照下,铜灯的银枝金鹊显得华丽非凡。

金光之中包裹着四只栩栩如生的镏金铜龟,四龟镇着一张银紫色草席的四个角落。凤九半躺席间,手托着脸颊,双眼微闭,手持如意在席面上点着,面前有一群身着胡服的少女,赤裸双脚正在飞快地旋转。

"跳胡旋舞,怎么能没有乐人伴奏?"明珪在一旁开口道。

凤九睁开眼睛,抬手示意。少女们停下舞蹈,如潮水一般退出了院子。

凤九坐起身来伸了个懒腰。"大唐在东突厥打了胜仗,天后又要办些酒席,万邦来贺,再没有比胡旋更合适的舞了!不用乐音是怕扰攘了此坊佛门的清静。再说只要有舞姬的脚步声,也能听出她们有没有踩在点上……"

说着他看向李凌云,浅笑道:"李大郎,不好意思,这次没能帮上你的忙,着实找不到那个叫阿芙蓉的东西。天竺来的幻戏艺人我也问了,他们确定熏香药丸里面混入的不是此物,只是气味相似而已。"

"找不到也无妨,此番出去倒也查到了一些新的线索。"李凌云并不客气,脱了靴踩上草席,在凤九对面盘坐下来。

"哦?什么线索?"凤九双目一亮,来了精神。

"这次没能寻到凶手本人,但找到了一些他留下的东西。"李凌云从怀中摸出个油绢口袋,从内取出那封凶手的亲笔书信。

凤九打开草草一看。"不过是封普通信件，能看出什么线索？"

"这次死的是一位在丹田中修出内丹的术士。"听李凌云说完，凤九不由得大笑道："坊间传言，修出内丹便已成仙，怎么可能还会被人杀死？难道没来得及使出神通？"

"什么内丹？他就是得了石淋病。"谢阮抱着刀鞘撇嘴，"也就是尿脬里长出了石头。"

"那凶手从他身上取走的，就是那颗石淋。"明珪在一旁补充，"大郎说他是长期饮用含有矿物的山泉水，导致那颗所谓内丹越长越大。有了这封书信，我们更加确定，凶手就是一名医道。"

"话虽如此……"凤九皱眉又仔细看看，"这仍算不上什么重要线索，就算是医道，在东都附近也不少见。"

"确如九郎所言，不过我们可以换个角度。比如可以查查这洛阳城附近，有没有哪些术士会一些独特的修炼法门，要用到诸如内丹、人血之类的东西……"灯光下，明珪的双目闪闪发亮。

凤九抬眼凝视着明珪微微朝自己倾斜的身子，忽然露出一个颇具风情的笑来。"明少卿想查的东西自然是可以查的，可方才跟我说有线索的，应该是李大郎才对吧！"

说着，凤九看向李凌云。"大郎给我看这信，应该不单单是为了证明行凶者是医道这么简单而已吧？"

明珪闻言，脸上的笑容凝固了一霎。李凌云却毫无知觉地对阿奴打了个手势，把他叫了过来。皮肤黝黑的昆仑奴把封诊箱提到草席上，憨厚地露出雪白的牙齿，冲凤九笑笑。李凌云敲开封诊箱，在机栝声中拿出封诊镜递给凤九。

见后者伸手接过，李凌云道："九郎平素穿衣进食都极为讲究，想必看得出这是什么纸。"

凤九饶有兴趣地把玩着封诊镜，答非所问地道："这个东西我认得，你阿耶用过，可以把细微处的痕迹放大。"

见李凌云没有接话的意思，他终于收起玩心，把封诊镜移到纸上。只是粗略观望了一下，他便大皱眉头，又用手捻了捻。"绵柔如雪……细密白净，这是宣州的贡纸，而且是最好的那种。"

李凌云点点头，又摸出一根毛笔递给凤九。"九郎再看看这个，依你看，这字是否为此笔所写？"

"紫毫笔，此笔以精选的紫色兔毛细心加工而成。奇怪……"凤九抬头看向李凌云，"万物以紫为贵，紫色兔毛产出极少，此笔是专门贡给朝廷御用的，就算去鬼河市也不一定可以弄到。大郎是不是弄错了？那凶手怎可能有贡物可用？"

"不光如此，"李凌云道，"凶手字体工整，只是字迹有些向左倾斜，符合左手书写特征，观中道童也说该信为凶手亲笔所写，这样看来，书写者绝对是一个左撇子，这与我们之前的推断吻合。而且他用的墨也有问题，九郎再仔细瞧瞧？"

凤九抬手，把一盏灯移到面前，只见他对着光，把沾有墨迹的信纸左右晃动，又把信件放在鼻尖嗅嗅，突然，他大惊道："这……这是李珪墨！"

不等李凌云问起，凤九急切地指着墨迹道："你们看，此墨在光照下呈珠光的润泽，十分光彩照人，这就是李珪墨的明显特性。"

凤九接着又道："墨有松烟和石墨两种，其中松烟墨是焚烧松树枝取其烟尘制成的墨，这种墨为下等，与石墨相比档次相差很多，早年价格也贱，后来有了歙州制墨，方才让松烟墨身价倍增。我大唐境内，如今以李珪墨最为出名，有一个名叫李珪的人，制墨极为独特，是在松烟墨中加入等量的胶不断反复搅拌，再加上定量的漆，使之坚固发亮。墨料中还用了珍珠、麝香、冰片、樟脑、藤黄、犀角、巴豆等十二种药物做配料，制成的墨能防蛀虫，久存不变，磨成的墨汁芳香袭人，书写流畅不滞，光彩照人。方才我闻过气味，再看光泽，加上那凶手书写的笔触之流畅，就可以看出，他使用的就是李珪制造的墨。可这种墨别说民间，就算宫廷之内也是所供有限，极为贵重。"

"笔墨纸张都贵重罕见，凶手为何能用如此昂贵的文房之物？"李凌云拇指相对，一边绕动一边道，"那小道童说，他师父是接到凶手递过去的书信后，才答应出门见凶手的，是不是因为凶手拿的书信价值不菲，无形之中也就证明了凶手的实力呢？"

"恐怕真是如此，"明珪注意到李凌云的动作，发现与自己颇为相似，不由得微微一笑，点头道，"身份地位很高的术士，许多志同道合的道友都愿与之结交，这种术士往往能通过特殊渠道搞到'灵丹妙药'，再加上书信中言辞如此谦卑，受害人改变态度也是当然的。"

"看来书信应该就是凶手结交术士并诱杀他们的重要工具，所以他才会不遗余力地使用如此贵重的笔墨纸张。"

谢阮说着，看看凤九，后者叹气从席上起身，趿着鞋朝门外走去，他边走边道："不必说，你是要问凶手从哪里弄来这些东西的吧？我知道接下来要干什么了。"

"等一等，我还有别的事。"李凌云起身追出院子，拽住凤九的衣袖，"那些给你熏香药丸的天竺幻戏艺人，可否带来与我见上一面？"

"幻戏艺人？"凤九拧眉道，"你一定要见的话，倒也不是不行，只是他们不过是弄点幻术而已，没怎么害过人的。"

"……说到害人，"李凌云抬眼盯住凤九，"之前那些用斑蝥下蛊的人，听闻你把她们的行踪散布了出去？说来，那些天竺艺人，莫非你也打算要灭口不成？"

凤九凝视李凌云的眼睛，片刻之后，露出鬼魅般的勾魂笑容。"我可不想提这个，大郎还是别问了。不就是一些幻戏艺人？这两日就叫他们来见你。"

李凌云不依不饶地揪着他的袖子。"说那些女子罪不至死的人是你，为何又出尔反尔？"

"话自然是我说的，不过之后想一想，既然害了人命，死了也就死了，不是吗？时过境迁，我改了主意又有何不可？"

凤九话锋一转，偏着头，有些邪气地望着李凌云。"倒是我也有个问题，究竟是谁告诉大郎此事的？谢三娘？不对……三娘这人脏事看过不少，心地却是很善的，大郎这样明镜一样的人，她必定舍不得让你沾了尘土，怎么会把这些事情主动告知呢。所以我猜，怕是明子璋说的吧？"

"不是……"李凌云刚想说话，凤九抬起修长的手指一竖，阻住他的话头。

"不要辩了，必然是他。"凤九笑道，"你防备我，他就最高兴了。只是我也有些话要跟你说……"

凤九回头看院内，正好明珪抬头望来，凤九转脸对李凌云道："你不信我倒也无妨，反正横竖我都会被困死在这里，时日长了，打交道多了，你自然知道我是怎样的人。只是明子璋这人你也别信的好，毕竟即便是我，也从来没搞明白过此人的门道。"

"搞明白？"李凌云有些不解，"人原本就很难懂。"

"这不是指我要懂得他在想什么，而是……"凤九拿着白玉如意，在掌心一下一下地敲打着，若有所思，"他到底是什么来头，在天后面前又扮演着怎样的角色……"

"明子璋，不就是正谏大夫明崇俨之子？"李凌云仍然不解，"现在是大理寺四品少卿，其祖先应该是平原士族①。据闻他阿耶还是南朝②梁国子祭酒③明山宾的五世孙，他祖父明恪是豫州刺史。"

"我指的也不是这个，"凤九把白玉如意收到袖中，缓缓摇头，有些好笑地道，"明崇俨死了，怎么也不应该让儿子去查老子的案子。莫非不该避嫌吗？再则那明崇俨死的时机太巧。天后刚要针对太子李贤，他就偏偏在那个节骨眼上说了太子的坏话，明明是私下秘语，为何后来又会传得京中尽人皆知？"

"……我听不懂。"李凌云懵懂地道，"明崇俨之死，本来就曾被怀疑是因为他触怒太子，如今看来，凶手却另有其人，或许只是巧合。"

---

① 东汉以后在地主阶级内部形成的各地大姓豪族，在政治、经济各方面享有特权。

② 4世纪末至6世纪末，宋、齐（南齐）、梁、陈四朝先后在我国南方建立政权，叫南朝（420—589）。

③ 学官名。东汉以博士聪明有威重者一人为祭酒，为博士之长。西晋咸宁年间立国子学，置为长官，掌教授生徒儒学，主管国子学，参议礼制，隶太常。北齐为国子寺长官，与九卿地位相当，主管全国教育行政。隋代沿置。先后为国子学、国子监长官。唐代沿之，从三品，主管全国教育行政，总领七学和地方学校。

"可笑，世间哪儿有这么多的巧合可言？"凤九伸手拔下头上的簪子，搔了搔发髻之下的痒处，这个姿势原本很是粗俗，但由他做来却格外优雅好看。凤九舒服地眯着眼道："我大唐尊李耳为祖，明崇俨这样的术士不说遍地都是，但没有一千也有八百，他凭什么能混到正谏大夫的地位，还备受天皇、天后宠爱，你可想过？"

见李凌云思索，凤九又伸出一指。"对了，明崇俨可是有人直接举荐到天皇、天后跟前的，天后对他格外宠爱优容，也是因为听信了他的那些奇闻逸事。不过……有道行的是明崇俨，而不是他这个儿子明子璋。"

"所以……"凤九顿了顿，"天家人向来无情，就算是亲人也能为了利益下手扼杀，别说非亲非故的臣子了。若明崇俨是刚死，天后还有可能为之感到可惜，偏宠他的儿子。可他已死去一年有余，正所谓人走茶凉，明子璋又没有他父亲那样的异能，为何天后信任明子璋还如同信任明崇俨一样？你就真的相信，天后对明崇俨宠爱到要爱屋及乌，泽被后人的地步了吗？还是说，或许天后她原本宠爱的，其实就是明子璋本人呢？"

听着凤九意味深长的话语，李凌云脑海里一团糊涂，他不由自主地回头看向院中，一时间竟没察觉到凤九已趁机离去。

明珪正跟子婴聊着些什么，察觉到李凌云投来的目光，停下话头，快步走向他。

"九郎呢？"明珪问。

"不是在这里吗？"李凌云一回头，才发现凤九不在，于是奇怪道，"明明刚刚还在的……"说着四处张望起来。

明珪了然道："不必找了，多半是趁大郎出神时走了。你们方才聊了好一会儿，说了些什么？"

"我说想见见天竺来的幻戏艺人。"李凌云道。

"不是说他们用的药丸中没有阿芙蓉吗？"

"固然如此，还是想看看……总有些若有若无的感觉，那天的噩梦我同你说过一二，不弄明白中了什么招，总觉得芒刺在背。"李凌云与明珪朝院内走去，却遇上子婴送谢阮出门。

明珪奇道："说好在这里休息一晚，怎么还是要走？"

"刚收到宫中来的消息，"谢阮手指一指黑压压的天，"会飞的那种。"

"宫中有事，三娘但去无妨。"李凌云袖着手让开一些。谢阮闻言冲他一乐，道："李大郎也会体贴人了。"说罢也不多话，上马即走。李凌云伸头望着谢阮的白马走远，回头问子婴与明珪："谢三娘又说'李大郎'，我是说了什么好笑的话吗？让她这样调侃我。"

子婴闻言捂脸笑起来。明珪摇头道："你会介意她调侃，这已十足奇怪了，看来大郎对三娘还是很在意的。"

"谢三娘挺好的，要是不总这样调侃我就更好了。"李凌云进了院子。六娘、阿奴正在收拾凤九留下的东西，明珪吩咐将之堆到库房内。见院中负责杂务的两个奴婢开始忙碌，明珪回头问李凌云："今晚怎么安排？"

"安排什么？"见李凌云不解，子婴在一旁插话："狩案司这院子平素不用来住人，只准备了一间值房、一张床，额外的是奴婢住的，我跟阿奴凑凑睡一间，六娘一间，就没有多的了。"

"我跟明子璋一起住便是了。"李凌云道，"还以为什么，两个男子抵足而眠而已。"

说完，李凌云跟明珪一起进了房。只见那房间果然简陋，只有一床一桌一绳椅而已，薄被倒有两条，陶枕两个，各放在一头，一看便知是用来办案中途暂歇的。

李凌云从瓷壶里倒了杯凉水饮下。两个奴婢送了用来梳洗的热水，想留下来伺候，他却挥袖让二人离开，自己打水洗起脸来。

明珪在一旁观瞧，顿觉好奇。"我看阿奴、六娘明明常伴大郎左右。难道是大郎不习惯他人侍奉？"

李凌云将热水倒进木盆，脱靴把脚泡入水中，舒适地眯眼道："六娘和阿奴是封诊道的隶娘与隶奴，从少年时就跟我一同长大，说是奴婢，其实等同于兄弟姊妹，这是我阿耶说的。"

"是你们封诊道都如此，还是只有你们李家如此？"

"应该只有我家吧！"李凌云擦干脚，到门外泼了水，回头把木盆放到远处，爬上床去，"明子璋，你不是也不让那两个奴婢伺候吗？明氏乃是望族，应该习惯了被侍奉的。"

明珪也脱了鞋袜洗脚，一面搓揉双脚一面道："我随阿耶修行，有时会住在山中贫民家中，哪儿有这么多讲究？力所能及的事情就自己做了。"

等明珪吹灭油灯，两人一人一头也不言语，屋内黑洞洞的，万籁俱寂。

过了一会儿，李凌云突然在黑暗中发问："方才我跟九郎说话时，子婴跟你说了什么？"

"子婴？"明珪坐起身来，对黑暗里模模糊糊只能看出轮廓的李凌云道，"他问我，是不是真的觉得凶手只有一个人。"

"什么意思？"李凌云也翻身坐起，"每次在案发处找到的踪迹，都说明只有一人作案，他为何还会有此问？"

"原本我也觉得作案的应当只有一人，但是子婴一问，我却突然想起一件事来……"明珪翻身下床，重新用火石点亮油灯，把绳椅扯到床边坐下来。

"大郎可还记得，我们办怨鬼林那桩案子时，在大理寺殓房里，得到的那些铁钉？"灯光下，明珪那张堂堂正正的俊脸笼上一层暗昧跃动的光，只有眼睛还很亮，"当时让人查铁钉来路时，铁匠说过，那定做的人说话断续不清。"

"这个自然记得，"李凌云靠在床头回忆，"观中的小道童我也问了，他也说前来拜访的医道说话结结巴巴，与此案合得上。"

"说话断续不清的人，却可以写那么利落的一手好字？你不觉得奇怪？"

明珪的话让李凌云挑起了眉毛。片刻后，李凌云摇头道："说话结巴，可不表示心智就有问题。我们封诊道曾剖过结巴者的尸首，其咽喉部分与正常人并无不同，而且许多人犯结巴是小时候学结巴者说话所致。可见说话结巴与头脑是无关的。"

"但你还有一个推论，认为他手段残忍，且每次都趁被害者气息尚存时，挖掉其内丹、眼珠乃至阳物等，所以你觉得，他恐怕是个疯子……你说，什么样的疯子可以写出那样有条有理的信，还能每次都把这些见多识广的术士骗倒，引诱他们外出并杀害他们？我怀疑，凶手还有帮手……"

"是有点奇怪，可封诊道早对疯病有所记录……"李凌云换个姿势，托腮道，"我有时候觉得你真有些我阿耶的架势，他与我说话时，就喜欢这般循循善诱。"

"你阿耶比我大得多吧？说来我的年纪顶多能当大郎的叔叔。"明珪好笑道，"不要跑神，我是正经在问你。"

"我也是正经在答……"李凌云叹道，"有些患有疯病的人，其实并非时时刻刻都疯，更多时候他们行为举止看起来犹如正常人，只有疯病发作时才不知是非。所以说，不能因一封信就怀疑凶手有多人。可能本案凶手不杀人时一切正常，一旦要伤及他人性命就变得癫狂，此种情形也是存在的。就目前我们掌握的实证而言，我还是觉得凶手只有一人。"

明珪思索道："原来如此。不过我曾经在宫中见过一些人，他们自己从不下手，却怂恿别人作恶。虽然只是小事，但有时也会因此牵连他人性命。所以我才会想到，这一系列杀人案，说不定也存在一个幕后之人。"

"若真有一个聪明到足以操控疯子连环作案，并全然藏身于幕后的人，他不可能没注意到我们的行踪，我们这样步步紧逼，他应该让凶手暂时收手才是，怎可能还顶风作案？"

"唉，大郎倒是信心满满，可我觉得凡事不能掉以轻心。"明珪说着，自己却笑了起来，"不过目前来看，正如大郎所说，一切都是揣测，既然所有线索都指向一人，那便只有一人，今晚还是早些睡吧！"

说完明珪吹了灯。方才的谈话赶走了李凌云的睡意，让他在床上辗转反侧起来。

另一头的明珪察觉到了动静，头枕着手背，幽幽道："大郎，我其实亲眼见过你阿耶。"

"你见过我阿耶？"李凌云奇怪道，"在哪里见的？"

"自然是在宫里，他当时劝我……劝我阿耶，让我阿耶少说一些，不要祸从口出。"

李凌云沉默下来，片刻后才道："有人认为是你阿耶胆大包天，仗着有天皇、天后的宠爱，竟对东宫太子评头论足，方才给自己惹来杀身之祸。"

"并非有些人，而是所有人都如此认为。然而……太子李贤当真适合做这个东宫太子吗？"明珪的声音在屋里静静飘荡，"天皇、天后都是九五之尊，有人欺蒙他们，以二位的天资轻易就能看穿。在他们二人面前，我阿耶也不敢说假话，不过是怎么想就怎么说。"

"说假话的确不妥。"李凌云做了个评价，听见明珪在黑暗里笑。

"我阿耶是必须说真话，李大郎你则是根本不会造假。"黑暗中传来了明珪的轻笑声，"你不擅长隐藏想法，说来你就是爱办案子，对凶案格外有兴趣，什么死人、剖尸，还有验看现场痕迹，你是打心底喜欢这些。"

"喜欢？"李凌云奇怪，"何以见得？"

"大郎身边的人从来没告诉过你？"明珪轻笑连连，"大郎平日有些笨拙，连每天吃什么也不见得会在意，唯独一说查案就两眼放光，气色都跟着好了起来。这些天我发现，你每每一到现场便心无旁骛，查起案子屡屡追根究底，废寝忘食，连自己生病了也不管不顾。你能做到这样，不是因为喜欢，还能因为什么？"

说完也不等李凌云回答，明珪又继续道："说来，我一直有个问题想问你，大郎你可听过'以杀止杀'吗？"

"'以杀止杀'我当然听过。譬如我大唐发动战争攻打突厥，表面看是杀了人，其实是为了维护边疆安泰，避免百姓遭突厥劫掠。"

"没错，有些时候，必须要用杀戮来阻止作恶。也正如我们一直追查的凶手，他为了达到自己的目的残害无辜，为阻止他，我们必须将其置于死地，才能保护其他人不受其害，这便是'以杀止杀'的意义所在。"

道理并不难懂，但李凌云却听出了杀戮的味道，驳了一句："可人命毕竟是人命，即便凶手杀了许多人，要阻止他，也应尽量让他过堂受审，只是认为此人该死就随意屠戮，绝不是正确的做法。就像狐妖案里，凶手遭受威胁，便觉得死者可恶，所以对她下蛊致其凄惨横死，这样的结果是我们想看到的吗？世间每个人心中都有自己的一套准则，如果有法不依，只按所思所想行事，这世上岂不就乱了？"

"不错，"明珪幽幽道，"可若有些时候情况极为凶险，迫在眉睫，不给你依法判决的机会呢？比如，那凶手就在你面前，不论你怎么阻拦，他都要杀死你的亲友，而你手中握着一把刀，只要插进他的心口，就能救出你在乎的人，那你又应该做何选择？"

"你这问题，真是古怪……"李凌云道，"我阿耶说，也不是不可以杀人，但一定要按规矩，大唐律怎么写便怎么做。我记得有一桩旧案，一女子与人通奸，她因厌恶丈夫，决心联合奸夫杀死从外面归来的亲夫，谁知奸夫觉得她心肠歹毒，趁她举刀欲刺亲夫时，从旁以锤猛击她头颅，致她死亡。后来这个奸夫因事急从权，维护无辜者的性命，以'阻止故杀①'为由，被判无罪。类似情形，动手虽会造成严重后果，但也在情理之中。不过此为特例，大唐律上没写可以免罪的情形下，还是别轻举妄动的好。"

"倘若不是杀一人而活一人，而是杀一人而活十人、百人、千人乃至万人、万万人，你会动手吗？"

"还有这种事？"李凌云惊讶道。

"怎么没有？商纣王残暴不仁，周武王杀他一个，取而代之，岂非解救了广大黎民？"

"有些道理，只是这些事情听来总觉得离我极远，为何子璋偏偏要问这个？"

"因为如今天皇病重，许多政务都由天后处置，朝中多数权臣看天后不顺眼，他们认为，一介女子绝不能掌握权柄，所以执着于让她消失。可他们不知道，要是这大唐乱了，会死的人、会伤的人，一定比现在要多得多。他们因为

---

① 故意杀害。区别于误杀。

心中的不满处处制造妨碍，究竟是为了自己的私欲，还是为了大唐天下的百姓呢？"

"是男是女就这么重要吗？不过，听你话里的意思，难道有人要杀天后？"

"想除掉天后的何止一两人……"明珪叹道，"罢了，大郎说得对，这些事对你而言确实过于遥远，我不应该扰得你心乱，咱们还是睡吧。"

说完之后，明珪再无动静。李凌云对明珪的问题思之不通，这几日调查水源，也颇觉疲惫，很快就睡了过去……

与此同时，洛阳城西北的上阳宫中，武媚娘所居殿内。

谢阮快马回宫，刚匆匆走进偏门，就被一只白嫩的小手一把抓住了手腕。

谢阮惊讶地看去，见上官婉儿神色严肃地对她摇着头，小声道："止步，陛下来了。"

谢阮隔着屏风向里张望片刻，回头小声问："陛下怎会突然过来？你可知天后叫我回宫所为何事？"

"不过是天后几日未见你，一来想三娘了，二来也想问问案情进展，看李大郎做到何等地步，是否尽心尽责在查案。"

"案子的内情早就上报过，天后知道与东宫无关，为何还会如此着紧？"谢阮眯眼，端详着上官婉儿花朵一般的美貌，狐疑道，"天后是不是有什么别的打算，想在查案时埋什么伏笔，只是没有告诉我？"

上官婉儿微微一愣，旋即笑道："三娘别这么想，李大郎不会看人脸色，只会傻乎乎地查案子，天后若真打算做手脚，又怎会选这样的人去查案？"

"李大郎只管封诊，大理寺那边主持查案的人可是明子璋。婉儿你冰雪聪明，那明子璋按律法规定，应该回避血亲之案才是，可天后偏偏把他安插在此案中，你不能怪我多想。"

"我怎么可能怪你？"上官婉儿握着谢阮的手，情深意长地道，"你也知道，这违律之举还不是因为他阿耶和天后的情分极深……"上官婉儿说话时，在"情分极深"四个字上，格外加重了音调。

谢阮听言眉头微蹙，小声道："当初明崇俨以正谏大夫的身份行走宫中，天后与之往来密切，格外亲近，导致有人猜测他与天后之间有私情……婉儿你常伴天后左右，她的事你最清楚，莫非……传言不假？"

"啐！你怎敢这样胡思乱想？就不怕被乱棍打死？任谁都看得出来，天后是极喜欢明子璋的，当初明崇俨不就经常带他入宫吗？他会参与此案，是他自己主动恳求天后的，说父亲死得冤，一定要查个真相大白。天后可没什么额外的打算，我也没有瞒着你。"

上官婉儿忙拽着谢阮离了宫殿，边走边道："既然陛下来了，我们赶紧回避，天后今日应该没空见你了，还是明日再来吧！"

两女越走越远，武媚娘与李治二人却对这出插曲浑然不知。这对大唐至高无上的尊贵夫妻，此时正面对面地席地而坐，手捏红绿双色的玛瑙棋子，平静地在袅袅焚香中对弈。

侍奉在侧的小宫女身穿双色七破间裙，双手捧着一个巨大的金盆，盆上工工整整地叠着一件石榴红色的襦裙。

武媚娘伸手在棋盘上落下一颗绿子。"陛下今日来，只是为送我一条裙子吗？"

"你不是最喜欢石榴裙？这是朕特意命人做的，只是时日消耗得长了些，今天才弄好，专门拿过来给你。"李治往棋盘上按了一颗红子，双手轻拍，那小宫女把金盆端到了武媚娘跟前。

武媚娘伸手提起那件石榴裙观瞧，又伸手抚了抚它的石榴纹样，点头道："做工极好，确实花费了不少心思，尤其这花样看着觉得眼熟，很是亲切。"

"媚娘没想起来？当年你我分别日久，朕到感业寺为先皇上香，重遇媚娘之时，你写了一首诗，朕还记得是这么写的：'看朱成碧思纷纷，憔悴支离为忆君。不信比来长下泪，开箱验取石榴裙。'"

李治凝视武媚娘如满月般饱满的侧脸，微笑道："那诗名叫作《如意娘》，朕从不曾忘记，最初在西京长安父皇宫中第一次见媚娘时，媚娘便穿着这红色的石榴裙。前些年媚娘说那裙子存放已久，颜色也淡了些，朕便找人暗中依照那裙子的模样，重制了一条。"

"可真是好看，红得像盛开的花一样，我那条的颜色早就褪了，是比不上新的了。"武媚娘将手中的裙子叠回盘中，回头望向李治，"陛下可知道，花无百日红，年岁大了，我已穿不得这样艳丽的颜色，还是拿下去吧！"

武媚娘一声令下，小宫女连忙捧着裙子屈膝告退。这样一来，空旷的宫殿中便只剩下帝后夫妻二人。李治沉吟片刻道："媚娘什么时候开始跟我也这么生分了？平日不都唤我稚奴吗？"

武媚娘抬起精心装饰的脸，她今天没染蛾眉，眉尾画得高高挑起，斜斜飞入云鬓，眼神却带着疏懒，让人想起正在休憩的猫。"怎么称呼陛下，要看陛下来找我的缘故。陛下今日想与我商量的只是夫妻之事吗？如果是这样，亲昵一些倒也未尝不可。"

"就是夫妻之事，我是想与你聊聊贤儿……"

"陛下是大唐皇帝，我是天后，而贤儿他是大唐的太子，这当真只是家事而已？"武媚娘温和地笑笑，拈起玲珑剔透的棋子，拿到眼前观赏，"贤儿现在很自由，我在朝堂上退让了许多，陛下觉得这还不好吗？"

"贤儿性情自傲，还需要媚娘多多管教。"李治凝视着大自己许多的妻子，感到一种成熟女人的美感逼面而来，他不由得叹息，"贤儿结交下臣，而你把政事顺势交给了他，表面看你的确退让了，可另一方面，你却让人查明崇俨的案子，还咬住不放，在大理寺里也插了根钉子，也就是狩案司……"

"李凌云查出的线索，如今看来跟贤儿应该无关。"武媚娘把手里的棋子扔回白玉棋盒里，"我许明子璋查此案，不过是想给他个交代。明崇俨到底是怎么死的，查不清楚，埋没的是整个大唐的颜面，明崇俨活着时是你我二人的宠臣。多少人的眼睛在盯着，若此案无法水落石出，欺上瞒下的事一定只会越来越多，陛下难道会喜欢看到这样的结果不成？"

"可我总觉得，媚娘你做这些是因为对贤儿不满。"李治喃喃说着，对面的妻子却站起身来，缓步到他身边又重新跪下。武媚娘明亮的双眸注视着李治文雅的面容，然后，她抬起手轻轻环住男人的肩膀，把他搂进怀中。

"稚奴啊！"武媚娘说道，"你是我的丈夫，而我是你的妻子，我武媚今生今世所有的荣耀都自你而来，你最明白，这个世上永远不会背叛你的人是谁。你也清楚我的所思所想和顾虑，我对贤儿的不满又到底是从哪里来的呢？你若是不懂，还有谁懂？"

"嗯，那孩子太傻了，他为什么要怀疑你不是他的亲生母亲呢？"李治靠在妻子高耸的胸膛上，有些哀伤地道。

"会怀疑，自然是因为，他早就不拿我当母亲看待了。"武媚娘眼中掠过锐利的光芒，"可我也不愿信，亲手带大的孩子会这样恨我，所以我才一退再退。而你也看到了，贤儿他只会乘虚而入……"

她低下头，看着闭上眼睛完全依靠在自己怀中的丈夫。"朝野里向来有些说法，认为稚奴比不上你三哥李恪，李恪更像太宗皇帝。可我知道，稚奴才是骨子里最似乃父的人。"

李治安静地听武媚娘说着话，她在他耳边道："稚奴记得大明宫里养着大秦送来的狮子吗？那些狮子生养出来的小狮子，最初长得极为可爱，就像小猫一样喵喵叫，可等到长大、强壮之后，就会对狮群的狮王发起挑战，哪怕那狮王是它们的亲生父亲。"

听到这里，李治猛地睁开双眼，翻身而起，死死地盯着武媚娘。武媚娘见状，露出温柔的笑容，道："陛下正值春秋鼎盛之年，你真的要一直护着贤儿吗？你也知道这孩子有什么毛病，倘若他成了大唐皇帝，对这个天下来说就是好事吗？"

李治盯紧武媚娘的双眸，想从她的眼里读到她内心的想法，然而在那双波澜不惊的眸子中，他只能一如既往地看到自己的身影，和锐利却不失真诚的关爱。

终于，他长叹一声，再次扑进妻子香暖的怀中。"媚娘，我累了……"富态贵气的女人低下头，带着花香的红唇吻着男人的鬓边，喃喃道："稚奴啊，别难过，你终究还有我呢！"

东城之内，大理寺门外。

顶着已变得不太炽烈的阳光，赵道生领着一群东宫从属站在两匹马前，抱着臂膀，挑衅地看向被迫下马的明珪和李凌云。

徐天带人快步从大理寺内走出，一把扯下花绳，恶狠狠地瞪了赵道生一眼，来到了明珪面前。

"真没想到，向寺里缴纳案卷都会遇到拦路人……徐少卿就这么怕东宫，对一个马奴都要退避三舍吗？"明珪似笑非笑地从袖中抽出案卷递给徐天，顺势瞥了一眼赵道生。

后者跋扈地仰着头，只差没用鼻孔对着众人。

徐天觉得磨不开脸面，黑着面孔转身吼道："此案与东宫无关！都给我滚！"说完他拿着案卷，怒气冲冲地进了大理寺。

徐天突然发作，除赵道生之外的东宫从属都被吓了一跳，不由得神色收敛。唯独赵道生嗤之以鼻，望一眼大理寺的门楣，冷笑道："做奴婢也得看是做谁的奴婢，投错了门，谁知道什么时候就会玩完？"

有人连忙拉拉赵道生的衣袖，摇头示意。"道生，千万胡说不得！"

"怎么的，这大唐不都是李家天下？你见过一辈子做太子的东宫吗？"赵道生嚣张地说完，手指明珪，"哼！迟早要你们好看！"

明珪没搭话，任凭那赵道生如何挑衅，他似乎都打定了主意绝不再说一个字。

身边的东宫从属见状着急万分，连连跺脚道："道生，要是他们在陛下面前告上一状，太子要如何解释？"

赵道生不以为意，挑衅道："你们怕死，我却不怕，我偏敢说真话。"

正在这时，有人从东城外飞骑赶来，只见那人在李凌云面前勒紧缰绳，纵身下马。李凌云与明珪定睛一看，原来是之前在封门村中，凤九派来协助他们办案的男子。

男子恭敬地道："九郎寻到了笔墨纸张的由来，请大郎随我一同前往。还有，九郎让天竺幻戏艺人也都在那边等着。"

李凌云下意识地看看明珪，见后者点头，二人立即上马随男子离去。

赵道生倒没试图阻拦，似乎他来这一趟，只是为了对狩案司众人耀武扬威，既然现在目的达到，也就见好就收。

闹剧结束，一切归于平静。此时从大理寺里走出了一名留着长须的老年男子，他手抚着胡须，看着众人离去的方向沉思起来。

徐天来到了老年男子身边，神色恭敬地道："狄公，您怎么看？"

原来他不是别人，正是那位在大理寺时将遗案全部清空的神人狄仁杰。

"太子危矣，放纵奸佞小人于光天化日之下嚣张跋扈，如此不知进退，心无城府，必然无法与武媚娘那女人为敌。"狄仁杰轻轻地摇了摇头。

"既然如此，那要如何是好？说到底，这桩案子操控在她的人手里，也不知到底会不会牵连到太子……"徐天面露焦急，语速也越来越快。

"你何必操心这些？徐天，你还记得自己是个断案之人吗？"狄仁杰回头看向徐天。后者大吃一惊，连忙恭敬地行礼道："狄公何出此言？"

狄仁杰抬头看门楣上的牌匾，盯着"大理寺"三个字瞧了半晌才道："到底什么是对，什么是错？你也应当好好想想了。太子性情放荡，做事刚愎自用，而且还有一些恶癖，你摸着良心说，李贤适合做这个太子吗？说之前我要提点你一句，好人亦会做坏事，而坏人做好事，却也未必就存了私心，善恶难断，方才是人间真相。"

"可是狄公……"徐天还想再说点什么，却被男子抬手打断话头。

狄仁杰道："陛下虽是春秋鼎盛之年，奈何我大唐天子多受风疾之苦，一旦此病发作，便头晕眼花无法理事。正是因此，武媚娘才被迫辅助天皇理政，进而逐步掌控权力，也为人所忌讳。然而说到底，她终究只是天皇的妻子。你可明白其中意义？只要她还是个女人，她就无法踩到丈夫的头上，女人在家中地位再高，仍要仰赖丈夫，才能拥有至高无上的权力。女人终究要依靠男人，可儿子不同，子嗣一旦长成，却是可以夺走父亲的地位的。当年玄武门结果如何？太宗皇帝登基，退位的太上皇一直到死都快快不乐，莫非你认为陛下想做这样的太上皇？总之，只要陛下在位一日，武媚娘的位置便坚如磐石，无论谁做太子，都不可能赢了她。"

徐天听完狄仁杰所说，身上已冷汗津津，整个人仿佛是从水里捞起来的一样。

狄仁杰见徐天惊恐不已，这才缓和了表情，安抚道："我心中清楚这些，那武媚娘心中更是清楚，大理寺千万不要太早站在她对面。须知，留得青山在，不怕没柴烧，当年我在大理寺时就是这么告诉你们的。你且谨记此言，可保大理寺上下平安。"

徐天毕恭毕敬道："只是狄公，太子长期与其母亲争斗，原本倒也无妨，毕竟有太子克制那女人，他们可以相互牵制。我目前最担心的，是狩案司的那些宵小刻意陷害太子，动摇大唐国本。"

狄仁杰闻言摇头。"陷害太子，非常人所能为，不必过于惧怕。天后跟太子之间终究有母子之名，天皇想要中庸之道，居中平衡，而不是刻意打压某一方，事态应该不会太糟。否则武媚娘便不会找李凌云来办事。李家这个儿子，向来只要真相，不忌权威，也不受任何威胁，封诊道内无人不知。再说从你拿回的案卷上看，太子应当是没有涉入案中的，没有实证，又怎会关联到太子身上呢？"

"或许真的是我想多了，只是狄公，这一手咱们恐怕还是不得不防。"徐天苦笑。

"你还是跟'那边'离得远一些的好，须知当年太宗皇帝夸李恪那句'儿英果类我'，当今天子介意到了什么地步。我想，你已许多年未曾听过《秦王破阵乐》了吧！"

在太宗皇帝李世民的眼中，天皇李治绝不是最适合继承皇位的那个皇子。李治对此耿耿于怀，甚至在李恪冤死后也没就此放下，连歌颂父亲赫赫战功的《秦王破阵乐》，也从不在宫中演奏。

虽然天皇如今暗中允许"那边"的存在，但也只是一种"中庸之道"，当作压制天后武媚娘以保持平衡的一道锁链。

狄仁杰说罢，狠狠地看了徐天一眼，不再多说什么，转身朝户部衙门走去。如今他已调离大理寺，担任户部度支①郎中，他会出现在这里，也是特意来为大理寺参详而已。

徐天看着狄仁杰远去的背影，抬手擦了一把脸上的冷汗，脸上露出了极为无奈的神情……

赵道生带着众人离了东城，一路打打闹闹地回到东宫。之前那个提醒他的从属与他并肩来到殿门时，抓着他的胳膊小声劝道："生哥还是多加小心，谁不知太子对你宠爱有加，怕是天下人都等着从你身上下手抓太子的把柄呢！"

赵道生愣愣神，明白过来对方的意思，笑道："小七担心什么？既然有太子在，我又怎么可能有错处。"他说完拨开对方的手，无视那个从属焦虑又欲言又止的神色，抬腿进了大殿。

他刚进殿，就见几个宫女蒙着头往外头跑，从墨玉螺钿嵌宝的山河屏风后，追着她们的脚步砸出来一堆东西，稀里哗啦地摔了一地金银色。

赵道生弯腰捡了颗滚在地上的李子在手里颠着，缓步绕过屏风，瞧见只穿着内裳的李贤正披头散发地站在一片狼藉里。

"殿下怎么了，又在生什么气呢？"赵道生来到李贤面前，伸手把李子送了过去。

---

① 官署名。二十四司之一，为户部所辖之第二司。魏、晋始置度支尚书，掌天下财用。南北朝以度支尚书领度支、金部、仓部等郎曹。隋文帝时改度支为民部，度支遂为民部之子司。唐代仍循隋制，据《旧唐书·职官志二》记载，度支郎中、员外郎"掌判天下租赋多少之数，物产丰约之宜，水陆道途之利。每岁计其所出而度其所用，转运征敛送纳，皆准程而节其迟速"。宋代又将度支司分为五科，分别为：度支、发运、支供、赏赐、知杂。元、明以后，户部以下，按省分司，度支即取消。清末改制，又将户部中的财政部划分出，再设度支部以掌之。

"道生？"李贤回头一看发现是他，大喜过望地抓住他的手紧紧不放，"你上哪儿去了？孤找不到你，怎么可能不发脾气？"

"我这不是上东城盯着大理寺吗？殿下别心烦意乱了，有好消息。虽说天后指派了人去查，可狩案司查出来的结果，与咱们着实牵扯不上关系。"赵道生说着，轻抚着李贤的胳膊，拉了一下。

太子李贤略略点了头，在赵道生的引导下坐了下来，急切地问："真没查出什么？"

"没有，您连我都不信吗……"赵道生在李贤身侧蹲下来，语气有些埋怨，"就算天下人都骗殿下，我也不会骗殿下。"

"孤不是那个意思，"李贤把赵道生的手拉进两掌之间细细抚摩，眉眼之间的戾气也渐渐消散，"孤只是觉得母亲一定是在谋算孤，孤这段日子要什么就有什么，就连在朝堂上明着挤对那群北门学士，她好像都不介意。可越是如此，孤反而越发觉得，母亲像是在图谋大事……"

"殿下宏才大略，不管感到什么，尽管去做便是。可叹我只是个马奴，不学无术，无法为殿下分忧……"赵道生按着李贤的手，朝他靠过去。李贤注视着赵道生俊美的脸，目光逐渐变得意乱情迷起来。

李贤弯下腰，渐渐滑坐在地。赵道生握着他的手，脸缓缓贴上他的手背。李贤一个哆嗦，呼吸急促地闭上眼，感觉赵道生在用温暖的嘴唇摩挲他的皮肤。

"道生最好了，要是没那个碍眼的女人的话……"李贤一边颤抖一边说。

他并没看见，赵道生冷冷地瞥了他一眼，又极快地垂下头，把那种冷意遮掩起来。

"殿下总说煞风景的话，那女人不过是跟我从小一起长大而已。"赵道生恼火道，"那种狗女子，我现在早就忘得一干二净了。"

说完赵道生猛地一拽李贤，轻笑起来。"殿下找不到我就生气，现在我在跟前了，殿下还要接着生气吗？还是……咱们干脆做点别的？"

李贤猛地睁开眼，用泛着血丝的眼睛野兽般盯着赵道生看了片刻，突然将他推倒在地，一把扯开他的衣襟……

〇

洛北，立德坊①中。

李凌云与明珪在男子带领下来到大秦庙旁的小院。二人进门时，大秦庙那边不时发出阵阵喝彩声，他们回头朝那边望去，见几个高鼻深目的胡人正光裸着毛茸茸的上身，在人群中炫耀强健的身体。

其中一人手握长刀，朝另一人胸腹捅过去，惊得看客纷纷大叫。

那被捅的人却若无其事，转动身体给众人观瞧，只见刀尖从他身后露出。而那胡人原地转了几个圈，他的同伴便又握住刀柄，把刀子给拔了出来。

不知他们怎么奇妙施为，胡人身上的刀口并没流出多少血。这时又有一个胡人上来，抓了把黏糊混浊的药泥直接糊在伤口上，那被捅之人便举起双拳，耀武扬威地嘴里喊着什么，似乎在对看客表示：自己虽然被刀子洞穿，却没有什么大事。

李凌云看完这一出才跨进院门。凤九派来的男子没跟进去，而是站在大门外道："烦请二位自己入内便是。"

说罢他便关上了大门。李凌云暗道此间必不寻常，与明珪对视一眼，径直朝院中走去。

拐过前廊，就发现院内已有两人在等，其中之一是熟悉的狼面童子，另一人体态则很陌生，是一位戴着猞猁面具的少女。

依那少女的身形，她年纪也就十四五岁，以封诊道的标准，此时的女子身量仍在成长之中，虽可婚配，但也还未完全成人，瞧着体态纤弱了些。

少女见二人来到跟前，不客气地道："怎么现在才来，叫我好等。"

李凌云微微一愣，觉得那少女的语气太熟稔了，不由得仔细想了想，却确

---

① 隋唐洛阳城里坊区的里坊。立德坊位于今洛阳老城区东南隅的立德坊，人文荟萃，扼大运河之中枢，被称为神都第一坊，坊内有胡人胡寺。

定自己不曾在凤九身边见过这位。

他尚在疑虑，那边厢少女跟童子已经吵了起来。少女嗔怪道："不知为何非得选在这立德坊，坊里住的都是胡人胡商，哪儿闻起来都臭烘烘的。就不能把幻戏艺人叫到凤九那儿吗？"

也不知那面具是怎么制作的，那童子翻了个白眼，面具上的狼眼也随之一翻，就听他没好气道："你当那些幻戏艺人不怕死吗？他们哪儿有这么大的胆子？就连这立德坊他们也是不愿意来的，生怕是有人要动手杀人。"

少女哼哼冷笑。"还不是他把那些弄蛊的人全搞死了，不然人家为何会如此提防？要是不约在立德坊老窝里见，便哭着喊着死活不答应。"

从两人的对话里，李凌云这才听出些门道来：原来凤九并不是故意让他们跑这么远的路，而是不得已而为之。

这也算解开了李凌云心头的疑惑，他开口打断了少年与少女的争执。"不是因为查出了笔墨纸张的由来，才叫我们来的吗？"

猞猁少女高傲地仰着下巴瞥了李凌云一眼。"交代那些东西的由来，可不是我该做的事。"

"是我的事，"小狼插嘴，"九郎的人查过了笔墨纸张，确实有人在出售，只是那些人你们无法接触，所以让我来与你们说清。"

说到这儿，小狼压低嗓音道："这些东西连鬼河市里都没有，只在洛阳西市中才可寻到。"

小狼娓娓道来，李凌云方才得知：原来在洛阳西市之内，还有一个市中市。西市当中有一块区域，是由二层或三层的商铺包围起来的，平日里面不见天日，由于有商户围住，寻常人也很难察觉在西市的正中央竟还隐藏了这样一块奇妙的区域。围绕着这块区域的所有商户，都来头不小且与宫中有关。

"说白了，这里是我大唐朝廷与别国交换消息的要害，里面卖的东西，也只有大唐宫廷中人才能采办。"小狼话音未落，少女便将话头接过，眯起眼道："说得这么客气做什么，不过就是探子和细作的窝点。"

少女又横了一眼李凌云。"我大唐羁縻①无数国家，谁也不知道那些国度是不是真心臣服，故而需有这样一块地方，让人可以用消息交换金贵物资，名为市中市。只是外人并不知晓有此处，久而久之，其中往来的什么人都有，朝廷不能将这里的用途公之于众，也没排斥那些人。总之，这些笔墨纸张本就是宫中卖出来的，有些人得到后在这隐秘的市场交易，至于流到了什么人手里，也都有迹可循。"

"所以，是谁卖出了这些笔墨纸张，又是用什么来交换的，都能查出来吗？"李凌云兴奋至极，声调也抬高了几分。

"嗯，查出来了。交换用的自然是那些东西。"少女不客气地拍了拍小狼的肩膀，后者从怀中掏出一个布包，交给李凌云。

李凌云从布包里倒出了几粒药丸，发现大小色泽各有不同。

小狼道："这些笔墨纸张极为罕见，在市中市也只有两三家专营文房四宝的铺子有售，查来并不困难。九郎——询问他们，发现这些玩意儿售价极为昂贵，在市中市里也不是人人都买得起，唯独其中一家老板对修道颇有兴致，允许术士以他们珍藏的药丸换取这些贵重的笔墨纸张。"

李凌云手中的药丸共有四颗，他拿起那颗最大的暗红色药丸嗅嗅，一股酸香挤进鼻腔。

小狼在一旁解释："这是道家的消渴丸，并不少见，只是这颗用料都是极品，老板说曾有人用此丸换取过纸。"

李凌云又拿起第二大和第三大的药丸，分别为金色和青色。小狼又说："金色的名叫保真丸，以多种贵重药材制成，长期服用可令人白发变乌，上了年纪的妇人服用一段时间后，也能怀孕生产。"

"至于青色的，是生发丸，专治秃头。"说到这里，小狼忍不住笑起来，"老板有一个老妻，一直没有生养，偏偏老板还跟老妻感情极好，所以愿用纸

---

① 笼络，联络。《史记·司马相如·索引》："羁，马络头也；縻，牛纼也。"秦、汉、唐朝对西南少数民族采用羁縻政策，对其酋长、首领封授一定官职，由酋长、首领自己管理本民族内部事务。

来换保真丸。至于会要生发丸，是因为他还秃了头……"

"那这一颗呢？"李凌云拿起最后那颗漆黑的药丸，放到鼻前，一股甜腻的香味冲进鼻腔里。

小狼凑近看看，道："这颗叫作逍遥丸，用法是焚烧后闻香，说是可以强身健体，提神醒脑。那个老板好奇，所以就留了下来。据说来换纸的人给了一小葫芦这种药丸，对了，那纸极少见，所以当时除了笔墨，他第一次所换得的纸只有四张。"

"这颗估计就是加了阿芙蓉膏的药丸，不是有一小葫芦吗？怎么现在只剩一颗？"李凌云把药丸递给明珏，明珏验看后也觉得是阿芙蓉丸。

小狼狼嘴一张一合地道："这逍遥丸老板自己一直在用，说嗅完之后觉得无比欣喜，身体变轻，好像能够飘起来。他老惦记那个感觉，所以根本停不下来，剩下的也就只有这么一颗了。"

"原来如此……"李凌云沉吟道，"凶手杀了这么多人，他一时间也不会停手。既然用笔墨纸张作为诱饵非常见效，接下来他一定还会使用同样的方法作案。还请告诉九郎，只要再有人来换取贡纸，就追着他跟上去，兴许能顺藤摸瓜，找到凶手的老巢。"

小狼连连点头。"知道了，大郎放心，只要发现那人的踪迹，我们便会让人追踪，也会尽快知会你。"

李凌云看向猞猁少女。"他的事说完了，你来又有什么缘故？"

"你不会觉得，那些天竺艺人个个都会讲大唐官话①吧？"少女说着，领李凌云和明珏进了第二重院落。

院中铺着一条长长的红色地毯，一群身穿绚丽服饰的天竺艺人神情惊慌地坐在地毯上，一瞧有人到来，纷纷伸长了脖子朝他们看去。

"他们住在龙门附近的感德乡，东都城里的胡人太多了，天后就把这些人都迁到了那里，他们白天进城做生意，晚上就被撵回去。"少女俏皮地跳着步

①每个朝代都有官话，相当于现在的普通话，便于不同地方的人进行交流。唐代官话以长安话为主。

来到地毯前，天竺艺人中领头的包头大胡子连忙双手合十，嘴里念念有词，对少女露出祈求的表情。

少女与他叽里咕噜说了几句，挥挥手。大胡子抬手捂着胸口，大大地松了一口气。少女转头对李凌云道："你到底要他们做什么？说就是了。他们方才以为会要人性命，所以才那么紧张。"

"我想要他们做幻戏时用来焚烧的药丸。"李凌云说完，少女便跟大胡子叽里咕噜又说了几句，大胡子轻轻摇了摇头。少女似乎有些生气，面上的猞猁面具突然獠牙毕现，露出狰狞的表情，吓得大胡子就地滚倒，再爬起身来时忙不迭从袍子里拿出一枚水晶瓶，倒出不少药丸递给少女。

少女这才收起獠牙，却嫌弃地没伸手去接，嘴里说了两句，示意大胡子把药丸交给李凌云。

得到药丸之后，李凌云先是闻了闻，随后对明珪摇头道："与阿芙蓉不是一种东西，味道不一样。"

明珪接过去嗅嗅。"是不一样。"少女在一旁有些不耐烦地问："你们还有别的事吗？"

李凌云正要摇头，明珪却插话道："方才门外大秦庙那边有人拿着刀往同伴身上捅，他的同伴却好像丝毫无损，烦你问问，这也是幻术吗？"

"这与案件可相关？"少女歪头道。

明珪瞥一眼李凌云，温厚地笑道："大郎在门口看得出神，我也觉得有趣，所以问问。"

"原来你注意到了，"李凌云恍然，"我是有些想知道。"

猞猁少女只得又问大胡子。大胡子双手比画着叽里咕噜说了一堆话，少女听完对二人译道："他说那个不是幻术，是他们天竺的一种修行，据说叫作苦行之法，读作'瑜伽'，要是修行到了某种地步，内脏都会移位，所以即使刀枪进入身体，也并不会受多大的伤。而他们的幻戏，通常是努力使看客眼花缭乱，在药丸香气的诱惑下精神无法集中，注意不到他们的手段。这幻戏看似极为神妙，说穿了其实也不过就是障眼法。"

说完猰𧲵少女又问了一遍李凌云，得知他再没有其他事要了解，便拍手叫来人，将那群天竺艺人带了出去。

李凌云环视小院，发现院落看起来虽破旧，但打扫得颇为干净。小狼见状道："此处只是九郎名下一处宅院而已。他在每个坊中都有产业，这些屋子是打探京中动向所用。"

明珪似乎早就知道这些房屋的用途，帮忙解释："光靠金吾卫是打听不到太多细节的，而且有的人一见是官府的人便不肯开口。所以要安插人手，在这里冒充百姓、富商之类的身份，便于查探。"

"这里究竟用来做甚，我其实也没有太大兴趣，只是想知道可不可以用用这房子？"李凌云补充道，"我想试试天竺药丸。"

"想用便用，里面各种用具一应俱全，要人伺候就到门口去喊。"猰𧲵少女摆摆手，突然盯住李凌云道，"你这人好生呆板，刚才看大胡子要死要活都面色不变，九郎还说你有趣，我看他根本就是骗我来给你们做翻译的。"

说着，猰𧲵少女莫名其妙地生起了气，径自朝外走。小狼追在她身后连连叫道："阿平，阿平去哪里？"二人一个走一个追，很快便没了踪影。

直到听不见小狼的叫喊声，李凌云才对明珪道："子璋要留下来吗？"

后者露出一个云开雨散般的浅笑，点点头。"既然你要试试看那药丸，我又怎能不在呢？"

二人越过后堂进了屋，发现里面胡床、席子、小几等物一应俱全，屋里甚至还贴心地准备了瓜果、烤肉、酒等吃食饮品。

"果然是九郎用来盯人的地方，这些准备可让那些人足不出户，只需待在这里，就能眼观六路，耳听八方。"明珪掩了门，在席上坐下，顺手提起一旁冒烟的博山铜炉打开瞧瞧，又递给李凌云，"现在焚的是檀香。"

李凌云取出一颗天竺药丸塞进铜炉，烟气里很快有了浓厚的香味，烟雾也变得不怎么容易散开，渐渐萦绕在屋内。

明珪给李凌云递了杯水，后者摇头拒绝，却取出一个药盒交给明珪道："这是我们封诊道的唤醒药，你涂一些，不要被这烟气影响。"

明珏闻言打开药盒闻了一下，连忙把药盒推开，哭笑不得地道："什么东西这么臭？真是直冲斗牛，叫人肝颤。"

"臭才能让人清醒，"李凌云解释，"虽说这药中没有阿芙蓉，但它既然能乱人心智，就也不是什么好对付的东西，子璋你得清醒着，要是发现我有不对，也好马上唤醒我。"

"明白，这事交给我。"明珏点点头，又问，"你打算不吃不喝吗？"

"是你说要提防凤九的啊？"

明珏看看四周，笑道："不光如此，难道你就不怕我会趁机对你不利？"

"子璋与我阿耶很像……"李凌云渐渐开始觉得眼皮有些沉重，歪着头对明珏道，"我阿耶也像你这样儒雅，说话温声慢气的，好像不管发生什么事，只要他在，我心里便觉得安稳妥帖……"

李凌云缓缓在席上趴下，手撑着头继续道："若子璋真是我的叔叔就好了……"

明珏见他渐渐合上眼，连忙伸手挑起一点臭药抹在鼻下，被那味道弄得打了个冷战，抬头小声喊："大郎？大郎？"

起初李凌云还能回答两句，之后他便沉沉睡去，开始发出均匀的呼吸声。

明珏起身到他身边，伸手从他怀中拿出天竺艺人用的药丸瞧了瞧，浅笑道："这些天竺人就爱使这曼陀罗，多少年了，也不换个方子。"

说完，明珏扶起李凌云的头，拿出一个富有光泽的玉石小瓶，拔去瓶口木塞，伸出两指堵住他的鼻孔，见他不由自主地张开嘴，便朝他口中滴了两滴透明液体。

收了瓶，明珏贴在李凌云脸旁，听见他的呼吸声变得更加沉重悠长，这才起身端坐一旁，端详起李凌云来。

"辛苦了……"明珏温声说道，"有我在，不妨好好睡上一觉。"

☁

在黑暗中，李凌云缓慢地睁开了双眼。

　　一片赤红血色直直地杀进了他的眼中。他又一次发现自己站在血泊里，身边人影憧憧，耳边扰攘不已，虽然分辨不清细节，但能听出那些声音都是人的咆哮声。在他脚下，仍旧躺着那不知姓名的女尸。

　　"你又做梦了？又做那个梦了？"不知从哪里来的声音，温柔平静地穿越杂音，进入他的耳中。

　　"是……"似乎无法抗拒那个声音，李凌云喃喃地应答道。

　　"你只是站着吗？就不想做点什么吗？"

　　"我……我想……"李凌云低头看着人群脚下，视线无法从朝自己伸出的那只苍白的女人手上挪开。

　　"你想做什么？"那声音问道。

　　李凌云慢慢蹲下，朝那只手靠近。"我想看看她……那只手的主人。"

　　"手的主人？"

　　李凌云茫然回答："嗯，她应该已经死了……可是我想看看她……"

　　声音开始鼓励他："那就看看，看看她是谁。"

　　李凌云跪在血泊中，他试图去抓那条纤细的胳膊，可就在他碰触到那只手的一瞬间，他发现自己的手骤然变成了肉墩墩的孩童小手。

　　"啊……"他抬眼望去，终于看见了手的主人：一个云鬟散乱的女子，额上贴着花黄，她长得很美，而且看起来格外亲切。此时她双眼大大地睁着，血从圆润的额头上流下来，汩汩不绝地注入地面上的血泊里。

　　"我认识她。"李凌云痛苦地说道，"我一定认识她……"

　　"她是谁？"那声音问。

　　"母亲……"李凌云刚说完这两个字，他就听到人群发出疯狂的笑声，女人的尸体在他眼前被无数条胳膊抓住，七手八脚地快速拖进黑暗之中，唯独留下他跪在血泊里。

　　"不——别带走她——"李凌云声嘶力竭地叫喊，同时为耳中听到的声音感到惊讶，因为那叫喊声并不是现在的自己的声音，而是一个男孩的尖叫声。

　　"谁带走了她？"声音问道。

李凌云抬手捂住耳朵。"他们……是他们……"

"他们带走了你的母亲,他们还可能杀了她,你不想要做点什么吗?"那声音穿透双手,直接进入李凌云的耳中。

"想……"他轻轻回答。

"你想做什么?"那声音极温柔地在他耳边抚慰,"不管你想做什么,我都会陪你……来,告诉我,你想做什么?"

"我想……"李凌云注视着自己的手,不知何时这双手又变回了成人大小,"我想要……"他说着,突然间发现自己手里多了一把直柄、刀尖部分呈弧形的诡异小刀。

"封诊刀?"李凌云不知不觉地握紧了手中的刀子。

"难道,你想剖开他们吗?"那声音惊讶地问。

"很吵……他们很吵。他们在说什么不应该,什么违背天理……他们在诅咒谁,说着该死,该死,该死,一直在说,真的好吵。"李凌云凝视着手中的刀,摇了摇头,"可是阿耶说……封诊刀,不能用来杀……"

突然,一股臭味袭来,李凌云闭眼打了个冷战,再睁眼时,他发现在自己眼前的是被晨光照亮的幽深屋梁,耳边响着院里的鸟鸣声,还有从坊内大秦庙里传来的他听不懂的胡语祝祷。

"好臭!"李凌云边说边抬起手,手中空空如也,并没握着封诊刀。

"你睡得太久了,足足七个时辰,我怕你出事,就用药叫醒你。"明珪收起药盒,递给李凌云。明珪看起来有些疲惫,晶亮的眼睛也显得浮肿。但看见李凌云时,他的笑容仍显得非常温和。

"我说过吗,你真的很像我阿耶……"李凌云爬起来,接过药盒放进怀里。

"我可没和女人偷生你这么大的儿子。"明珪掩着嘴打了个哈欠,"我看天竺人的药丸里的就是一种迷药,用量小一点可以让人昏昏欲睡,只是你的用量大了,你就一直睡到现在。"

"我又做那个梦了。"李凌云说,"不过这次有些不一样……"

"哦?什么不一样?"明珪来了精神。

"这次我看到死的女子是谁了。"李凌云缓缓地讲述起梦境，等到他说完时，外间天色也已经大亮了。

"所以，梦里的女子是你母亲？"明珏奇怪道，"在你的梦里，她是被那些不断怒骂的人杀死的？"

"嗯……可我阿耶和姨母都说阿娘是病死的。"李凌云摸了摸下巴，揪住几根刚钻出来的胡须拉了拉，好像要以痛感来区分梦境与现实，"或许这只是个梦，要不是做梦，我怎么可能想拿封诊刀对那些人……"

"你想对他们做什么？"

李凌云放下手，凝视明珏温和明亮的眼眸，话语里有许多迟疑。"我……想剖开他们，我觉得是他们杀了她，我看见我阿娘的额头在不停地流血。"

"在梦里……你这样做了吗？"明珏小心地问道。

"没有，"李凌云皱起眉头，"我阿耶叮嘱过，这把封诊刀能剖的，只有死人。"

说到这儿，李凌云突然又问："我睡着时，你跟我说话了吗？"

"不曾说过，你都没说梦话，我为何要跟你说话？倒是一夜不睡饿得慌，吃了不少东西。"明珏手指一旁的几案，上面果然堆积了一堆果皮、羊蹄骨之类的玩意儿。

李凌云若有所思。"那到底是谁在梦里一直跟我说话呢？"

"不过是个梦罢了，兴许只是日有所思夜有所梦而已，你天天办案，看多了各式各样的死人，自然而然梦也变得古怪恐怖起来了。"明珏递给他一个半红半青的苹婆果，劝道，"先垫垫，一会儿出去买碗热馎饦①，吃了顺顺气。"

李凌云接过果子咬了一口，嘴里酸得厉害，人也清醒了几分。他依然对那梦境有些疑惑，尤其是梦里的声音，越是回想，越觉得与明珏有几分相似。

只是他并没机会继续深思，有人在外面用力敲起了门。明珏起身开门，那人一头闯了进来，正是猞猁少女。只听她兴奋地对二人喊道："用逍遥丸换纸

---

① 一种水煮的面食。

的那家伙，可算是被我给找到了——"

二人对视一眼，李凌云问道："子璋，馎饦还用吃吗？"

"自然是要吃的，"明珪笑道，"没有力气，怎么追踪凶手？"

二人这番对话有些没头没脑，猞猁少女听不明白，打断道："在说什么呢？"二人相视一笑，一同绕过猞猁少女出门……

第十一回

大凶绝地　无皮血尸

路边馎饦摊上，明珪与李凌云吃着热腾腾的碎羊杂馎饦，依旧是一个慢条斯理，一个狼吞虎咽。少女在一旁瞧了片刻，抬手招呼店家："店家，再来一碗，要羊肉的，多放一些韭菜。"

"一碗羊肉馎饦，多韭菜啦——"店家话音刚落，羊肉馎饦就上了桌。羊骨白汤上浮着烫熟的翠绿韭菜，冒着醉人的热气。少女抬手在猞猁面具上敲了数下，面具之内传来轻微的轧轧声。少女张开玉手，就见那面具从她脸上坠了下来，正好落入掌心。

明珪跟李凌云都被她的动作吸引，看向少女抬起的脸，只见猞猁少女面上不施一点脂粉，额前碎发零落，漆黑眉头弯弯，双唇不点而朱，一双眼如含桃花，眼角微红，别有一种明眸善睐的青春美丽。

少女白了二人一眼，端起馎饦用竹箸搅了搅，小口香甜地吃起来。李凌云觉得少女面相莫名眼熟，但又想不起在哪里见过，忍不住去看明珪，后者仿佛有心通的能力，适时地在桌下抓了李凌云的手，在掌心写下"凤九"二字。

李凌云再看少女时，总算察觉出那少女眉眼竟有许多地方与凤九相像，心道原来是凤九的亲戚，也明白了少女对那狼面童子的傲气任性的缘由。

他正想着，少女却边吃边问："之前查得那么紧，好不容易等到凶手又来市中市换纸，怎么这回却不着急跟了？"

李凌云抬碗喝干肉汤，"咚"地放下碗。"术业有专攻，你说安排人跟上去了。我只会剖尸查案，追踪行迹这事我也做不来，不如吃饱再说。"

李凌云话音未落，阿奴便背着封诊箱大步朝这里走来。铁塔一般的昆仑奴浑身热汗，显然是一路狂奔。到了跟前，阿奴朝李凌云、明珪弯腰一礼，胳膊上漆黑的皮肤在朝阳下熠熠生辉。猞猁少女盯着他看了许久，笑盈盈道："宫里的昆仑奴，可没有比他生得高的。"

明珪闻言停箸，抬眼仔细看看少女，若有所思地又低下头吃起来。李凌云在一旁和阿奴比画了一下手语，回头道："子婴马上到。"

"他来做什么？"明珪放下碗，用手巾擦擦嘴角，见李凌云嘴上贴着片菜叶，伸手指了一下。后者用手抓掉，皱眉道："说是有急事，见面再说，这孩子不肯让阿奴递话。"

明珪若有所思地敲敲桌面。"应该是不想让外人知悉，才会如此谨慎。"

等少女吃完馎饦，子婴正好赶到，他同样跑得满头大汗。少年面色微青地来到李凌云面前，匆匆一礼，从怀中掏出一封信递给对方。

李凌云迷惑地抽出信纸展开来看，只见一张光彩熠熠的信纸上写着"多管闲事，于君无益"八个大字。他一个激灵，忙从怀中摸出油绢手套戴上，拎着纸看了看，又凑过去嗅闻字迹。

见李凌云如此作为，明珪道："是凶手来的信？"

"笔不是一种，因为这字更大，但墨、纸却属同类。再看字迹，应该是同一人所写。"李凌云把信纸插回信封，又把信封小心放进封诊袋里。

"老师，莫非咱们是被盯上了？"子婴紧张地问道。

"看来我之前的感觉无误，的确有人一直在盯着我们。"

似有些害怕，子婴抓着李凌云的衣袖问："老师，会不会出事啊？"

李凌云抬手拍拍阿奴的胳膊。"有阿奴在，他力大无穷，我不会有事。六娘来了吗？"

"六娘姐姐驾着封诊车，走得慢些。"

李凌云点点头，转而对少女道："能否让九郎的人为六娘引路？他们应该认识我家的车。"

少女不知何时已重新戴上面具，张开猞猁嘴，露出獠牙嘲笑道："何必用凤九郎的人？用我的人就够了，市中市本就是我的……"

说完，少女的猞猁嘴猛地闭上，她过了一会儿才道："你们方才听到什么了吗？"

"你说市中市是……"李凌云刚要回答，明珪伸手捂住他的嘴，笑道，"没听见，什么都没听见。"

说完，明珪附在他耳边小声说："别说出来，不要惹事。"

李凌云心中虽有怀疑，但他对明珪从来是言听计从，心里也拿定主意，准备待会儿直接问明珪。

结了账，众人朝着最近的城门走去。到了城门口，李凌云发现猞猁少女不见了，抬头一看，果然发现她远远地站在一旁，便问道："你不一起去吗？"

猞猁少女面露希冀神色，却摇了摇头。"我不能轻易出去的……阿娘叮嘱过，我要听话。"

李凌云觉得她年纪颇小，家人不愿她出门也属正常。他也未多问，谢过那猞猁少女，便跟明珪等人一同策马出城去了。

众人刚行不远，就瞧见一人牵马在路边等待。

此人身份并不陌生，正是上一桩案子凤九派来帮忙寻找水源的何权。

何权对几人打过招呼，又道："追踪凶手行迹的是我兄弟，他一路追去，暗中留下了许多印记，这些印记外人看不懂，所以九郎命我来给大家引路。九郎还让我转告，说谢将军一会儿就会赶来，与各位在道中会合。"

说罢何权上马加入了队伍，带头走在前面。

李凌云对明珪道："凤九郎做事极为细心，连这都预测到了，只是猞猁脸的小娘子好像不太把九郎当回事，可看年龄，她分明是他家的后辈，却不知她到底是什么人？"

明珪苦笑道："那是公主！"

"什么，公主？"李凌云吃了一惊，"公主为何会在宫外乱逛？身边还没跟着人。"

"相处这些时日，你又不是不知，凤九郎在哪个坊中没有暗线埋伏？保护公主的人一直就在咱们附近，不过是你我察觉不了而已。"

"原来如此。"李凌云仍有些不解，"公主不应该在宫中待着吗，为何要搞得像他的下属一样？对了，她跟九郎长得很像，莫非九郎也是皇亲国戚？"

"你这样想也没错，至于他到底是哪一门的皇亲国戚，你就不必了解了。"明珪摇头道，"这位公主自幼与天后性子相似，胆子奇大无比，好奇心也极重。你也听她说了，西市的市中市是属于她的，想来应该是天皇、天后为了让她玩得开心，给她找了些事情做。"

"难怪她说不能离开东都……"李凌云恍然大悟。

"可不是吗？在东都城中，自然有的是人保护她平安，可离了东都城，那麻烦就大了，想来天后也不会轻易让公主肆意游玩。"

说话间，何权已在路上发现了印记，那些印记设计得非常精妙，一般人根本分辨不出，然而在何权的眼里，却好像是光明正大立在路边的道标，轻而易举就能识别。

他领着大家走过数个岔道，在每个岔道处又都亲自留下了新的印记，相比而言，这些印记就格外显眼了。何权跟众人解释，这是留给谢阮看的，方便她追上大家。

果然没过多久，谢阮就带了五六人策马从后头赶了上来。她仍是一身男装，红色胡袍，骑着那匹大白马，风尘仆仆。到了跟前，她道："你们速度挺快，六娘在后面，有人在给她带路，不必担心。"

刚说到这儿，前面岔路口走出一位身穿土黄衣裳的貌不惊人的男子，发现马队为首的是何权，他连忙大喜过望地迎了上来。

走到跟前，众人才发现男子脸很脏，上面用黄黑的泥糊得一道一道的，几乎看不清楚相貌。不等众人相问，男子叉手行了个礼，对众人道："各位，我叫刘达，此前便是我在追踪那人。"

说完，他又道："在市中市盯着文房铺子老板的也是我。此番那人又来用阿芙蓉丸交换纸张，老板便通知了我。只是市中市有自己的规矩，允许戴着面具交换物件，即便四处打探，也只是问到他除了换纸，三日前还在市场上换取了许多水银。由于再多细节已无法探知，大致掌握了他的来去轨迹后，我便带人出城追踪至此，奈何这里山高树深，在前面跟丢了他的踪影，得知各位赶来，我便守在此等待。"

李凌云下马，对那刘达道："可否把那人的身高形貌告诉我们？"

"当然可以。"刘达满声答应，"这人身材魁伟，身高有六尺二寸左右，全身穿的都是黑衣黑袍，连脸上也蒙着一层黑布，只挖出两个眼洞，所以看不清楚模样。他与店家交易时，店家还注意到他是个左撇子，说话总是含含糊糊不清不楚。"

"都对上了，看来凶手是他无疑。"谢阮兴奋地道。

"三天之前买了水银……"李凌云沉吟着，突然抬头看向刘达，"他身上可还有其他异常之处？"

"您还真说中了，"刘达抬手从脸上抠下一块干裂的泥，手指自己鼻子道，"这人极为狡猾，我在市中市里好几次差点跟丢，后来之所以能跟上，是因为他身上有一股血腥味。"

"血腥味？"子婴奇怪道，"你说的是人血？要是他身上满是人血味道，怎么会有人敢跟他做交易？"

"嘿！当然不是浑身血腥那么可怕。"刘达一笑，脸上的泥就簌簌往下掉，众人这才发现，刘达的衣服本是麻色，上面涂抹了混着草的泥土，所以才显出土黄色。仔细一想，他若以这身装扮埋伏在草丛中，只怕真的很难被察觉，难怪可以追踪凶手而不露痕迹。

"我阿耶曾是长安城里最有名的刽子手，他老人家最擅长的是凌迟之刑，数百刀下去，人都可以不死，还能喘气。所以我打小闻着人血味长大，对这味道最为敏感。"刘达伸手虚空一抓，又放在鼻子前面，深深一吸，"别的味道不敢讲，过去缉捕敌军时，只要其中一人受伤流血，就别想逃过我的追踪。"

李凌云神色凝重地道："看来他恐怕又杀人了。"

"狗贼又害人，我们竟没赶上。"谢阮气愤地握紧拳头，抬眼看向刘达，"怎么跟丢的？还能找到吗？"

"也谈不上完全跟丢，各位请跟我来。"刘达在前领路，把众人引到一条小路边。

他抬手指着小路。"诸位请看，此路通往宝瓶山，这座山是伊阙的分支，对外一面全是悬崖峭壁，其中一座山峰的峰顶形似宝瓶，故而得名，平日里除了采药之人，很少有人进去。此路就是进入山中的独路，我跟到前面路口，发现那人转入山中，就没有继续跟下去，因为山路很狭窄，容易被发现，怕打草惊蛇。但他多半是进了这座山了。而且自打他骑驴进去后，我就守在这里，一直没看到有人出来，他应该就在里面。"

李凌云观察了山势，点头道："独道群峰，山风凛冽……此地的确不愧宝瓶山之名，被山峰包裹难有其他出口，凶手此时应该还在山中。"

谢阮拔出直刀，对刘达道："凶手力大，视人命为无物，你迅速传消息回京中，让九郎通知宫中调些人马来支援。我带的人留给你四个，看好小道出口，倘若凶手逃窜出来，绝不能让他跑掉。"

刘达抬手称诺，转身快速去往官道方向。谢阮问李凌云："怎么样？追还是不追？"

"自然要追。"

子婴朝那巨山张望了一下，咋舌道："虽说只有一条路可以入山，可是山也太大了，茫茫山中找一个人，怎么才能找到？"

"我们要追的虽是凶手，但入山之后要找的不是活人，而是死人。"李凌云把阿奴叫到身边，用奇妙的手法依次敲击封诊箱，随着机栝声响起，封诊箱的箱盖倏然分向两边，中间露出一个圆形凹槽，凹槽内徐徐升起一枚黄澄澄的铜盘，铜盘上雕刻着许多大小不一的文字，以及八卦纹样。

李凌云拿出铜盘，随手敲了一下封诊箱某个部位，那凹槽便瞬间消失了，又还原成一个黑漆漆的箱子。

"罗盘？"子婴兴致勃勃地凑过去，看清楚那铜盘时，他倏地睁大了眼睛，"不对……怎么这个风水罗盘有三层啊？"

"这是三合盘，用于立向、格龙、分金……可以定阴穴，有些大阴之地，专门用来镇压人魂。"李凌云掂着手中沉甸甸的铜盘，"我之前做了个很可怕的梦，梦中四处是血，而且自己也有伤人的残暴想法，醒来之后我才意识到，在梦中我感到十分寒冷，而这种感觉，便符合风水中认为的'阴'面的理念。"

"阴？"明珪眯眼，重复了一遍这个字。

"阴阳相对：阳者，是阳光，也是温暖，可以激发人的善念；而阴者，寒冷背光，多能让人心生恶意……阴阳相交，便有雷霆雨露，如天地乾坤。"李凌云又道："你们可还记得，第一桩案子，就发生在曾有灭门惨案的凶宅里，可谓大阴之所。"

"对啊……第二桩案子的怨鬼林，也埋葬过很多尸体。"谢阮也跟着回忆。

"死水湖中，淹死过极多的人……焚尸院更不用说了。"

李凌云点头。"我也是因为这个梦，才突然察觉到，这些案子的案发地，互相之间存在关联。细细一想，凶手选择的都是鲜有人去的极阴之地，若只是为了人少作案不易被发现，那也不是非得选择这种阴凶之所，毕竟东都周边多的是无人野地，所以他选择极阴之地，必有他的目的。虽说还不知道他的目的是什么，可这个推测没错的话，那么在这山中什么地方是极阴之地，他这次就有可能在那里杀人。"

子婴闻言恍然大悟。"难怪老师会说，我们要找的其实是死人。"

"所以用罗盘试试看……分金定穴我不太熟，这种道术技巧我们封诊道已失联的地支一脉更为精通，我所会的不过是粗浅皮毛之技。但借由地支所制作的特殊罗盘，可较为容易地推测地形。"李凌云边说边抬手转动罗盘最底层，没过多久，他摇头道："地盘分金不合仙命……看来，只能天盘分金合神命了。"

他手持罗盘左右晃动，转动最高层的盘片，找准一个方向后大步朝小道深处走去。明珪等人赶紧跟上，谢阮更拔刀在手，冲到前方护住李凌云。

群山腹内树木葱茏，在四周大山的围绕之下，枯木与藤蔓相互纠缠，高高的大树挡住了阳光，林中到处弥漫着幽幽的寒气。

在李凌云的示意下，谢阮用刀劈开灌木为众人开路，大家朝前方无路处走了一段，他停下脚步，抬头四处观察道："长林古木、茂椒丛薄，翳天蔽日，垂萝蔓藤，阴森萧冽。"他看向某个方向，抬手指着那边。"你们看，是不是像一座墟墓？"

谢阮看过去，点头道："是很像，死人在那边？"

"非也，这种环境之下出现如墟墓者，在风水之说中名曰'木箭'，箭头所指方向，必有大凶之地。我们往那边走。"

仍是谢阮带头开路，没一会儿阿奴也手提柴刀加入，众人一路披荆斩棘深入山腹，突然谢阮在前方叫了起来："有路！"

李凌云赶过去，看见一条几乎被灌木杂草给彻底掩埋的石路，因年久失修，已破碎扭曲了。何权跟上来看见，倒抽了一口凉气。"当真是这鬼地方？"

众人不解，齐声问道："什么鬼地方？"

何权眉头乱跳，沉声道："这座宝瓶山内物产相当丰饶，但自很多年前有了山中闹鬼的传闻，就没有几人敢入山了。当年我们探矿也都是绕着这儿走的……说来是前朝的事了，当时隋朝开国功臣高颎得罪了隋炀帝杨广，斩了他想要的陈后主宫中的美人张贵妃，也就是张丽华。后来杨广即位，便以诽谤朝政为由将高颎处死。为讨好隋炀帝，有人暗中把高家人带到宝瓶山中杀死，填进山中天坑之内……从这件事后，但凡隋炀帝想杀的人都被带到这里灭口，山中也就开始闹起鬼来，所以，这坑也被人叫作'万骨坑'。"

"龙惊地，内有天井烈分……下有伏尸骸骨，即成天尸地，绝对的大凶阴沉之所。"李凌云顺着小路缓步走去，在路边发现了折断的灌木，他停下来摸了摸断口，搓搓着手指上的汁水道："断口还很新鲜，在我们之前，除了凶手，也没其他人进山，看来，他也是朝着这边走的。"

众人顺着破败石路向前走去，一段时间后，前方豁然开阔，一座巨大的天坑出现在他们面前。

众人来到坑边，俯身看去，发现这座天坑并不深，坑底并无多少草木，其中遍布着许多散碎尸骨，可见何权描述的前朝那些事是真的发生过。

谢阮见状，把何权和随自己同来的二人叫到身边，吩咐道："此处恐怕有凶案发生，这里有我和明子璋，阿奴力气也大，可以抵抗，你们护着老何先退出去，他若出事，凤九不免问我要人。等宫中援助来了，你们再带人进来会合，一同抓捕狗贼。"

二人闻言口中称诺，很快带着何权离开了。

"我要下去看看……"李凌云望着坑底，边说边打手势，让阿奴拿来了封诊箱。李凌云开启箱盖，从中取出两根金光闪烁的细绳。

"这细绳是由黄铜丝扭绞而成的，非神兵利刃砍砸不会断。"李凌云让阿奴把细绳绑在坑边巨树上，自己戴上羊皮厚手套，拽住细绳，双脚踩踏着坑壁往下爬。明珪也戴上手套跟了下去，为了防备那不知身在何处的凶手，谢阮和阿奴就留在上面守着细绳，顺带环顾周遭。

子婴看了一会儿，突然肚子疼起来，跟谢阮说了一声，摘了几片大叶子，就躲到了远处去方便。

李凌云与明珪此时已经下到坑底。林中阳光暗淡，李凌云点亮了一只极小的火把，坑中骸骨比比皆是，二人试图不踩踏到那些人骨，却发现无济于事。

只听咔嚓一声，李凌云又踩断一根肋骨。明珪见他低头懊恼，劝道："隋炀帝嗜好杀戮，不知道杀了多少无辜之人，大郎又不是故意的，不必太伤感……"

"我没有伤感，只是怕破坏了痕迹……"李凌云抬头道，"等等，风里有血腥味，在那边。"

说完李凌云朝右前方走去，明珪连忙跟上。没走多远，二人眼前便出现了一具瘫倒在地的赤红尸首。

那尸首红艳艳的，仿佛浇满鲜血。李凌云走到跟前停下，喃喃道："他的皮……被整个剥掉了。"

明珪四处看了一下，发现尸首旁竟躺着几条黄毛野狗，他上前踹踹其中一条，野狗的尸体随之发出闷响。明珪回头道："身躯坚硬，这些狗已经死透了，它们是从哪里下到坑底的？"

李凌云目不转睛地看着被剥皮的血尸，喃喃答道："狗擅长挖洞，野狗尤其如此……民间传闻有一种叫地狼的妖怪，喜欢居住在屋子下面，或地底深处，人听见它的幼崽的声音，才发现它挖出洞来，以为有妖异发生。实则不过是狗挖地道，在屋子下面弄了个窝而已。"

"原来如此……"明珏往前走了一段，又发现了几条狗的尸体，奇怪的是，这些狗的头部都朝着同一个方向。

明珏走过去蹲下，看向狗头朝向处，在对应的坑壁上发现了小小的洞口。"坑壁有狗洞，这些狗是从那边挖洞进来的，只是不知它们原本生活在哪里，又为何会出现在此处。"

明珏走回李凌云身边。"不过既然以前这里经常有人丢弃尸首，很有可能，这些野狗的祖先就活在这个坑旁以尸首为食，代代繁衍下来，而这具新鲜尸首也未能幸免，已被它们啃食过了。"

明珏说话时，李凌云并未出声，伸手缓缓地抚向尸首。这时明珏注意到他还没有戴上油绢手套，便一把拉住他的右手，轻声呵道："你还没戴手套，狗都死了，万一这尸首有毒……"

明珏话音未落，就见李凌云左手飞快地从怀中摸出封诊令，手指快若闪电地在令牌八卦上掠过，如弹琴一般，那令牌瞬间如花朵般张开，李凌云双指并拢，在令牌上轻轻一拂，挟一抹寒光直奔明珏脖颈。

明珏反应极快，抬手向上格挡李凌云的手肘，寒光险之又险地从下颌处掠过。明珏只觉脸上一凉，随后又是一热，鲜血从脸上流了下来。

不敢犹豫，明珏反手捏住李凌云腕上脉门，另一手顺势屈指敲击麻筋。李凌云的手顿时不听使唤，凶器脱手而出，落在地上发出轻微的叮当声。

明珏定睛一看，竟是个柳叶一般弯曲的薄刀片，那刀片光华璀璨，反光呈水波纹状，明珏一眼就认出，这是用上等大秦百炼钢①制作的，用这种钢做成

① 中国古代用反复叠打钢料的方法制成的一种钢。

的刀可以吹毛断发，哪怕在整个大唐都是罕有的极品。

他大惊质问道："李大郎，你做什么？"

李凌云捂着发麻的臂膀，神情迷茫地甩了甩头，这才抬头看他。见他脸上不停滴血，李凌云同样惊讶道："明子璋，你怎么了？"

说着李凌云想上前一步，这才发现自己的手还被明珪死死掐着，疑惑地抬起胳膊，看着被掐得发紫的手腕。"你抓着我做什么？"

明珪难以置信地反问："刚才发生了什么，你都不记得了？"

李凌云皱眉回忆道："方才看见这具无皮血尸，然后你说旁边有死了的狗，再之后，就是你用力抓着我的手……"

"你看看地上。"明珪用眼神示意。

李凌云的目光转向地面，当看见地上柳叶状的刀片时，他瞳孔急剧收缩，许久之后才重新看向明珪。"你的意思是，我刚才用这把封诊刀袭击了你？"

"你刚才就像变了个人，突然从封诊令里拿出这个，要不是我躲得及时，就不是被划一下而已了。"明珪说完，观察着李凌云茫然的面色，确定他应该是真不知情，这才缓缓放开手，"你到底怎么了？莫非跟之前做的那个梦有关？"

"我也不知道，只是刚才看见这具血尸，突然间就好像什么都不记得了……"李凌云蹲身捡起刀片，"其实这把才是真正的封诊刀，是最初俞跗祖师创下的形状，后来加了把柄，变得更加方便操作而已。我们携带的封诊令就是一个缩小的封诊箱。这把刀是之前阿耶在我生日时送给我的……据他说，是我阿娘当年赠给他的。"

说到这儿，李凌云从怀中抽出油绢手套戴上，对明珪道："或许是这具尸首太血腥，跟我的梦境之间产生了关联，刺激到我的神志，也有可能是大凶之地阴气影响的缘故。"

明珪赞同道："说得也是，之所以会分阴阳之地，就是由于这些地形会对人产生不同的影响，看来此处不宜久留，我们还是尽快查验。"

"不错，我与你看法相同。"李凌云手指血尸，"你看这具尸首，四肢多处都露出森森白骨，肉多的地方都已经被啃食殆尽，内脏也都被野狗拽了出来，狗又死在尸首旁边，可见死因应与尸首有关。"

李凌云说着，来到离尸首最近的一条野狗旁边蹲下，他双指握紧柳叶刀片，手指如穿花蝴蝶一般在野狗胸腹上抹过，轻而易举就将野狗的肚子剖开。他伸手在狗腹中摸索，找到胃囊拽出，取一油绢封诊袋接住，刀片轻轻在上面划过。

野狗吃了很多人肉，胃部鼓鼓囊囊，胃里的东西随着胃被刀片划开，一股脑地掉进封诊袋中，其中数点银光吸引了二人的注意。

李凌云扔开野狗，在封诊袋底部发现一些银色的液滴，他用手去捏，却发现它们一碰就会滑走，甚至还会分开变成更小的银色珠子。

"是水银，"李凌云起身走向另一条野狗，"凶手在市中市里交换了大量的水银，看来都用在了这里。"

李凌云手起刀落，又剖了两三条野狗，均在胃中找到了水银。

明珪在一旁推测："这些野狗，啃食人尸，导致水银中毒而死。"

"所以这次，凶手是用水银杀的人。"李凌云回忆，"我们的封诊录中，记载了大量利用水银杀人的方法：最直接的就是将微量的水银混入食物；稍微精妙一些，也可用水银制成蜡烛，这样点燃后水银会变为烟气，如果长时间吸入，便会中毒，头发大量脱落，骨骼变形，最后痛苦而亡。"

李凌云说到这儿，有些不解。"由于水银极其贵重，就算我封诊道记载的奇案无数，关于水银杀人的案例中，也都只是少量使用。凶手不惜花这么大的代价购置巨量水银，又是出于什么目的？"

"我想到了。"明珪双眼一亮，"我曾在阿耶收集过的西域书籍中，见到过这种杀人的方法，他们用水银的目的并不是要杀死这个人，而是要得到整张人皮。"

"整张人皮？"李凌云低头看向血尸，"他的确是被剥皮而死，而且从尸体状态看，死亡未超过两天，整具尸首腥味浓厚，血迹也未完全干涸……你可知道用水银剥皮的过程？"

"自然知道。据有些从天竺来的人说，他们把这种方法传给了吐蕃人。具体施为，是将死者埋于土中，然后刮干净死者的头发，在头皮上开刀口，再将水银沿着头皮的刀口导入。由于水银极重，它在缓慢地顺着刀口下坠的过程中，就可以逐渐撑开死者的皮肤。只是这种剥皮方式，必须在死者活着时才可进行。"明珪面露不忍，"最残忍的是，在剥皮的过程中死者会感到浑身奇痒难忍，所以不断扭动身体，这样会使水银下坠速度变快，从而加快剥皮的速度。据说操作熟练的人，用这种方法可以完整地剥掉人皮，而这些人皮，在吐蕃，则会被用来制作各种法器。"

听着明珪的话，李凌云再度蹲在尸首跟前，有些出神的样子。明珪见状紧张起来。"大郎，你是发现了什么？还是……"

李凌云手指尸首的头和胸腹部。"你看，凶手其实只取走了这两个部位的皮肤。死者上半身肌肉上有明显的刀割痕迹，说明这种剥皮方法，凶手运用得并不是很熟练，但从其剥皮的手法看，此人必然具有一定的医技，因为这些皮肉分离得很干净。"

他接着又道："四肢留存的少许皮肉不规则翻卷，有被野兽啮咬的痕迹，所以他四肢的其余皮肤，其实都被野狗给吃进了肚子。"

"而且尸首原本不在此处，是被这些野狗拖过来的……"李凌云起身，循着地上混合血迹的拖痕一路跟去，明珪也跟了上去。二人在西南边发现了一个土坑，土坑附近有殷红血迹。李凌云扒开那土坑，发现土坑中果然遗有大量水银。

二人按原路走回，李凌云对着天坑上面的阿奴打了几个手势，又对谢阮道："我让阿奴抬着封诊箱下来，三娘你跟子婴仍在上面照看。"

谢阮点点头，就见阿奴背着封诊箱，向坑底一跃而下，一声巨响后，昆仑奴双脚陷入土中大约半尺之深。谢阮和明珪对他的举动都很吃惊，他却不以为意，从土里拔出双腿，朝李凌云奔去。

拿到封诊箱，李凌云开始正式封诊，照例念过口诀，他将新的封诊录扔给明珪，自己则拿出封诊尺，测量起死者身高。

明珏早已习惯用封诊道的怪笔书写，在一旁跟着迅速地记录。

"死者身长五尺七寸六厘左右……"李凌云捏了捏尸首腹部翻卷起来的皮肉，又一一捏过肢体上的骨骼，"腹上脂层较少，浑身肌肉紧实，应该是习武之人。"

说着他掰开死者已被啃食的嘴部，两排森白的牙齿露了出来。"牙齿已磨平，后槽牙齿已长出，也磨平了不少。两边的磨牙均缺失，门牙断裂，结合骨头的成长磨蚀程度来看，推测死者年纪应在五十岁左右。"

李凌云让阿奴拿来封诊镜，仔细观察断牙。"牙齿断口如山峰，形状不规则，说明是受到了突然撞击导致的门牙碎裂。不像是用兵器、拳脚撞击的，不是有固定打击方向的撞击力所致，更像是从高处落下竖着磕到了硬物上，使得牙齿爆裂……奇怪。"

"什么奇怪？"一个女声传来。

"三娘你怎么下来了？"李凌云和明珏一起抬头，看向朝这边走来的谢阮。

"子婴出恭回来了，他说他练过武，足以逃命，上面由他看着就行。我给了他一把匕首，让他有事就喊。"谢阮道，"接着说，哪里奇怪？"

"方才摸过死者的四肢，未发现有骨折迹象，说明死者摔下来的地方并不高……地方不高，又造成了这种牙齿爆裂的情况，那只有一种可能，就是脚底打滑，牙齿磕碰到了某种物体上，嗯，说不定就是丹炉。"

明珏点头道："不排除这种可能。丹炉大小不一，开炉时还要搭梯子，很多道士在开丹炉时，难免会出现这种意外。只不过别人多是磕碰到嘴唇，而死者却磕到了牙齿。"

李凌云也道："从其牙齿的生长方向看，在磕碰之前，其牙齿外翘，死者是个龅牙。"

"你们研究老半天，他是不是龅牙与他的死有何关系？"谢阮好奇地问。

"倒也关系不大……不过，这或许可以帮助我们发现这人到底是谁。"

听到李凌云这样说，谢阮连忙对明珏道："明子璋，不要偷懒，赶紧记上。"

"早就在记了。"明珏好笑地说，突然眼角瞥见什么，手指李凌云身后，

"大郎，你看那边，那是什么？"

李凌云回头望去，发现地上有一撮黄褐色的头发，因头发较长，一眼便能看出肯定不是狗毛。李凌云走过去，拿起头发用封诊镜看了看。"是死者的头发没错。只是他头发呈黄褐色，且发质极差，有些地方出现断续的白色，这是由于常年食用丹药，中了朱砂毒引起的发质变化。"

谢阮点头道："会强身健体、开炉炼丹，自己也服用丹药，那他无疑也是一名术士了。"

"死者的胃囊被野狗啃食得差不多了，无法查验他之前吃了什么，不过如无意外，多半也是上了那凶手的当，被下了迷药，这才被弄到这里杀死。"

李凌云从明珪手中拿过封诊录，把死者断牙的情况画在了"面目"一页，随后又对阿奴打了一系列手势。阿奴点点头，接着打开封诊箱，从中取出一个大号黑色桐油布袋，小心地把尸首装了进去。

李凌云一马当先，朝坑边走去，边走边道："凶手向来以驴、马运送受害人，我们在四周查看一下，看看坑边是否有蹄印、驴粪之类的痕迹。"

李凌云等人顺着细绳攀缘到天坑上面，一上来就见子婴紧张兮兮地抱着匕首，满额冷汗地迎了上来。

谢阮四处张望，并未察觉有人在附近，李凌云便将在场之人分为两组，两组人各自沿着不同方向围绕天坑查看。李凌云与明珪一组，阿奴和谢阮另成一组，一段时间后，两组人在天坑对面碰了头。

谢阮一见李凌云就问："发现了什么吗？我们这边一无所获。"

"没有，没蹄印也没有凶手的脚印……只有部分草被拔掉的痕迹。"李凌云皱起眉，"剥皮要很长时间，应该会留下迹象才对。如果什么都没有，可能说明凶手在杀完人后，对这些痕迹进行了处置。"

"奇怪，他为什么会这么做？"明珪摸着下巴，"过去凶手并不会除掉痕迹。"

"还记得我们收到的那八字信件吗？凶手已经发现了我们。"李凌云思索道，"所以他这次清理痕迹，倒也在情理之中。"

明珪闻言叹道："要不是大郎从驴粪中找出阿芙蓉草叶，又注意到那笔墨纸张的特别之处，凤九不可能查到市中市的线索，我们也就更不可能一路追寻至此山中。若非有这么多前提做铺垫，单从如今的现场痕迹看，还真难把这桩案子和前几桩联系起来。"

"如果我们再来迟些，尸首被野狗吃光，就更是无从查起了。"李凌云道，"看来凶手已提高了警惕……只是，他到底是从什么时候开始发现我们正在查他的呢？"

"……凶手给你写了信，"谢阮抚摩着刀柄，疑惑道，"可凶手为何不直接送信与你，而要送到你家去呢？再说他为什么偏偏送给你，而不是我或者明子璋？毕竟在封诊查案方面我俩都是外行，把书信给我们，相对来说不是更加安全？我们可不会像你那样提取痕迹。"

"也没有送到我家，据子婴说，是送到了太常寺药园门口。"李凌云道，"我猜，或许是因为我跟明子璋去找天竺艺人，凶手当时摸不到我们具体身在何处，便送到了药园。反正我人能走，家却不能搬迁，送到我家那边反而能保证我能收到。至于为什么是我，也很好解释：三娘本来在宫中，送信给你很容易暴露行迹；同理，明子璋是大理寺少卿，家中自然有不少懂行的随侍，或许凶手觉得送信给他比给我危险。"

"就算如此，我还有一个问题，"谢阮捋捋额边秀发，"方才你们在天坑底时，我就很想问，如果凶手写信给大郎你是为了警告我们，那么凶手必定知道我们正在寻觅他的行踪。如果是我，必定要消停一段时间。可为何他还偏偏反其道而行之，大摇大摆地去市中市兑换贡纸呢？"

"这举动的确不寻常……"明珪沉吟道，"三娘说得没错，他既然不希望我们追查，就该藏踪匿影，而不是如此招摇过市。"

"他的身高体貌我们都有所掌握，如果真的胆大到完全不介意我们的追捕，又何必要写信警告我们呢？这一点确实有些说不通……"谢阮越发迷惑，"明子璋，你跟着你阿耶学了那么多揣摩人心的本事，你来说说看，凶手这是图什么？"

"我不过是跟着阿耶学了一点皮毛，你这是在强人所难……"明珪摇头苦笑。

"我怎么强人所难了？明明李大郎每次说对人情世故不太了解，你就上赶着帮他想法子，到我这里，你就不乐意了？"

谢阮的话让明珪更加哭笑不得。"我只是觉得断案之时宜少用这些推测，既然是破案，当然是找到确实证据更为要紧。"

"也不一定，子璋，三娘提出的疑惑确实值得思索，不妨尝试推测一下。"

见李凌云也这么说，明珪松口道："既然如此，我就试试看……你们可还记得，凶手虽说话结结巴巴，前言不搭后语，可作案时却心思缜密，环环相扣。而他的目标都是颇具建树的术士，这些人既有反抗的力量，也不容易放下戒心。凶手能屡屡得手，可见他杀人时虽有一些疯狂，但掌控事件的能力却非比寻常。我觉得，他在发出警告信后，再度出现在市中市内，必然也是想好了可能出现的结果，或许……"明珪说到这儿，瞳孔突然放大。"难不成，他是故意要把我们引来这里？"

"引来这里做什么？查他的老底吗？"谢阮反问。

"我阿耶去世后，天皇、天后为了补偿我，让我在大理寺做了少卿。由于被徐天等人孤立，我在大理寺其实没有任何实权，为了打发时间，我看了不少案卷。而且，只要不横加干扰，我也可以旁听审案。"明珪看向李凌云，"不知你们封诊道是否记录过这种凶手，他们连连杀人，却特别希望官府追查案件，有的人还故意把尸首放在容易发现的地方，引来公门中人，而凶手本人会混在围观人群里偷看。"

李凌云闻言，点头道："确实有这样的凶手，他们尤其喜欢回到自己杀人之处窥视。"

"你这么说，可真是让人毛骨悚然，好像那家伙正在看我们似的！"谢阮浑身一颤，连忙四处张望，没有察觉异常，才松了口气。

"莫非这人只是为了让我们发现尸首？这说不过去吧！"

"……倘若不是这个目的，那就该是另外一个了……"明珪神色渐渐肃然，压低了嗓音道，"或许，他是要……"

李凌云见明珏声音越来越小，不由得缓缓倾身过去，谁知明珏面色大变，伸手抓住他的胸口，低吼道："他要杀你——"

明珏一掌将李凌云拍出数尺之外，旋即展臂拦在他面前。

只听破空之声倏地响起，明珏身体巨震，一根弩箭正面击中他左边肩窝，黝黑的箭头透衣而出。明珏被弩箭冲得后退几步，李凌云赶忙上前才把他扶住。

几乎就在同时，谢阮已抬起手臂，手指微勾，数点银光朝弩箭方向激射而去。谢阮回头扫一眼明珏的胳膊，恼火地低吼："力道这么大，贯穿肉体，这不是普通的弓箭，那狗贼用的是军弩，我去抓他，大郎快看看上面有没有毒。"

说完谢阮抽出直刀，雌豹一般跃进丛林，一转眼就没了影子。

李凌云盯着那透体而出的带血弩箭，怒盈双目，他抬手在封诊令上微弹，令牌花朵一般绽放开来。

他从中取出一只银哨，含在口中用力吹动，但那哨子却没发出任何声音。随后他又迅速从中拿出一把格外精致的钳子。那钳子造型怪异，口部斜剪，带有锋刃，钳腿折叠，用手掰开才能得到一把正常尺寸的手钳。

他迅速撕开明珏肩上的衣物，抬手嘎嘣一声剪断弩箭箭头，拽住箭尾，利落地把箭身拔了出来。

弩箭离体，明珏闷哼一声，顿时血流如注。李凌云掏出药瓶，挖出一大坨药膏涂抹在伤口上，血水很快被止住。明珏听见他怒火中烧地道："凶手是冲着我来的，却让你受了伤……"

明珏满头大汗，面色惨白，双眼却异常明亮，看着他轻笑起来。"有趣，我还是头回见大郎你发怒。"

"你受伤了，这不可笑。"李凌云挡在明珏身前，警觉地盯着弩箭飞来的方向。

明珏伸手推开李凌云，仍是笑容满面。"李大郎功夫比我强吗？还是你的动作比我快？方才不是我，只怕你已被那家伙杀了。"

李凌云大皱其眉，刚要说话，明珏抬手制止。"你也说那凶手就是冲你来的，他肯定清楚，没有大郎我们就捉不到他，现在不是客气的时候，再来一支弩箭最多也只能伤我，可你要是死了的话，我这伤不就白受了？"

李凌云一时不知该如何反驳，见明珪态度格外坚决，加之自己的确也不会武技，所以只能气闷地任明珪挡在自己身前。不一会儿，前方树影摇曳，似乎有人靠近。明珪右手抽出直刀，忍痛双手握住刀柄，随时准备砍杀。

没过多久，从树丛里走出的，却是黑铁塔一般的阿奴。见到阿奴，李凌云大喜过望，二人打了一番手势，李凌云吃惊地道："子婴不见了？什么时候的事？"

阿奴比画了一下，李凌云皱眉道："一会儿我们去找。"说完他又抬手示意，命阿奴把封诊箱打开，从中取出几块巴掌大的厚铜片。

阿奴将铜片渐次展开，接着又抽出一根小孩手腕粗细的黑色木棍，在地上一点，木棍头部倏地张开，化为一把弯曲的伞。不过此伞只有漆黑伞骨，也不知是用什么制成的，肉眼看来，有一种非金非铁的细腻钝感。李凌云抬手一甩，铜片便啪啪弹开。那些厚铜片不知是用什么手段连缀起来的，构成扇形的伞面。李凌云每打开一面，阿奴就往伞骨上装载一面，不过瞬间，便组成了一把闪闪发亮的金属大伞。

等到阿奴手持大伞，挡在二人身前，李凌云这才松了口气，对阿奴打了几个手势。

阿奴面色犹豫地看着主人摇摇头，又单手做了几个手势。明珪见李凌云有些不快，问道："怎么了？"

"他担心我们的安全，不肯去找子婴。"

明珪好笑道："我以为什么大事，原来如此，他本是你的隶奴，自然以保护你为主，他不愿去也不奇怪。"

李凌云踌躇道："话虽如此，可这把金刚伞完全可以挡住刚才那种弩箭……"

明珪闻言，为他宽心道："挡住了弩箭，那凶手杀过来又怎么办？你我两人一个不能打，一个身上带伤，对方却是杀人不眨眼的六尺大汉，你不能怪阿奴。而且有谢三娘这种武功高手在追踪他，不妨等等再说。"

话音未落，前方林中又有了动静。阿奴抬手捏住伞柄尽头，微微一拧，抽出一把寒光闪闪的钢钎，钎身同样有着繁复花纹，显然也是由百炼钢制成的，钢钎头部磨尖，并开三条血槽，由阿奴这样力大无穷的昆仑奴用来，必是十足的杀人利器。

阿奴小心地捻动伞柄，一块青铜伞面弹起，这才从洞中看见是一抹红色朝这边走，三人的心总算落进腹内，明珏更是喊道："是三娘吗？捉到凶手了吗？"

"没抓着，狗贼已然跑远了——"见谢阮大步来到近前，李凌云打着手势，示意阿奴收起那把"金刚伞"，同时惊喜地发现，她身后还跟着子婴。

子婴面色苍白，浑身发抖，一看见李凌云就连忙跑了过来，嘴里连连喊着"老师"。李凌云见他这副模样，赶忙问道："你怎么了？"

"他怎么？他蹿稀，有危险还老去林子里头如厕，结果给那凶手抓了个正着，扔在一个抓野猪的废陷阱里爬不出来。"谢阮站在一旁，满脸不快地撇嘴，"我追踪而去时，那凶手见未得手，正要离开，我本来可以追上凶手，谁知凶手大喊手里有人质，又指陷阱给我看，还抬手给了这小子一箭，虽未射中，还是吓得他大喊救命。我总不能见死不救，只好为他挡着弩箭，凶手便抓着机会跑远了。"

子婴闻言委屈不已，小声解释："那人突然从天而降，我还没来得及叫出声，就被他打断下巴扔在陷阱地洞里，要不是我狠心用下巴磕着地洞里的石头给自己正了骨，我根本无法叫出声！"

李凌云抬手把子婴拉过来，看看下颌骨，见他的下巴果然擦伤带泥，颌角红肿，知道他说的是真话，便对谢阮道："他是小孩子，三娘见谅。"

"是啊！我也不知会这样……"子婴委屈道。

"反正凶手是跑了，我看他跑动的姿势下盘稳健，必然是习武之人，但武技应该不如我，他既然跑了便不会再回来找死，现下我们倒是安全的。"说着，谢阮伸头瞧瞧明珏裸着的肩头，见伤口虽不再流血，却仍是肿起老高，她不由得咋舌道："伤得不轻。"说罢从地上捡起断头弩箭，接着又从自己怀里抽出另外一根，放在一起比对。

"你们看，这两根弩箭是凶手分别用来射子婴和子璋的，一看用料工艺，就知道是出自军中，而且是同一批军备。"谢阮拿起其中完整的那根，拨开箭尾翎羽看了看，冷笑道，"军中编号被磨去……看来是时候让凤九去鬼河市敲打敲打某些人的筋骨了。"

李凌云用细白布给明珪包扎着伤口，后者忍痛道："大郎说此处已没有什么痕迹要查验，我们先携尸首出山，兴许那凶手已在路口被你的人拦住了。"

"我却不这样想，只怕那家伙现下已经逃了。"谢阮撸起袖子，给明珪看她手上绑缚的物件，那是一具亮晶晶的手弩，"看到了？我们只有这样的装备，就算直接听命于天后，也轻易不能使用军备，遇到军弩，别说宫中来的后援，就连我也不敢正面迎击。"

"跑没跑，出山不就知道了。"李凌云说完，领着子婴原路返回。谢阮瞥一眼明珪，好奇地问："你觉得李大郎方才这话是不是在生气？"

"他早就生气了。"明珪手指左肩，摇摇头。

谢阮哼笑道："他不习武，你替他挡箭他又不乐意，扭扭捏捏像个别扭小娘子。"

明珪与谢阮并肩朝李凌云追去。"三娘这话过头了，但凡是个男人，自然有些傲气，被别人搭救难免感到受挫。"

"怎么，女人就没傲气吗？"谢阮傲然地看着明珪，"你们这些男人，就是被世俗的说法给惯坏了，什么男子就应当有傲气，什么不吃嗟来之食，大丈夫不可折腰，说得好像小女子就要等着你们这些大丈夫来养活一样。"

"莫非不是？"跟谢阮说话能转移些疼痛，明珪的眉头舒展了一些，"大唐上下不还是男主外，女主内吗？"

"内就容易？高门大户且不说了，寒门小户有几个家中不需娘子缝缝补补补贴家用？也不全是你们男人出的钱。"谢阮不以为然，"我看这不过是习以为常的想法，若是有朝一日世间给了女子机会，女子也能钻研学问，入朝为官，做做大学士什么的拿朝廷的俸禄，到时谁又敢说女人不能养活男人？"

"你这说法，莫非往后，女人还能娶男人了不成？"明珪忍不住笑道。

"你不知道？如今就还真有这样的。"谢阮正色道，"明子璋，你可去过教坊司？"

明珪眉头一挑。谢阮见他如此神情，嗤笑道："不要装了，不说教坊司那群女子一贯跟凤九勾勾搭搭，你是什么年纪的男人了，怎么可能不曾去过。"

明珪无奈道："是是是，去过去过，你接着往下说。"

"既然去过，你就应该知道，教坊女子之间一向互以兄弟相称，要是有外间的恩客欲与教坊女子成婚，在教坊里，那些恩客也是要被大家称呼'某娘子'的。"

"倒是想起来了，确实如此。"

"所以同袍的战将可以是女子，就像我大唐的平阳公主①，而你们男人也能做娘子嘛！"谢阮笑得开心，瞥着前面的李凌云道："李大郎不断案的时候就像个小孩子，都长胡子了还这么懵懵懂懂。你看他现在生气，走路气呼呼的模样简直好笑。他将来就适合许个年岁大一些的娘子，在外面被人欺负了，心里闹烦了，回家给娘子心疼着，宠爱着，一忽儿气就消了。"

"你这是什么古怪想法……"明珪看着谢阮笑盈盈的模样，突然灵光一闪，问："莫非天后便是这样宠着天皇的？"

"……我可没这么说。"谢阮的眼睛仿佛长在李凌云的瘦腰上，"就是觉得李大郎好玩。"

"好玩？要是觉得一个人好玩，恐怕就是动了心了。"明珪道，"三娘你，难道对大郎有意吗？"

"明少卿不也觉得李大郎好玩吗？难道你也对他有意？"谢阮不客气地道。

"也是，是我孟浪了。三娘饶了我吧……"明珪不再辩解。谢阮见他告饶，也不在意，只是继续道："如今只有男人可以娶女人，但焉知百年千年之后，女人不会像男人一样当家做主？"

① 唐高祖李渊之女。柴绍之妻。隋大业十三年（617年）柴绍往太原随李渊起兵，她在鄠县（今陕西户县）司竹园散家财聚众起兵响应，发展至七万人，时称"娘子军"。后亲率军与李世民会师于渭北，共同攻破长安。唐朝建立后，册封平阳公主。武德六年（623年）去世，谥号为"昭"，是唐朝第一位死后被赐予谥号的公主，也是中国封建史上唯一一个采用军礼殡葬的女子，真正的生荣死哀。

"哎……说不定三娘说的千年以后便能成真，只是可惜我们到时早就化为黄土，看不到喽。"

谢阮闻言，似笑非笑地问："说起来，天后掌权，你觉得是错是对？"

"对错这种事轮不到我来评价，反正于天下民生有益即可。"明珪回答。

"原来如此……难怪你自从做了少卿，俸禄都捐去修桥铺路了。你阿耶代天后评价太子，因针对东宫而死，我本来以为你会退避三舍，寻求自保，谁知你却跳出来当靶子，一定要把你阿耶的死查个水落石出。我之前想，你多少心里有些恨天后，如今看你倒是没有那个意思，而是一心一意要破此案。"

谢阮突然对他嫣然一笑。"有些话，我说了你别怪我。我就是觉着，你整个人有说不出的古怪，同你阿耶一样，好似你们父子俩心中存有什么图谋。不过如今我又觉得，像你这样张嘴便是天下民生的人，心中一定孤寂得很。"

"三娘什么意思？我听不懂。"明珪微微笑道。

"方才这个问题，要是有人来问我，我便会说谁掌天下大权与我无关，我只关心是否吃得起饭，穿得起衣，有没有床褥可以酣睡。"谢阮妙目如电，向明珪扫去，"寻常人遇到问题，第一个想起的必然是自己，随后是亲友，再次可能是自己的同行。像你这样说的，要么是沽名钓誉之徒，要么……"

谢阮顿了顿，才继续道："要么所图必定极大。能这样回答的人，总是站在绝峰之上，白云都在你们脚下，目中无人，又怎么会不孤寂呢？"谢阮目光微暗，似乎想起什么不好的记忆，"看来，你会觉得一个人好玩，也一样是难得的。"

"……或许是吧！"明珪并未否认，抬头看向前方走路同手同脚的李凌云，唇边露出一丝莫测的笑意来。

众人携着剥皮血尸回到小路上时，发现被搬来的救兵与拦截失败的伤兵已经会合，此时正在小道口等待。

原来凶手出山时援军未到，对方又有军弩护体，兼力大无穷，几个高手为了保护六娘等人，被他伤了三人也未能拦下他，只能眼看着凶手飘然而去。

李凌云闻言，闷声不吭地钻进封诊车漆黑的车厢下鼓捣了一会儿，就见封诊车隆隆震动起来，在众目睽睽之下升高了半个车厢之高。阿奴上前，驾轻就熟地拉开隐藏极好的暗门，从中拖出一个一人长、一臂宽、半臂深的巨箱，又从车上拿出一大包芒硝，再自封诊车车顶处拉出一根半透明的油绢管子，从中放出许多清水，装满一个略小的箱子，随后动静颇大地在箱子里头用芒硝制起冰来。

等箱中冰块凝结，阿奴将硝水舀入一个大号皮袋，塞进车上另一道暗门中，再敲碎冰块，旋即将尸袋整个埋进碎冰里，最后把那箱子重新塞回了封诊车下。从外面看，封诊车除了高了一截，仍是黑黢黢的一座马车，并无其他任何变化。

一旁众人看得目瞪口呆，李凌云拉着明珪上了车，大家才回神纷纷上马。车队开始缓缓朝东都城驶去，封诊车内，明珪靠在车壁上好奇地张望着。

这还是他第一次坐进这辆神秘的车中，平时李凌云要么骑马，要么乘坐别的车，还以为这车只是用来装封诊用品的，如今才知也可以坐人。

只是封诊车的车厢极为狭窄，勉强坐下两人就再无可以腾挪之地。想起方才看过的车下装尸的暗箱，明珪自然明白，这封诊车最大的用处本来就不是载人，而是安置那些千奇百怪的用具。他用手拍拍车中的座席，问："这车里面怎么这么稳当？几乎感觉不到颠簸。"

"车厢接入车辕时，置了一些去震的机关零件，据说用的是墨家的一种机关术。因为墨家也有人拜入封诊道，所以把机关术给带了过来……封诊令和封诊箱，也都用了墨家机关术。"

李凌云回着话，伸手调整了一下车壁上的灯。那盏灯制作奇巧，托住灯芯的是一个圆形铜制半球，两头接在金属环中，灯尾伸出一根铜柄，却是用紫铜制作的，格外柔软，可以随意弯折，里面的油只要不超过三分之二，就不会随着车辆的行驶洒出来。

他把灯拽到跟前，借着灯光翻查封诊录。"这一系列案子，凶手杀人取物的做法实在太怪异，不过从上一个案子他取走死者的内丹看，或许跟这些死者修行的法门有关。譬如说子婴的师父，凶手取走的是其体内的血。后来我问过子婴，他说他师父自创了一种用丹药养精血的方法，参悟的道义是净化精血，以求永生。"

李凌云抬起头来。"明子璋，你对术士比我熟，若以这个思路，对其他几人你有什么想法？"

"大郎没想错。只说那个被取了内丹的，在我们术士之中有个说法，认为内丹一旦修成，此人也就离得道成仙不远了。"因大量失血，明珪的嘴唇有些干枯，面色也微微发白，"我倒也有一点想法……术士讲究'采阴补阳'，为了达到阴阳调和而沉迷于男女之事的人可不少，我想怨鬼林那名被凶手摘走阳物的死者，或许正是此道中人。"

"那么，死水湖中被挖眼的那个人呢？"李凌云问。

"这我就不太清楚了，不过既然他死在水中，修行的方法可能与水有什么关系……而我阿耶无疑与雷法有关。至于被剥皮的倒霉鬼，他的法门定是跟皮肤有关系。我们术士之中，有一些人就像我阿耶一样，痴迷于法术，试图借乾坤之力。而术士修行往往需依靠咒符之类，可是总是画符如何来得及？于是有的人便会把符咒以彩墨刺在身上。"

"原来如此，"李凌云似乎察觉到了什么，掰着手指道，"其一，被害之人，均为术士；其二，被取走之物，便是其修行法门；其三，他们都收到过贵重书信；其四，这些人目前均下落不明。有了这些，要想确定死者身份应该没有多大难度。"

"或许……"明珪靠在车厢上喃喃说着，不知不觉中，闭眼睡了过去。

"子璋，你能不能再猜测一下，死水湖案中死者的修行法门……"李凌云一抬头，发现明珪已然睡着，看着他疲惫的面容，李凌云的目光在他端朴的脸上停留了好一会儿，犹豫再三，最终还是放弃了叫醒他。

李凌云拿出一张信纸，压在封诊录上，把方才两人的推测写在上面，打开车门，交给策马护在一旁的谢阮。"给凤九郎，速查受害人的情况。"

"知道，这案子拖不得，否则必定还要死人。"谢阮点点头，叫来一骑，把信件转交给他。那人便策马朝着东都，一路狂奔而去。

五行六合　诱敌有策

第十二回

东都，狩案司小院里。

明珪刚换好药安歇下来，凤九那辆华丽的马车便已经停在了院外。

凤九开门见山，拿出一卷硬黄纸递给李凌云。"本来我这边早就在查河南道里的术士，手头也有了许多行踪不明者的记录，结合你给的那几条一一对比，除了那第六个死者刚刚遇害还对不上外，竟把其他人的身份都对了出来……总之大郎先看看。"

明珪已经歇下，此时屋里就剩下李凌云、谢阮以及子婴。李凌云把一张张硬黄纸在大桌上铺开，用镇纸茶杯压住边角。

只见上面按死亡时间的顺序，写着三名死者的身份、生辰八字及简单介绍。李凌云随手抽了两张，又补上了子婴师父与明崇俨的身份插入其中，至此，前五名死者的简单介绍总算是凑齐了。

第一名，封门村被害者，也就是子婴的师父，他以精湛的炼丹技艺著称，并独创了一种用丹药养精血的方法，他参悟的道义是净化精血，以求永生。据子婴说，曾有一个牵着毛驴的术士以送书信的方式拜访过他，后来两人经常坐而论道。

第二名，怨鬼林中被钉死的那位，名叫阴阳子，乃是个知名妖道，其参悟的道义与明珪猜测的完全一致，是"采阴补阳"，以达到阴阳调和为目标，追求荣登极乐。其掌握多种"房中秘术"，所以不少达官贵人都愿意与其为友，还有一群公子哥拜其为师。在很早以前他也收到过书信，据他身边那些不学无术的徒弟说，见过师父和一名牵着毛驴的术士相结交。

第三名，明崇俨，天后身边的红人。此人会引雷修炼，只是明珪也无法确定，父亲明崇俨到底有没有收到凶手的书信。明崇俨此人因接近皇家，对自己的书信往来保密甚严，很多都是阅过即焚。加上他名声在外，每日前来结交的术士都很多，无法查出他有没有和凶手往来。不过他的头颅丢失，作案之人用左手砍下头颅这一点，以及凶手体貌等细节，也都符合推测，再者此案是所有案件的源头，所以并案查之，无有异议。

第四名，死水湖被害者，号道生山人，这个术士最擅长的是观星占卜，其参悟的道义是观察天地变化之规律，调节自身身体运行，以达到天人合一的境界。他尤其喜欢在湖泊之类的地方观星，据说半夜星辰倒映在湖中，能让他心思平静，预测天下大势。自然此人也有弟子，据其弟子说，也见过师父被牵毛驴者邀约，离开修行道观，从此一去不回。

第五名，焚尸院被烤焦的那位，名叫紫鹤真人。其习惯用山泉水修炼内丹，没想到却是患了石淋病，因内丹蜚声在外，却也引来凶手书信邀约，给他自己招来杀身之祸。

李凌云细细看了一遍，点头道："纵观前五起案子，不难看出凶手作案的目的已格外明确。他就是在将人迷晕后，取走这些术士用来修炼的身体部分，也就是道家所说的集道法于大成的部位。"

"可是修炼这些门道的人并不少见，"谢阮手指阴阳子的资料，"譬如修行房中术的妖道，整个洛阳你搜一搜就能找出一大堆，他为何偏偏选中这个阴阳子，而不是别人呢？"

"我也在考虑，如果说是以这些术士的贫富区别来做选择，好似也说不通。"凤九敲敲"道生山人"四个字，"比如这位，他最喜欢修炼餐风饮露之术，讨厌黄白之物，要不是名声大，恐怕穷得弟子都收不到。"

子婴也很疑惑。"凶手修行中消耗不少，以至要炼阿芙蓉丸换取用品，他为何不选名利双收的术士？比如说练精血的话，那些宫廷御用的术士中有很多人修此道，而且他们身上不缺钱财，杀了之后，又可取血，又能得钱，凶手为何非选我师父不可？"

"李大郎，你这个徒弟的问题问得极好！"凤九把双手插进紫色鹤氅袖中，若有所思地道，"看来凶手不是为了钱，莫非是因为这样的术士不够有名，容易下手？"

刚说出这个想法，凤九就自己先行否定了。"也不对，明子璋的阿耶明崇俨可是足够有名，又为天后炼丹，身边保护他的人极多，要说难杀，明崇俨能算是这个世上最难杀的术士，这样的人他都能下手，怎么可能视杀其他人为畏途呢？"

"此路不通……或许我们应该换换想法。"

李凌云把厚厚一摞封诊录放在桌上，飞快地翻看起来。此时早已入夜，灯光照得他的脸熠熠生辉，他聚精会神，双目如电地快速扫视封诊录，试图从字里行间找出一些线索。

凤九等人不便打扰，就在一旁饮水吃食，静静等待李凌云挖掘线索。

忽然一阵脚步声传来，明珪披着袍服，走到了李凌云身边。后者早已熟悉了明珪的脚步声，头也不抬地把刚才确定的事和他说了一遍，又道："修行同样术法的人成百上千，要想知道答案，还得从那凶手作案的方法里找突破口……"

"不错，我好像也有点感觉……"明珪站在一旁，盯着封诊录，同时心中默默思索，突然他双目一亮，伸手抓过一张纸，对李凌云道："给我笔墨。"

后者起身看看明珪，见他眼神坚定，便把手边快干了的砚台和毛笔推了过去。

明珪接过，用笔蘸饱了墨，一边说一边在纸上书写起来。凤九、谢阮和子婴也放下手中的吃食，凑了过来。

只见明珪第一个写下的，是一个"金"字。"第一起案子，凶手向死者的胃内灌入了熔化的锡水，此为金！"

明珪又写下第二个字——一个"木"字。"第二起案子，凶手把尸体钉在了千年古木上，此为木！"

明珪笔走龙蛇。"第三起案子，凶手把我阿耶的头砍下来，还想利用引雷针劈他，此为雷！第四起案子，凶手把尸体放到水上，此为水！第五起案子，凶手用焚尸炉把死者活活烤死，此为火！第六起案子，虽然还不知道死者是谁，但是凶手的做法，是把死者埋在土中，用水银活活剥皮……"明珪停笔，纸上留下墨色淋漓的一个大大的"土"字。"所以，此为土！"

"金木雷水火土……"李凌云凝视着那六个大字，"以天地元素为顺序杀人？不，不对，"李凌云摇摇头，"金木水火土才是对的，你阿耶的这个雷夹在中间，又算怎么回事？"

明珪也摇头道："我也不知道怎么回事，不过的确奇怪，若是不按顺序，那就都不按也无妨，偏偏只有这么一个乱序，极不协调。"

李凌云抬眼看向凤九，后者也正挑眉望他，李凌云想了想，说道："我要河南道的地图，越详细的越好。"

"……河南道地图？"凤九还没说话，正要喝水的谢阮就把手中的水碗一放，"我看你是要谋反——"

说完，谢阮虎着脸走出了门。凤九瞧着她的背影笑道："别管她，一会儿三娘就能弄回来。河南道地图市面上多了去了，只是精准的却在宫里，别看她面色不好，但一定是差人去宫中拿了。"

果然没过多久，院中就从天而降一只大隼，大隼爪上绑了一只不小的竹筒，谢阮摘下竹筒，那大隼旋即腾空而去。

谢阮从竹筒中抽出帛卷递给李凌云，他拿来展开一看，果然是河南道的详细地图，甚至包括了一些普通地图上不会有的驻军山头。李凌云把地图贴在屏风上，让子婴磨了一盘朱砂墨。谢阮一瞧，抬手挡住李凌云伸过去的笔头。"你要做什么？打算画在上面？"

"不能吗？"李凌云一愣。

"咝……"谢阮倒抽凉气，"你可知道，这东西宫中也没有多少……罢了，爱画就画吧！反正最后毁掉，别落在别人手里就是了。"

"很珍稀吗？"李凌云追问。

谢阮忍不住吼道："愿画就画，反正也是给你用的。"吼完她又咕哝："暴殄天物，此图要是卖给吐蕃人，只怕他们愿意用万万金来交换……"

李凌云闻言提笔停了片刻，似乎有些踟蹰，但他最后还是落笔，把相关案子的案发地点圈起来，标在了地图上。

"你们看……"李凌云手指地图，用笔连接其中五个点，"按金木水火土五行顺序连接这几个案子的案发地点，单独去掉子璋阿耶的案子，便成一个五边形。"

方才还不忍看的谢阮，闻言抬眼道："确实如此，怎么这个五边形，我看起来有些眼熟？"

"在这里！"李凌云抬手在封诊录中寻出死水湖案的一卷，打开"封诊现场图绘"，将上面的五边形记号展示给众人，"如以天地元素为案名，这起案子就叫作水案。你们还记得吗？那凶手曾经在那个轻木树根上，做过一个荧光五边形记号。"

"当然记得了。"谢阮拿起封诊录，比照了一下地图上的五边形，"几乎完全一样。"

"当时我们以为，这个五边形不过就是用来做记号的，是凶手随手画的，如今看来却并非如此，而是他一早就定好了杀人的地点，这些地点正好能够连接起来，便形成这个符号。"

李凌云的目光转向孤悬在外的那个圈。"古怪的是，雷案发生的地点，也就是子璋你阿耶被杀的天师宫，偏偏不在这个五边形之内。既然凶手如此执着于金木水火土五行顺序，这个雷案便显得格格不入，不管是发生的时间还是地点，都太异常了。"

"修术之人，对五行运转必然知悉……五行，代表天地之间的各种元素，五行交会而生万物，用这个顺序杀人，也合情合理，单一个雷夹在里面，反而五行之意难以圆融。"明珪凝视着地图上刺眼的红圈，也一筹莫展。

"子璋，术士平日用的应该不止五行吧！就像你阿耶一样，也会用雷法来炼丹……五行之外，术士修行，还有没有一些别的说法，譬如说，和六七八九之类的数字相关的？"

"这倒是有的，比如道家的天宫和地府都有层数之说，又有一气、两仪、三清、四象、五行、六爻、七星、八卦、九宫、十方、五脏六腑、三魂七魄、三十六天罡和七十二地煞之类与数字相关的说法……"明珪说到这里，不由自主地停下来，双目渐渐圆睁，表情也激动起来，"大郎，你还记不记得，记不记得火案中的小道童，他说那个凶手的道号是……"

"陆合道人！"李凌云几乎跟明珪同时说出了这四个字。

李凌云就着手上染着朱砂墨的笔，取了一张新纸，写下"陆合道人"四个字，然后把这张纸放在写有"金木水火土"字样的纸张旁边。

"陆，不就是六？陆合，即六合。"李凌云猛抬头道，"子璋，这两个字在道术中可有特别含意？"

"六合即圆满之意，六合原意，即是上下和东西南北四方，泛指天下或涵盖宇宙万物，后来又用于时辰的选择，一般有子与丑合，寅与亥合，卯与戌合，辰与酉合，巳与申合，午与未合的说法，称十二地支六合。"

李凌云一拍桌。"是了，不管怎样，凶手必定是痴迷于六合的想法，不知为何，他认为金木水火土雷凑齐便能达成圆满，所以他才会作案六次。可是这仍无法解释他为何要把雷案放在第三个。这些人中，以杀你阿耶最为艰难，而我们封诊道记录的连环案凶手，必是按照从易到难的顺序作案，杀人时也会从生疏恐惧到熟练凶残，所以之前的问题仍在，一旦我们排除雷案，其余案子都是手段越发麻烦，凶手越来越泯灭人性，那到底是什么让他认为，一定要在那个时候杀一个很难杀的人呢？"

"或许我知道是为什么。"明珪沉声道，"此前大郎你我过天津桥时，被一个异人葫芦生拦住，他还给你批过命，你还记得吗？"

李凌云当然不会忘记那天被当街拦住马的情形。"自然记得，你说葫芦生灵验，可那天他跟我说的，我怎么听怎么觉得只是神神道道罢了。"

"天津桥上摸骨算命的，虽说一大群都是假瞎子，不过其中某些人却并非没有真本事，说到底他们靠的就是'生辰八字，命中五行'这八个字。"明珪的手指依次点过"金木水火土"的字样，"术士用人出生时的八字来判断人一生中五行元素的多寡和缺失，更以此来断其命。"

"……这些人的八字，九郎送来的单子上有。"李凌云从桌上找出那几张写着死者信息的硬黄纸，递给明珪。后者迅速掐指计算道："第一名死者，五行缺金。"

李凌云浑身一震。"缺金……所以，凶手往他喉咙里灌了熔掉的锡，金进入他的身体，五行便被补上，成了六合之象？"

谢阮早就听得兴起，追问道："那第二人呢？缺木？"

"对，缺木。"明珪掐指回答她。

谢阮睁大杏眼。"邪门了，我们这回莫非真的找对了路？"

明珪掐指如飞，推演道："水案那名死者果然缺水……所以，他才会死在水中。"

"火案那位缺火，于是被凶手塞进焚尸炉，活活烧死。"

明珪手指一顿，在桌面轻叩一下。"虽然最后一案，还不知道那人具体生辰，却能以此逆推，他必是个缺土之人。术士生辰八字如果五行有缺，必定会想办法弥补。比如缺金的人会在屋内养鱼，鱼缸必须是圆形的，养的鱼也必须是白色的，因为白色属金，可以用来补充金气，调和其他四行。此人缺土，那么他一定热衷收集补土的物件，或许屋内摆设也特别调整成了补土的风水，加上此人门牙磕断，年龄体貌大郎已依据尸首推算大概，虽然相貌无法辨别，但借此来核对身份已非难事。"

凤九瞧见明珪投来的目光，点头应允道："放心，我这就让人去寻，加上李大郎之前列出的那几条，就算河南道再大，也很快就会有答案。"

"还有一点，"李凌云又提笔，将那五边形的五个角连接到中间的一座山峰上，聚成一点，"我们封诊道历朝记录中，若有人连续杀人，则连接杀人之地后，靠近居中处的这个点，多半正是那人的居所，因杀人要偿命，凶手平日会特别小心，更愿在自己熟悉的环境中害人，加上驴粪中有阿芙蓉草叶，不排除他自己种植阿芙蓉的可能。另外他自己是名医道，平日要炼丹修行，不太可能住在人多的地方，所以很有可能，他就隐居在这座小径山中。"

"好，小径山，我记下了。"凤九抬腿出门，看看已西垂的月亮，"今日就到此为止吧！虽然很快就能有答案，却也不是马上就能有，不如你们先好好休息一晚，有了消息，我第一时间亲自送来便是。"

见凤九离开，谢阮在明珪身边踮脚张望了一下，小声道："凤九何时如此积极了？之前明明不愿意查那阿芙蓉丸的由来，一拖再拖，此时却不闹脾气了？"

明珪便对谢阮说起那天在立德坊的事，谢阮听闻叫阿平的公主亲自去给天竺艺人做翻译，大吃一惊。"太平？她怎么会去的？她还埋怨大郎无趣，难不成，是凤九鼓动她去的？"

"太平到底是公主，就算凤九愿意鼓动，天后就乐意她去吗？"明珪提醒了一下。

"说得也是，天后怎可能不防凤九……"谢阮若有所思。

李凌云在一旁听得云里雾里。"天后为何要防着凤九？阿平跟凤九难道不是亲戚吗？"

谢阮看着李凌云茫然的脸，轻叹道："亲戚？是亲戚没错，可亲戚的人心那也隔着肚皮不是？凤九自己如今孤家寡人一个，身边亲眷都死光了，连他的母亲和妹妹也一并没了，而这事与天后可脱不了干系，所以天后虽用着凤九，却未必就放心自己的女儿跟他混在一起。"

"我是越发听不懂了。"李凌云道，"这些宫中贵戚的事，你们还得找个时间从头跟我说。"

"那不行，凤九可是会生气的，"谢阮摇摇头，"再说也跟你无关，你不知道这些，也不妨碍你在狩案司查案。"

李凌云想想，发现好像当真如此，就没继续追问。"天后不信任凤九，所以公主来看我们应该是天后的意思？"

"多半如此，看来天后就是让公主来警告一下凤九的，若是办事不力，还想拖延你们，天后自然有办法跳过他。"谢阮扶着直刀走向门口，"这里男人多，我今晚到教坊睡去。"

"这就走了？"李凌云追上前，"你方才不是疑惑凤九不愿意查阿芙蓉丸的事吗？他为什么那时候不查，现在却查得不亦乐乎？"

"因为我刚想明白了一件事……"谢阮未停步地朝院外走去，远远地道，"阿芙蓉早年也出现过，而且是在宫里，凤九不愿查，应该是他觉得会因此牵扯到东宫的缘故。"

"东宫？"李凌云重复一遍。

"嗯，自从大郎说要追查阿芙蓉的事，我便觉得有些耳熟，只是一直没想起来在什么地方听过这个词，方才我总算记起，太子李贤在还只是大王时就曾用过一段时间阿芙蓉……据说那段时间他很是乱来，身边侍寝的除了女子还有男子。虽然他做了太子后就不曾再用阿芙蓉，可凤九却还记得，所以才有些故意隐瞒。后来发现与东宫无关，加上天后叫了公主过来见你，暗中威胁，凤九也就不再闹别扭了……"

谢阮一边说一边出了门。"你们歇着，我明日再来。"

明珪叫来奴婢给院子落锁，李凌云照例与明珪同床睡。大约是因为累得很了，李凌云沾床就着，一直到第二天午后才被咕咕叫的肚子给唤醒。

见明珪不在房中，李凌云便自己去了正堂，此时却发现凤九正在跟明珪烹茶。

"你醒了？"凤九笑盈盈地看向李凌云。

李凌云向凤九行了个礼，后者道："我也是刚刚才来，那土案中被害的术士的身份查出来了。"

李凌云坐下，拿起面前酥脆浓香的饆饠咬了口，嚼着肉含糊地问："是何许人？"

"是一名修炼符咒的术士，叫青竹山人，身上有符咒文身，据说其画出的符咒有降妖除魔的功效，参悟的道义是以自身为符修炼，可起到长生不死的效果。这青竹山人从未收过徒弟，算得上苦行'修士'，因其修炼的符咒老百姓买不起，官府也不怎么用得上，所学无用，多少有些郁郁不得志，他就自己一个人躲在道观中修炼。虽说没什么钱财，但还是有不少术士觉得他本事独特，故而也时常有人慕名前往与之论道。"

说到这儿，凤九抿了口茶汤。"术士炼道，最讲究生辰八字，所以我的人一说出死者龅牙磕断以及八字缺土，很快就有术士提供了消息，便查清了他的身份。"

"也就是说，我昨天晚上推测的并无偏颇？"李凌云喝了口粥，送下嚼烂的饸饹。

"自这土案的封诊结果看，凶手把现场清扫干净，随后又出现在黑市之中，还换取了昂贵的纸，很显然没有善罢甘休的意思。我觉得他一定还会继续作案。"

"我阿耶八字圆满五行俱全，并且不多不少五行平衡，跟我一样，正好圆满无缺，呈六合之相。"明珪道，"既然如此，凶手杀了我阿耶之后，又完成其他五行案，也就应该满足了他追求的六合，难道不该收手不干吗？"

"这种人停不下来的，杀戮成性者就算拿出六合作为理由，实际的目的也仍然是杀更多的人，他这时已经成瘾，虽说目前来看，已完成'六合'，但不代表他没有新的念想，若他心血来潮，再琢磨出个'七合''八合'也并非不可能。"李凌云说着，目光落在明珪下颌，那里被他用封诊刀划开的伤口已开始愈合，留下浅浅一条疤痕，像一根短短的红线粘在脸上。

察觉李凌云的目光，明珪伸手一摸，心知李凌云是对这道伤口有所内疚，对他温和地一笑。"大郎这样说，我也觉得有可能，只是有什么办法能在他下一次杀人之前就将其捉拿吗？"

李凌云嘴里咀嚼着，若有所思。"其实我今日起床时就已想过了，此人必然要再杀人，可金木水火土雷全都杀过了，下一个要杀的会是什么人？"

明珪接话："我想最有可能仍会是一个五行平衡之人。"

"子璋为何如此猜测？"李凌云不解。

"很简单！"明珪道，"他的行踪已经暴露，就算杀戮成性也要小心万分，倘若再按五行缺失杀五人，倒不如杀一五行平衡之人来得简单明了。毕竟这种人天生五行不缺，要是再有奇妙法门，势必会勾起凶手的杀人欲望，诱使他顶风作案。"

"那我们要上哪儿去找凶手的下一个目标呢？"谢阮穿一身黑色翻领胡服，跨进了门。

李凌云闻声看去，发现她今日这件胡服的纹样有些花哨，翻领是玫红色，缀着狮子联珠纹①，一看就是西域来物。

"有些花了……"

李凌云评价完，谢阮低头看看自己的衣裳。"昨天追踪凶手，袍子被灌木剐破了，今早才发现，这件是教坊里随便拿来穿的。"

说罢，她不依不饶地把李凌云手中的半个饆饠抢走，举得高高的。"别分神，要是找不到凶手的下一个目标，那凶手游荡在外，不知谁会遭殃，说，说了就让你继续吃。"

凤九看着谢阮浑不讲理的样子，"噗"地一笑。偏偏他人长得好看，子婴就忍不住老去看他。凤九起身，把谢阮手里的饆饠夺回递给李凌云，叹道："三娘怎么跟小孩子一样？既然不知道下一个目标是谁，造一个也就是了。"

谢阮一听来了兴致。"造一个？怎么造？"

"他不是总杀术士吗？那就造一个五行平衡的六合术士出来，看他上钩不上钩。"凤九笑得勾魂夺魄。李凌云喝了口粥，突然说："九郎这样笑，好像只狐狸。"

凤九闻言也不恼火，笑盈盈地问："真的？"

李凌云点头。"还是只好看的狐狸。"

---

① 工艺品装饰纹样之一。以大小基本相同的圆形几何点连接排列成圆圈形几何骨架，并在其中填以动物、花卉等所构成的图案形式。中心圆边缘的小圆点形如联珠，故名。在中国盛行于魏晋至唐代。

凤九闻言大悦，拍拍手掌。"大郎果然有眼力。"

他似想再说点什么，却听李凌云道："言归正传，九郎你当真有办法造出个六合术士？可我们又要如何让那凶手知道存在这个人呢？"

"那也有办法，你们可知道家一年到头有多少节日要过？不说太上老君的诞辰日，三清也是要过节的，就连灶王爷上天也要特意做供奉。"凤九掐着手指算算，笑道，"本月初五，正好是北方雷祖圣诞，那凶手不是认为'雷'是六合的征兆吗？既然如此，不妨从初一开始在洛阳城中寻一处道观，宣扬一番，就说有个擅长无上雷法的术士，八字完美无缺。我若是这凶手，只怕也会心动不已。"

"说得对……只是这术士一定得是假的吧！要是那凶手核查过往怎么办？"明珪挑了个小小的刺。

"也简单。"凤九潇洒地挥挥衣袖，"河南道内，凶手选择第一个八字圆满的死者时：第一，挑的是五行齐全者；第二，挑的是擅长雷法者。如果当时有更好的选择，他一定不会舍易就难，可见凶手可能是选了许久，只有你阿耶明崇俨一人符合。所以正如明子璋所言，五行俱全者对凶手来说，也是极为稀罕的目标。以此为饵，他势必就会上钩。要是他怀疑术士的来路，那也容易解决。术士常在山中修行，觉得自己已修有所得就会回归寻常生活，他们称之为'入世修行'，我只要在那人的籍贯文牒上做做手脚，再安排一些人扮演信众，自然不怕那凶手打听。"

"如此甚好！"李凌云无比赞同，"那就请九郎安排。对了，还有昨日麻烦你去查的……"

"你也知道是麻烦，"凤九调侃道，"你要我查的都查着了，两件事对吧！"

李凌云点头，听凤九道："其一我方才已经交代了；其二便是小径山的事，所幸在河南道内我布设的点里，正好有靠近这座山的，昨夜我便飞隼传书，直接拉了一队斥候上去。"

说着凤九走到屏风前，手指五边形正中间的那座山峦。"按你所说，阿芙蓉生长需要许多阳光，所以必然长在山的阳面。我的人上去时，听住在山脚下的人说，曾经在山上见过这种植物，只是想不起来在哪里见过。你们别以为在地图上此地不过是小小一座山，实际上这座山峦狭长陡峭，种植阿芙蓉的具体所在，我的人还在找寻之中。"

"当地百姓既然有这样的记忆，那么凶手很可能就藏匿在这座小径山中。"

李凌云喝掉最后一点粥水，站到地图前，注视着那六个点，突然他手指水案的案发地点道："这桩案子里，现场发现的是马粪与马蹄印。"

他的手指又移到了天师宫的位置。"明子璋阿耶的案子，因时过境迁，并无发现。其余四桩案子中，除了最后的土案的现场可能被凶手打扫过之外，金案、木案、火案的现场留下的都是驴粪，驴粪中均有阿芙蓉的植物叶片，说明凶手经常使用驴外出，而马用得很少。"

李凌云回头看向明珪。"我记得当时我们去见九郎，把马寄放在东都租用代脚牲畜的铺子里，我还奇怪为何铺里全是驴，明子璋你还跟我说过，与马相比，驴子的耐久性不足，但在城中行走却没有关系，毕竟东都城横竖也就二十余里，驴在这个路程内不会劳累。"

"不错，驴是劣乘，马才是良乘，但租驴比租马便宜得多，所以百姓有需要的时候，大多租驴。不光东都，西京长安更大，但用来租的也是驴子居多。"

李凌云闻言抚着下巴，有些迷惑。"可这些案子中，案发地点距离凶手所住的小径山最近的也正是水案……距离这么近，凶手为何不骑驴，而是大费周折弄一匹官马？这一点，我着实有些想不通……"

"说得对……"明珪想了想，"不光你觉得奇怪，现在看我阿耶这桩案子，不管从五行上想，还是从你说的远近看，都显得格外突兀。"

"突兀一定有原因，除了你们说的，还有一点不合情理。"谢阮抱着胳膊端详地图，"大郎你也说了，凶手追求的是'六合之道'，那么应该把五行齐全的明崇俨作为最后目标才对。明子璋的阿耶可是天皇、天后眼前人，凶手既然也是术士，不会不知以他为目标，稍有不慎会有什么后果。要是我是凶手，我肯定选择比较容易下手的目标，这才合乎常理，非到万不得已，我绝对不会去招惹明崇俨。"

"真是难解之谜……不过还别说,一旦拿掉这桩案子,剩下的五桩案子不管从作案顺序还是从作案难度上看,都有理可循。"子婴在一边探头探脑地道。

"会不会有人在案子中做了手脚,把水案的驴粪换成了马粪?倘若是这样……那么……"李凌云健步走到安置在角落的封诊箱前,他打开箱子,拉出一个放满油绢口袋的暗格,在里面翻找片刻后,又从口袋中取出一片枯叶,用封诊镜仔细观瞧一会儿,道:"……水案果真有古怪,这片叶子是在水案现场的马粪旁发现的,还好我当时把它摘下,作为证物保存了起来。粗看好像是马嚼过的,不过仔细观察叶片上的咬痕,彼此间距离更窄,与马的口齿不合,不像马留下来的,更像是驴。"

"驴?未必就是驴吧!"谢阮道,"骡的口齿也比马的狭窄。"

"不是骡。"李凌云笃定地道,"我们封诊道有先人,专门研究各种动物的齿印、蹄印,继而还发明了不少相关叫法。马、驴这样的牲畜,蹄趾数为单,而牛、羊则为双。据我道中人记载,单趾牲畜有数种,各有各的生长规律。以马为例,它的上下颌部各有六个切齿,在牙弓之上排列为弧形,以中线向两侧依次为门齿、中间齿和隅齿。切齿表面有一层坚硬细腻之物,很像是陶瓷上的釉,我们封诊道称之为牙釉,马的牙釉上有明显的沟纹。咀嚼草料的牙面有圆锥形深窝,叫作齿坎,长期咀嚼可使齿坎逐渐磨平变小并移向边缘,或永久消失。犬齿,上下颌各有二个,但母马没有犬齿。"

"骡是马和驴的杂交后代。马、驴、骡牙齿构造上有些相似,但是由于牙齿排列不同,所以留下的齿痕也就不同。

"驴的切齿上下各六枚,最中间的一对叫门齿,紧靠门齿的一对叫中齿,两边的一对叫隅齿,如果把驴的牙齿从中间锯开,可以发现,它的最外层颜色发黄,中间一层细腻如釉,最内被包裹的才是齿质。釉层在齿顶端形成了漏斗状的凹陷,和马的一样,也叫齿坎。

"齿坎上部呈黑褐色,我们封诊道叫黑窝。黑窝在驴长期吃草过程中被磨损消失后,在切齿的磨面上,就可见有内外两个釉质圈,叫齿坎痕。由于齿腔中会不断形成新的齿质,切齿也会随之不断向外生长。当齿腔上端不断被新的齿质填充，于是会出现颜色较深的地方，看起来犹如星星，故而得名叫齿星。水案现场的这片叶子上，留下的是只有驴子才有的牙齿排列的痕迹。"

"另外……"李凌云继续道，"细观切齿的萌发、脱换、磨灭，以及臼齿磨损情况，还可以判断驴的年龄。同理，驴的咬痕也会因年龄不同而不同。驴和人一样，会更换乳齿为成齿，乳齿体积小，颜色白，上有数条浅沟，齿列间隙大，磨面似长方形。成齿体积大，颜色黄，齿冠呈条状。正常情形，驴在三周岁换一对牙，四周岁换四颗牙，五岁齐口。公驴在四岁半时出现犬齿。此驴满口乳齿，还不到三岁，这样的小驴尚在生长中，倘若用它去装载重货，势必会影响其成长，所以租驴的铺头是不会拿出来租的。这头驴一定是凶手自己圈养的，用于平日出行。"

"所以，当真有人在案子中做了手脚，把驴粪、驴蹄印换成了马粪、马蹄印，用来干扰我们查案？"明珪惊道。

"应该没错，而且最后一案，蹄印与粪便也都被清理干净，我看……只怕有人在故布疑阵。"说着，李凌云拍了拍子婴的肩，"你做得很好。你之前就怀疑过，凶手可能不止一人，现在我也这么想。如今已证实现场痕迹被清理，那么也有理由怀疑，杀人的是那结巴术士，但暗中还有另外一人，他一直盯着我们，还试图扰乱我们查案……只是，他到底会是谁呢？"

李凌云的问题一抛出来，众人各自沉思，却也没什么有突破性的想法。谢阮下意识觉得多半是太子李贤的人，却也拿不出证据，更对不上人头。

见此情形，凤九道："我先不管凶手有几人。现在可以确定的是，这些人势必是那个疯术士所杀，无论如何，当下最重要的还是阻止凶手继续杀人。横竖你们也想不明白，不如把此人先抓到，到时一审便知。"

说着凤九看向李凌云，略严肃地问："李大郎，你拿个主意吧！"

"抓了再问倒也是个办法。"李凌云道，"总之不能让他再多添杀业了。"

"那就这样，我去安排。一路人做戏给凶手看，另一路人密查小径山。"凤九点点头，"放心，我的人会把结果第一时间告知。"

说完，凤九那鹤氅大袖一飘，宛若尘世仙人般，离开了狩案司。

李凌云没想到消息竟被散播得如此之快，距凤九告辞不过半日，坊间街巷便已开始议论，说是清化坊的弘道观要在初五为北方雷祖圣诞做大祝祷，请了八字"六合圆满"的雷鸾真人主持坐镇，有这般热闹，一时间东都百姓无不奔走相告。

小道消息传闻，这位雷鸾真人已吸引了宫中的目光，据闻雷祖圣诞之后，天皇、天后就要将他召见。这消息使得群情更加激动，就连许多豪富之家，也都筹划着要在初五那日前往清化坊瞧一瞧。

洛阳城内无人不谈道家盛事，就连宫中和朝堂上，都免不了有人会提及雷鸾真人。然而，只有狩案司小院中的那群人才知道，这不过是诱敌之计罢了。

凤九在东都尽情"兴风作浪"，而李凌云还是一门心思，扑在了"金木水火土"五案与雷案之间的矛盾点上。

纵观前五起案件的作案规律，李凌云推测，凶手若再作案，一定会选择大凶之地，于是他对洛阳城周边的极阴之地进行了梳理，发现就在五边形中心的小径山，数年之前大雨引发塌方，当地有个马姓村子被整个埋在了山中。

由于凶手上次险些被擒，近日又明里暗中步步紧逼，李凌云觉得他若再作案，极有可能会选择自己比较熟悉的小径山，这也十分符合凶手的一贯行为模式：尽量选择在自己最熟悉的地方，做最重要的案子。

有了猜想，李凌云督促凤九去马村方向寻找线索。因人手不足，凤九便入宫找天后搬救兵，也不知暗中如何调动，一群人几乎将马村一带掘地三尺，寸寸清查，果然很快就有了极大发现。

线索第一时间传到李凌云耳中。不过由于雷祖圣诞的局已被凤九铺开，凤九顾虑此时离开难免无法稳控局势，所以无法离开洛阳半步。而其余人在得知消息后，快马加鞭地赶往了小径山。

雷祖圣诞前一日清晨。

浓雾中的小径山如被薄纱笼罩，山中一处极为隐蔽的山谷里，李凌云正在查看一片半人多高的绿植。

李凌云揪掉最近那株上面的荚果，用封诊刀划开，瞬间一股乳白色黏液顺着刀刃流了出来，它们先呈滴状，看起来如同一串项链，很快乳珠越聚越多，最终连成一条白线，流入李凌云掌心。他低头闻闻，道："无论从叶子形状还是乳液气味来看，这必是阿芙蓉无疑。"

"你们找到的入口在哪儿？"谢阮手不离刀，问一个身着布甲、面无表情的精壮男子。

男子满手老茧，眉眼坚毅，一看就是久经沙场的老兵，他手指山谷深处道："就在那边，能找到殊为不易，首先要穿过一段山洞，而且有人在洞前种满灌木，故意挡住洞口，别说普通百姓，就是我们也来回巡了几次都未在意。一路上也并没发现可疑的牲畜粪便与蹄印，在我们一筹莫展时，九郎派人送来了一张奇怪的手绘图，说是让我们仔细寻找，看看有没有草叶上有类似牲畜食草痕的痕迹。我们按图索骥，这才追踪到此处。"

谢阮听完，越发觉得李大郎的本事非凡。她意味深长地看向正在朝自己走来的李凌云，在他身后，还跟着明珪与子婴。由于事态紧急，且只是核对线索，并无案发现场，招眼的阿奴与六娘便被留在了狩案司小院，没有跟来。

李凌云几人到了近前，李凌云冲谢阮道："这里距马村很近，方便凶手作案，洞口灌木又发现了同样的驴齿痕，他住在这里的可能性颇大。"

谢阮道："不如先去小山洞后探查！兴许能有线索。"在精壮男子的带领下，众人穿过荆棘丛生的灌木丛，大家七弯八拐之后，来到一个小型山洞前。

李凌云站在洞口四处张望，发现上端洞壁沾满了黑色的烟灰，顺着烟痕一路朝内看去，有一个看起来有些像葫芦的黄铜色丹炉，丹炉附近随意丢弃着一些术士生活起居的日常用品，从鞋袜衣物的数量来看，洞内常年居住的只有一人。既是顺着诸多线索一路追踪至此，那么这个"住家"的身份也就不言而喻了。

遗憾的是，此时洞内空无一人，凶手似乎早已逃之夭夭。

为了不破坏洞内情状，李凌云从封诊箱中取出封诊护具穿戴整齐，又着子婴也一同打扮，并不让其他人入内。

李凌云解释道："我想凶手八成是中了凤九的计，去洛阳寻那雷鸾真人去了。他如暴露行踪，自然有凤九盯着；若不暴露，我们也可以在此地设下埋伏，守株待兔。所以此时不能碰乱了他的任何东西，万一他还会回来，被他发现有人曾来过，必会打草惊蛇。"

谢阮本要跟的，此时听他一说，也就打消了念头。

李凌云遂开始搜查洞中，他让子婴拿了封诊录在一旁记录，并小心翼翼地把翻看过的东西都一一放回原位。

他蹲下身，视线与桌平齐，观察石桌上的灰尘。"已有薄薄的积灰，此人离开已好几日……"说着，他小心地打开一旁的丹炉盖，看清丹炉内的情形后，又合上盖子，弯腰查看丹炉下方的灰烬。

"已有很长时间没有开炉。"李凌云起身，目光在房内游移，最后落在了墙上挂着的药葫芦上。他走过去小心地平托葫芦底，拔掉塞子，倾倒出里面的药丸。

"红色，闻味道是五石散，并不是阿芙蓉丸……从外面的苗圃规模和荚果上的旧伤可以看出，他一直在收割阿芙蓉，可奇怪的是，他却没有在这里炼制阿芙蓉丸。"

李凌云又在山洞内搜寻了一阵，再没什么额外发现，于是他带着子婴走到山洞口。突然间，李凌云沉声叫住徒弟："子婴，别动。"

子婴停步，惊讶地看李凌云，只见李凌云额上出汗，小声道："有只很毒的蜘蛛，就落在你左边肩上。"

子婴抬起左手猛扫左肩。李凌云松了口气，道："拍掉了，幸好穿着罩衫，上面有桐油，这玩意儿也咬不着你。"

子婴连连点头。"多谢老师。"二人走出山洞，脱掉封诊护具。明珪忙迎上去问："如何？"

"凶手并未在此炼丹，洞内也未发现他囤积的阿芙蓉丸，洞顶烟熏痕迹较厚，且不均匀，说明炼丹者并不擅长掌握火候，如是这人自己炼制，必定无法得足以得到同道信任的丹丸。子婴之前的推测应该是对的，连环案的凶手为两人，那么他们必然另外还有一处炼丹场所。"

"……或许是两人有所分工，一个炼丹，一个杀人，而这一系列的案子，都是由于那个炼丹者的怂恿？"子婴再次推测。

"有可能。怨鬼林案中铁匠铺的人也做过证，杀人者说话语无伦次，条理不清，这种人要说思维多缜密，的确令人难以置信。最关键的是，这个洞内并没有发现御用的笔墨纸张，我甚至怀疑，那些信件，可能是那个深藏暗处的炼丹者所写。"

李凌云又道："凶手离开数日，绝对有所图谋。按一贯的作案手法，他势必要把目标迷晕，接着带到某个大凶之地杀害，我虽感觉他选择小径山的可能性较大，但这一切都只是猜测，是否存在变数我也拿不准。如今此地已无查验必要，为稳妥起见，我觉得还是尽快赶回东都，和凤九相互照应的好。"

此行之所以整个狩案司的人全部出动，是因为大家误认为凶手已是囊中之物，伸手即可抓来，可谁承想到头来依旧是竹篮打水一场空。如今东都城只有凤九在坐镇，对这个人，众人心中始终有所提防。毕竟李凌云一直认为明崇俨案存在疑点，也就是说，哪怕其他案子和陆合道人有关，唯独这一桩却不能排除和东宫存在关系的可能。

万一凶手真被凤九提前擒获，不堪大刑伺候，把明崇俨案给认下，又该如何是好？所以谢阮心中也早就有了回东都的打算，此时见李凌云也有此意，她连忙招呼那老兵上前，让他派些人马，将此处盯死。

谁知那老兵却有些为难。"九郎调动军中士兵来此已是逾越规矩，我们可以留点人手在这里，但大部分人必须马上回营，有所拖延，怕是要被砍头的。"

见老兵为难，明珪善解人意地道："既然如此，我马上安排大理寺的人过来，你们留些人先盯着，之后交接即可。"

那老兵闻言大喜，对明珪行了个叉手礼，便退下布防去了。

"凶手取走了死者的身体部分，定是有特殊用处。"李凌云与众人一边向山谷外走，一边说道，"可这些身体部分不在此处，他会把它们放在哪里呢？"

"如按大郎推测，凶手会在被掩埋的马村凶地作案，兴许他会把东西藏在那里……"谢阮眉头微皱，"只是之前在那边，也并没有查出什么来……"

"我们先回东都，要是能在雷祖圣诞抓到凶手，问题自可迎刃而解。"明珪的话让二人心中安定了一些。出了山谷，众人便策马快速朝东都赶去。

第十三回

突袭俘虏　噬凶堕罪

初五，雷祖圣诞。

清化坊弘道观前，游人信众摩肩接踵，人潮如织。道观对面二层酒肆上的雅室内，李凌云、明珪、子婴三人一同看向装饰了无数赤黄彩带，又飘扬着五色经幡的弘道观。

"有三娘保护，那个冒牌真人不会有什么危险吧！"李凌云屈指敲了敲窗棂。

"怕是不会……三娘之外还有凤九的人，凤九还额外布置了无数宫中高手在冒牌货身边，除非凶手不动手，否则就算他有三头六臂，也必定会被捉拿归案。"

明珪看着拥挤的人流，目光投注到一个骑在父亲肩上吃着甘草果的孩童身上。那父亲手中还牵着另一个略大的孩童，同样在吃着凉果。父子三人衣衫很是破旧，膝盖、胳膊肘处补丁连着补丁。不过他们穿的虽是旧衣，但衣衫洁净，尤其是两个孩童，脸上都洋溢着满足的笑容，看得出，这家人关系颇为亲近和睦。

看着父子三人，明珪的表情变得柔和。片刻之后，他收回目光，手指弘道观旁竖起的一根高高木杆。

只见木杆大约有半抱粗细，上面挂着个圆形木桶，桶中端坐着一名黑衣街使。木杆一直通到木桶上方，最顶端还固定了一个木轮，上面悬着数根绳索。

"这种望月杆，在洛阳城内每个坊中都有，一旦发生事情便挂上旗帜，旗色有青、红、白、黑四色，青色的为青龙旗，红色的为朱雀旗，白色的为白虎旗，黑色的为玄武旗，各旗上下的位置和数量不同，可以用来表达不同意思，这种秘传，被叫作望月旗语，是左右金吾卫之中传信用的。左金吾卫的衙署就在这清化坊内，有望月杆上的街使盯着，丁点动静都逃不脱他的眼睛。"

"可……要是凶手根本不去呢？"子婴在他们身后迟疑地问。

"那凶手如此疯狂，有这么恰当的猎物，为何你认为他会不去？"明珪瞥子婴一眼，笑道，"我总觉得，大郎你这个徒弟，有时候他的一些想法与我们很是不同。"

"我就是跟你们不同嘛……"子婴露出一个大大的笑容，看着很是纯真可爱。

李凌云目光盯着弘道观，随口问："你又有何不同？"话音未落，他感到后脑剧痛，眼前一黑便晕倒在地。

在昏迷过去之前，李凌云耳中听见子婴的尖叫："你……你是什么人——住手——"

李凌云再睁开眼时，看到黄色灯光下谢阮的脸被放得巨大。他下意识地往后一退，觉得脑后剧痛，抬手竟摸到一个硕大的鼓包。

"李大郎——李大郎——"神情焦急的谢阮见李凌云醒来，大喜地摇了摇他，弄得他一直咳嗽不停。

"喀喀，别摇了，到底发生了什么？我怎么会晕倒？"

"你们被那凶手袭击了！子婴跟明珪都被抓走，独剩下你一个人。"谢阮放开李凌云，后者发现自己躺在带靠背的绳床上，人都快掉下地了。他扶着头艰难地爬起，问：“你说什么？凶手抓走了子婴和明子璋？”

“是，我们一直等到祝祷结束也没有看到凶手，所以就到这边寻你，结果发现酒楼老板与仆从已被药晕，上楼看见你扑倒在地，明子璋跟子婴都不见踪影。”

李凌云忍痛抬手指着窗外。“望……望月杆……”

“那废物没看见，他一直盯着弘道观，怎么有空看这边。隔壁坊的望月杆倒是有消息来。”谢阮递给李凌云一张纸，上面画着几道红蓝白黑的线。

“什么意思？”李凌云焦躁地问。

“你被袭击之后，有人用驴送了一堆货出坊……还带了个少年。”谢阮懊恼地道，“必定是那凶手无疑了。”

“子婴还能行走？他为何不呼救？”李凌云摇摇头，试图把痛楚摇散。

“兴许凶手用明子璋来威胁他，要是在明子璋脖子上放一把匕首，胁迫子婴顺从沉默会很难吗？”

似乎是谢阮的话提醒了李凌云，他伸手在腰间一摸，果然没有找到那个鼓囊囊的存在感很强的鱼袋。

“凶手偷了我的鱼袋，”李凌云摇晃着朝门外走去，“他定是冒用我的身份出城了，我们去小径山。”

“小径山？”谢阮连忙跟上。

“让凤九马上把刘那谁叫来……就是上次那个追踪者……”李凌云边走边扶着头说。谢阮连忙补上：“刘达。”

“对，就是刘达……”李凌云面色铁青，转身瞪着谢阮，“必须马上找到明子璋，我们太大意了，那凶手既然能给我送信，那么他或他的同伙一定在暗中观察着我们，只怕他早就知道明子璋也是五行俱全的六合者。”

月光下，李凌云的眼中掠过罕有的惊慌失措。“凶手早就选好了目标，凤九的骗局反而让我们自己松懈下来，而这，就给了他最好的下手机会……”

月色中，李凌云的声音微微颤抖。“他下一个要杀的对象，从未改变，一直都是明子璋……”

河南道，小径山。

一名面色发黄，瞧着病恹恹的瘦削男子，突然出现在道路的入口。这条官道年久失修，但乱草掩盖的道路上仍能看到深深的车辙，说明这里曾经人来人往过。

在大唐的土地上，这样粗细的官道一般都通往一座人烟稠密的村落，然而这条路指向的地方只有一大片泥土，就像依附着后方山峦的丘陵。

男子缓缓走来，他身后跟着一队马队，队伍里人人神情疲惫，为首的黑衣青年和红衣男装女子满面风尘，所有人都神色凝重，没有发出一点声音，就连他们胯下那些汗津津的骏马，马蹄上也都被包裹着麻布，无论马如何走动，也不会发出任何蹄声。

突然，瘦削男子好像发现了什么，他仰面朝天，在风中抽动鼻翼，随后趴下去，几乎把脑袋埋进乱草之中。

"是血。"他拔下一根草，从地上跳起来，大步来到黑衣青年跟前。

李凌云骑在马上，注视着刘达因太过疲惫而颤抖着的手，后者手上的野麦叶上染着接近干涸的血迹。

李凌云的眼睛一霎变得很亮，眼神就像出鞘的刀刃。

"这味道一定是人血。"刘达嗅着草叶说，"从东都到这里，一路上都靠这血迹追踪过来，每两处血迹之间的距离都约为半里……明少卿肯定就在这附近。"

不久前，在洛阳城门外的官道边，他们发现了明珪丢在路边的鱼袋，负责追踪的刘达在鱼袋上嗅到了鲜血的味道，可见明珪猜到李凌云一旦醒来，必定会找凤九帮忙，而那个擅长寻人又对血液敏感的刘达，势必会再次被起用，于是被挟持时明珪找到机会，为大家留下了血液指引。众人也是根据这一发现，才一路追到了这里。

"真是马村,"谢阮抬眼看看前方沉默的丘陵,"凶手一定就藏在这里,刘达,继续找。"

后者接令,继续无声地追踪起来。谢阮和李凌云也赶忙下马,跟在他身后。

谢阮看向李凌云满是血丝的双眼。"大郎,你觉得明子璋还活着吗?"

"活着……一定还活着。"李凌云抬手拎起一个奇怪的水晶管。只见那管上打了孔,管中有一竖棍,棍顶分叉,挂一根丝线,丝线一头是一枚小银坠,另一头系着一个小绢包,包中填充着一种黑色粉末,上面细密地标注有一些朱砂色刻度。

"这是测雨管,包中是磨细的木炭粉,这种东西可以吸收空中的水分,随后就变得沉重。"李凌云指着下方写着"雨"字的一处刻度道:"小包整个落下,超过这个刻度,就一定会下雨。"

李凌云把管子接好黄杨木底座,安置在路边一块较平的石头上,不久之后,果然看到小包悠悠落下。

"快下雨了,"李凌云抬头看着乌云密布的天空,回头再看时,小包又坠下一些,"不只是下雨,而且是大雨。"

"下雨与否,跟明子璋是不是活着有关?"谢阮暴躁地踢飞了脚前的一块小石头。

"有关,"李凌云拿起测雨管,交给阿奴拆开收起,"你可记得,凶手杀明崇俨也是在一个狂风暴雨之夜?"

"你是说,他要杀明子璋,也必须等这种时候?"谢阮闻言豁然开朗。

"不错,"李凌云点头,"而且凶手明显也会引雷,看测雨管的表现和天上雷云密布的状态,接下来很可能会下一场极大的雷雨,此处的土壤并没有湿润的迹象,可见已干旱了好几天,所以我确定,他会让明子璋活着,一直等到雷雨降下,有了最佳机会才会真正动手。"

李凌云话音未落,就见刘达黑着脸走过来。"前方没有血迹,也没其他痕迹,我们怕是已经被凶手发现了。"

"……那怎么办？"谢阮顿时紧张起来，她抓住李凌云的衣袖，"要下雨了，我们必须马上找到他，不然明子璋岂非死定了？"

"有办法，一定有办法……"李凌云面色惨白，抬头环绕四周看了看，过了一会儿，他突然双眼圆睁朝着丘陵方向跑去，从山脚开始往上爬。

谢阮跟上去，心慌道："你在做什么？我们都不知道凶手藏身何处，别胡乱跑。"

"他在高处，"李凌云回头看谢阮，嘴唇紧绷，眼中火气大冒，"天雷总是击打高处的事物，所以要想引雷，必须首先处在一块地势最高的地方——"

"就在那儿！"李凌云手指丘陵顶端，在那里除了一些小树苗之外，只有一棵巨树耸立，"那棵树最适合用来引雷。"

李凌云努力向上爬。这时天空已开始飘起豆大的雨粒，谢阮顶着大雨给下方的人打着手势，让他们迅速上来，自己则回头朝李凌云快步追去。

塌方形成的丘陵足以掩盖整个村落，比看起来要大得多。李凌云与谢阮用了很长时间才爬到顶端，放眼望去，整座丘陵就像是从山峰上被一刀削下，李凌云的面前除了那棵树，就只剩笔直的山崖。

豆大的雨水已经落下，空中闪烁着蓝红交织的闪电。李凌云擦擦脸上的雨水，才勉强能看清那棵大树，在一道闪电的光芒中，他迅速地捕捉到了关键：树冠里藏着不同寻常的金色竖线。

"树上有引雷针……"李凌云一把抓住谢阮，"先别过去，天雷随时可能落下来，人若在附近，触之即死。"

说罢，他开始聚精会神地观察树干。在树干上，他发现了一条细细的铜链，那铜链一直探进远一些的地面，好像从泥土里长出来的一样。

"在那里，"狂风暴雨中，李凌云跌跌撞撞地走到铜链前，转头对谢阮吼道，"天雷被引下之后，会顺着铜链移动，快挖，他们一定就在下面。"

谢阮有些不可思议地低头看了看，似乎觉得李凌云的揣测并不准确。李凌云见状嘶吼起来："不要犹豫，他要引天雷入地，天雷一旦落下，明子璋就必死无疑了！"

谢阮咬得嘴唇发白，抽刀顺着铜链挖掘。没过多久，"咚"的一声传来，谢阮手臂发麻，察觉是刀尖碰到了一块硬物。她不敢妄动，叫来李凌云，二人合力扒开泥土，湿泥之下是一块木板，铜链穿过木板上的小洞，一直延伸到下方。

二人对视一眼，谢阮起身，毫不犹豫地朝木板猛地跺下一脚，轰隆声中，两人一起坠进下方的洞穴。

李凌云在空中抱住谢阮，将自己的身体垫在她身下，两人直直坠到洞底，巨大的冲力一霎时使他的头脑与视线同时化为一片空白。他感觉有人在摇晃自己，但他脑子里嗡嗡作响，根本听不到任何声音。

等嗡嗡声略微散去后，他听见谢阮在狂叫："放开他——"

视觉慢慢回归，他看见谢阮正焦急地跪在地上，双眼看着某个方向，并感到她拼命拽着自己的胳膊，朝那边大喊。李凌云躺在地上看去，发现有一个巨大的铜丹炉在他们面前。丹炉被置于一个偌大的地洞中，看起来几乎跟天师宫中明崇俨用的丹炉一模一样。丹炉的进口大开着，里面安放着五个水晶匣子。

在透明的水晶包裹下，匣子里的东西看起来虽有些扭曲，但李凌云因对人身各部分熟悉至极，所以还是很快认出了里面的东西。

那里面装着的，正是凶手从金木水火土五案死者身上取走的身体部分：一些血块、一根被割下的阳物、一双干瘪的眼珠、一颗硕大的内丹结石、还有一张文着咒符的人皮。

李凌云觉得胸口憋闷难当，有一种呕吐的冲动，但还没呕出来，就发现了被捆绑在丹炉二层的明珪。此时明珪面色如纸，一看就是失血过多的结果，他被捆得不能动弹，嘴里也塞着东西，只剩下一双怒火中烧的晶亮眼睛可以活动。他被迫坐在炉顶，捆绑他的，正是从引雷针上一直延伸到地下的铜链。

身穿白色星辰服的中年术士站在明珪身边。他身高六尺多，看起来身体强壮，眉骨凸出，相貌凶厉。他手持一柄陨铁剑，那寒光闪闪的剑尖已戳进了明珪的脖颈皮肤，明珪的脖颈流下小股鲜血。那术士脸上带着欲疯欲狂的神色，哑着嗓子号叫道："滚……滚开，滚开——你们这些人总……总是扰乱我！我要修成无上术法，成……成成为真仙——只要杀了他，杀了他——"

李凌云捂着摔得闷痛的胸口，摇摇晃晃站起身来，刚朝前走了一步，那术士就发出不像人的鬼叫，对李凌云道："别……别过来，否则我现在就杀了他！"

李凌云见那剑尖又刺得深了一些，连忙停下脚步不敢动弹，身边的谢阮也不敢擅动。术士见二人都被自己胁迫，仰头哈哈大笑道："我一生孤苦，是恩人教我这个法子修仙，给我一条出路，离开这困苦人间。你……你你们且等等，那引雷针引……引来天雷，杀了这个五行圆满之人，我就能吸饱雷电，修成正果，做雷霆真仙了——"

李凌云看得目眦欲裂。明珪是他难得的友人，眼看明珪身处危机，自己却不能冲上去，否则那疯癫的陆合道人说不定真会杀了明珪。但他头顶的隆隆雷声又提醒他，时间紧迫，只要此时有一个闪电落下，天雷被引入丹炉，明珪一样会被天雷轰击，五脏剧震，雷灼而死。

正在左右为难之时，陆合道人嚣张的笑声戛然而止，术士的脖子上突然出现了一条细细血线。他双目圆睁，难以置信地朝自己身后转过头。

然而正因他这个动作，他脖颈的血线绽开，血如瀑布一样从他的脖颈飞溅到前方极远处。那术士面色霎时发青，口中嗫嗫有声，许久之后才憋出一句话来："未……未成六合啊……"

说罢术士向前扑倒在地，趴在自己喷出的血泊里。在他身后，子婴一边脸肿起老高，惊恐地睁大双眼，右手中握着一把细如柳叶的刀片，手腕上还挂着麻绳。

"我……我杀了他……"子婴喃喃道，"我杀了他……杀了他……"说着子婴茫然地转身，抬手揪出明珪嘴中的细布，手忙脚乱地把他放了下来。

明珪被捆得手脚发麻，落地后靠着子婴朝旁边走了几步。

说时迟那时快，天雷这时候终于被铜链引下，只一瞬间，地动山摇的轰隆巨响中银白电光闪过，众人下意识地闭上眼睛，再睁眼时，那丹炉中的木炭已被引燃。

明珪看着熊熊燃烧的火焰，又回头看扶着自己的子婴，抬起已被划了许多伤口的胳膊，轻拍着少年瘦削的肩头。

"多谢，要不是你，我或许已经丢了性命。"

"明少卿切莫这样说，"子婴挤出一个比哭还难看的笑容，诚恳地道，"你是老师的朋友，我被这陆合道人逼着说谎，才带你离开东都，现在救你也是应该的……"

明珪见子婴客气，正想再说点什么，一旁放下心来的谢阮忍不住叉腰斥道："你们可否先想办法从这里离开再说？对了，明子璋，你们是怎么进来的？"

明珪闻言，咧开干裂的嘴笑了笑说："我记得进来的地道……这陆合道人不得了，竟然让他在泥石堆里挖出这么个鬼地方……"

话音未落，却听李凌云在一旁冷声道："子婴，那陆合道人的同谋，就是你吧！"

子婴听言身体顿时僵硬。少年转头看李凌云，苦笑起来。"老师，你在说什么呢？我怎会是陆合道人的同谋？明明我跟明少卿是一起被他抓来的……"

"陆合道人捆着明子璋，为什么没捆你？"李凌云深邃无比的目光盯住子婴狭长的眼睛。

"怎么没捆，我是用封诊刀割开的……那家伙不知道封诊令里面藏着这物件，这才被我得手。"子婴抬起胳膊，晃晃手腕上的麻绳。

"你手腕上没有绑痕，"李凌云的声音毫无起伏，目中暗含怒火，"而且陆合道人杀人不眨眼，既然你的用处是帮他乔装离开东都，出了城门你就是个累赘，他没道理还带着你千里迢迢来到此处，你与他之间若毫无关联，他应该在离开东都后，就找机会杀了你。"

"……老师，你这么讲可就不对了，"子婴看向李凌云，眼神渐冷，"难道我平安无恙不是好事吗？"

"倘若你不是陆合道人的同谋，这自然是好事，可惜，你是。"李凌云冷酷地道，"从收你为徒时我就已经知道，你的骨骼、肌肉都比同龄人强壮，只有习武才会产生这样的结果。"

子婴有些好笑。"我随我师父修术，术士习武很寻常吧！这算得了什么？"

"你也不怕死人，头一次看剖尸你未有任何厌恶，也不曾呕吐。当然，你解释过了，这是因为你在义庄看多了尸体。然而你可知道，习惯看尸体，与习惯看那些被剖开，露出五脏六腑的尸体，也是不一样的。"

子婴沉默下来，眼中升起寒气。

"还有，那封信……其实是太平公主让我意识到了那封信的不同寻常。公主能在东都城中自由行动，是因为她身边始终隐藏着许多宫内高手，在暗中保护她。

"我封诊道李氏一脉，常年为宫中做些私密之事，以天皇、天后如此缜密的心思，不可能不派人在我家宅院附近暗中观察。退一万步说，就算宫中对我李家完全放心，至少凤九的人也绝不会让我出现任何闪失。我阿耶因为明崇俨案而死，天后起用我，便不会让我再发生任何意外。如此一来，就很难解释，这封信是怎么神不知鬼不觉地送到我家中，又正好被你——我唯一的弟子收到的呢？

"所以，最有可能的情况便是，这封信根本就是你写的，如此一来，你当然可以送到我家，交给你自己。"

李凌云说到这儿，停下片刻，发现子婴没有反驳，才继续往下说："从你到我家宅邸开始，你总说要去太常寺药园认草药，你知道，这种时候我不会盯着你，况且太常寺药园占地足足半个坊，在这时与陆合道人联络，应该很难被人察觉。"

"然后，就是在酒肆二层发生的事了。"李凌云的眼底燃起点点愤怒的光芒，"你太小看我们封诊道了，剖尸为世人所不容，所以我们早就练就了一身奇怪的本事，其中之一就是在封诊之前，一定要先查验现场，确定没有危害才立屏风封而诊之，只是，我还没教你如何快速判断周边情形……你就已经对我们下手了。"

"虽然你说是陆合道人打晕的我，掳走了你和明子璋，但实际上，能从那个位置打伤我后脑的人，只有你一人。以我的警觉性和明子璋的武功，你可以得手，大部分是因为我们对你太过熟悉。

"就像元婴伪案一样，王虎顺利杀死主人，不是因为他有多高明的本领，而是因为那个术士习惯了王虎的体味。你能成功伏击我们，同样是由于我们对你没有任何防备，这才让你在打晕我后，还能对反应不及的明子璋下手。"

李凌云说到这儿，也不管一旁听傻了的谢阮，手指连敲封诊令，再抬起右手时，指上已拈了一把寒芒闪烁的封诊刀。

"你最好现在投案自缚，从武学上说，你绝不可能是谢三娘的对手。"李凌云说着朝子婴走去。后者眨了眨眼，薄唇扯开一个鬼气森森的笑来，突然，他用快得看不见的速度，反手将封诊刀横在了明珪的脖子上。

明珪惊讶地看向子婴，后者仿佛变了一个人，缓缓转身对李凌云微笑道："老师，我想问你，是什么时候开始怀疑我的？"

"早就有所怀疑，从你提问是不是有人跟陆合道人一起犯案时，我就觉得有些不对，毕竟证据都指向一人作案，你不过刚刚加入，为何会认为凶手还有他人？……而真正让我确定你有嫌疑的，是小径山陆合道人居住的山洞。"

"哦？那个山洞里不是什么痕迹都没有封诊到吗？"子婴好奇地问。

"就是因为什么都没有，所以才漏了你的底细。"李凌云把封诊刀捏得越来越紧，"还记得里面的丹炉吗？它空空如也，很久没有炼过丹……可是那些用来交换笔墨纸张的药丸，却显得很新鲜。"

子婴诡笑道："……那也不能说明，阿芙蓉丸就是我炼制的吧！"

"你是个医道。"李凌云道，"到我家之后，你就找我要了一个小丹炉，说是要继续修炼医道，你有足够的条件，趁去太常寺药园认药时，从陆合道人那里弄到阿芙蓉汁液，然后熬熟它。那药丸我仔细研究过，制得很粗糙，大部分只是熬熟的阿芙蓉膏而已，为了不引起别人注意，你必须快速炼制，所以只能随便做做。"

"就算这样，也只是猜测而已，你凭什么笃定我就是同谋？你又没亲眼看到我写信，更没亲眼看到我炼丹。"

"蜘蛛，小径山的蜘蛛。"李凌云伸手指向子婴左肩。子婴低头看看肩头，笑了起来。"就这？"

"其实那时候根本没什么毒蜘蛛，我只是想试试，在突然受惊时，你到底会用哪一只手。"

"是左手，"子婴闭眼勾起嘴角，"没想到，还是在这里露了馅，我左右两手都能写字，还是不一样的字体，谁知被不存在的蜘蛛给骗了。老师就是老师，胜过弟子太多了，我在你面前简直无可遁形。"

"伏法吧，子婴！以你的力气，即便杀了明子璋，也躲不过一死。你是怎么怂恿陆合道人的，如果老实招供的话或许能留个全尸。"

"留个全尸？就这样？老师，你着实太天真了——"子婴闻言爆笑起来，笑得眼泪涟涟，手中的封诊刀又给明珪的脖颈增了好几条浅伤，看得李凌云和谢阮心急如焚。

好一会儿，子婴才停了下来，擦拭眼中的泪水道："你们知道吗？那个被灌锡的术士，我叫他师父的那个人，他其实是我的亲生父亲。"

"亲生父亲？"谢阮惊讶道，"你为什么要杀自己的亲生父亲？"

"因为他是个魔鬼。"子婴咬牙切齿地道，"他年少时修炼阴阳采补之技，结果却搞出事来，跟一个下等娼妓生下了我。他本是个官家公子哥儿，因为丢了宗族的脸，被家人给赶出家门，便干脆做了术士。母亲生下我后别无求生手段，只能继续为妓，就把我送到了他那里。他把我养在道观中，觉得是我拖累了他一生，便不停地打我，我这身上的骨头，早不记得被他打折过多少次了……"

子婴的目光落到陆合道人的尸体上，冰冷的眼中渐渐染上一抹温情。

"我父亲脾气不好，惹人厌烦，道观里其他术士因我是他的儿子而厌弃我，只有这个火工道人和我好。他因为天生有些愚笨，说话结巴，被其他人排挤，只能做一些粗笨的活，砍柴挑水，还要招人打骂。我们都是没人在乎的人，渐渐亲近起来。他喜欢听神仙故事，可旁人根本不让他进三清大殿，怕他傻乎乎的，弄坏了供奉的东西。于是我就给他讲神仙故事……慢慢地，我发现，他对我说的一切全都相信。

"原本我也就打算这么下去了，大不了忍一忍，长大成人再想办法脱离道观。可是突然有一天，我在睡梦中听见那个人跟我说，你想做什么，去做就是了，何必等待，令心中痛苦不已呢？我想了想，也的确如此，为什么我不能试试看呢？火工道人力大无穷，我编一个可以修炼成仙的故事，加上我父亲从西域人那里弄来种植的阿芙蓉，完全可以除掉令我痛苦的根源。我知道阿芙蓉这东西，吸食之后很难断掉，一旦戒掉就会产生万蚁噬心之痛，所以只要手里有这个，让火工道人依赖我，我就能控制住他，让他替我杀了该死的父亲。"

"所以，你就编造了这个六合成仙的故事。可是杀你父亲也就罢了，有怨报怨有仇报仇，为何还要杀那么多无辜之人？"谢阮有些难以理解。

"因为我父亲死后，我才发现，我本性就很喜欢杀人！尤其是那些道貌岸然的术士！"子婴笑起来，笑得像个天真的少年，但已知晓他才是这一系列恐怖杀戮的始作俑者，谢阮眼中，这无邪的笑容简直令人不寒而栗。

"没有人一生下来就想着杀人。"李凌云叹息一声，"不过是因为你的父亲给你带来了屈辱的出身，又因为他让你饱受排挤，所以你才会想要杀了他。而你虽然杀了你的父亲，但你心中仍记恨那些欺负你的同门，所以，你就把这怒火转嫁到了别的术士身上，这才是你嗜杀的真正原因。"

"老师愿意，自然可以这么理解，但无论如何，我都没有任何理由拦着陆合道人。我想杀人，他想成仙，我们岂不是一拍即合？杀的都是术士，你们知道吧！这些术士平日里神神道道，其实背地里都是我父亲那样蝇营狗苟的无耻之徒，要么想着女人，要么想着名利，死水湖里那个家伙更好笑，整日沽名钓誉，这些人死了有什么关系，他们不事生产，又不种地，活着也在害人，再说了，什么跳出三界外不在五行中，修什么仙，反正人终归都是要死的……"子婴的笑声变得越来越大，昏暗的洞穴里，旁边的炉火把他的脸染成了诡异的血色。

"你可以停手的，如果你最后不把矛头对准明子璋，我可能对你只是提防，并不会那么快锁定你有嫌疑！"

"我也没有办法，那陆合道人已经癫狂，是他认准了明少卿。我接近你们，一方面是为了打探案件线索，另一方面，就是为了找一个合适的机会杀掉明少卿，让那陆合道人功德圆满。"子婴叹息道，"我觉得这个世界上，对我最好的两个人，一个是你，另一个就是这傻瓜陆合道人了，所以就算铤而走险，我也必须帮他。"

"真是这样？"李凌云问。

"怎么？老师你难道不信？"子婴的双眸中寒光闪现。

"你要我怎么相信你？"李凌云冷哼一声，"那陆合道人早已暴露，你心知他被抓住是迟早之事，而且我们已推断出了他幕后有同谋，一旦他被抓，你无法预估他是否会把你给供出来，所以你一直在等待机会，一个我们松懈下来的机会，而凤九在东都设下的'雷祖圣诞局'就是最好的时机。那个时候我们所有注意力都会集中在此，你带走明子璋，把我留下，其实是因为你料定我会找到这里。马村这地方我早就有所怀疑，而你也心知肚明，可绕来绕去，你还是把我们引到了这个地方，这说明，你真正的目的，并非帮助陆合道人杀人，而是故意引我们过来，看这场你自编自演的苦肉计。你把自己扮成被害者，又当着我们面毫不留情杀了陆合道人，解救明子璋于水火，如果不是我提前发现异样，怎会有人对你这救命恩人产生怀疑？相反，我们所有人还会对你感激备至。至于那幕后指使，也会因为陆合道人的死不了了之。你口口声声说对陆合道人怎样怎样，其实他在你心里，不过是一个随时可以放弃的替罪羊而已。"

子婴听完，神色黯淡下来。"老师，难道我在你心中，就是一个杀人不眨眼的恶魔？"

李凌云尚未开口，子婴又自言自语起来。"或许真跟老师想的一样，我已经习惯了杀戮的味道。就算今天能够过关，以后还是会控制不住我自己……可是老师！"子婴用纯净的眼神盯住李凌云，"不管你信与不信，与你们相处的日子里，我感觉我的杀念真的淡了一些……"

子婴继而又用类似小孩子撒娇的声音恳求道："老师放我走吧！否则我就在你眼前杀了明少卿，我知道明少卿对你来说，可不是一般的人，他是你的朋友，很重要的朋友，若明少卿因为你而死，你一定会很难过，而我也会同样难过……"

"我是会很难过，我也很看重明子璋。"李凌云眼底的火焰越烧越高，双目中血红一片，"念在我们相识一场，放了他！"

"老师真是不会说话，你这么气势汹汹，就非得看到明少卿流血吗？"子婴手腕一翻，抬手将刀片朝明珪脖颈探去，"是我低估了老师，现在看来我是很难活着逃出去了，如果你再咄咄逼人，我只能杀了明少卿，然后你要杀要剐都随你心愿，事到如今我还能拖个垫背的一起下黄泉，也不亏我活这一场——"

说完，子婴目露凶光，眼看就要割伤明珪脖颈时，他的眼角突然掠过一抹妖娆的银光，还未及反应，他左边脖颈已开了个大口子，开始咝咝喷出血雾来。

子婴忙扔了封诊刀伸手去捂，谁知血液横流根本压不住，不过一会儿，子婴的半身就被血浸得湿透了。明珪也伸手去捂子婴脖子上的伤口，却好像于事无补，那少年朝后倒在明珪身上，又颓然地一屁股坐在了地上。

"……封诊刀……"子婴喃喃有声，"你不是说，不能用来杀人吗？"

"老师你……骗人……"

说完，少年头颅一歪，没了气息。见子婴已死，李凌云呆呆站在原地。明珪惊讶地看着他，又看向自己身后的地面，在那里，从李凌云手中飞射而出击中子婴的那把百炼钢封诊刀，正如匍匐在地的染血蝴蝶，随着火光闪烁着妖冶的华彩……

接下来的事，在李凌云脑海中全没有任何记忆。当他回过神来时，人已离开了地洞，身上披着柔软的羊毛毡毯，坐在小径山下的一处县府里。

从明珪及谢阮二人的叙述中，李凌云方才得知，在自己杀死子婴后，暴风雨也莫名其妙地突然停歇。在山丘上寻找的其他人，也发现了二人坠下的地道。

没有了被天雷劈中的威胁，谢阮带来的下属同赶来的大理寺吏员一起爬下来，明珪领着谢阮等人，带上子婴与陆合道人的尸首，沿着他们来时的地下通道，一同逃了出来。

随后众人就近来到此地县衙中安歇。由于子婴、陆合道人二人已当面招供，死因也毫无疑点，二人的尸体便就地装棺掩埋了。

听到子婴的结局，李凌云久久没有言语，直到谢阮询问他是否清醒，他这才哑着嗓子问："炉火中那些东西怎样了？"

脖子上包了纱布的明珪递给他一杯温水。"当时洞内渗入雨水，虽被火烧了一下，但所幸外面有水晶匣子保护，并没完全毁坏。"

"拿来我看看。"李凌云翻身下床。谢阮命人把五个匣子在桌面上依次排开，李凌云又让阿奴拿来封诊箱，装备齐全后，他小心地打开了匣子，一个个查验起来。

"……这些从死者身上取走的东西，都曾深埋在咸盐和石灰的混合物中，所以看起来有些失水，但这样处理，可以有效防止腐败。"李凌云拿起那双干瘪的眼珠看看，接着放回匣中，"金木水火土雷，才是陆合道人杀人的正确顺序，他临死之前说自己未成六合，所以……"

李凌云抬起微红的眼，看向明珪，斩钉截铁道："你阿耶，不是他杀的。"

面对这个推测，明珪一时语塞。"……李大郎，你的意思是……"

"这些东西中并没有你阿耶的头颅，"李凌云手指水晶匣子，"陆合道人之所以抓你，是因为你跟你阿耶一样，八字完美无缺，五行齐全，而且你肯定也多少懂得雷法。他受了子婴的蛊惑，要达到六合完满成仙得道的目标，你阿耶是最好的猎物，可惜你阿耶死了，所以陆合道人退而求其次，转向了你。"

李凌云略微烦闷地坐下。"陆合道人挟持你时，从他说的话可以听出，此人已然疯狂，这与之前的推测完全符合。子婴为掌控陆合道人，给他洗脑，撺掇他杀人，让他长期吸食阿芙蓉丸，并且不让他掌握炼丹之技。而长期吸食阿芙蓉，最直接的结果，就是服用者会分不清现实与幻想。"

"陆合道人对子婴的胡说八道，一直深信不疑……"李凌云闭上眼，手扶着抽动着的闷痛的额头，"但是，他的确不是杀你阿耶的人。"

"那是谁呢？"明珪静静地看着李凌云，"大郎可有方向？"

"自然有，"李凌云睁开双眼，"我们回东都，大理寺里，你阿耶的尸首会告诉我们，到底是谁杀了他。"

第十四回

无头案解　东宫崩坏

两天后，大理寺地下殓房中，李凌云肃穆地从温水中捧起标注着"肠胃"的封诊罐，只见他打开密封良好的罐盖，倒出一网大、小肠。

他抬手截出小肠部分，将其余放回封诊罐中，又把截取出来的小肠剪开成段，随后拿出幽微镜，点亮灯光，用一把狭长的剪子剪开肠子，一段段仔细观察。

明珪与谢阮站在一旁，沉默地看着李凌云操作。

直到看完最后一段，李凌云才缓缓抬起头来。"肠道内相当干净……因肠道是曲折蜿蜒的，就算你阿耶的大肠从谷道开始被引雷针戳破，其小肠之内的细粪也不可能被雨水冲得干干净净。"

谢阮无法听懂。"这是什么意思？"

"杜公此前的说法有误，"李凌云道，"你阿耶被杀时，应该只是刚进食不久，之前吃的东西早已排空了，所以小肠之内才会没有细粪生成。"

"也就是说，杜公依食汤消化程度推断出的我阿耶死去的时间是错的？"明珪有些难以置信。

"我一开始就有所怀疑，现在排除所有干扰案件，结果正如我所料！"李凌云问明珪："你阿耶一天吃几顿饭？什么时间吃？"

"术士一般都顺行天意，俗食吃得少，所以向来只吃两顿，就是早上的膳食和晚上的丹药。"明珪回忆道，"早间我阿耶吃得也晚，大约在巳时^①进食，夜里亥时服丹。"

"通常而言，普通人在进食四到五个时辰之后，小肠会彻底排空，以你阿耶的进食种类及习惯，算起来大约是在戌时，并非杜公推测的接近子时。倘若按照这个时间，结合杜公封诊录上分析的线索，有一人，符合条件。"

"是谁？"明珪与谢阮异口同声。

"此人我之前在查阅杜公封诊录时就格外注意，他便是太子李贤身边最亲近的那个马奴——赵道生。"

明珪闻言思索道："……阿耶尸首是我第一个发现的。我阿耶在戌时童子送来用来服丹药的无根水后，很快便被杀害。若他已服下丹药，丹丸也应当还未消融……可杜公从他胃中取出的食汤已糜烂许久，明显已经消化了很长时间，这又做何解释？"

"现在返回来看，你阿耶的案子有诸多疑点。以我对尸首的查验结果，这食汤绝对存在问题，正所谓事出反常必有妖，要想解开谜团，我们还得回天师宫，在那里，或许能找到支持我猜想的证据。"李凌云说完，又看向明珪，"我有个大胆猜测，这个杀了你阿耶的凶手与那元婴伪案的凶手王虎一样，都在模仿陆合道人杀人。我甚至怀疑，水案中把驴粪换成马粪的人也是他，他这么做显然是为了增加查案难度，只要陆合道人与子婴的罪行不被揭穿，那么我们就永远怀疑不到他的头上。只是我还没想明白，他到底是怎么做到的，粪便好换，马蹄印却不容易造假，要么是他真牵了一匹马过去，要么，这人就是制造痕迹的绝顶高手。"

"那按你说的，回天师宫。"明珪点头应许，"不过查出一切之前，这个秘密暂时不能让外人知道，尤其是凤九和大理寺的人。"

"不错，如果当真是赵道生所为，那么就跟东宫扯上了关系。"倚在床边

的谢阮咬咬嘴唇，"大理寺那位徐少卿若是知道了，一定会横加阻碍。我们目前只能偷偷去查，一旦查实，便立即飞书报给天后知晓。"

"也好，那不妨编个理由。"李凌云想了想，"就这么说，子婴死前说出了子璋阿耶头颅所藏之处，我们去天师宫，就是去找这颗头的。"

"理由不错，我去安排行程和消息。"谢阮抬脚出了门。李凌云转头给自己倒了杯水，发现明珪正目不转睛地看着自己。

"大郎你……什么时候学会说谎了？"明珪注视着喝水的李凌云，"你过去在案情上从来不肯说谎的。"

李凌云有些尴尬地翻看手中的空杯，发现上面的白釉有些裂纹，他盯着那裂纹缓声道："一时应付而已，我在封诊时是不会说谎的。"

明珪沉默下来。就在李凌云以为这个话题已经终结时，谁知明珪又开了口："大郎飞弹封诊刀杀子婴，未免太精准了。"

"一时情急而已。"李凌云放下杯子，抬眼看着明珪，"封诊道的人平日封诊就很危险，剖尸之举不是谁都能接受的。若真的手无缚鸡之力，可能会被愤怒的亲属当场打死，所以封诊刀是工具，也是暗器。"

李凌云拿出封诊令，在他操作之下，令牌如花朵一般绽开，露出一个细小的檀木机关，机关仿佛一把缩小的手弩，制作格外精巧，只有巴掌大小，其上有一个小口，口中藏着一缕银色的幽芒。

"用来剖尸的封诊刀，的确不能用来杀人。这一把却不同。"李凌云握住机关，小口垂直对准食指与中指之间的缝隙，只听"咄"的一声，一枚纤巧的弧形刀片深深插进木桌，轻轻振动着，反射出璀璨的光芒。

"原来如此，只是……"明珪欲言又止，但最后还是把疑问说了出来，"大郎杀了人，心中可有些难受？"

"我也不知难受不难受，子婴是个好徒弟，可我不能眼看着他把你杀死。"李凌云愣愣地看着明珪，"所以他死了，是我杀的，但他也的确该死。"

"不错，要不是他怂恿陆合道人，也不会死这么多人。"明珪苦笑道，"只是大郎，你虽然嘴上不说，但他一死，你就茫然失去神志，整个人愣愣怔怔，直到刚刚才彻底清醒过来，看来杀人其实对你来说影响甚深。"

明珪从怀中拿出一个香囊，递给李凌云，后者没有拒绝，只是奇怪道："你已经送过我了。"

"这里面，加了极为特别的东西，"明珪道，"你闻闻。"

"甜味，蜂蜜和蜂蜡的味道……"李凌云分析着香味，"味道好浓，龙涎？"

"用了浓重的香料，可以让你清醒一些。"明珪道，"要是遇到头脑极度混乱的时候，不妨打开这个香囊，我在里面藏了灵丹妙药，可以应急。"

"那我便收下了。"李凌云把香囊贴身收好，觉得那种调和过的浓香，的确让自己头脑放松了不少，连闷痛都好转了。

"我们不回东都了。"谢阮人还没进门，声音已经传来，"安排好了，我们明日起程，直接去天师宫。"

天师宫悬崖一侧，唯一的那扇窗前。

谢阮和明珪撑在窗棂上，紧张地向下看着。

李凌云悬挂在一根夹杂铜丝的坚固吊线上，他的脚上穿着一双钉着无数长钉的厚皮靴，手上则是同样密布金属棘刺的厚皮手套，此时的他像壁虎一样贴着那几乎直上直下的悬崖，缓缓下爬。

上山之前，李凌云特意询问了当地人，发现后山有数处可供人藏匿的天然洞穴。他认为，凶手在大雨之夜到此偏远之处袭杀明崇俨，必定带有坐骑，若是水案的驴粪当真被他更换成了马粪，那么他的坐骑一定是脚力极好，且以官饲料喂养的战马。只不过因雨水冲刷，蹄印损毁，这才导致刑部、大理寺、杜衡三次查探都没找到可疑痕迹。从这一点也不难看出，凶手选择明崇俨引雷之日作案，也是经过精心策划的。

而天师宫作为皇家道场，在山脚下有诸多官兵驻守。李凌云认为，要使马不发出动静，凶手攀崖进入天师宫时，必定要把马藏匿起来。雷电交加、大雨滂沱中，马极易受到惊吓，万一挣脱缰绳误入驻军营地，极有可能会暴露凶手行踪，所以在作案之前，他必须要找一个极其隐蔽的藏马之所，而此处最佳的选择，便是后山这些天然洞穴了。

为了证实猜测，李凌云穿戴封诊道特质的攀爬工具，一路贴着崖面，缓缓下降。经过数个时辰的寻找，他发现了一些细微的异常情况。后山平时鲜有人来，路面极少有人踩踏，路边碎石由于常年日晒雨淋，早就粉碎不堪，只要稍加负重，便可化为粉末。李凌云手持封诊镜趴在地上仔细观瞧，他发现，有一段路牙上的杂草呈斜面生长，看起来格格不入，这是由于曾有人在这里反复踩踏，导致松土滑落，再加上雨水冲刷，最终在此处形成了斜坡。而没有被踩踏的地方，因杂草根茎的作用，就算有暴雨袭来，也不可能出现碎土流失的情况。不过这一细节，在杂草长成前很难让人瞧出端倪，毕竟这山中有不少野兽，偶尔踩落些碎土，并不能说明什么。

只是李凌云觉得奇怪，如果凶手当时只是牵着马偶然由此经过，也不太可能让他一眼就看出差异，此时他站在那里，望着密林丛生的脚下，竟有些错觉。"难道，这里曾是一条路？"

带着疑问，他毫不犹豫地走进了密林。当鞋子刚触到地面时，他能明显地感觉到鞋底传来的那种稳固的抓地力。"没有打滑，这里之前一定被人多次踩踏过。"

有了这种脚感，他干脆闭上眼睛，想起了多年前阿耶让他穿着不同鞋子爬坡时的场景。那时阿耶告诉他，鞋子之所以造型各异，就是为了适应不同的路况，一双合脚的鞋子会给人带来舒适的脚感，那么踩出的印记才会完整。如果小脚穿了大鞋，或者大脚穿了小鞋，由于脚感不适，那么必定会在鞋痕上展现出差异。同样的道理，一双合脚的鞋子在不同的路面上，也会产生不同的脚感，在湿泥路上会打滑，在碎石路上会硌脚，倘若某条路有人经常走过，那么这些障碍便会被前人清除，这样走上去，就能感觉到细微的差异。这种体感，若非经过专门训练，很难加以区分，远了不说，狩案司中估计也只有李凌云具备这个技能。

在密林中摸索了半天，李凌云回头望去，发现已分辨不出回去的路，不过他并不担心，仍是凭着感觉继续向林中腹地走去。

远处天师宫内，谢阮手持一根竹竿粗细的管状物，正不时地朝李凌云消失的方向观望。若不是攀岩装备只有一套，谢阮估计早已陪李凌云一同下崖。

明珪从她手中接过那物件仔细观瞧，发现那木质的管子两头，分别安装了一个水晶状的透明镜片，透过此管，就算目测极远的地方，也感觉像是近在咫尺。他不由得赞道："封诊道到底从哪里弄来这么多奇怪之物？"

"现在你还有心思关心这个！"谢阮一把将李凌云给她的"万里镜"抢了回来，"这个李大郎到底去哪儿了？就凭他那个小身板，我真怕他遭遇什么不测！"

"三娘不必担心！"明珪意味深长地望向李凌云消失的方向，"你别忘了，子婴就是死在大郎手里的。"

谢阮虽常着男装，并自诩不输给男子，但她终归是女儿身，心思仍要细腻得多，想起曾朝夕相处的子婴竟是个无情的魔头，她也不免有些无名的伤感。

就在这时，一道金黄色的反光晃过她的双眼，她迅速拿起"万里镜"观瞧，没过多久，终于松了口气。"大郎正站在一块石头上，用铜镜给我们打信号。"

"有发现了？"明珪急切地问道。

"应该是！"谢阮把手中那个设计极为精巧的物件递给明珪，后者抬起手来，也朝那个方向看过去，"好像有个山洞。"

"山洞？"谢阮好奇道，"那里到处被树木遮盖得严严实实，我方才观瞧了数次，压根什么都看不见，若不是大郎用铜镜给我们打了反光，我连大郎都分不清在哪里，你从哪里看到那边有山洞的？"

谢阮说着又要去夺那"万里镜"，没承想，这次明珪却没给她机会，直接把那物件在掌心中一挤，那原本长长的筒状物，竟迅速缩成了一小节。

谢阮见他把东西握进手中，恼怒起来。"明子璋，你收起来做甚？"

"大郎已从石头上下来，想必是发现了线索，与其在此浪费时间，还不如考虑接下来该怎么办。"明珪背过身去，淡淡地道，"我阿耶的案子要是真与东宫有关……你可曾想过会发生什么？"

谢阮闻言，顿时愣住了……

位于岩壁东面略远处的密林深处，李凌云靠着阿耶李绍教授的方法，找到了一个隐藏极深的洞穴。让他感觉到吃惊的是，在洞壁上他竟发现了一些人工雕凿的痕迹，显然这里并非天然形成的，而是有人在坚硬的岩石上硬挖了一个洞出来。李凌云站在洞口，比画了一下高度，发现此处不大不小，刚好容得下一匹马进入。

李凌云捡起一块碎石，用力朝洞口砸去。掌心传来的阵痛让他意识到，此处岩石比他想象的还要坚固。

虽说洞穴不大，但也绝非一朝一夕可以完成的，这也正好解开了李凌云心中对那"斜坡"的疑惑，他的脑中也逐渐浮起了多人反复往返此地雕凿洞穴的场景。

连藏马之所都如此大费周章，这也让李凌云深刻地意识到，明崇俨案绝非他想象中的那么简单。

触着洞壁，李凌云沿着边缘小心地走进洞内。虽说此案已时过境迁，但由于此处鲜有人来，加上凶手作案后，天后武媚娘就展开了大规模调查，这使凶手不敢再回到此处，所以洞内的痕迹完整地保留了下来。马蹄印上尽管落了些浮灰，可借助封诊镜，依旧可以辨别细节。那马粪球虽被细小昆虫吃了不少，但各种草料残渣却一点不落地保留了下来。

李凌云翻开背囊中携带的死水湖案封诊录，经他反复确认，蹄印、粪便均是出自同一匹官马。

有了这个，便完全证实了他的猜测：凶手的确故布疑阵，水案中把驴粪换为马粪的人非此凶手莫属。

　　找到了后山凶手藏马的位置，也就等于找到了凶手确切的作案路线。李凌云顺着自己来时的脚印，再次回到那崖壁前。

　　刚才在贴崖爬下时，李凌云明显感觉到此处陡峭万分，稍有不慎便会失足坠下，若非他有混入铜丝的吊绳辅助，恐怕他在下崖的那一刻，便已失手落崖。

　　回想起明崇俨被害那天，阴雨交加，崖壁上的岩石比现在还要湿滑，凶手要想从此处爬进天师宫，必定要费一番功夫，那么也就不可能不留下痕迹。

　　想到这儿，李凌云决定，要重新查验这片崖壁，一定要找到关于凶手的蛛丝马迹。

　　在明珪、谢阮的帮助下，他小心翼翼地爬动着。向上攀了不到十步，他便发现了异样。"山壁上有钉孔……找到这个，便能确定他的攀岩路线，此处杜公的封诊录上也有记录。"

　　在刚接触此案时，由于对杜衡的信任，加之山壁过于陡峭，所以在得知杜衡已亲自查验过岩壁后，他也放心地把此处完全忽略在外。

　　然而此次不同，所有的干扰都已排除，要想攻克最后的明崇俨案，就必须心无旁骛，从头一点一点地梳理。

　　这崖壁作为凶手来去的必经之路，如今也成了他孤注一掷的抓手，此时的他抱着鱼死网破的决心，如蜗牛般贴着崖壁，一丝一毫地向上蠕动，每上前一步，他都要左右观瞧，生怕漏掉任何一点细微的痕迹。

　　好不容易爬到中间，李凌云忽然听到了聒噪的嘎嘎声，他抬头一看，一只乌鸦正从悬崖侧面的巢穴中飞离。

　　瞥见那用各种杂草树枝堆起的巢穴，他心中好奇心顿起，本着不放弃任何线索的他，咬牙爬了过去。

　　乌鸦很喜欢收集各种奇怪物件，李凌云并无意外地在窝中看到一堆色彩斑斓的羽毛，翻开之后又是一堆闪闪发亮的小石子，还有好几枚从女子的步摇①上

---

① 古代妇女首饰名。以金银丝制成花枝状，上缀珠玉，插于发髻，行走时便摇动，故名。

掉落的宝石装饰。当他把鸟窝翻了个底朝天时，一抹明亮的赭黄跃入他的眼帘。

"这是……"李凌云拿起那个拇指大小的赭黄色物品，发现它是一片平铺在巢穴中的细密丝绸。

李凌云低头望望，发现在距离乌鸦巢穴不远的地方，便有几个钉孔。"怎会有这么巧合的事？"李凌云发现异常，连忙让明珏、谢阮拉拽绳索，将他吊了上去。

"这是贡绸……从周边撕扯的痕迹看，是被什么东西挂住后造成的撕裂。"李凌云一落地，就拿出那片丝绸，"贡绸不稀奇，关键是这个颜色……是皇族才能用的。"

"凶手果然是宫里人。"谢阮眼神冰冷，"可以确定就是赵道生吗？"

明珏点头。"赵道生在东城曾拦截过我和大郎，东宫之中只有他和太子有见不得人的关系，所以能贴身穿赭黄内裳。"

"不仅如此，"李凌云目光炯炯，"死水湖案发生后，我特意查看了我道封诊秘要上关于马粪的记载，这不看不知，原来就算是官马，因所在府衙不同，用途不同，品种不同，等等，所配置的饲料也不尽相同。我方才在密林洞中发现的马粪中的草料残渣与水案马粪中的草料残渣完全一样，而经过我的逐一对比，这种草料配方来自宫中。"

明珏也跟着推测道："如果说只是水案留下了马粪，我们还能理解为巧合，可我阿耶的案子与水案相隔甚久，马粪成分竟完全一样，只有一种情况可以解释，就是凶手使用的这匹马，常年饲养在宫中。"

谢阮冷笑道："还真是聪明反被聪明误，凶手原本想着给我们制造点麻烦，没想到末了这竟成了暴露他的关键证据。"

"如果把凶手范围划定在宫中的话……"李凌云手托下巴，沉思片刻后道，"男子、身体强壮、身高六尺一寸七分以上、左撇子、善骑术、穿长靴、衬赭黄内裳。能满足以上所有条件的，就只有赵道生。杜公此前之所以将其排除，是因为他根据子璋阿耶食汤消化的程度，推断凶手作案时间在子时，而赵道生刚好有不在场证据。不过根据我查验的小肠情况看，那食汤明显存在问题。我觉得，凶手既然能为了藏一匹马花如此大的代价，在坚硬的岩石上雕出一个洞穴，那么在食汤上做手脚，其实也并非难事。"

"食汤在肚子中，要如何做手脚？"明珪不解。

李凌云瞥了一眼那高台上的丹炉，接着又看向明珪。"活着不能，但死了未必不可。那陆合道人取死者身体部分是为了修道，而此案凶手取你阿耶人头，又是什么目的？"

"难道不是为了复命？"

"是，也可能不是！"李凌云双目射出精光，似乎已经猜到了答案，"因为只有在将你阿耶砍头之后，才可以替换掉最关键的证据——食汤！"

"李大郎，现在不要给我打哑谜。"谢阮因激动，双侧脸颊涨得通红，"你现在就告诉我，能不能确定杀死明崇俨的凶手就是赵道生？"

"依目前掌握的证据，除了他，不会再有别人！"

得到李凌云的肯定，谢阮从怀中摸出一方白色轻帛，在上面急书下赵道生是凶手的证据，接着用油绢袋把那赭黄绸片装在一起，飞隼直传上阳宫。

在此过程中，她并没有察觉，李凌云的目光正凝视着赭黄绸上的一处细微的折痕，直到谢阮将它塞进传信用的漆筒内，他的眉头依旧深深皱着。

不久之后，灰黑色的隼落在华美宫殿的露台之上，发出凶戾的叫声。

上官婉儿楚楚走来。她身边的隼奴抬起手臂，让隼飞到自己的胳膊上，接着取下隼足上密封的漆筒，交到她手里。

她转身进殿，双手将绘着凤凰与飞龙的漆筒呈给正在化妆的武媚娘，后者身边伺候的宫女与宦官见状，立即无声地退下。

武媚娘端详着那枚有些异样的漆筒。在这枚漆筒周围，凤凰腾飞在巨龙之上，明确无误地呈现出压制的姿态。

她拧开那个漆筒，碎裂的封蜡窸窸窣窣地落下，沙子一样撒在流光溢彩，以螺钿装饰的纯金梳妆台上。

武媚娘展开帛卷，又拿起油绢中包裹的赭黄贡绸。

接着，她放下了手中的东西，取了一盒口脂轻轻点在唇上。看着镜中唇似血染的自己，武媚娘对上官婉儿吩咐道：

"拟旨，捉拿赵道生——"

&

"赵道生刚被抓就招供了？他还说要见我们？"

刚回到东都，明珪与李凌云就被身着官袍的杜衡拦住。杜衡驾上马车，把他们一路领去了大理寺狱。

"是，天皇、天后震怒，直接让左金吾卫大将军带兵去太子别院拿的人。"杜衡面露无奈，"赵道生被抓之后，几乎没被审问便招供了……他说杀明崇俨这件事迟早会露馅，还一口气供出了太子在东宫马房地下藏匿数百战甲的事。按大唐律，私藏兵甲是谋逆大罪，如今东宫已封，东宫臣属全都被留在宫中审讯，估计也只有确实没参与的人才能活下来。"

杜衡带着二人进了大理寺狱，二人发现今天大理寺中似乎突然多了许多陌生人。见二人迷惑，杜衡苦笑道："天后得知是赵道生杀了明崇俨，便命薛元超、裴炎、高智周三人办理此案，也就是会审，这事大理寺绝不可能凭一家之言就平息下来……老夫也是因为此前参与查案，才被叫来从旁佐证的。"

杜衡将二人领到一处牢房，看门狱卒核对过明珪、李凌云的身份后，便开门将二人放入。

这是他们第三次见这个赵道生，令人意外的是，除了手脚被粗铁链铐着之外，赵道生整个人不但没有受伤，相反还显得精神奕奕。他此时正坐在稻草垫上，自斟自饮着绿蚁酒①，吃着小菜。

---

① 指浊酒。浊酒有渣，仿佛绿蚁浮在水面。

察觉到二人审视的目光，赵道生抬起俊脸痞笑。"还真的把你们找来了？不必奇怪，根本不用审我就都招供了，自然没有人会恶对我。况且天后还要留着我指证东宫谋逆，我相信直到我被砍头那天，都会有人保护我。"

赵道生举起酒杯，面露痴色。"在东宫喝了这么多年美酒佳酿，可谓尝遍了大唐名酒，没想到还是坊中下等的绿蚁酒最对我胃口。"

杜衡并不喜欢赵道生这副模样，怒道："真狗奴，哪怕太子谋逆，也没见过这样没脸没皮出卖主人的玩意儿。"

"主人？"赵道生抿了一口酒，眼里闪烁起危险的光芒，"也对，我是东宫马奴，太子当然是我的主人。只是谁又问过，我想不想当这个马奴呢？"

"你叫我们来到底要做什么？"李凌云袖手冷冷地道，"别说只是来看你饮酒的，莫非你想让明子璋杀了你不成？"

"那倒不必，自有大唐律杀我，我这种杀了朝廷重臣，又出卖了自己主子的奴婢，按大唐律判决的话，必须得砍头示众。"赵道生嘲弄地道，"我只是想当面同明少卿承认，杀你阿耶的人确实是我，而背后主使者……也的确是东宫太子，我也是这么跟别人招供的。"

"仅此而已？"明珏表情阴沉地道，"你就不怕，我一刀劈了你？"

"你不会坏天后的事，你是她的人，知道她要什么。违背她只会得到太子这样的下场……"赵道生继续喝起酒来，"我知道你们觉得很古怪，不明白我为何会不打自招。今日叫你们来，就是为了让你们知晓缘故，你们既然有能耐抓我，自然也应该听这个故事。"

赵道生拿着筷子，敲了敲瓷杯。

"很久以前，现在的太子还不是太子时，有个马奴与他自小一起长大。和这个马奴一同成长的，还有一个小宫女。

"随着年岁日长，马奴与小宫女青梅竹马，互生情愫，然而马奴并不知道，自己尊贵的主人，一个男人，对自己却心存不可告人的隐秘欲望……

"终于有一天，那个尊贵的主人对马奴和宫女的亲密忍无可忍，他让人把宫女调到了别院，名为高升管事，实则严加看管，掌握在自己手里。然后他逼迫马奴接纳他扭曲的欲望，用那女子的性命来威胁，让马奴接受被他完全占有和玩弄。"

赵道生说到这里，脸上露出不堪回首的痛楚神情。"为了所爱之人，马奴只得依从，他知道自己必须表现得厌恶那个女子，对主人爱恋无比，才能换她周全，于是他开始痛恨她，唾骂她。可多疑的主人并不放心，给他用了神仙丸……对了，就是你们说的那种阿芙蓉丸，让他永远不得离开，受万蚁噬心之苦——你们猜猜，神仙丸是谁给太子的？"

"……莫非，是子婴的师父？"

"不错，后来这人死了，而那个陆合道人就取代了他，开始给太子送神仙丸。"赵道生轻叹，"陆合道人是个疯子……此时太子对马奴渐渐放心，便让马奴代为接触此人，马奴便得知了陆合道人的六合之梦。为了讨好太子，在正谏大夫明崇俨非议太子之后，马奴就建议太子可以杀死明崇俨，再嫁祸给他们。"

"陆合道人死了，难道你不需要神仙丸了？"李凌云问。

赵道生哈哈大笑，涕泪交加，甚至在地上滚了两圈。他倏地抬起头来，恶鬼一般声嘶力竭地对李凌云道："我要太子死——我要他死，我用我的死换他的死，换他再也无法威胁那个女子，换她可以好好地活下去。我都这样了，还要用什么神仙丸？"

赵道生如杜鹃泣血一样对李凌云呼喊，眼中流出红色的血泪。

"我只是要他死——你可懂得？那个人同我说过，只有太子死了，她才可以永远平安无事——"

離开大理寺狱后，李凌云和明珪来到河边。二人今日并未骑马，只能安步当车，朝洛阳城方向慢慢走去。

李凌云看向河对面的热闹坊市，那些喧嚣今日听来格外遥远。"没想到，你阿耶是因为这样的原因被杀的！"

明珪感慨道："赵道生怨恨太子凌辱自己，威胁所爱女子的性命，所以设计了这个局……虽然是个马奴，却也堪称是个人物。"

"你阿耶的案子真相大白，杜公说他的头颅就藏在东宫别院的盐缸里，之前赵道生是找了个商铺寄存，所以谢三娘带人去查时并没寻到，后来等她查无所获，这才从那边取了回来。杜公在验尸之后，就会将尸身一起送回你宅中。"

"是，过几日尘埃落定，我便给我阿耶下葬，到时大郎可会来？"

"你阿耶的葬礼，我自然要来。"李凌云道，"我阿耶的案子，之后应该也可以着手查办了。"

他边走边道："我家祠堂封了那么久，还真想进去看看，往昔阿耶总是在那里教导我……"

李凌云说完，突然发现明珪没跟来，他奇怪地转头去看，发现明珪站在自己身后，脸上带着招牌式的温厚笑容，目光晶亮地望着自己。

"怎么了？"

"我走另一座桥回家，会近一些。"明珪咧开嘴，声音格外柔和，"大郎，我们就在这里分道而行吧！"

"……原来你从另一座桥走要近一点的吗？"李凌云有些无措，他这才发现，明珪之前与他同行，一直是在绕远路。

"我还有许多别的事务，阿耶死后，因凶手没被捉拿便拖延下来，我想趁机办了。"

"那……你去就是。"李凌云心中升起惆怅之意，对明珪挥挥手。

"那我就去了。"明珪手指自己要走的方向，那里有一座桥，影影绰绰像一头白色的卧虎，"我会让人送丧礼的帖子给你，记得要来。还有那个香囊，要是遇到迷惑不解的事，不妨闻一闻，或者打开看看……"

明珪的话，李凌云并未细听，他满心想的都是明珪之前如何迁就自己。想到这儿，他顿时觉得有些愧疚，于是他心情复杂地拱手道："嗯，就此别过！"

李凌云转身而去，但他没发现，身后的明珪凝视着他的背影，饶有兴致地勾起了唇角。

真幻难辨　波澜惊天

第十五回

李凌云归家歇息数日，想了又想，还是在家中给子婴雕了个牌位，烧了些金银帛纸过去。

胡氏看着他的举动，这才明白李凌云貌似迟钝，心中却曾把子婴真当作弟子来看待。

明珪也言出必行，让下仆送来帖子，邀请李凌云去参加明崇俨的丧礼。李凌云请胡氏备下厚礼，刚要去书房，却被突然赶来家中的谢阮拦住，说是被幽禁的太子要见他。

到了东宫后门外，李凌云便看见一张破席裹着具无头尸体放在门边，他奇怪地问："那尸体是谁？怎么身上还穿着青色官服？"

谢阮张望了一下，对李凌云伸出手指。"嘘，你小声点，那是太子典膳丞高政，负责太子饮食起居的。"

"负责饮食起居的东宫臣属，难道不用审问就可以直接杀了？莫非他暴起反抗封锁东宫？"李凌云一时间丈二和尚摸不着头脑。

"不是三法司动的手，"谢阮连连摇头，"他是左卫将军高真行的儿子，爷爷是高士廉，太宗朝的功臣。陛下知道他牵扯此事脱不了干系，但法外开恩将他遣送回家，让他的家里人自己训责他。"

"训责为何会让他变成这副模样？"东宫后门终于打开，李凌云随着谢阮走了进去。

谢阮闻言，脸上有些唏嘘之意。"高政被送回家，才走进家门，他父亲高真行就迎面而来。送他回去的金吾卫街使说，高政刚喊了一声'阿耶'，高真行就拔出佩刀，狠狠刺进了他的喉咙，他叔叔高审行也赶过来，一刀捅进他的肚腹，之后他堂兄高璿上前把他的脑袋砍了下来，高璿还将头颅'弃之道中'，高真行更狠，把儿子的尸体扔在衢路之上。这事连陛下都看不过眼，便让人把尸体收到这里，准备跟东宫其他被处死的仆役一起葬了。"

李凌云想象着高政的惨状，有些无话可说。他随谢阮来到了东宫寝殿，刚进殿中便看见满地狼藉，一个男子缩在坐床上，抱着膝盖，喃喃自语着。

"殿下，你要见的李凌云来了。"谢阮并不如何恭敬地随便拱了拱手，旋即小心地护在李凌云身边。

男子从膝上抬起头来，他的相貌与天后有些相似，也有一些像凤九，他只穿着一身内裳，看起来蓬头垢面，双眼无神地朝李凌云瞧来。

眼神凝聚在李凌云身上片刻之后，太子尖叫起来。

"李凌云，你满意了？她会杀了孤的，那个女人，她会杀了孤的——"

李凌云不声不响，听着太子李贤对自己哭诉。

"你看到了吗？他们把高政的尸体放在门外，就是要告诉孤，孤会像他一样死去。"

李贤说到这里，却又破涕为笑。

"你为什么要查明崇俨的案子，他跟你到底有何关系？你知道这回朝中死了多少人吗？张大安、刘讷言，他们全都遭到贬职流放，高政被家人当街私刑处死，曹王被牵连，他身边连坐的何止十几家人……人头滚滚，这就是你要的吗，李凌云——"

"我只是查案而已，找到了真相，其他事与我无关。"

李凌云想起了赵道生说的那个故事，他厌恶地看向李贤。"如果当初不强迫赵道生雌伏，太子殿下也未必会有今日。"

说罢李凌云拂袖而去。在他身后，李贤的笑声带着如泣如诉的鬼魅腔调，飘进了他的耳中。

"看着吧！李凌云——你看着吧——孤很快就不是太子了。孤会死的，你也好不到哪儿去——孤不过是让手下杀了个人，你不也杀了人吗？你会有报应的！孤诅咒你——孤会在地狱诅咒你——"

东宫中回荡的惨叫声，连一丝一毫都未传入上阳宫中。

天皇李治露出了有些悲苦的神情。他凝视着面前容光焕发的武媚娘，她的脸上虽也染上了岁月的痕迹，却依旧那么美丽。从她的脸上，根本看不出任何懊恼或怜惜，她正用冰冷的眼神告诉他，作为他不可或缺的左膀右臂，她已对太子李贤的将来，做出了最终决定。

"真的不能宽恕贤儿吗？"他问道。

武媚娘挺了挺高耸的胸，温声劝道："为人子心怀谋逆，就应大义灭亲，不能轻易赦免罪行。"

李治语塞地看向妻子，感觉眼前金碧辉煌的宫殿变得暗淡无光。

"有时我会想……贤儿到底是不是你亲生的，为何你总是不愿给他多一点温情？"

武媚娘闻言，眼神略略软化，似乎陷入了回忆。"小时候，他的兄长，你我的第一个儿子弘儿身体欠佳；而贤儿总是跃跃欲试，野心勃勃。我必须打压他，否则弘儿这个太子会被自己的弟弟挑战，弘儿的身体受不了这样的挑衅和背叛。"

"那后来呢？弘儿没有了以后呢？"李治眼中又有了希望的光。

"后来，越被压制的，越会反弹。"武媚娘抚上丈夫的手，因日益被病情折磨，李治的手背变得瘦骨嶙峋，"如果贤儿还是太子，他即将打败和吞噬的就是生他养他的父母了。稚奴，我们不能冒险。"

李治眼中的光散开了些，他低头沉闷地问："三百甲胄……藏在东宫马房里，那些东西，还有那个赵道生，媚娘，你到底有没有在其中做些什么？"

"我怎么会害自己的儿子？我是他的母亲啊……他是我十月怀胎生下的孩子。就算不适合做太子，我也不想要他的性命。"

武媚娘握紧了李治的手，李治感到不同寻常的力道，抬起双眼，发现武媚娘的眼角流下泪来，她眼中的冷漠一扫而空，取而代之的是锥心刺骨的痛楚。

"你就是这么看我的吗，稚奴？一个意图陷害儿子，杀死儿子的母亲？"

"……是我错了，媚娘。"李治痛苦地闭上眼，"是我们偏疼弘儿，可他体质虚弱，太早死去，而我们又没有教好贤儿……"

"这么说来，我与稚奴同罪啊！"武媚娘说着，朝着丈夫靠过去，轻轻地把他揽在怀里，"贤儿不做太子之后，我们好好对他就是了。"

"罢了，这样也好……"李治吸呧着妻子身上的体香，感觉头脑越发昏沉起来。

明崇俨的丧礼阵仗办得极大，远远地就能看见无数纸人纸马，道旁也站满了念经超度的术士。

谢阮知道李凌云不重排场，便弄了与他官位相称的马车过来接他。李凌云在车上看见那些奇装异服的术士，好奇地问："子璋阿耶在术士中名望这么大吗？"

谢阮拨开车帘瞟了一眼，冷笑道："那是因为丧礼上东都官员几乎全部到场，这些术士赶来，不过是凑个眼缘。万一傍上个官，说不定还能被推举入宫，做第二个明崇俨，有这样的机会，怎么可能不尽情表现？"

说着马车已到了地方，二人下车整理过衣袍，被人迎进布置好的灵堂之内。仆人恭敬地道："谢将军、李郎君，主人在与人见礼，一会儿就过来引你们去行礼。"

说罢仆人转身离开。谢阮因是天后身边的红人，不时有人过来搭讪。李凌云被晾在一边，顿感无趣，于是便下意识地去寻找明珏的身影。

来到灵堂，见明珏披麻戴孝在跟客人说着什么，李凌云心中稍安。但等明珏朝他走来时，他却紧紧地皱起眉头，死死盯住了明珏的靴子。

明珏很快来到他面前，刚要对他行礼，他却一把抓住对方的手腕，制止了对方。

"你不是明子璋，说，你是谁？为何与他长得一模一样？"

那"明珏"先是吃了一惊，接下来却露出笑容，小声道："李大郎好眼力，不要张扬……随我来。"

"明珏"领着李凌云来到明崇俨棺前，手指棺中明崇俨的尸首道："大郎请看。"

李凌云低头看去，发现明崇俨那颗原本藏在盐巴中无比干瘪的头颅，如今看起来竟如活的一般，甚至面色还有些红润。

"……这是……"李凌云迟疑地俯身查看，他靠近尸首时，竟闻到了一股甜甜的蜂蜜味。

"明珏"在一旁道："这种东西你也见过，是特制的蜂蜡，可以用来易容，你应该很熟悉。"

李凌云猛地起身，抓住"明珏"的衣领将其拽到自己面前，同样的甜味扑面而来，他凝视片刻，伸手朝着"明珏"的鼻梁按去。

"可使不得！""明珏"朝后一躲，笑道，"我只跟那个人学了这点皮毛，大郎别担心，我才是明崇俨真正的儿子，'明珏'也的确是我的名字，不是那个人的。他假借我的姓名，与我阿耶一同侍奉天后罢了……不过天后所见的我阿耶，到底是不是真的我阿耶，只怕我也说不清楚。"

"……你什么意思？你阿耶没死？"

"当然死了，死透了，为了给子孙换取功名利禄。""明珏"表情复杂地看向棺材，凝视其中身穿道袍的明崇俨，"我阿耶早就病了，那个人说他脑子里长了东西，眼前总有妖鬼出没，横竖活不了几年了，不如奋力一搏换些好处。"

"明珪"又补充道："对了，别担心，只是一些钱财土地之类的东西，这个大理寺少卿我可做不来，自己几斤几两我很清楚，我可没有那个人那样的本事。再说了，每天都要装扮成另一个人，这也太累了。"

"别试图揭穿！""明珪"靠近讶然无语的李凌云，在他耳边轻笑道，"这可是天后的意思，至于那个人，他让我转告你，他必须离开一段时间，将来你们一定会再次相见……"

"他还说了什么？"李凌云冷冷地瞥向那人，鼻中的甜味萦绕不绝，提醒他眼前人绝对不是他熟识的那名温善的友人。

"还真有。""明珪"笑盈盈道，"他还说他知道你最深的秘密，连你自己都不知道的那个秘密。希望下次见时，你自己已经察觉了，否则，他会亲手把这个秘密，揪出来……"

话音未落，前方灵堂中已有人在呼唤"明珪"，那人对李凌云投来一个歉意的眼神，掀开帘幕便走了出去。

李凌云站在金丝楠木制成的棺材旁，足足愣了好一会儿。之后，他从腰上解下明珪送他的那个香囊，从香料中翻出了一颗蜡丸。

蜡丸是由柔软的蜂蜡制作的，不知添加了什么，呈现出人体皮肤的颜色，并散发着蜂蜜的甜香。

李凌云捏开蜂蜡，发现里面是一颗漆黑的药丸，他放到鼻前嗅了嗅，黑瞳顿时一缩。

这是一颗很粗糙的阿芙蓉丸，看起来竟与子婴制作的如出一辙。然而李凌云清楚地记得，子婴在追随自己学习封诊道后，制作阿芙蓉丸的机会就少了很多，虽说事后在子婴的房间也查出了少量粗制的阿芙蓉膏，但熬制成形的药丸，却一颗也没见到。

那么，除了收为证据，已无法被人接触的那部分阿芙蓉丸之外，明珪又是从哪里弄到这颗药丸的呢？而且用来包裹药丸的，还是给"明珪"易容的奇怪蜂蜡。

"你在暗示什么？"

李凌云快速转动头脑……突然，他的脑海中冒出三个字："那个人"。

"那个人……子婴说过，是那个人让他想杀就杀。"李凌云的大脑仿佛被天雷轰击，嗡嗡乱响，"还有赵道生，赵道生也说过，是那个人，让他决定了如何筹谋报复太子李贤……"

李凌云觉得太阳穴疯狂乱跳，撑住棺材才不至于倒下。

"还有刚才，他说的'那个人'……"

李凌云抬起头，看向上方随风飘舞的白幡。

"你们，难道是……同一个人？"

没人回答李凌云的问题。他要找的明珪，正站在上阳宫中一处华丽的露台上，眺望着宫城西面渐渐打开的厚重宫门。在他的身边，身穿瑰丽紫色衣衫的武媚娘也同样在极目远眺，但她所看的方向，却是洛水对面那些人来人往，住满了商人等大唐百姓的坊市。

"《大云经疏》①已经开始编纂，只是公开的时机，还要根据你接下来的行动来决定。"

武媚娘轻启朱唇，淡然地道。

"为您开启灭法之世吗？我甚为荣幸。"明珪微笑着优雅地应答，"只是离开之前，我还想问您一个问题。"

武媚娘收回目光，看向明珪。"问吧！"

"您似乎对世人认为的'天道'不以为然，那么，您心中的'道'，究竟是什么呢？"

"我也不知，"武媚娘眼神嘲弄，"或许有一天我知道了，就告诉你。"

---

①助武则天称帝的《大云经》这部经书本身不是伪造的，是南北朝以来就从西域传来的，且有译本，武则天命人伪造的是《大云经疏》，也就是这部经的解释注疏，暗示出武则天就是弥勒菩萨转世，要成为女王，天下之人都将崇拜归顺。

"那好，到时请您一定记得告诉我。"明珏点点头，看向西门下那个小如蝼蚁的黑色人影。

"我也有一个问题要问你，"武媚娘歪着头，像个少女一样看着他，"子璋，你利用明崇俨入宫为我做事，甚至劝服明崇俨为我而死，布局数年扳倒东宫太子，你想要的，到底是什么呢？"

"我吗？"明珏抬起手，轻轻抓住武媚娘被风吹落的一缕鬓发，缠绕在食指尖端，放到鼻前嗅了嗅。

这暧昧的动作，使得武媚娘的酥胸为之大大起伏。明珏抬眼，向来温厚的笑意变得邪魅，晶亮的眼眸中，目光勾魂夺魄。

"除了与美丽的您毫无芥蒂地亲近之外，我还想看看您的道，会把这个大唐变成什么模样。"

"就这样？"武则天看着明珏松开她的发丝转身走向露台边缘的楼梯，有些不满地追问。

"就这样。"明珏边说边下了楼，他的声音从下方随风飘来，"对了，如果有一天李大郎触怒了您，还请您留他一条性命。"

武媚娘将发丝捏起，放在唇边，微微一笑。

"准了。"

宫城西门打开的缝隙旁，体形纤长的少年急切上前，迎接朝这边走来的中年男子。

如果李凌云在这里，他一定会大吃一惊。

因为那少年竟然是"死去"的子婴。

少年的脖颈上缠绕着厚厚的纱布，狭长的双目盯着远处露台上那个尊贵华丽的女子看了好一会儿。

在这短暂的时间里，子婴回忆起他生命中最重要的那个夜晚，教他杀人的蒙面男子低笑道:"以后你可以称我为师尊,你不会有第二个师尊,对其他人,你只能叫他们师父或老师。当我自称师尊的时候,你要能认出我,不论你遇到怎样的危险,我都会庇护你,让你活下去。"

然后他又回忆起,在山洞中绝望地与李凌云对峙时,握住他肩膀的明珪在身后对他小声说:"我是你的师尊。"

他还记得,当他的血离体飞溅时,明珪在捂住他脖颈的那一瞬,在伤口上涂抹了某种药物,让他立刻止住了血,然后又用血手掩护,朝他口中滴了几滴透明的液体,他很快便人事不知地昏迷过去。

再醒来时,他已被送至某个胡商处休养。明珪留给他一封书信,让他一切听从自己安排……

"走吧!"明珪对少年笑了笑,一马当先地走出宫去。

少年随他从宫门离开,却又忍不住再次回头,看向身后雕梁画栋的宫室亭台。

之后,他便朝着那个神秘的中年男子追去。在他们身后,厚重巨大的宫门缓缓合拢,发出龙鸣一般的巨响……

史书有载:

上元二年六月,雍王李贤被立为皇太子。不久监国,留心政要,处决明审,高宗曾手敕褒奖。时正谏大夫明崇俨以厌胜符咒之术为武后信重,明崇俨常密称太子不堪承继大位,英王貌类太宗,相王相贵,宫中又潜议贤是武后姊韩国夫人所生,贤疑惧渐生。武后命北门学士撰《少阳正范》《孝子传》赐太子,并数次作书责斥太子,贤愈不自安。

明崇俨在东都被盗杀,武后疑贤所为,遣中书侍郎薛元超、黄门侍郎裴炎、御史大夫高智周与法官推鞫其事,贤所亲近户奴赵道生诬称太子使己杀明崇俨。于东宫马坊搜得皂甲数百领,武后以此为太子谋反证据,废太子,幽于别所。高宗素爱太子,欲宥之,武后曰:"怀逆之人不可赦,须得大义灭亲。"并于天津桥南焚所搜皂甲,以示士民。遭贬者数十人。

贤于永淳①二年迁于巴州。文明②元年，武后临朝，令左金吾卫将军丘神绩检卫贤宅，神绩逼贤自杀，时年，仅三十四岁。

（第二卷完）

---

① 唐高宗李治曾用年号，682—683 年。
② 唐睿宗李旦曾用年号，684 年。

图书在版编目（CIP）数据

大唐封诊录 . 2 / 九滴水著 . —— 长沙：湖南文艺出版社，2022.5

ISBN 978-7-5726-0397-6

Ⅰ.①大… Ⅱ.①九… Ⅲ.①长篇小说 – 中国 – 当代 Ⅳ.①I247.5

中国版本图书馆 CIP 数据核字（2021）第 203636 号

上架建议：畅销・小说

DATANG FENGZHEN LU. 2
大唐封诊录 . 2

作　　者：九滴水
出 版 人：曾赛丰
责任编辑：匡杨乐
监　　制：毛闽峰
策划编辑：张园园
特约编辑：朱东冬
营销编辑：刘　珣　焦亚楠
封面设计：有点态度设计工作室
版式设计：梁秋晨
插图绘制：璎　珞
出　　版：湖南文艺出版社
　　　　　（长沙市雨花区东二环一段 508 号　邮编：410014）
网　　址：www.hnwy.net
印　　刷：三河市中晟雅豪印务有限公司
经　　销：新华书店
开　　本：680mm × 955mm　1/16
字　　数：322 千字
印　　张：21.25
版　　次：2022 年 5 月第 1 版
印　　次：2022 年 5 月第 1 次印刷
书　　号：ISBN 978-7-5726-0397-6
定　　价：52.80 元

若有质量问题，请致电质量监督电话：010-59096394
团购电话：010-59320018